文心雕龙 导读

〔南朝梁〕 刘勰 著

李平　桑农　导读

安徽师范大学出版社

图书在版编目(CIP)数据

文心雕龙导读 / 〔南朝梁〕刘勰著;李平,桑农导读. — 芜湖:安徽师范大学出版社,
2018.2

ISBN 978-7-5676-3298-1

Ⅰ.①文… Ⅱ.①刘… ②李… ③桑… Ⅲ.①文学理论 – 中国 – 南朝时代 ②《文心雕龙》– 研究 Ⅳ.①I206.2

中国版本图书馆CIP数据核字(2017)第279064号

国家社科基金重大项目(14ZDB068)阶段性成果
安徽师范大学文艺学省级教学团队成果
安徽师范大学文学院教材基金资助出版

文心雕龙导读　　　　〔南朝梁〕刘勰 著　李平 桑农 导读
WENXINDIAOLONG DAODU

责任编辑:刘　佳
封面设计:王　彤
版式设计:丁奕奕
出版发行:安徽师范大学出版社
　　　　　芜湖市九华南路189号安徽师范大学花津校区
网　　　址:http://www.ahnupress.com/
发 行 部:0553-3883578　5910327　5910310(传真)
印　　刷:虎彩印艺股份有限公司
版　　次:2018年2月第1版
印　　次:2018年2月第1次印刷
开　　本:700 mm×1000 mm　1/16
印　　张:20
字　　数:338千字
书　　号:ISBN 978-7-5676-3298-1
定　　价:58.00元

前　言

　　《文心雕龙》被视为"中国古代文论的秘宝"，鲁迅说这部著作可与亚里士多德的《诗学》相媲美，王元化则认为它可与黑格尔的《美学》相并论。胡适曾讲过：两千年中国学术史上，只有《文心雕龙》《史通》《文史通义》《国故论衡》等寥寥七八部体例严谨、内容与形式两方面都能"成一家言"的著作。

　　刘勰，字彦和，约生于南朝宋明帝泰始元年(465)，死于梁武帝普通二年(521)。祖籍东莞郡莒县(今属山东)，今山东莒县有"刘勰读书处"。东晋时，山东沦于北魏，故刘勰祖先举家南迁，世居京口(今江苏镇江)。刘勰的高祖父刘爽和曾祖父刘仲道，都做过县令；祖父刘灵真，生平事迹不详。刘灵真的哥哥刘秀之，曾在南朝宋武帝刘裕永初年间(420—422)做过益州、郢州等地的刺史和丹阳尹，死后追赠司空。刘勰的父亲刘尚做过越骑校尉，那是一种专选才力过人的人来担任的武职。刘尚死得比较早，所以刘家就中落了。

　　刘勰幼年丧父，因家贫而无力结婚，依当时著名的大和尚僧祐过活。在寺院生活的十余年时间里，他阅读了大量的佛经、儒经和文学作品，为以后写作《文心雕龙》打下了基础。梁武帝萧衍天监(502—519)初年，刘勰37岁左右，开始出仕求官。他先以"奉朝请"起家，那是个有名无实的虚衔，官阶很低，但是当时做官的必须先经过这一级。天监三年(504)左右，临川王萧宏进号中军将军，刘勰做宏的记室，主管文书。次年十月宏北伐，他改任车骑仓曹参军，管理粮食和武器的出入账目。十年，梁武帝第四子南康郡王萧绩进号仁威将军，他又做绩的记室。若干年后，还兼任昭明太子萧统所居东宫的通事舍人(管宾客接待、文书往来)，故又称刘舍人。后来又加步兵校尉，是警卫方面的工作，说明萧统对他很器重。

　　据说，刘勰在三十六七岁时写成《文心雕龙》一书(大约在南齐末年，即499至502年间)。因为在《时序》篇，刘勰历述唐虞以来的文学，只至齐代止，而且对齐代帝王称扬备至，显然那时梁武帝萧衍还没有称帝。可是当时刘勰在学术界没有什么地位，所以书成后并没有在社会上流传开来。刘勰本人很看重自己的著作，想请当时文坛领袖沈约来鉴定。可是沈约既是著名的文学家，又是朝廷的达官显贵，出门排场很大，刘勰交接不上。于是刘勰想了一个办法，他背上自己的著作，装扮成卖书人的模样，等候沈约的车马仪仗外出的时候，拦住车马，要求接见。沈约叫人把书取上来，带回去读了以后，觉得很好，认为写得很内行，有分量。他还把《文心雕龙》留在自己的书桌上，时常读读。

刘勰既精通佛典，又颇有文采，所以当时都城大寺院及名僧建立碑塔时，常常请他撰文。此外，刘勰还写有一些佛教的文章，可惜大多失传了。我们目前能看到的只有《梁建安王造剡山石城寺石像碑》及《灭惑论》两篇。

天监十七年（518）五月，僧祐死。次年，笃信佛教的梁武帝下旨，让刘勰和名僧慧振一起在定林寺整理佛经。编经成功，刘勰就上表请求出家，并先剃掉头发以示决心。皇帝批准后，他就在寺里出家，改名慧地。不满一年，他就死了。

《文心雕龙》体大思精，结构严谨，全书共10卷，50篇，"上篇"25篇为总论和文体论，"下篇"25篇为创作论与批评论。关于内容和结构安排，刘勰在《文心雕龙·序志》作了明确说明："盖《文心》之作也，本乎道，师乎圣，体乎经，酌乎纬，变乎骚，文之枢纽，亦云极矣。若乃论文叙笔，则囿别区分，原始以表末，释名以章义，选文以定篇，敷理以举统。上篇以上，纲领明矣。至于剖情析采，笼圈条贯，摛神性，图风势，苞会通，阅声字，崇替于《时序》，褒贬于《才略》，怊怅于《知音》，耿介于《程器》，长怀《序志》，以驭群篇。下篇以下，毛目显矣。"

从第一篇《原道》到第五篇《辨骚》是全书的总论，即刘勰说的"文之枢纽"。作者首先提出"文原于道"的原则，其次说明写作必须学习儒家经典，再次指出"纬书"不可信，最后论述文学作品的代表——骚体。

从第六篇《明诗》到第二十五篇《书记》为文体论，即所谓"论文叙笔"。作者分别讨论诗、乐府、赋等35种文体，论述的原则是："原始以表末，释名以章义，选文以定篇，敷理以举统"，即叙其源流，明其含义，选举范文，总结规律。

从第二十六篇《神思》到第四十九篇《程器》为创作批评论，即所谓"剖情析采"。在"下篇"里,作者深入地分析了有关创作和批评的重要问题,系统地提出了自己关于这两方面的理论,是全书中最主要的部分。

最后一篇《序志》是全书的序或跋,说明这部书的名称、写作动机、基本内容、对过去一些文论的意见以及对后代读者的期望等。

刘勰所以要写作《文心雕龙》这部书,一方面因为他重视文学的作用,深信文学作品可以阐明儒学,有益政教;一方面也因为当时不少作家走上了重形式而轻内容的歧途,他要在书中纠正这种不良倾向。他认为写作应以儒家经典《诗经》《尚书》等书做典范,其次应学习以屈原作品为代表的"楚辞"。他对汉魏某些辞赋已表示不满,至于晋宋以后的作品则感到缺点更多。可惜过去评论家如曹丕、陆机、挚虞、李充等,对它们都未能作全面的探讨,有时又抓不住要点。所以刘勰觉得自己有责任来总结历代创作的经验,发扬过去的优良传统,建立自己的理论体系,来指导作家与评论家。

《文心雕龙》是那个时代文化的"百科全书",它兼容并包,出入经史,旁涉道玄,最后归宗文学;从文化形态来看,全书洋溢着体用结合的哲学精神,充满了原始要终的史学意识,呈现出天人合一的文学观念,而这些又都深融于兼解折衷的思维方式之中。

首先,《文心雕龙》的思想具有巨大的包容性,它对于各家学说中有利于说明文学问题的观点都加以采纳。至于贯穿全书的主导思想则不外儒道两家,两家又有区别,即以道为体,以儒为用。道体儒用、体用结合,是《文心雕龙》思想的一个重要特征,也是传统哲学精神在刘勰书中的一个具体体现。体用结合是中国古代哲学的一个传统,所谓"体"指最高指导原则,所谓"用"指实现原则的具体措施。儒、道两家哲学代表了先秦诸子学说的最高成就,道家哲学属于处柔守静、返本归根的本体哲学,儒家哲学属于崇学尚行、建功立德的致用哲学。刘勰论文一方面要"寻根""索源",探讨文学之本,所以标榜道家自然之道;另一方面又要"赞圣""设教",发挥文章之用,因此抬高儒家圣人之道。《原道》是《文心雕龙》的首篇,其主旨即是论文之体用。纪评:"文以载道,明其当然;文原于道,明其本然,识其本乃不逐其末。首揭文体之尊,所以截断众流。""明其当然"指文学的社会功能,"明其本然"指文学的抽象本体。载道设教,尚行重用,为儒家道统;原道溯本，谈天说地，是道家趣旨。刘勰要论文之本原，必借道家思想以补儒家不足。同时，刘勰要论文之效用，又必以儒家之说克服道家的缺失。而《文心雕龙》中洋溢着的体用结合的哲学精神，是以儒道哲学为思想材料，在魏晋玄风中孕育形成的。它既是传统文化的结晶，又是一定时代的产物。

其次，《文心雕龙》又是一部具有深厚历史感的文论著作，全书充满了"原始要终"的史学意识。历史的发展是一个过程，一个有始有终、有盛有衰的过程。史家自觉地从整体的发展的角度把握这个过程，就是一种"原始要终"的史学意识。这一意识正是中国史学的一个优良传统。刘勰认为《春秋》意旨精深，文字简约，所以左丘明就根据"原始要终"的原则，"创为传体"，"转受经旨，以授于后"（《文心雕龙·史传》）。司马迁在《报任少卿书》中，也说自己发愤修史，意在"网罗天下放失旧闻"，"综其终始，稽其成败兴坏之纪"。将历史盛衰作为一个过程来把握，努力从变化发展的全过程来认识历史，是《史记》的一个重要特色，也是《史记》成功的关键所在。刘勰非常重视"原始要终"的史学意识，《史传》强调："载籍之作也，必贯乎百氏，被之千载，表征盛衰，殷鉴兴废。"除《史传》篇论述"原始要终"的史学意义外，在其他篇目里刘勰还进一步总结了它在文学上的意义。《章句》："原始要终，体必鳞次"；《附会》："原始要终，疏条布叶"；《时序》："原始以要终，虽百世可知也"。在《序志》篇，刘勰更是直接提出了"原始以表末"的写作要求。

复次，在《文心雕龙》中，刘勰持一种广义的"大文学观"，这种"大文学观"突出表现在"天人合一"的文学观念上，深深植根于传统文化的思想养分中。钱穆说："中国文化特质，可以'一天人，合内外'六字尽之。"（《中国史学发微·中国文化特质》）天人合一、心物相通的思想犹如一根红线，贯穿于中国文化的发展过程中，并成为渗透各个文化学派的基本思想。《文心雕龙》所说的"道"和"文"都包括两方面的内涵：天道——人道；天文——人文。天道与人道相通，本原于天人合一的自然之道，因为天地间生生不息的生命（从万物到人），均为阴阳二气所化育，同体自然生命之大道；天文与人文连贯，则是天人合一的思想在文学上的反映，因为无论是天地之文还是人心之文,都表现出造化的生命精神,而最终又都切合于自然之道。那么,刘勰又是如何具体沟通天道与人道、天文与人文的呢?大致说来,约有三法:一是借《周易》作中介,贯通天道人道;二是以"三才"为前提,论证天人一体;三是用"圣人"作纽带,联结天文与人文。

最后,《文心雕龙》中体用结合的哲学精神、原始要终的史学意识和天人合一的文学观念,追根溯源都与兼解折衷的思维方式有关。思维方式是传统文化的内核,它深融于传统文化的肌理之中,体现出传统文化的民族特色。法国社会学家列维-布留尔说:"具有自己制度与风俗的一定类型的社会也必然具有自己的思维样式。"(《原始思维》)中国文化的思维样式虽有多种,但最基本的样式莫过于分而为二、执两用中的"中和"方式。刘勰继承了这种"分两尚中"的思维方式,以此来"弥纶群言",写作《文心》。他论文力主"折衷",反对"复似善骂,多失折衷"(《奏启》)的极端做法,认为"折之中和,庶保无咎"(《章句》),《序志》篇还特别申明《文心》是本着"擘肌分理,唯务折衷"的方法来写作的。"折衷"的前提是"执两",只有对事物的两端进行具体的分析研究,"兼解以俱通"(《定势》),才能处理好事物发展过程中的相互关系,做到不偏不倚、求中持平,实现"以裁厥中"(《附会》)的目的。因为事物的发展有一个量的限度,达不到这个限度,事物就不能处于最佳状态;但是超过这个限度,事物就发生质变,向反面转化了。所以,刘勰在分析具体的文学问题时,总是采用分两折衷的方法:一方面对文学问题分而为二,兼解俱通,提出了一系列的对立范畴,如体与术、质与文、才与学、奇与正、古与今等;另一方面在分两兼解的同时,又强调"能执厥中"(《封禅》),力求把对立的双方统一起来,构成一个和谐的整体。这种兼解折衷的方法,就是刘勰的艺术辩证法。

《文心雕龙》在中国文论史上影响深远,历代研究者层出不穷,成果众多。其中文本注释方面,清代黄叔琳注和纪昀评的《文心雕龙辑注》、今人范文澜的《文心雕龙注》、刘永济的《文心雕龙校释》最流行;字句校勘方面,杨明照的《文心雕龙校注拾遗》、王利器的《文心雕龙校证》最重要;理论研究方面,近人黄侃的《文心雕龙札记》、今人王元化的《文心雕龙创作论》、牟世金的《文心雕龙研究》最著名。研读者可根据需要,选择参看。

目 录
Contents

原 道 …………………………………………001

征 圣 …………………………………………006

宗 经 …………………………………………009

正 纬 …………………………………………013

辨 骚 …………………………………………017

明 诗 …………………………………………022

乐 府 …………………………………………028

诠 赋 …………………………………………033

颂 赞 …………………………………………038

祝 盟 …………………………………………043

铭 箴 …………………………………………048

诔 碑 …………………………………………054

哀 吊 …………………………………………059

杂 文 …………………………………………064

谐 隐 …………………………………………069

史 传 …………………………………………074

诸 子 …………………………………………082

论 说 …………………………………………088

诏 策 …………………………………………095

檄　　移 …………………………………………………… 101

封　　禅 …………………………………………………… 106

章　　表 …………………………………………………… 111

奏　　启 …………………………………………………… 116

议　　对 …………………………………………………… 122

书　　记 …………………………………………………… 128

神　　思 …………………………………………………… 137

体　　性 …………………………………………………… 144

风　　骨 …………………………………………………… 148

通　　变 …………………………………………………… 153

定　　势 …………………………………………………… 158

情　　采 …………………………………………………… 163

熔　　裁 …………………………………………………… 168

声　　律 …………………………………………………… 172

章　　句 …………………………………………………… 177

丽　　辞 …………………………………………………… 182

比　　兴 …………………………………………………… 186

夸　　饰 …………………………………………………… 190

事　　类 …………………………………………………… 194

练　　字 …………………………………………………… 200

隐　　秀 …………………………………………………… 206

指　　瑕 …………………………………………………… 210

养　　气 …………………………………………………… 214

附　　会 …………………………………………………… 218

总　　术 …………………………………………………… 222

时　　序 …………………………………………………… 226

物　　色 …………………………………………………… 236

才　　略 …………………………………………………… 241

知　　音 …………………………………………………… 251

程　　器 …………………………………………………… 256

序　　志 …………………………………………………… 261

附录1　《文心雕龙》教学师生问答 …………………… 267

附录2　20世纪中国《文心雕龙》研究的回顾与反思 … 282

原　道

　　文之为德也大矣，与天地并生者何哉[1]？夫玄黄色杂，方圆体分[2]：日月叠璧，以垂丽天之象[3]；山川焕绮，以铺理地之形[4]。此盖道之文也[5]。仰观吐曜，俯察含章，高卑定位，故两仪既生矣[6]。惟人参之，性灵所钟，是谓三才[7]。为五行之秀，实天地之心[8]；心生而言立，言立而文明[9]，自然之道也。傍及万品[10]，动植皆文：龙凤以藻绘呈瑞，虎豹以炳蔚凝姿[11]；云霞雕色，有逾画工之妙；草木贲华，无待锦匠之奇[12]。夫岂外饰，盖自然耳。至于林籁结响，调如竽瑟；泉石激韵，和若球锽[13]；故形立则章成矣，声发则文生矣[14]。夫以无识之物，郁然有采；有心之器，其无文欤[15]！

【注释】

　　[1]文：泛指自然万物之色彩形貌。为德：性情功用。并生：同时生，即文与天地共存。

　　[2]夫：发语词。玄黄：天玄地黄，指天地之色。杂：交错。方圆：天圆地方，指天地之形。

　　[3]叠：重叠。璧：圆形玉器。垂：悬挂，显示。丽天：附著于天。

　　[4]焕绮：锦绣光彩。理：条理。

　　[5]道之文，指天地阴阳之文。《周易•系辞上》："一阴一阳之谓道。"道涵阴阳，"造分天地，化生万物"（《说文》）。而天文地理，皆道之所为。

　　[6]吐曜（yào）：放出光芒，指天文。含章：蕴涵文采，指地理。高卑：高低，指天地上下的位置。两仪：天地。

　　[7]惟：发语词。参：三。性灵：天地灵气。钟：聚集。三才：指人居天地之间，又汇聚着灵气，故与天地并为三才。

　　[8]五行：指金、木、水、火、土五种物质构成元素。古人认为，人是禀承万物的精华秀气而生成的。天地之心：《礼记•礼运》曰："故人者，天地之心也，五行之端也。"

　　[9]"心生"二句：谓人类有心灵便会产生语言，有语言自然就会产生文明，强调的是人文的自然性。

[10]傍:一作旁。《说文》:"旁,溥也。"普遍之义。《说文》:"傍,近也。"万品:万物。

[11]藻绘:藻,水草之文;绘,图画。瑞:吉祥。炳蔚:光彩。

[12]雕:饰画。逾:超过。贲(bì):装饰。华:花。

[13]籁(lài):孔窍因空气流动而发出的声音。竽瑟:古代乐器名。球锽:球,玉磬;锽(huáng):钟声。

[14]"形立"二句:谓万物形色、声音之美皆自然生成。

[15]无识之物:指无意识活动的物。有心之器:指有意识活动的人。其:难道。

　　人文之元,肇自太极[1],幽赞神明,《易》象惟先[2]。庖牺画其始,仲尼翼其终[3]。而《乾》《坤》两位,独制《文言》[4]。言之文也,天地之心哉[5]！若乃河图孕乎八卦,洛书韫乎九畴[6],玉版金镂之实,丹文绿牒之华[7],谁其尸之？亦神理而已[8]。自鸟迹代绳,文字始炳[9],炎皞遗事,纪在《三坟》,而年世渺邈,声采靡追[10]。唐、虞文章,则焕乎始盛[11]。元首载歌,既发吟咏之志;益、稷陈谟,亦垂敷奏之风[12]。夏后氏兴,业峻鸿绩,九序惟歌,勋德弥缛[13]。逮及商、周,文胜其质,《雅》《颂》所被,英华日新[14]。文王患忧,繇辞炳曜,符采复隐,精义坚深[15]。重以公旦多材,振其徽烈,制《诗》缉《颂》,斧藻群言[16]。至夫子继圣,独秀前哲,镕钧六经,必金声而玉振[17];雕琢情性,组织辞令,木铎起而千里应,席珍流而万世响[18],写天地之辉光,晓生民之耳目矣。

【注释】

[1]人文:人类文明。元、肇:开始。太极:指天地未分之前的太初浑元之气。

[2]幽:深。赞:明。神明:大自然奇妙的变化。象:指《周易》的卦、爻象。《系辞》谓"圣人立象以尽意"。

[3]庖(páo)牺:即伏羲,传说中八卦的创始人。仲尼:孔子字。翼:辅佐,这里指解释《易经》的《易传》,即《彖辞》(上下)、《象辞》(上下)、《系辞》(上下)、《文言》《说卦》《序卦》《杂卦》,又称"十翼"。

[4]《文言》:《易传》中的《文言》专门解释《乾》《坤》两卦,谓"乾文言"和"坤

文言"。

[5]"言之文"二句：谓语言富有文采是天地自然的本性和特点。

[6]河图：相传伏羲时有龙马从黄河出现，献出"河图"，伏羲据此作八卦。洛书：相传大禹治水时有神龟从洛水出现，献出"洛书"，禹据此作九畴（九类治国大法）。韫（yùn）：蕴藏。

[7]玉版金镂：玉制的板片上刻着金字。丹文绿牒：赤文绿字。牒，竹简。

[8]尸：主宰。神理：被纬书神化的自然之道。

[9]鸟迹：指象形文字，相传仓颉仿照鸟兽蹄迹造字。炳：光明。

[10]炎：炎帝神农氏。皞（hào）：太皞帝伏羲氏。《三坟》：记载三皇（伏羲、神农、黄帝）之书。渺邈（miǎo）：遥远。靡：不能。

[11]唐：唐尧。虞：虞舜。焕：鲜明。

[12]元首：指舜。载歌：《尚书·益稷》载有传为虞舜所作的歌："股肱喜哉，元首起哉，百工熙哉。"益：伯益。稷：后稷。二人为舜的谋臣。陈谟：陈述谋议。垂：示。敷奏：陈述进言。

[13]夏后氏：夏禹。业峻鸿绩：黄侃认为"此句位字，殊违常轨"。若作"峻业鸿绩"或"业峻绩鸿"，则合乎常轨。业、绩：事业功绩；峻、鸿：大。九序：指水、火、金、木、土、谷、正德、利用、厚生九项政事都有秩序。勋德：功德。缛：更加丰富。

[14]文胜其质：意谓商周时文章有华采，胜过前代质朴的文章。被：及。

[15]文王患忧：指周文王被商纣王囚禁羑里之事。繇（zhòu）辞：《周易》中的卦、爻辞，传为文王被囚时所作。符采：文采。复隐：丰富含蓄。精义：精深的含义。

[16]公旦：周公，名旦，文王之子。振：发扬。徽烈：美好的功业。制《诗》缉《颂》：谓《诗经》中《风》《雅》《颂》各部分都有周公的作品。缉：辑。斧藻：删削，润饰。

[17]夫子继圣：孔子继为圣人。镕钧六经：指孔子删诗书、订礼乐。镕钧：陶铸。这里指编订。六经：《易》《诗》《书》《礼》《乐》《春秋》。金声玉振：指集大成。金声：钟声。玉振：磬声。奏乐时先击钟，结束时击磬。语出《孟子·万章下》。

[18]木铎（duó）：木舌铃，古代传播教化时用。席珍：席上的珍宝，比喻孔子的道德学问。

爰自风姓，暨于孔氏，玄圣创典，素王述训[1]，莫不原道心以敷章，研神理而设教，取象乎河洛，问数乎蓍龟，观天文以极变，察人文以成化[2]；然后能经纬区宇，弥纶彝宪，发挥事业，彪炳辞义[3]。故知道沿圣以垂文，圣因文以明道，旁通而无滞，日用而不匮[4]。《易》曰："鼓天下之动者存乎辞。"辞之所以能鼓天下者，乃道之文也。

【注释】

[1]爰：发语词。风姓：传说伏羲姓风。暨：及。玄圣：远古的圣人，这里指伏羲。素王：有王者之德而无王位的人，这里指孔子。

[2]原：推求，考究。道心：自然之道的根本精神。敷：布、施。神理：同"道心"。取象：取法。河：《河图》。洛：《洛书》。问数：占卜未来命运。蓍（shī）：蓍卜，以蓍草为占卜工具。龟：龟卜，以龟甲为占卜工具。极变：穷尽变化之理。人文：《诗》《书》《礼》《乐》等儒家经典。

[3]经纬：治理。区宇：天下。弥纶：综合，统括。彝（yí）：常。宪：法。彪炳：光彩明亮。

[4]旁通：遍通。匮：缺乏。

赞曰[1]：道心惟微，神理设教。光采玄圣，炳耀仁孝[2]。龙图献体，龟书呈貌。天文斯观，民胥以效[3]。

【注释】

[1]赞：助，明。《文心雕龙》全书五十篇结尾都有四言八句的"赞曰"，用以概括全篇的大意。

[2]道心惟微：自然之道的运化十分微妙。玄圣：大圣，这里指孔子。

[3]龙图献体，龟书呈貌：黄河里龙和龟的形体上呈现着《河图》《洛书》之貌。天文：指《河图》《洛书》。斯：语助词。胥：都。

【导读】

《原道》是《文心雕龙》的首篇，它阐明了刘勰对文学本源和体用问题的基本观点，是研究刘勰文学思想的哲学基础的最重要的文本材料。

"原道"就是探讨文之本原问题。《淮南子·原道训》高诱注曰："原，本也。

本道根真，包裹天地，以历万物，故曰原道，因以题篇。"《文心雕龙》循此意以用之。"道"是中国文化的最高范畴，被视为天地之始、万物之本。刘勰论文始于"原道"，所谓"《文心》之作也，本乎道"（《序志》），就是要为文立体、正名、溯源，这也是刘勰论文高于前人之处，故"纪评"曰："自汉以来，论文者罕能及此。彦和以此发端，所见在六朝文士之上。"

篇中，刘勰以"自然之道"为核心，论述了天地万物的文采都是自然形成的。他把天地、日月、山川的感性存在形式称为"文"，并认为这一切都是道的表现，将"文"与"道"联系起来，称之为"道之文"。由于道是万物的根本，所以任何具体事物的"文"都体现着"道"。人类文明的产生及发展也有其自然之势，人是宇宙自然中一种特殊的族类，其所以特殊，在于人有"性灵"，参天地，是万物中的精英，"为五行之秀，实天地之心"。有人类便有人类之文，故曰"心生而言立，言立而文明"。刘勰所谓"人文"，便是人类所独有的表现性灵的语言文字形式，亦即文章。他认为"人文"和"道之文""动植之文"在本质上是一致的，它们共同体现了道，是道的具体化，自然之道才是人类文学的本源。最后指出圣人"原道心以敷章，研神理而设教"，"道沿圣以垂文，圣因文以明道"，即道→圣→文三位一体的体用关系，从而开启了下面《征圣》《宗经》诸篇。

征　圣

夫作者曰圣,述者曰明[1],陶铸性情,功在上哲[2],夫子文章,可得而闻[3],则圣人之情,见乎文辞矣。先王圣化,布在方册[4],夫子风采,溢于格言[5]。是以远称唐世,则焕乎为盛;近褒周代,则郁哉可从[6]。此政化贵文之征也。郑伯入陈,以立辞为功,宋置折俎,以多文举礼[7]。此事迹贵文之征也。褒美子产,则云:"言以足志,文以足言";泛论君子,则云:"情欲信,辞欲巧"[8]。此修身贵文之征也。然则志足而言文,情信而辞巧,乃含章之玉牒,秉文之金科矣[9]。

【注释】

[1]作者:创造者。述者:阐释者。

[2]陶铸:陶冶,培养。上哲:古代的圣贤。

[3]夫子:指孔子。

[4]圣化:神圣的教化。方册:指书籍。

[5]格言:作为准则的话。

[6]唐世:唐尧时代。焕:鲜明,光亮。郁:富有文采。

[7]郑伯:郑简公。陈:陈国。宋:宋平公。折俎(zǔ):把煮熟的牛羊放在俎上。俎,放牲体的器皿。

[8]"言以足志"二句:《左传》载孔子语。"情欲信"二句:《礼记》载孔子语。

[9]含章:蕴藏着文采。玉牒(dié):重要的文书。秉(bǐng)文:写文章。金科:重要的条律。

夫鉴周日月,妙极机神[1];文成规矩,思合符契[2];或简言以达旨,或博文以该情,或明理以立体,或隐义以藏用[3]。故《春秋》一字以褒贬,"丧服"举轻以包重,此简言以达旨也[4]。《邠诗》联章以积句,《儒行》缛说以繁辞,此博文以该情也[5]。书契断决以象夬,文章昭晰以效离,此明理以立体也[6]。"四象"精义以曲隐,"五例"微辞以婉晦,此隐义以藏用也[7]。故知繁略殊形,隐显异术,抑引随时,变通适会[8],征之周孔,则文有师矣。

【注释】

[1]鉴:鉴察。周:普遍。日月:指整个世界。妙:巧妙。极:穷尽。机神:微妙的神理。

[2]规矩:指文章的规律。符契:两相契合的合同。

[3]该情:完备地表达情感。立体:创立体制。藏用:隐藏用意。

[4]一字以褒贬:用一个字即可表现爱憎,指用语精炼。丧服:指《礼记·丧服》。举轻以包重:指《丧服》举轻丧服(丧服五个月)为例概括了重丧服(服丧五个月以上)的用法。简言:用语高度概括。

[5]邠(bīn)诗:即《诗经·七月》。联章以积句:联句成篇。儒行:见于《礼记》。缛说以繁辞:文辞繁缛。

[6]书契:文书。象夬(guài):像夬卦。昭晰:明白。效离:效法离卦。

[7]四象:《周易·系辞》:"易有太极,是生两仪,两仪生四象,四象生八卦。"五例:杜预《春秋左氏传序》:"为例之情有五:一曰微而显;二曰志而晦;三曰婉而成章;四曰尽而不污;五曰惩恶而劝善。"

[8]异术:不同的方法。抑引:浓缩和伸展。适会:适应当时的情况。

是以论文必征于圣,窥圣必宗于经。《易》称"辨物正言,断辞则备"[1];《书》云"辞尚体要,不惟好异"[2]。故知正言所以立辨,体要所以成辞,辞成无好异之尤,辨立有断辞之美[3]。虽精义曲隐,无伤其正言;微辞婉晦,不害其体要[4]。体要与微辞偕通,正言共精义并用;圣人之文章,亦可见也。颜阖以为:"仲尼饰羽而画,徒事华辞。"[5]虽欲訾圣,弗可得已[6]。然则圣文之雅丽,固衔华而佩实者也[7]。天道难闻,犹或钻仰;文章可见,胡宁勿思[8]?若征圣立言,则文其庶矣[9]。

【注释】

[1]"辨物"二句:辨明事物,端正语言,使文辞明断,语意完足。

[2]"辞尚二句":文辞以切实简要为好,不必标新立异。

[3]尤:过失。美:好处。

[4]曲隐:曲折深隐。婉晦:含蓄婉转。

[5]颜阖(hé)：战国时鲁国的隐士。"仲尼"二句：语见于《庄子·列御寇》。

[6]訾(zǐ)：说人坏话。弗可得：没有用的。

[7]衔(xián)华：指有文采。佩实：指有内容。

[8]天道：自然界的道理。钻仰：深入研求。胡宁：为什么。思：动脑子。

[9]庶(shù)：差不多。

赞曰：妙极生知，睿哲惟宰[1]。精理为文，秀气成采[2]。鉴悬日月，辞富山海。百龄影徂，千载心在[3]。

【注释】

[1]生知：生而知之者，即圣人。睿(ruì)哲：明智而神圣。宰：主宰。

[2]精理：精深之理。秀气：卓绝的才气。

[3]百龄：百岁。影徂(cú)：形影消逝。心：文心，指文章。

【导读】

《征圣》继《原道》之后，正是依据"道沿圣以垂文，圣因文以明道"的思路，说明写作文章，必须以圣人及其指导性言论为依据。

"征"，《说文》的解释是"召也"。段玉裁注："征者，证也，验也。"所谓"征圣"，即在圣人那里可以求得证验。刘勰认为，论文明道要向圣人学习，以圣人的著作为依据，还要以圣人的文章作为标准，来衡量后世的文学作品。

"论文必征于圣，窥圣必宗于经"，是本篇的关键。刘勰指出，古代的圣人在进行政治教化、外交礼仪、个人修养等方面，都重视运用文辞。经书中言及"志足言文""情信辞巧"，便是对文章内容和形式的基本要求；经书文辞，在不同场合表现出不同特征，或繁或略，或隐或显，"抑引随时，变通适会"，正是值得细心体会和学习的地方；经书强调"正言""体要"，要求文章写得雅正、切实和扼要，要求文章既雅又丽，华实兼备，都是后世作文的准则。

本篇有两点值得注意：第一，提倡雅正、精要，反对诡异、浮靡，是刘勰针对当时文坛风气而言的。他援引圣人的言论，为反对时弊，提倡优良文风提供了强有力的理论依据。第二，"征圣立言"意味着在写作上对前代经典应有的继承，而"抑引随时，变通适会"又要求面对现实，师于圣而不泥古，要有所改变，以求文章符合现实的需要。这是刘勰文学思想中辩证观点的一种体现。

宗 经

三极彝训，其书曰经[1]。经也者，恒久之至道，不刊之鸿教也[2]。故象天地，效鬼神，参物序，制人纪，洞性灵之奥区，极文章之骨髓者也[3]。皇世《三坟》，帝代《五典》，重以《八索》，申以《九丘》[4]，岁历绵暧，条流纷糅[5]，自夫子删述，而大宝咸耀[6]。于是《易》张"十翼"，《书》标"七观"，《诗》列"四始"，《礼》正"五经"，《春秋》"五例"[7]。义既埏乎性情，辞亦匠于文理[8]，故能开学养正，昭明有融[9]。然而道心惟微，圣谟卓绝，墙宇重峻，而吐纳自深。譬万钧之洪钟，无铮铮之细响矣[10]。

【注释】

[1]三极：三才，指天、地、人。彝(yí)训：经久不变的道理。

[2]不刊：不可磨灭。鸿：大。

[3]象：取法。效：效法。参物序：检验万物变化的秩序。制人纪：制定人世的纲纪。洞：深入。奥区：奥秘的地方。极：彻底探求。骨髓：最精要之处。

[4]《三坟》：传说中伏羲、神农、黄帝之书。《五典》：传说中少昊、颛顼(zhuān xū)、高辛、唐尧、虞舜之书。《八索》：传说中关于八卦之书。《九丘》：传说中关于九州之书。

[5]绵暧(ài)：久远不明。纷糅(róu)：纷杂。

[6]夫子删述：孔子删定五经。大宝咸耀：经书皆放耀光芒。

[7]十翼：《易经》的注释和论述，包括《彖》上下、《象》上下、《系辞》上下、《文言》、《说卦》、《序卦》、《杂卦》。七观：《尚书》可以观义、仁、诚、度、事、治、美。四始：《诗经》的《风》《小雅》《大雅》《颂》。五经：《礼记》中的吉礼、凶礼、宾礼、军礼、嘉礼。五例：《左传》五例，一曰微而显，二曰志而晦，三曰婉而成章，四曰尽而不污，五曰惩恶而劝善。

[8]埏(shān)：制陶器的模型，这里指陶冶。匠：工匠，这里指掌握技巧。

[9]开学：启发学习。养正：培养正道。昭明：光明。融：长。

[10]微：精妙。谟(mó)：谋略。重峻(jùn)：深而高。吐纳：内涵。钧：三十斤为一钧。

夫《易》惟谈天,入神致用[1]。故《系》称旨远辞文,言中事隐[2]。韦编三绝,固哲人之骊渊也[3]。《书》实记言,而训诂茫昧,通乎《尔雅》,则文意晓然[4]。故子夏叹《书》,昭昭若日月之明,离离如星辰之行,言昭灼也[5]。《诗》主言志,诂训同书;摛风裁兴,藻辞谲喻;温柔在诵,故最附深衷矣[6]。《礼》以立体,据事制范,章条纤曲,执而后显,采掇片言,莫非宝也[7]。《春秋》辨理,一字见义;五石六鹢,以详略成文;雉门两观,以先后显旨;其婉章志晦,谅以邃矣[8]。《尚书》则览文如诡,而寻理即畅[9];《春秋》则观辞立晓,而访义方隐[10]。此圣文之殊致,表里之异体者也[11]。

【注释】

[1]天:天道。入神致用:语见《易·系辞下》。

[2]旨远:含义深远。辞文:文辞精美。言中:说话得体。事隐:事理隐深。

[3]韦编三绝:据说孔子读《易》,编连竹简的熟牛皮带断了三次。韦:熟牛皮。绝:断。骊(lí)渊:比喻真理深藏之处。骊,黑色的龙。渊,深水。

[4]训诂:解释古书词句的意义。茫昧:不明。晓然:清楚。

[5]子夏:孔子的学生。昭灼:明显。

[6]摛(chī)风裁兴:发扬民歌特点,运用比兴手法。藻辞谲(jué)喻:文辞美好,比喻婉曲。温柔:《礼记》上有"温柔敦厚,诗教也"。附:贴切。深衷:内心深处。

[7]立体:确立体制。制范:制定规范。纤曲:详尽。执:行。采掇(duō):拾取。宝:宝贵。

[8]一字见义:一字见褒贬。五石六鹢(yì):《春秋》上说"陨石于宋五,六鹢退飞过宋都"。鹢,一种水鸟。雉门两观:《春秋》上说"雉门及两观灾。"雉门,鲁宫南门。两观,宫门两边的楼台。婉章志晦:语出杜预《春秋左氏传序》。邃(suì):深远。

[9]诡:奇异。

[10]访:探求。隐:隐藏着深意。

[11]殊致:不同的情致。表里:指语言形式和思想内容。异体:不同风格。

至根柢槃深[1],枝叶峻茂,辞约而旨丰,事近而喻远。是以往者虽旧,余味日新;后进追取而非晚,前修久用而未先[2],可谓太山遍雨[3],河润千里者也。

【注释】

[1]根柢(dǐ)槃(pán)深:根深牢固。

[2]前修久用而未先:这里说它的意义发掘不完。

[3]太山:泰山。

故论说辞序,则《易》统其首;诏策章奏,则《书》发其源;赋颂歌赞,则《诗》立其本;铭诔箴祝,则《礼》统其端;纪传盟檄,则《春秋》为根[1];并穷高以树表,极远以启疆[2],所以百家腾跃,终入环内者也[3]。若禀经以制式,酌雅以富言[4],是即山而铸铜,煮海而为盐也。故文能宗经,体有六义:一则情深而不诡,二则风清而不杂,三则事信而不诞,四则义直而不回,五则体约而不芜,六则文丽而不淫[5]。扬子比雕玉以作器,谓五经之含文也[6]。夫文以行立,行以文传,四教所先,符采相济,迈德树声,莫不师圣;而建言修辞,鲜克宗经[7]。是以楚艳汉侈,流弊不还,正末归本,不其懿欤[8]!

【注释】

[1]论说辞序、诏策章奏、赋颂歌赞、铭诔箴祝、纪传盟檄:文体的名称。

[2]穷高:最高。树表:树立高标准。启疆:开启疆域,指拓展文体。

[3]腾跃:学术竞争活动。环:范围。

[4]禀(bǐng):接受。制式:制定文体。酌(zhuó):择取。富言:丰富语言。

[5]体有六义:文章有六个特点。诡:虚伪。风:文风。诞:虚妄。直:正直。回:歪曲。约:简约。芜:芜杂。淫:过分。

[6]扬子:扬雄。含文:富有文采。

[7]四教:《论语·述而》:"予以四教:文、行、忠、信。"符采:玉上的纹理。迈德树声:磨砺品德,树立声名。克:能够。

[8]楚艳汉侈:楚辞汉赋过于铺陈词藻。懿(yì):美好。

赞曰:三极彝训,道深稽古[1]。致化归一,分教斯五[2]。性灵熔匠,文章奥府[3]。渊哉铄乎!群言之祖[4]。

【注释】

[1]稽(jī)古:合于古。

[2]化：教化。斯：这。五：指五经。

[3]熔：熔铸，陶冶。府：收藏之所。

[4]渊：深。铄：光辉灿烂。群言：后世言论文章。

【导读】

《宗经》是《原道》《征圣》的继续，所谓"论文必征于圣，窥圣必宗于经"。由于经典表现的是圣人的思想，所以刘勰认为学习五经，就是学习圣人的必要途径。

《说文》："宗，尊祖庙也。"段玉裁注："当云：尊也，祖庙也。"据此可知，"宗经"就是"尊经"的意思。人们尊祖先，有庙宇；写文章要找源头，那便是"五经"。按刘勰的看法，"五经"不仅是文章的最高典范，甚至还是后世一切文章的源头。本篇就是通过对"五经"的价值、思想艺术特色以及影响的阐述，说明文章必须"宗经"的主旨。

刘勰首先指出，"五经"有洞悉人类心灵、穷极文章道理的作用，特别是经孔子编订之后，内容精深，文辞典范。接着，他指出"五经"的体制特点和表现方法的不同，说明"五经"的成就以及对后人写文章的影响。刘勰举例说明后代的论说辞序、诏策章奏、赋颂歌赞、铭诔箴祝、记传盟檄等二十种主要文体与"五经"的渊源。这一观点，受到晋人挚虞《文章流别论》的启示。在刘勰之后，认为文章皆源于"五经"的，也不乏其人，如北齐的颜之推和清代的章学诚。其实，这种"尊经"的思想，在中国汉代到"五四"的历史中，一直没有中断过。明清两代八股取士，"代圣贤立言"，也可看着是一种流变。

不过，刘勰在本篇中进一步指出，"文能宗经，体有六义"，可见其复古之中，又有革新。所谓"六义"，即他从"五经"中总结出来的六个特点，也就是文章写作的六项标准："一则情深而不诡，二则风清而不杂，三则事信而不诞，四则义直而不回，五则体约而不芜，六则文丽而不淫。"其中，"情深""事信""义直"是指思想内容，"风清""体约""文丽"是指形式和语言风格，合在一起，就是刘勰评价作家、作品的主要标准。

最后，刘勰认为，"宗经"的目的在于"正末归本"，用以克服当时文坛过于铺陈词藻的流弊。可见其文学理论的体系并非虚设生造，而是具有现实意义的。

正　纬

夫神道阐幽，天命微显[1]，马龙出而大《易》兴[2]，神龟见而《洪范》耀[3]。故《系辞》称"河出图，洛出书，圣人则之"，斯之谓也。但世夐文隐，好生矫诞[4]，真虽存矣，伪亦凭焉[5]。

【注释】

[1]神道：神妙之理。阐：阐明。幽：幽隐。微：精微。

[2]马龙出：传说有像马的龙负图（即河图）从黄河里出来。兴：兴起。

[3]神龟见：传说洛水中有龟负书（即洛书）而出。耀：显耀。

[4]世夐(xiòng)：时代遥远。文隐：文义隐晦。矫诞：矫饰而荒诞。

[5]凭：凭借，依据。

夫《六经》彪炳，而纬候稠叠[1]；《孝》《论》昭晰，而《钩》《谶》葳蕤[2]；按经验纬，其伪有四：盖纬之成经，其犹织综[3]，丝麻不杂，布帛乃成；今经正纬奇，倍摘千里[4]，其伪一矣。经显，圣训也；纬隐，神教[5]。圣训宜广，神教宜约[6]，而今纬多于经，神理更繁，其伪二矣。有命自天，乃称符谶，而八十一篇，皆托于孔子[7]；则是尧造绿图，昌制丹书[8]，其伪三矣。商周以前，图箓频见[9]，春秋之末，群经方备，先纬后经，体乖织综[10]，其伪四矣。伪既倍摘，则义异自明，经足训矣，纬何豫焉[11]！

【注释】

[1]彪炳：光彩照人。纬候：纬书的别称。稠(chóu)叠：重复繁杂。

[2]《孝》《论》：《孝经》和《论语》。昭晰：光明。《钩》《谶(chèn)》：指与《孝经》和《论语》相配的纬书。葳蕤(wēi ruí)：草木茂盛，转指杂乱。

[3]织综：经线和纬线交织。

[4]倍摘(zhì)：背离。

[5]圣训：圣人的教训。神教：神的教导。

[6]广：多。约：少。

[7]符谶：符命和谶纬，指委托天命的预言。托：假托。

[8]绿图：即河图。昌：姬昌，即周文王。丹书：即洛书。

[9]图箓(lù)：即图谶，指河图洛书。

[10]乖：背离。

[11]训：训导。豫：参预。

原夫图箓之见，乃昊天休命，事以瑞圣，义非配经[1]。故河不出图，夫子有叹，如或可造，无劳喟然[2]。昔康王河图，陈于东序[3]，故知前世符命，历代宝传，仲尼所撰，序录而已[4]。于是伎数之士，附以诡术，或说阴阳，或序灾异，若鸟鸣似语，虫叶成字，篇条滋蔓，必假孔氏[5]；通儒讨核，谓伪起哀、平，东序秘宝，朱紫乱矣[6]。至于光武之世，笃信斯术[7]，风化所靡，学者比肩[8]。沛献集纬以通经，曹褒选谶以定礼[9]，乖道谬典，亦已甚矣[10]。是以桓谭疾其虚伪，尹敏戏其浮假，张衡发其僻谬，荀悦明其诡诞[11]，四贤博练，论之精矣[12]。

【注释】

[1]原：推究。夫：语气助词。昊天：上天。休：美好。瑞：祥瑞。

[2]夫子有叹：《论语·子罕》中说："凤鸟不至，河不出，吾已矣夫！"造：编造。喟然：叹息。

[3]康王：周康王。东序：东厢房。

[4]仲尼：孔子。序录：记录。

[5]伎(jì)数之士：方术之士。诡术：诡诈之术。鸟鸣似语：见于《左传》。虫叶成字：见于《汉书》。篇条：指名目繁多的纬书。滋蔓：滋长蔓延，指越来越多。假：假托。

[6]通儒：博学通达之儒。讨核：探讨考核。哀平：汉哀帝、汉平帝。秘宝：图谶之类。朱紫乱：《论语·阳货》："恶紫之夺朱也。"这里比喻以纬乱经。

[7]光武：汉光武帝。笃信：深信。

[8]风化：风气。靡：披靡，指影响。比肩：并肩，比喻人多。

[9]沛(pèi)献：汉光武帝之子沛献王刘辅。曹褒：东汉章帝时人。

[10]乖道谬典：违反正道，背离经典。甚矣：太过分了。

[11]桓(huán)谭：东汉学者。疾：憎恨。尹敏：东汉学者。戏：嘲笑。张

衡：东汉学者、作家。发：揭露。荀悦：东汉学者。明：辨明。

[12]博练：博学精通。精：精辟。

若乃羲、农、轩、皞之源，山渎钟律之要[1]，白鱼赤乌之符，黄银紫玉之瑞[2]，事丰奇伟，辞富膏腴[3]，无益经典，而有助文章。是以古来辞人，捃摭英华[4]，平子恐其迷学，奏令禁绝[5]；仲豫惜其杂真，未许煨燔[6]；前代配经，故详论焉。

【注释】

[1]羲（xī）农轩皞：伏羲、神农、轩辕、少皞（hào）。渎（dú）：入海的河。钟律：音乐、乐律。

[2]白鱼赤乌：《史记·周本纪》记载，周武王渡黄河，有白鱼跃之舟中，渡河后又有赤色乌鸟落在屋上。符：祥瑞的征兆。黄银紫玉：纬书上说，君王乘金德做天子，有黄银紫玉出现。

[3]膏腴（gāo yú）：肥沃富饶，指文采。

[4]捃摭（jùn zhí）：拾取。英华：指纬书中"有助文章"的成分。

[5]平子：张衡的字。奏令禁绝：张衡奏请皇帝下令禁止图谶，事见《后汉书·张衡传》。

[6]仲豫：荀悦的字。煨燔（wēi fán）：焚烧。

赞曰：荣河温洛，是孕图纬[1]。神宝藏用，理隐文贵[2]。世历二汉，朱紫腾沸[3]。芟夷谲诡，采其雕蔚[4]。

【注释】

[1]荣河：纬书上说："帝尧即政，荣光出河。"温洛：纬书上说："帝盛德之应，洛水先温。"孕：孕育。

[2]藏用：蕴藏着巨大的作用。理隐文贵：道理深奥，文采宝贵。

[3]朱紫腾沸：像朱色和紫色混杂。

[4]芟（shān）夷：除去。雕蔚：美丽的文采。

【导读】

纬是与经相对而言的。经纬本来指织物的经线和纬线，后引申为经书和纬书。西汉以来，纬书与图谶结合，并称谶纬，十分流行。刘勰尊重圣人写作的经典，但对于纬书，他认为不能与经书相配，应该吸取其精华，剔除其糟粕。

《说文》："正，是也。从一，一以止。"正字的本义是"正鹄"，指射手和目标之间只能是一条直线。直为是，曲为非。刘勰要"正纬"，就是要对纬书加以检验，正其是非，判其得失。

要对纬书正是非、判得失，总得有个标准，刘勰的标准是"按经验纬"。通过比较对照，他指出纬书与经书有四点不同，即奇正之别、隐显之异、人以乱天、后以冒先。接着，他又从历史发展角度，说明纬书多出于汉代方术之士，内容荒诞不经。东汉时期，就有许多有识之士加以抨击。但他认为，纬书虽然"无益经典"，但"有助文章"。至于纬书中哪些部分有助于文章写作，刘勰并没有具体说明，只是笼统地说："芟夷谲诡，采其雕蔚。"从文学的角度看，把迷信成分与神话传说区分开来，吸取神话故事中展现的丰富的想象力和瑰丽的辞藻，应该是一个基本原则。

本篇题为"正纬"，具有验证、纠正的意思，这是从否定的一面说的。在《序志》篇中，刘勰提到"酌乎纬"，意思是从纬书中酌取某些题材和文辞，这是从肯定的一面说的。"芟夷谲诡，采其雕蔚"这一原则，则从正反两个方面表明刘勰对待纬书的态度。

辨 骚

自《风》《雅》寝声[1]，莫或抽绪[2]，奇文郁起[3]，其《离骚》哉！固已轩翥诗人之后[4]，奋飞辞家之前[5]，岂去圣之未远，而楚人之多才乎[6]！

【注释】

[1]寝：平息。

[2]莫或：没有人。抽绪：抽引余绪，指继续写下去。

[3]郁：繁盛。

[4]轩翥(zhù)：高飞。诗人：《诗经》的作者。

[5]辞家：汉代的辞赋作者。

[6]圣：指孔子。才：才华。

昔汉武爱《骚》，而淮南作传[1]，以为《国风》好色而不淫，《小雅》怨诽而不乱，若《离骚》者，可谓兼之[2]。蝉蜕秽浊之中，浮游尘埃之外，皭然涅而不缁，虽与日月争光可也[3]。班固以为：露才扬己，忿怼沉江[4]；羿、浇、二姚，与左氏不合[5]；昆仑、悬圃，非经义所载[6]；然其文辞丽雅，为词赋之宗，虽非明哲，可谓妙才。王逸以为：诗人提耳，屈原婉顺[7]，《离骚》之文，依经立义，驷虬乘鹥，则时乘六龙[8]；昆仑流沙，则《禹贡》敷土[9]；名儒辞赋，莫不拟其仪表，所谓"金相玉质，百世无匹"者也[10]。及汉宣嗟叹，以为皆合经术[11]；扬雄讽味，亦言体同诗雅[12]。四家举以方经，而孟坚谓不合传[13]。褒贬任声，抑扬过实，可谓鉴而弗精，玩而未核者也[14]。

【注释】

[1]汉武：汉武帝刘彻。淮南：淮南王刘安。传：指刘安《离骚传》，已失传。

[2]淫：过分。诽：讥讽。乱：没有节制。

[3]蝉蜕(tuì)：蝉蛹在泥里脱皮。皭(jiào)：洁白。涅(niè)：染黑。缁：黑色。

[4]班固：东汉作家，著有《汉书》。忿怼(duì)：怨恨。

[5]羿浇(yì jiāo)二姚：羿，后羿；浇，过浇；二姚，姚氏二女。这些都是传说中的夏代人。左氏：左丘明，这里指《左传》。

[6]昆仑悬圃：古代神话中的地名。

[7]王逸：东汉作家，著有《楚辞章句》。诗人提耳：《诗经·大雅·抑》中有"言提其耳"，意谓提着耳朵，给予教育。婉顺：和顺。

[8]驷虬(sì qiú)乘鹥(yì)：驾着玉龙，乘着凤凰。时乘六龙：《易传》中有"时乘六龙以御天"。

[9]流沙：地名。禹贡：《尚书》篇名。敷：分别治理。

[10]仪表：形式。金相玉质：金玉为质。句出王逸《楚辞章句序》。

[11]汉宣：汉宣帝刘询。嗟(jiē)叹：叹赏。

[12]扬雄：西汉末年作家。讽：诵读。味：玩味、体会。

[13]四家：指刘安、王逸、刘询、扬雄。方：并比。孟坚：班固的字。

[14]弗：不。未核：没有仔细核实。

将核其论，必征言焉[1]。故其陈尧、舜之耿介，称禹、汤之祗敬，典诰之体也[2]；讥桀、纣之猖披，伤羿、浇之颠陨，规讽之旨也[3]；虬龙以喻君子，云蜺以譬谗邪，比兴之义也[4]；每一顾而掩涕，叹君门之九重，忠怨之辞也[5]：观兹四事，同于《风》《雅》者也[6]。至于托云龙，说迂怪，丰隆求宓妃，鸩鸟媒娀女，诡异之辞也[7]；康回倾地，夷羿弊日，木夫九首，土伯三目，谲怪之谈也[8]；依彭咸之遗则，从子胥以自适，狷狭之志也[9]；士女杂坐，乱而不分，指以为乐，娱酒不废，沉湎日夜，举以为欢，荒淫之意也[10]：摘此四事，异乎经典者也[11]。

【注释】

[1]征：征引原作者(屈原)的话。

[2]耿介：光明正大。祗(zhī)敬：敬戒。典诰：典指《尚书·尧典》，诰指《尚书·汤诰》。

[3]猖(chāng)披：任意妄为。颠陨：坠落，指后羿、过浇被杀。规讽：规劝，讽刺。

[4]虬(qiú)龙：有角的龙。云蜺(ní)：恶气。谗邪：不正派的人。

[5]一顾而掩涕：语出《离骚》。君门之九重：语出《九辩》。

[6]兹:此。

[7]托云龙,说迂怪:语见《离骚》。丰隆:雷神。宓(fú)妃:神女。鸩(zhèn)鸟:《离骚》有:"吾令鸩为媒兮。"娀(sōng)女:有娀氏之美女,名简狄。

[8]康回倾地:共工撞天柱而地倾。夷羿弊(bì)日:后羿射日。木夫九首:拔树的巨人有九个头。土伯三目:土地神有三只眼。

[9]彭咸:相传为殷商时的贤大夫。子胥:伍子胥,春秋楚国人。狷狭之志:不从流俗、洁身自好的志向。

[10]士女二句:见于《招魂》。娱酒二句:见于《招魂》。不废:不停。沉湎:沉迷。

[11]摘:摘出。

故论其典诰则如彼,语其夸诞则如此[1],固知《楚辞》者,体宪于三代,而风杂于战国[2],乃《雅》《颂》之博徒[3],而词赋之英杰也。观其骨鲠所树,肌肤所附[4],虽取熔经意,亦自铸伟辞[5]。故《骚经》《九章》,朗丽以哀志[6];《九歌》《九辩》,绮靡以伤情[7];《远游》《天问》,瑰诡而慧巧[8];《招魂》《大招》,耀艳而深华[9];《卜居》标放言之致,《渔父》寄独往之才[10]。故能气往轹古,辞来切今[11],惊采绝艳,难与并能矣。

【注释】

[1]典诰(gào):指儒家经典。夸诞(dàn):夸大到虚妄的程度。

[2]体:体式、主体。宪:效法。三代:指夏商周三代。风:风格、风味。杂:夹杂。

[3]博徒:博弈之徒,这里指低贱之人。

[4]骨鲠(gěng):骨干。喻文章内容。肌肤:喻文章辞藻。

[5]熔:熔化。铸:创制。伟:卓越。

[6]朗丽:明朗艳丽。哀志:悲哀的心意。

[7]绮靡:绮丽细致。伤情:哀伤的感情。

[8]瑰诡(guǐ):瑰丽诡异。慧巧:文思巧慧。

[9]耀艳:光彩照耀。深华:内蕴华美。

[10]标放言之致:显示出不羁的意旨。寄独往之才:寄托特立独行的才干。

[11]气:气度。轹(lì):车轮碾过。切:恰合。

　　自《九怀》以下,遽蹑其迹[1];而屈、宋逸步,莫之能追[2]。故其叙情怨,则郁伊而易感[3];述离居,则怆怏而难怀[4];论山水,则循声而得貌[5];言节候,则披文而见时[6]。是以枚、贾追风以入丽[7],马、扬沿波而得奇[8],其衣被词人,非一代也[9]。故才高者菀其鸿裁,中巧者猎其艳辞[10],吟讽者衔其山川,童蒙者拾其香草[11]。若能凭轼以倚《雅》《颂》,悬辔以驭楚篇[12],酌奇而不失其真,玩华而不坠其实[13];则顾盼可以驱辞力,欬唾可以穷文致[14],亦不复乞灵于长卿,假宠于子渊矣[15]。

【注释】

[1]《九怀》:《楚辞·九怀》,王褒著。遽(jù):急骤。蹑(niè):追踪。

[2]逸步:奔走超群的步伐。

[3]郁伊:即抑郁,心情不舒畅。

[4]怆怏(chuàng yàng):郁抑凄悲。

[5]循:按照。

[6]节候:季节。披:披阅。

[7]枚贾:枚乘、贾谊,均为西汉作家。追风:追随文风。

[8]马扬:司马相如、扬雄,均为西汉作家。沿波:沿着趋向。

[9]衣被:给人穿衣,比喻加惠后人。

[10]菀(wǎn):取。鸿裁:指文章的鸿大体制。猎:取。

[11]吟讽者:吟咏诵读之人。衔:口含,品味。童蒙者:初学的少年。

[12]轼:设在车厢前供人凭依的横木。辔(pèi):马缰绳。驭:驾驭、控制。

[13]酌:采择。真:正,正确。

[14]顾盼、欬(kài)唾:指极短的时间。

[15]长卿:司马相如的字。子渊:王褒的字。

　　赞曰:不有屈原,岂见《离骚》。惊才风逸[1],壮采烟高[2]。山川无极,情理实劳[3]。金相玉式,艳溢锱毫[4]。

【注释】

[1]惊才:惊人的才华。风逸:像风一样飘逸。

[2]壮采:豪壮的志向。烟高:像烟一样高远。

[3]无极:无穷。劳:通"辽",意为广阔。

[4]相:质。式:用。锱(zī)毫:极细微处,指作品的细节。

【导读】

"辨骚"的"骚"字,原指屈原的《离骚》,后泛指《楚辞》中以《离骚》为首的屈原、宋玉等人的作品。本篇所论,也是泛指。论"骚"而要"辨",说明对于"骚"的评价有分歧。刘勰正是在分辨是非曲直中,阐述他对"骚"的看法和评价。

"骚"原本只是一种文体,后世有骚体,或称楚辞体。刘勰没有把它放到随后的文体论,而是放在总论中。《序志》说:"盖《文心》之作也,本乎道,师乎圣,体乎经,酌乎纬,变乎骚,文之枢纽,亦云极矣。"他把"骚"与"道""圣""经""纬"放在一起,看作"文之枢纽",这是有他自己特别的考量的。究其关键,在一个"变"字。即"骚"作为一种另类的经典,与儒家的经典相比,既有相通,又有变异。

刘勰首先列举了汉代以来各家的观点,认为他们都"褒贬任声,抑扬过实",失之片面。然后,他分辨了"骚"与经典相比的"四同"和"四异"。所谓"四同",包括"典诰之体""规讽之旨""比兴之义""忠怨之辞"。这些都是就思想内容和教育作用而言的。所谓"四异",包括"诡异之辞""谲怪之谈""狷狭之志""荒淫之意"。其中前两项指作品中的神话成分而言,后两项涉及思想内容。需要说明的是,刘勰本着"宗经"的主旨,指出"骚"的意义和不足。把"骚"提到"经"的高度,是他的主要目的。而指出的不足之处,实际上正是"变"的部分。把"变"看成不足,这是无法自圆其说的。他在其他场合说的话,与这里相互抵触,体现刘勰思想矛盾的一面。

刘勰对"骚"有褒有贬,总体上还是评价很高的。他称道"骚"是"气往轹古,辞来切今,惊采绝艳,难与并能",认为它对后代的辞赋产生深远的影响。最后表明,作文要以《诗经》的雅正为根本,酌取《楚辞》的奇辞异采,做到奇正结合、华实相扶,这是《文心雕龙》全书的一个基本观点。

明　诗

大舜云:"诗言志,歌永言。"[1]圣谟所析[2],义已明矣。是以"在心为志,发言为诗"[3];舒文载实[4],其在兹乎!"诗者,持也"[5],持人情性;三百之蔽,义归无邪[6],持之为训,有符焉尔[7]。

【注释】

[1]大舜:即《尚书·舜典》。永:长,延长的意思。

[2]圣:指舜。谟:谋略,引申为典训。

[3]"在心"二句:语出《毛诗序》。

[4]舒:发布。文:文辞。实:内容。

[5]持:扶持,有培育的意思。语出《诗纬·含神雾》。

[6]蔽:概括。《论语·为政》:"子曰:诗三百,一言以蔽之,曰思无邪。"

[7]训:解说。焉:于此。尔:助词。

人禀七情[1],应物斯感;感物吟志,莫非自然。昔葛天乐辞,《玄鸟》在曲;黄帝《云门》,理不空弦[2]。至尧有《大唐》之歌,舜造《南风》之诗[3],观其二文,辞达而已。及大禹成功,九序惟歌[4];太康败德,五子咸怨[5]:顺美匡恶[6],其来久矣。

【注释】

[1]禀:领受、承受。七情:人的七种情绪,指喜、怒、哀、乐、惧、爱、恶、欲。

[2]葛天:即葛天氏,传说中的古代帝王。《玄鸟》:《吕氏春秋·古乐》中说,葛天氏时代的音乐,有《载民》《玄鸟》等。《云门》:相传为黄帝之乐。空弦:有曲无词。

[3]《大唐》:相传为尧之乐。《南风》:相传为舜之乐。

[4]《九序》:九项重大的事有条不紊。《尚书·大禹谟》:"九功为叙,九叙惟歌。"

[5]太康:夏启之子。五子:太康的五个弟弟。

[6]匡:纠正。

　　自商暨周,《雅》《颂》圆备[1],四始彪炳,六义环深[2]。子夏监绚素之章,子贡悟琢磨之句[3],故商、赐二子,可与言《诗》。自王泽殄竭,风人辍采[4];春秋观志,讽诵旧章[5],酬酢以为宾荣,吐纳而成身文[6]。逮楚国讽怨,则《离骚》为刺[7]。秦皇灭典,亦造《仙诗》[8]。

　　[1]暨(jì):及。《雅》《颂》:《诗经》有风、雅、颂三类。圆备:完备。

　　[2]四始:指风、小雅、大雅、颂。彪炳:文采焕发的样子。六义:指风、雅、颂、赋、比、兴。环深:周密而深沉。

　　[3]子夏:孔子的弟子,名商。事见《论语·八佾》。子贡:孔子的弟子,名赐。事见《论语·学而》。

　　[4]王泽:先王的恩泽。殄(tiǎn):尽。风人:采集民间歌谣的人。辍(chuò):停止。

　　[5]春秋:此处指《左传》。观志:观察其心志。讽:背诵。

　　[6]酬酢(zuò):劝酒与回敬。宾荣:宾客的荣誉。吐纳:指讽诵旧章。身文:指口才。

　　[7]逮(dài):及至。讽:讽刺。

　　[8]灭典:指秦始皇焚书。《仙诗》:秦始皇命人作《仙真人诗》。

　　汉初四言,韦孟首唱,匡谏之义,继轨周人[1]。孝武爱文,柏梁列韵,严、马之徒,属辞无方[2]。至成帝品录,三百余篇,朝章国采,亦云周备[3];而辞人遗翰,莫见五言,所以李陵、班婕妤见疑于后代也[4]。按《召南·行露》,始肇半章;孺子《沧浪》,亦有全曲[5];《暇豫》优歌,远见春秋;《邪径》童谣,近在成世[6];阅时取证,则五言久矣[7]。又《古诗》佳丽,或称枚叔;其《孤竹》一篇,则傅毅之词;比采而推,两汉之作乎[8]?观其结体散文,直而不野,婉转附物,怊怅切情,实五言之冠冕也[9]。至于张衡怨篇,清典可味,《仙诗》《缓歌》,雅有新声[10]。

【注释】

[1]韦孟:西汉初年诗人。继轨:沿着前人的轨迹。周人:指周人作《诗经》。

[2]孝武:汉武帝刘彻。柏梁:指柏梁台。汉武帝曾诏群臣在柏梁台联句,称柏梁体。严:严忌、严助父子。马:司马相如。属辞:指写作。方:常。

[3]成帝:汉成帝刘骜。品录:品评辑录。朝章:指朝庙乐章。国采:指全国各地所采集的诗歌。周备:周密完备。

[4]翰:文辞。李陵:汉时名将。班婕妤:汉成帝后妃。见疑于后代:他们的诗,后人怀疑是伪托。

[5]始肇:开始。孺子:儿童。《沧浪》:即《沧浪歌》。

[6]《暇(xiá)豫》:诗歌篇名。优:倡优。《邪径》:歌谣名。成时:汉成帝时。

[7]阅时:经历时日。证:证明。

[8]《古诗》:指《古诗十九首》。枚叔:枚乘。《孤竹》:指《古诗十九首》中的《冉冉孤生竹》。傅毅:东汉诗人。比采而推:比照文采而加以类推。

[9]结体:指体裁的运用。散文:指语言的运用。直:正。附:符合。怊怅:失意感伤。切:切合。冠冕:古代帝王、官员戴的帽子,喻首位。

[10]张衡:东汉科学家、文学家。怨篇:指张衡的《怨诗》。清典:清新典雅。《仙诗》《缓歌》:二诗无考。雅:正。新声:新意。

暨建安之初,五言腾踊[1];文帝、陈思,纵辔以骋节[2];王、徐、应、刘,望路而争驱[3];并怜风月,狎池苑,述恩荣,叙酣宴,慷慨以任气,磊落以使才[4];造怀指事,不求纤密之巧;驱辞逐貌,唯取昭晰之能[5]:此其所同也。及正始明道,诗杂仙心[6],何晏之徒,率多浮浅[7]。唯嵇志清峻,阮旨遥深,故能标焉[8]。若乃应璩《百一》,独立不惧[9],辞谲义贞,亦魏之遗直也[10]。

【注释】

[1]建安:东汉年号。腾踊:盛行。

[2]文帝:曹丕。陈思:曹植。辔:缰绳。骋节:有节度的驰骋。

[3]王徐应刘:指王粲、徐幹、应玚、刘桢。加上陈琳、阮瑀、孔融,称"建安

七子"。

[4]怜:怜爱。狎:亲近。恩荣:恩宠,荣耀。酣:饮酒尽量。任气:充分抒发志气。磊落:胸怀坦荡。

[5]造怀:抒写胸怀。指事:描述事物。驱辞:运用辞藻。逐貌:描绘情貌。昭晰:明晰。

[6]正始:魏废帝年号。明道:阐明道家学术。仙心:道家思想。

[7]何晏:三国魏末人。率:大多。

[8]嵇:嵇康。阮:阮籍。标:标举,高出众人。

[9]应璩(qú):魏文学家。《百一》:指应璩的《百一诗》。

[10]谲:多变。贞:正。遗直:谓直道而行,有古人遗风。

晋世群才,稍入轻绮[1],张、潘、左、陆,比肩诗衢[2],采缛于正始,力柔于建安[3],或析文以为妙,或流靡以自妍,此其大略也[4]。江左篇制,溺乎玄风,嗤笑徇务之志,崇盛忘机之谈[5],袁、孙已下,虽各有雕采,而辞趣一揆,莫与争雄[6],所以景纯《仙篇》,挺拔而为俊矣[7]。宋初文咏,体有因革[8],庄老告退,而山水方滋[9];俪采百字之偶[10],争价一句之奇,情必极貌以写物,辞必穷力而追新,此近世之所竞也[11]。

【注释】

[1]轻绮:轻靡绮丽。

[2]张:张载、张协、张亢。潘:潘岳、潘尼。左:左思。陆:陆机、陆云。诗衢(qú):诗坛。

[3]采缛(rù):繁盛的采饰。力:风力。

[4]析文:指对偶。自妍:自以为美好。

[5]江左:即江东,这里指东晋。溺:沉没。徇务:从事政务。忘机:无机,指老庄之论。

[6]袁:袁宏。孙:孙绰。皆东晋诗人。一揆:一样。

[7]景纯:即郭璞。《仙篇》:指郭璞的《游仙诗》。俊:杰出。

[8]因革:因袭和革新。

[9]庄老:指玄言诗。滋:增多。

[10]俪(lì):俳偶。百字:泛指全篇。

[11]竞:争胜。

　　故铺观列代,而情变之数可监[1];撮举同异,而纲领之要可明矣[2]。若夫四言正体,则雅润为本[3];五言流调,则清丽居宗[4];华实异用,惟才所安[5]。故平子得其雅,叔夜含其润,茂先凝其清,景阳振其丽[6]。兼善则子建、仲宣,偏美则太冲、公幹[7]。然诗有恒裁,思无定位,随性适分,鲜能通圆[8]。若妙识所难,其易也将至;忽以为易,其难也方来[9]。至于三六杂言,则出自篇什[10];离合之发,则萌于图谶[11];回文所兴,则道原为始[12];联句共韵,则柏梁余制[13];巨细或殊,情理同致,总归诗囿,故不繁云[14]。

【注释】

[1]情变:思想情感的变化。监:考察。

[2]撮举:摘要举出。

[3]雅润:典雅润泽。

[4]流调:流行的格调。宗:主要的。

[5]惟才所安:皆由才性而定。

[6]平子:张衡。叔夜:嵇康。茂先:张华。景阳:张协。

[7]子建:曹植。仲宣:王粲。太冲:左思。公幹:刘桢。

[8]恒裁:通常的体制。鲜:少。通圆:融会贯通,兼长各体。

[9]若妙识四句:由《国语·晋语》改造而来。

[10]篇什:指《诗经》的篇章。

[11]离合:是一种文字游戏式的诗体。图谶:即谶书。

[12]回文:即回文诗。道原:人名,具体情况不可考。

[13]共韵:押同一韵脚。

[14]囿(yòu):区域,范围。

　　赞曰:民生而志,咏歌所含[1]。兴发皇世,风流《二南》[2]。神理共契,政序相参[3]。英华弥缛,万代永耽[4]。

【注释】

[1]含:内容。

[2]皇世:上古时代。风流:风行。《二南》:指《诗经》中的《周南》和《召南》。

[3]神理共契:指符合自然之理。序:古代的学校。

[4]弥缛:更加繁多。耽(dān):爱好,欣赏。

【导读】

从本篇开始,全书进入第二部分"文体论"。当时,人们将文体分为"文"与"笔"两类。一般认为,押韵的叫"文",不押韵的叫"笔"。《明诗》至《谐隐》十篇说的是"文",《史传》至《书记》十篇说的是"笔"。

《序志》篇说:"若乃论文叙笔,则囿别区分,原始以表末,释名以章义,选文以定篇,敷理以举统。"意思是,介绍一种文体,一般要顾及四个方面。一是"原始以表末",即论述这一文体的源流;二是"释名以章义",即解释这一文体的名称和涵义;三是"选文以定篇",即选择这一文体的代表作品加以评定;四是"敷理以举统",即指出这一文体的体制特色和基本规律。

以《明诗》为例,可以看到刘勰文体论的写作模式。从开头到"有符焉尔",解释诗的涵义,是"释名以章义"。从"人禀七情"到"此近世之所竞也",论述诗的起源与发展,属于"原始以表末",其中提到历代重要作家及其代表作,属于"选文以定篇"。从"铺观列代"到结束,指出四言是"正体",五言是"流调",他们的风格是"雅润清丽",便是"敷理以举统"。

刘勰所处的时代,四言开始衰落,五言大行其道。他以四言为"正体"、五言为"流调"的文学史观,显然是保守的。不过,这与他"宗经"的指导思想是一致的。

乐　府

　　乐府者，"声依永，律和声"也[1]。钧天九奏，既其上帝；葛天八阕，爰及皇时[2]。自《咸》《英》以降[3]，亦无得而论矣。至于涂山歌于候人，始为南音；有娀谣于飞燕，始为北声[4]；夏甲叹于东阳，东音以发；殷整思于西河，西音以兴[5]；心声推移，亦不一概矣[6]。匹夫庶妇，讴吟土风，诗官采言，乐胥被律，志感丝篁，气变金石[7]。是以师旷觇风于盛衰，季札鉴微于兴废，精之至也[8]。

【注释】

　　[1]声依永二句：《尚书•舜典》有"诗言志，歌咏言，声依永，律和声"之说。永：咏。

　　[2]钧天：天中央。九奏：九曲。葛天八阕：葛天氏时代的八首歌。爰：助词。皇时：三皇时代。

　　[3]《咸》《英》：指黄帝时代的《咸池乐》和帝喾时代的《五英乐》。

　　[4]涂山：地名，在今安徽怀远县东南。候人：指《候人歌》。有娀（sōng）：国名，在今山西运城一带。飞燕：歌名。

　　[5]夏甲：夏后氏的孔甲。东阳：地名，在今山东费县西南。孔甲于东阳作《破斧》之歌。殷整：殷王整甲。西河：地名，在今河南安阳县。整甲迁居西河，作歌思念故乡。

　　[6]心声：也作"音声"。不一概：不一样。

　　[7]诗官：采风的官员。乐胥：乐官，乐师。丝篁：弦乐器和管乐器。金石：钟和磬。

　　[8]师旷：春秋时晋国音乐家。觇（chān）：观看。季札：春秋时吴国公子，知音律。

　　夫乐本心术，故响浃肌髓，先王慎焉，务塞淫滥[1]。敷训胄子，必歌九德；故能情感七始，化动八风[2]。自雅声浸微，溺音腾沸，秦燔《乐经》，汉初绍复[3]；制氏纪其铿锵，叔孙定其容典[4]，于是《武德》兴乎高祖，《四时》广于孝文[5]，虽摹《韶》《夏》，而颇袭秦旧，中和之响，阒其不还[6]。暨武帝崇礼，始立乐府，总赵、代之音，撮齐、楚之气[7]，延年以曼声协律，朱、马以骚体制歌[8]，《桂华》杂曲，丽而不经；《赤雁》群篇，靡而非典[9]。河间荐雅而罕御，故汲黯致讥于《天马》也[10]。至宣帝雅诗，颇效《鹿鸣》[11]。迄及元、成，稍广淫乐，正音乖俗，其难也如此[12]。暨后汉郊庙，惟新雅章，辞虽典文，而律非夔、旷[13]。

【注释】

[1] 浃(jiā)：通透。塞：阻塞。淫滥：过度无节制。

[2] 敷训：施加教训。胄子：帝王或贵族的长子。九德：九种品德，古代说法不一。七始：指天、地、春、夏、秋、冬、人。八风：八方之风。

[3] 浸微：渐渐地衰微。溺音：淫声。燔(fán)：烧。绍复：继承复兴。

[4] 制氏：汉代乐师。铿锵：音乐节奏。叔孙：叔孙通，汉代儒生。容典：礼容法度。

[5]《武德》：乐舞名。高祖：汉高祖刘邦。《四时》：乐舞名。孝文：汉文帝刘恒。

[6]《韶》《夏》：皆为古乐名。中和：中庸和谐之境。阒(qù)其：断绝的样子。

[7] 武帝：汉武帝刘彻。崇礼：尊崇礼制。乐府：宫廷中管理音乐的官署。赵、代：今河北、山西一带。齐、楚：今山东、安徽、湖北、湖南一带。

[8] 延年：李延年，汉武帝时的协律都尉。曼声：拉长声音。朱、马：朱买臣、司马相如。

[9]《桂华》：《安世房中乐》中的一章。《赤雁》：《郊祀歌》中的一章。

[10] 河间：汉河间王刘德。御：用。汲黯：汉武帝时的大臣。《天马》：汉武帝所作《天马歌》。

[11] 宣帝：汉宣帝刘询。《鹿鸣》：《诗·小雅》篇名。

[12] 迄：近。元成：汉元帝、汉成帝。乖：背离。

[13] 郊庙：祭天祭祖乐歌。夔：舜时乐官。旷：春秋晋国乐官师旷。

至于魏之三祖，气爽才丽，宰割辞调，音靡节平[1]。观其"北上"众引，"秋风"列篇，或述酣宴，或伤羁戍[2]，志不出于滔荡[3]，辞不离于哀思，虽三调

乐府

之正声，实《韶》《夏》之郑曲也[4]。逮于晋世，则傅玄晓音，创定雅歌，以咏祖宗；张华新篇，亦充庭万[5]。然杜夔调律，音奏舒雅，荀勖改悬，声节哀急[6]，故阮咸讥其离磬，后人验其铜尺[7]；和乐之精妙，固表里而相资矣[8]。

【注释】

[1]三祖：魏太祖武帝曹操、魏高祖文帝曹丕、魏烈祖明帝曹叡。宰割：改作。靡：美好。平：平正。

[2]北上：曹操《苦寒行》。引：歌曲。秋风：曹丕《燕歌行》。羁戍：远戍边疆。

[3]滔荡：放纵。

[4]三调：汉乐府三调，即平调、清调、瑟调。郑曲：郑国音乐，多靡靡之音。

[5]逮：及。傅玄：魏晋之际的诗人，精于音律。张华：晋时诗人，曾作宫廷乐歌。庭万：宫廷乐舞。

[6]杜夔(kuí)：魏时音乐家。荀勖(xù)：魏晋音乐家。悬：这里指乐器。

[7]阮咸：竹林七贤之一。离磬：不合古乐。铜尺：古乐的尺度。

[8]表里：音乐的内容和形式。相资：配合。

故知诗为乐心，声为乐体[1]。乐体在声，瞽师务调其器；乐心在诗，君子宜正其文[2]。"好乐无荒"，晋风所以称远[3]；"伊其相谑"，郑国所以云亡[4]。故知季札观乐，不直听声而已[5]。若夫艳歌婉娈，怨志诀绝，淫辞在曲，正响焉生[6]？然俗听飞驰，职竞新异[7]，雅咏温恭，必欠伸鱼睨[8]；奇辞切至，则拊髀雀跃[9]；诗声俱郑，自此阶矣[10]？

【注释】

[1]乐心：音乐的内容。乐体：音乐的形式。

[2]瞽(gǔ)师：乐师。务：务必。正其文：使歌词纯正。

[3]好乐无荒：语出《诗经》。荒：过度。晋风：晋国的乐歌。远：深远。

[4]伊其相谑(xuè)：语出《诗经》。谑：调笑。亡：亡国。

[5]季札：吴国公子。不直：不只，不仅。

[6]婉娈(luán)：缠绵的样子。诀绝：断绝。正响：雅正的音乐。

[7]俗听：庸俗的听众。飞驰：流行。职竞：务在追求。

[8]雅咏:古雅的曲调。温恭:温良恭敬。欠伸:打呵欠。鱼睍:像鱼那样睁着眼发愣。

[9]切至:恳切周至。拊髀(fǔ bì):拍大腿。雀跃:像麻雀一样快乐的跳跃。

[10]郑:郑声,指靡靡之音。自此阶矣:从此走下坡路了。

凡乐辞曰诗,咏声曰歌,声来被辞,辞繁难节[1];故陈思称:左延年闲于增损古辞,多者则宜减之,明贵约也[2]。观高祖之咏"大风",孝武之叹"来迟",歌童被声,莫敢不协[3];子建、士衡,咸有佳篇[4],并无诏伶人,故事谢丝管,俗称乖调,盖未思也[5]。至于轩、岐鼓吹,汉世铙挽,虽戎丧殊事,而总入乐府,缪袭所制,亦有可算焉[6]。昔子政品文,诗与歌别,故略具乐篇,以标区界[7]。

【注释】

[1]声来被辞:根据歌词来谱曲。被:覆,引申为配上。节:节制,调适。

[2]陈思:魏陈思王曹植。左延年:魏时音乐家。闲:娴熟。约:简约。

[3]高祖:汉高祖刘邦。大风:指刘邦的《大风歌》。孝武:汉武帝刘彻。来迟:指刘彻的《李夫人歌》。被声:配曲歌唱。协:词曲和谐。

[4]子建:曹植。士衡:陆机,西晋作家。咸:都。

[5]诏:命令。伶人:乐人。谢:辞,不用。丝管:乐器。乖调:违背乐调。盖:大约。

[6]轩:黄帝。岐:岐伯,黄帝臣。鼓吹:古军乐。铙:铙歌。挽:挽歌。戎:军事。丧:丧事。缪(miù)袭:魏时诗人。可算:可以计数。

[8]子政:刘向,汉代学者。具:列出。区界:区别。

赞曰:八音摛文,树辞为体[1]。讴吟坰野,金石云陛[2]。《韶》响难追,郑声易启[3]。岂惟观乐,于焉识礼[4]。

【注释】

[1]八音:指金、石、土、革、丝、木、匏、竹八种乐器。摛:铺陈。文:声文。树:创作。体:主体。

[2]坰(jiōng)野:远郊。金石:乐器,这里指演奏。云陛:刻有云纹的阶石,

这里指宫殿。

[3]韶响:舜时的乐曲。郑声:靡靡之音。启:发展。

[4]岂惟:岂止是。于焉:于此。

【导读】

乐府本为管理音乐的官署,后来指一种诗体。乐府一词最早出于汉代。汉初,朝廷设有"乐府令",主管祭祀和其他礼乐活动,同时还负责到全国各地采集民歌,即所谓"采风"。后世也将这些民歌称为乐府。刘勰所论乐府,主要对象是两汉采自民间的乐府民歌,兼及魏晋文人创作的乐府诗。

本篇大致可分三个部分:一、列举古代乐歌,指出其作用;二、叙述乐府发展史;三、详论音乐与诗歌的关系以及将乐府另立篇章的理由。刘勰指出,配乐的诗歌,肇始于上古。夏商时代,因为国土辽阔,产生了"八方之音"。《诗经》原本就是配乐的歌词,从中可以看到风俗盛衰。可惜先秦时代中和雅正的乐曲,在汉代的乐府中没有得到很好的继承。乐府机关到各地采集的诗歌,大多是通俗的俚曲。即使当时祭祀天地、祖宗的乐章,也是丽靡不经的。俗而不雅的乐曲在汉魏以来的乐府诗中一直盛行,其中虽有个别作品较为雅正,但作用不大。刘勰论述乐府,推崇先秦雅乐,贬低汉魏以来的通俗性乐曲。本篇赞辞中说"韶响难追,郑声易启",他的主旨是十分明确的。

刘勰的这一观点,与他的宗经思想是一致的。由于宗经,他便用先王的雅乐来作为衡量乐府的标准。他还提出了"乐本心术"的观点,而正是由于音乐对人们具有深远的影响,所以一定要注意"务塞淫滥"。由此出发,刘勰把音乐分为雅声和溺音。雅声是周王朝的音乐,溺音是郑卫的音乐;雅声是雅正的,溺音是靡靡之音。这个观点,从原则上说,没有什么不妥,但在具体运用时,出现了问题。讲春秋时的音乐,推崇雅声,反对郑声,是正确的。讲秦汉以后的音乐,就不能拿周王朝的雅声来作衡量的标准了。文学艺术是随着历史的发展而发展的,一个时代有一个时代的特色,不能说符合过去的标准就是正音,不符合就是淫声。也正是由于这一失误,刘勰在对乐府诗的"选文定篇"方面,存在明显的不足。汉魏乐府诗中一些重要的篇目,由于不合"中和之音",未能被刘勰提及。

诠 赋

　　《诗》有六义,其二曰赋。赋者,铺也;铺采摛文,体物写志也[1]。昔邵公称:"公卿献诗,师箴瞽赋。"[2]《传》云[3]:"登高能赋,可为大夫。"《诗序》则同义,《传》说则异体,总其归涂,实相枝干[4]。故刘向明不歌而颂,班固称古诗之流也[5]。至如郑庄之赋"大隧",士芮之赋"狐裘",结言短韵,词自己作,虽合赋体,明而未融[6]。及灵均唱《骚》,始广声貌[7]。然则赋也者,受命于诗人,而拓宇于《楚辞》也[8]。于是荀况《礼》《智》,宋玉《风》《钓》,爰锡名号,与诗画境[9],六义附庸,蔚成大国[10]。述客主以首引,极声貌以穷文[11]。斯盖别诗之原始,命赋之厥初也[12]。

【注释】

　　[1]六义:《诗经》六义,即风、赋、比、兴、雅、颂。铺:铺陈。摛:铺张。体:体貌,这里指描绘。

　　[2]邵公:即召公,周文王之子,封于召。师:少师,乐官。箴:告诫。瞽:乐官。赋:赋诗。

　　[3]传:解释经文的叫传,这里指《毛诗诂训传》,即《毛传》。

　　[4]《诗序》:指《诗大序》。同义:指赋为诗的六义之一。异体:指赋与诗为不同的文体。涂:通途。

　　[5]刘向:西汉学者。不歌而颂:语出《汉书·艺文志》。班固:东汉学者。古诗之流:语出班固《两都赋序》。

　　[6]郑庄:郑庄公。大隧:事见《左传·隐公元年》。隧:地道。士芮:晋大夫。狐裘:事见《左传·僖公五年》。融:明朗。

　　[7]灵均:屈原别号。广:扩大到。

　　[8]受命:脱胎,起源。诗人:《诗经》的作者。拓宇:扩大规模。

　　[9]荀况:荀子,战国思想家。《礼》《智》:《荀子·赋篇》中的两段。宋玉:战国辞赋家。《风》《钓》:宋玉两篇赋名。爰:于是。锡:赐予。名号:指"赋"的名号。画境:划分疆界。

　　[10]附庸:附属大国的小国,这里用引申义,喻赋原为六义之一。蔚:

茂盛。

　　[11]客主:指赋往往以客主对话方式展开。首引:开头。穷文:尽量显示文采。

　　[12]别:区别开。命:命名。厥:语助词。

　　秦世不文,颇有《杂赋》[1]。汉初词人,循流而作,陆贾扣其端[2],贾谊振其绪[3],枚、马播其风[4],王、扬骋其势[5],皋、朔已下,品物毕图[6]。繁积于宣时,校阅于成世,进御之赋,千有馀首[7],讨其源流,信兴楚而盛汉矣[8]。若夫京殿苑猎,述行序志,并体国经野,义尚光大[9],既履端于唱序,亦归馀于总乱[10]。序以建言,首引情本,乱以理篇,写送文势[11]。按《那》之卒章,闵马称"乱"[12],故知殷人辑《颂》,楚人理赋,斯并鸿裁之寰域,雅文之枢辖也[13]。至于草区禽族,庶品杂类,则触兴致情,因变取会。拟诸形容,则言务纤密[14];象其物宜,则理贵侧附[15];斯又小制之区畛,奇巧之机要也[16]。

【注释】

　　[1]不文:文学不发达。《杂赋》:《汉书·艺文志》记载,秦时有《杂赋》九篇。

　　[2]陆贾扣其端:陆贾,秦汉间政治家、辞赋家,有赋三篇,今不传。扣:开。

　　[3]贾谊振其绪:贾谊,西汉政论家、文学家,有赋七篇。振:发扬。

　　[4]枚马播其风:枚,枚乘;马,司马相如。两人均为西汉辞赋家。播其风:扩大影响。

　　[5]王扬骋其势:王,王褒;扬,扬雄。两人均为西汉辞赋家。势:发展趋势。

　　[6]皋朔:皋,枚皋;朔,东方朔。两人均为西汉中期作家。品物:各种物类。毕图:全部描绘。

　　[7]繁积:繁盛积累。宣时:汉宣帝刘询时。校阅:校对审阅。成世:汉成帝刘骜时。进御:进献皇帝。

　　[8]信:确实。

　　[9]京殿:描写京殿的赋。苑猎:描写苑围狩猎的赋。述行:描述征途的赋。序志:叙述志向的赋。体:划分。经:丈量。义尚光大:意思与体制都很广大。

[10]履端:开始。归馀:总结。乱:乐曲的尾声。

[11]建言:立论。情本:情由。理篇:归结全篇。写送文势:结尾收笔有不尽之势。

[12]《那》:《诗经·商颂》篇名。闵马:闵马父,春秋时鲁国大夫。

[13]殷:殷商。辑:编集。楚人:指屈原。理:写。鸿裁:指大赋。寰域:范围。枢辖:关键。

[14]草区:草木。庶品:众品。会:合,指情物相容。形容:外貌。务:务必。

[15]象:描绘物象。宜:义,意义。侧附:从旁比附。

[16]小制:指小赋。区畛(zhěn):区域。机要:关键。

观夫荀结隐语,事数自环;宋发夸谈,实始淫丽[1]。枚乘《菟园》,举要以会新[2];相如《上林》,繁类以成艳[3];贾谊《鹏鸟》,致辨于情理[4];子渊《洞箫》,穷变于声貌[5];孟坚《两都》,明绚以雅赡[6];张衡《二京》,迅拔以宏富[7];子云《甘泉》,构深伟之风[8];延寿《灵光》,含飞动之势[9]:凡此十家,并辞赋之英杰也。及仲宣靡密,发篇必遒[10];伟长博通,时逢壮采[11];太冲、安仁,策勋于鸿规[12];士衡、子安,底绩于流制[13];景纯绮巧,缛理有馀[14];彦伯梗概,情韵不匮[15]:亦魏晋之赋首也。

【注释】

[1]荀:荀况,战国思想家。结:结构。隐语:谜语。数:多次。自环:自我回环,指结构完整。宋:宋玉。夸谈:夸饰之词。

[2]《菟园》:指《梁王菟园赋》。会新:融会新意。

[3]《上林》:指《上林赋》。繁类:内容繁富。

[4]《鹏(fú)鸟》:指《鹏鸟赋》。致辨:致力于辨别。

[5]子渊:王褒的字。《洞箫》:指《洞箫赋》。穷变:穷尽变化。

[6]孟坚:班固的字。《两都》:指《两都赋》。雅赡:典雅而富丽。

[7]《二京》:指《西京赋》和《东京赋》。迅拔:快利挺拔。

[8]子云:扬雄的字。《甘泉》:指《甘泉赋》。构:造作。深伟:深沉奇伟。

[9]延寿:王延寿。《灵光》:指《鲁灵光殿赋》。飞动:流动。

[10]仲宣:王粲的字。靡密:文辞绵密纤巧。发篇:开篇。遒:遒劲有力。

[11]伟长:徐幹的字。博通:学识渊博。壮采:文采壮丽。

[12]太冲:左思的字。安仁:潘岳的字。策勋:辞赋创作上的成就。鸿规:规模鸿大。

[13]士衡:陆机的字。子安:成公绥的字。底绩:作出成绩。流制:流行的赋篇。

[14]景纯:郭璞的字。缛理:繁富而有条理。

[15]彦伯:袁宏的字。梗概:慷慨。匮(kuì):缺乏。

原夫登高之旨,盖睹物兴情[1]。情以物兴,故义必明雅[2];物以情观,故词必巧丽。丽词雅义,符采相胜[3],如组织之品朱紫,画绘之著玄黄[4],文虽杂而有质,色虽糅而有本[5],此立赋之大体也。然逐末之俦,蔑弃其本[6]。虽读千赋,愈惑体要[7],遂使繁华损枝,膏腴害骨,无贵风轨,莫益劝戒[8]:此扬子所以追悔于雕虫,贻诮于雾縠者也[10]。

【注释】

[1]原:探其本原。兴情:引发情思。

[2]兴:引起。义:赋的内容。

[3]符采:玉的纹理光彩。相胜:相称。

[4]组织:布帛。品:品评。朱紫:朱为正色,紫为间色,这里指义分邪正。玄黄:黑色和黄色,指各种颜色。

[5]文杂:文采杂错。质:内容。糅:杂糅。本:本色。

[6]逐末:舍本逐末。俦:辈。蔑弃:轻蔑而丢弃。

[7]体要:根本要领。

[8]繁华:繁花。膏腴:肥胖。贵:益。风轨:教化的规范。

[10]扬子:扬雄。雕虫:雕虫小技,指赋。贻:遗留。诮:讥诮。雾縠(hú):薄纱。扬雄在《法言•吾子》中讥笑作赋如同女工之织薄纱,没有实际意义。

赞曰:赋自《诗》出,分歧异派[1]。写物图貌,蔚似雕画[2]。抑滞必扬,言旷无隘[3]。风归丽则,辞剪荑稗[4]。

【注释】

[1]《诗》:指《诗经》。异派:指赋有大赋小赋。

[2]蔚:繁盛。

[3]抑:压制。滞:停滞。旷:广阔。隘:窄迫。

[4]丽则:绮丽而合法则。剪:除去。稊(tí):通稊,似谷的杂草。稗(bài):稗子,这里指芜杂的言辞。

【导读】

对赋加以诠释,当然不自刘勰始;但对赋加以全面考察,并撰写专论的,刘勰无疑是第一人。本篇大致可分为四个部分:一、赋的起源;二、大赋与小赋;三、代表作家及其作品特色;四、写赋须知。

赋这个词,有三种不同的解释。一是《诗经》中赋比兴的赋,是一种铺叙的手法;二是先秦时外交人员赋诗言志的赋,即不歌而诵;三是一种独立的文体。刘勰的最终目的是要诠释作为文体的赋。因为要追究赋的来源,他在开篇提到了前两个义项。当然,这两个义项也与作为文体的赋有关。赋这种文体多用铺叙的手法,也是不歌而诵的。

接着,刘勰详细论述了赋的源流和重要作家作品。"赋也者,受命于诗人,而拓宇于楚辞也。"这是刘勰关于赋的起源和发展的简要表述。赋作为一种文体,最早的篇章,当推屈原、宋玉和荀况之作。屈原的《离骚》开始详细描写事物的声音面貌,呈现出赋体的特色。宋玉、荀况的若干作品,题名为赋,标志着赋体的确立。对于赋的发展,刘勰谈得更为具体。他认为,赋兴起于战国,繁盛于两汉,而流波于魏晋。在本篇里,他提到了二十一位辞赋家,其中有先秦的二人,两汉的十一人,魏晋的八人。由此可以粗略地看出他对赋的发展的看法。

最后,刘勰论述了"立赋之大体"。他认为赋的思想应该明雅,文辞应该巧丽,雅义和丽词相结合。刘勰认识到,各种文体有各自的特色。就赋而言,更应该重视文采的华美,这是根据赋的艺术特征总结出来的。刘勰又认为,赋必须写得丽而有则,即雅丽;但不应该丢掉讽谏规劝的功能,片面追求华艳,陷于淫丽。他在肯定辞赋特色和重要作家作品成就的同时,常常指出失误,寄寓着补偏救弊的深意。

颂　赞

四始之至,颂居其极[1]。颂者,容也,所以美盛德而述形容也[2]。昔帝喾之世,咸黑为颂,以歌《九韶》[3]。自《商》已下,文理允备[4]。夫化偃一国谓之风,风正四方谓之雅,容告神明谓之颂[5]。风雅序人,故事兼变正;颂主告神,故义必纯美[6]。鲁以公旦次编,商以前王追录,斯乃宗庙之正歌,非宴飨之常咏也[7]。《时迈》一篇,周公所制;哲人之颂,规式存焉[8]。夫民各有心,勿壅惟口[9];晋舆之称原田,鲁民之刺裘鞸[10],直言不咏,短辞以讽,丘明、子高,并谓为颂,斯则野颂之变体,浸被乎人事矣[11]。及三闾《橘颂》,情采芬芳,比类寓意,又覃及细物矣[12]。

【注释】

[1]四始:《诗大序》称,风、大雅、小雅、颂为四始。至:极。居:处于。极:顶点。

[2]容:仪容。美盛德而述形容:语出《诗大序》。

[3]帝喾(kù):传说中的五帝之一。咸黑:人名。《九韶》:即《九招》,古歌名。

[4]《商》:指《商颂》。文理:指颂的体制。允:的确。

[5]"夫化偃"三句:语出《诗大序》。化:教化。偃:顺服。风正四方:即正四方之风。四方,指天下。

[6]序人:叙述人事。变正:指诗的风雅,有正有变。纯美:纯正善美。

[7]公旦:即周公旦。次编:编定。商以前王追录:商颂因祭祀祖先而辑录。宗庙:天子诸侯祭祖的庙宇。宴飨:宴会。

[8]《时迈》:《诗经·周颂》中的一篇。哲人:指周公。规式:规矩法式。

[9]"夫民各有心"二句:语出《国语·周语》。壅(yōng):堵塞。

[10]舆(yú):众人。原田:田野。刺:讽刺。裘鞸(bì):毛皮的衣服和护膝。

[11]直言:直接说出。讽:讽刺。丘明:左丘明。子高:孔穿的字。野颂:民间的颂。浸:渐渐。

[12]三闾(lú):指屈原。《橘颂》:屈原《九章》中的一篇。覃及:延及。

至于秦政刻文，爰颂其德[1]；汉之惠、景，亦有述容[2]；沿世并作[3]，相继于时矣。若夫子云之表充国，孟坚之序戴侯，武仲之美显宗，史岑之述熹后[4]，或拟《清庙》，或范《駉》《那》，虽浅深不同，详略各异，其褒德显容，典章一也[5]。至于班、傅之《北征》《西征》，变为序引，岂不褒过而谬体哉[6]！马融之《广成》《上林》，雅而似赋，何弄文而失质乎[7]！又崔瑗《文学》，蔡邕《樊渠》，并致美于序，而简约乎篇[8]。挚虞品藻，颇为精核，至云杂以风雅，而不辨旨趣，徒张虚论，有似黄白之伪说矣[9]。及魏晋杂颂，鲜有出辙[10]。陈思所缀，以《皇子》为标；陆机积篇，惟《功臣》最显[11]；其褒贬杂居，固末代之讹体也[12]。

【注释】

[1]秦政：秦始皇。刻文：指歌颂秦始皇的石刻。爰（yuán）：乃。

[2]惠：汉惠帝刘盈。景：汉景帝刘启。述容：指称叙功德的乐舞。

[3]沿世：代代。

[4]子云：扬雄的字。充国：赵充国。孟坚：班固的字。戴侯：即窦融。武仲：傅毅的字。显宗：汉明帝刘庄。史岑：字孝山，东汉人。熹（xī）后：汉和帝邓皇后，谥号"熹"。

[5]拟：模拟。《清庙》：《诗经·周颂》首篇。范：师范。《駉（jiōng）》：《诗经·鲁颂》首篇。《那（nuó）》：《诗经·商颂》首篇。典章：法则。

[6]班、傅：班固和傅毅。《北征》《西征》：班固作《北征颂》，傅毅作《西征颂》。序引：皆文体。谬（miù）体：有悖于"颂"体。

[7]马融：字季长，东汉学者。《广成》《上林》：赋名。弄文：玩弄文藻。失质：失去"颂"的本质。

[8]崔瑗（yuàn）：字子玉，东汉人。《文学》：指《南阳文学颂》。蔡邕（yōng）：字伯喈，东汉人。《樊渠》：指《京兆樊渠颂》。

[9]挚虞：字仲治。品藻：品评，指挚虞《文章流别论》。杂以风雅：《文章流别论》对傅毅《显宗颂》的评语。旨趣：大意。虚论：不切实际之论。黄白：黄铜白锡，典出《吕氏春秋》。

[10]鲜：少。辙：常规。

[11]陈思：曹植。《皇子》：曹植的《皇太子生颂》。《功臣》：陆机的《汉高祖功臣颂》

[12]讹(é):怪异。

原夫颂惟典雅,辞必清铄[1];敷写似赋,而不入华侈之区[2];敬慎如铭,而异乎规戒之域[3];揄扬以发藻,汪洋以树义[4],虽纤巧曲致,与情而变,其大体所弘,如斯而已[5]。

【注释】

[1]清铄(shuò):明净而光彩。

[2]敷(fū)写:陈述。华侈:华丽过分。

[3]敬慎:庄敬、慎重。铭:一种文体。规戒:铭主规戒。

[4]揄(yú)扬:赞扬。汪洋:气势恢宏。

[5]大体:颂的主体。弘:扩大。

赞者,明也,助也[1]。昔虞舜之祀,乐正重赞,盖唱发之辞也[2]。及益赞于禹,伊陟赞于巫咸,并飏言以明事,嗟叹以助辞也[3]。故汉置鸿胪,以唱言为赞,即古之遗语也[4]。至相如属笔,始赞荆轲[5]。及迁《史》固《书》,托赞褒贬[6]。约文以总录,颂体以论辞;又纪传后评,亦同其名[7]。而仲治《流别》,谬称为述,失之远矣[8]。及景纯注《雅》,动植必赞,义兼美恶,亦犹颂之变耳[9]。然本其为义,事生奖叹,所以古来篇体,促而不广[10],必结言于四字之句,盘桓乎数韵之辞,约举以尽情,照灼以送文,此其体也[11]。发源虽远,而致用盖寡,大抵所归,其颂家之细条乎[12]!

040

【注释】

[1]明:说明。助:辅助。

[2]乐正:乐官。唱发之辞:歌唱之前说明的文辞。

[3]益赞于禹:语出《尚书·大禹谟》。益:人名,舜之臣。伊陟(zhì)赞于巫咸:语出《尚书序》。伊陟、巫咸,均为殷帝之臣。飏(yáng)言:扬言。嗟叹:感叹。助辞:有助于加重语气。

[4]鸿胪(lú):典礼官。唱言:高声呼唱,引导行礼。遗语:流传下来的说法。

[5]相如:司马相如。属笔:写作。赞荆轲:指《荆轲赞》,已佚。

[6]迁《史》:司马迁《史记》。固《书》:班固《汉书》。托赞褒贬:《史记》各篇末多有"太史公曰";《汉书》各篇末多有"赞曰"。

[7]总录:总结纪录。纪传后评:《史记》最后一篇《太史公自序》,《汉书》最后一篇《叙传》,皆有总评之意。

[8]仲治:挚虞的字。《流别》:挚虞的《文章流别论》。

[9]景纯:郭璞的字。注《雅》:为《尔雅》作注。动植:动物和植物。美恶:赞美和讽刺。变:变体。

[10]本:探源。事生:产生。促:短促。广:长。

[11]结言:缀词。盘桓:徘徊,逗留。约举:简约。照灼:明晰。送:结束。

[12]发源:起源。寡:少。细条:支流。

赞曰:容德底颂,勋业垂赞[1]。镂影摛声,文理有烂[2]。年迹愈远,音徽如旦[3]。降及品物,炫辞作玩[4]。

【注释】

[1]容德:赞美盛德。底:到达,完成。垂:留传,这里指写成。

[2]镂(lòu)影:描绘形象。摛:发布,这里指描写。文理:指文章有条理。烂:鲜明。

[3]年迹:年代。音徽:即徽音,指美好的德音。旦:早上,引申为新。

[4]炫(xuàn):夸耀。玩:游戏。

【导读】

颂是歌颂,赞是赞美,两者的意思差不多,但作为文体,在古代则略有不同。刘勰将颂赞放在一起,又加以分别论述,自然有比较的意义。本篇以后,常用两种相近的文体合在一篇论述。

本篇前面部分论述颂体,指出颂的名义性质,原是歌颂人的功德,告于神明。颂体在历史发展中,应用扩大,用于讽刺、歌颂物品,但主要还是颂扬人的功业。又接着和赋、铭两体相比,指出其异同,说明了颂体的特点和写作要求。后面部分论述赞。指出赞的意义是说明、赞助。在《史记》《汉书》两书的自叙传中,对全书各篇均作赞语,帮助评论历史人物和事件。后来郭璞注《尔雅》,对动植物亦加赞语。最后指出赞文体制短小,应叙述简练,文辞明晰。刘勰认为,各种文体,都有一定的体制特色和规格要求,不宜违背。他批评班固、傅毅的《北征颂》《西征颂》,前面的序太长,是谬体;批评马融的《广成颂》《上林颂》,华丽似赋,弄文失质。他认为赞是颂体的分支,以赞扬为主。郭璞的赞"义兼美恶",亦属变体。他对文体的发展变化态度相当保守。

　　颂和赞都是歌功颂德的作品,刘勰在本篇中所肯定的一些颂、赞,大都是没有什么文学价值的。对这两种文体的论述,刘勰过分拘守其本意,因而对待汉魏以后发展演变了的作品,就流露出较为保守的观点。但对这两种区别甚微的文体和汉人已混用不分的赋颂,本篇作了较为明确的界说;对颂的写作,反对过分华丽,主张从大处着眼来确立内容,具体的细节描写则应根据内容而定,这些意见,尚有可取之处。

祝　盟

天地定位，祀遍群神，六宗既禋，三望咸秩[1]；甘雨和风，是生黍稷，兆民所仰，美报兴焉[2]！牺盛惟馨，本于明德；祝史陈信，资乎文辞[3]。昔伊耆始蜡，以祭八神[4]。其辞云："土反其宅，水归其壑，昆虫毋作，草木归其泽。"[5]则上皇祝文，爰在兹矣[6]！舜之祠田云："荷此长耜，耕彼南亩，四海俱有。"[7]利民之志，颇形于言矣[8]。至于商履，圣敬日跻，玄牡告天，以万方罪己，即郊禋之词也[9]；素车祷旱，以六事责躬，则雩禜之文也[10]。及周之太祝，掌六祝之辞[11]。是以"庶物咸生"，陈于天地之郊；"旁作穆穆"，唱于迎日之拜[12]；"夙兴夜处"，言于祔庙之祝；"多福无疆"，布于少牢之馈[13]；宜社类祃，莫不有文[14]。所以寅虔于神祇[15]，严恭于宗庙也。

【注释】

[1]六宗既禋(yīn)：语出《尚书·舜典》。六宗：六种受祭祀的神。禋：祭祀。三望：语出《公羊传·僖公三十一年》，这里借指祭地上诸神。咸秩：语出《尚书·洛诰》，指按次序祭祀。秩：次序。

[2]甘雨：有利于五谷生长的雨水。黍稷(shǔ jì)：黄米一类作物，这里泛指五谷。兆民：万民。

[3]牺盛(chéng)：祭品。牺，指用于祭祀的牛羊。盛：指放在祭器中的谷类。馨(xīn)，香气。明德：《尚书》中有"明德惟馨。" 祝史：负责祭祀祝辞的官名。

[4]伊耆(qí)：古帝名。蜡(zhà)：年终的祭祀。八神：《史记·封禅书》说秦祀八神为：天主、地主、兵主、阴主、阳主、月主、日主、四时主。

[5]"其辞云"句：这个祝辞载《礼记·郊特牲》。反：返回。宅：住所，指土的本来位置。泽：积聚之处。

[6]上皇：指伊耆氏。爰(yuán)：于是。

[7]祠：春天的祭祀叫祠。耜(sì)：一种翻土的农具。

[8]志：心意。形：表现。

[9]履：商代第一个君主商汤的名。圣敬：德高行慎。跻(jī)：上升。玄牡

（mǔ）：黑色公牛。万方罪已：《论语·尧曰》记商汤用玄牡祭天说："朕躬有罪，无以万方；万方有罪，罪在朕躬。" 郊禋：也是祭天的意思。

[10]素车祷旱：相传商汤曾素车白马，祷求救旱。素车，白色无漆饰的车。六事责躬：《荀子·大略》载商汤的祷辞，其中用六件事责备自己：政不节、使民疾、宫室荣、妇谒盛、苞苴行、谗夫兴。雩禜（yú yǒng）：两种祭祀名。雩：求雨。禜：祷晴。这里主要指求雨除旱。

[11]太（tài）祝：殷周时期管理祭祀祝辞的官名。六祝：六种祈祷。据《周礼·春官·大祝》，这六种是：顺祝、年祝、吉祝、化祝、瑞祝、筴祝。

[12]庶物：即万物。咸：都。旁：溥，广大。穆穆：美好。

[13]夙兴夜处：语出《仪礼》。夙兴：早起。夜处：晚睡。祔（fù）庙：奉后死者合于先祖之庙，共享祭祀。多福无疆：语出《仪礼》。少牢：羊豕二牲，诸侯、卿大夫祭祖用少牢。馈（kuì）：祭祀用的熟食。

[14]宜社类祃（mà）：出师的两种祭祀。宜社：祭地，类祃：祭天。

[15]寅虔：诚敬。神祇（qí）：泛指天地诸神。

自春秋已下，黩祀谄祭，祝币史辞[1]，靡神不至。至于张老贺室，致美于歌哭之祷；蒯聩临战，获祐于筋骨之请[2]；虽造次颠沛[3]，必于祝矣。若夫《楚辞·招魂》，可谓祝辞之组丽也[4]。逮汉之群祀，肃其百礼，既总硕儒之议，亦参方士之术[5]。所以秘祝移过，异于成汤之心，侲子驱疫，同乎越巫之祝，礼失之渐也[6]。至如黄帝有《祝邪》之文，东方朔有《骂鬼》之书[7]，于是后之谴咒，务于善骂。惟陈思《诘咎》，裁以正义矣[8]。若乃《礼》之祭祝，事止告飨；而中代祭文，兼赞言行[9]，祭而兼赞，盖引伸而作也。又汉代山陵，哀策流文；周丧盛姬，内史执策[10]。然则策本书赠[11]，因哀而为文也。是以义同于诔，而文实告神，诔首而哀末，颂体而祝仪，太祝所读，固祝之文者也。

【注释】

[1]黩（dú）：亵慢，滥用。谄（chǎn）：奉承献媚。祝币：即币帛，这里指祭品。史辞，祝史所献之辞。

[2]张老：晋国大夫。贺室：指张老祝贺新建成的宫室。歌哭之祷：《礼记·檀弓下》载张老的贺词中有"歌于斯，哭于斯，聚国族于斯"等句。蒯聩（kuǎi kuì）：春秋时卫灵公之子。筋骨之请：《左传·哀公二年》载蒯聩临战时曾祷请祖

先祜护晋师"无绝筋,无折骨,无面伤,以集大事"。

[3]造次:仓促。颠沛:困顿。

[4]《招魂》:《楚辞》篇名。组丽:指文饰之始。

[5]肃:敬重,严肃。百礼:指各种祭品。硕:大。方士:从事求仙、占卜等活动的方术之士。

[6]秘祝:皇宫禁内祝官。移过:把罪过推给下属或百姓。成汤:即商履。侲(zhèn)子:童男童女。驱疫:《后汉书·礼仪志》载汉代曾以十一二岁的幼童击鼓驱疫。礼:指祝祀的大体。渐:开始。

[7]《祝邪》:书名,传为黄帝所作,今不存。东方朔:西汉文人,字曼倩。骂鬼:书名。

[8]谴:责备。咒:祝告。陈思:陈思王曹植。《诘咎》:曹植曾作《诘咎文》。正义:正确的意义。

[9]《礼》:指《仪礼》。祭祝:指祭死者的祝辞。告飨(xiǎng):报请享受。中代:汉魏时期。

[10]山陵:帝王的坟墓。哀策:文体之一。周:指周穆王。盛姬:周穆王的妃子。内史:主管爵禄废置的官。策:策命。

[11]书赠:指赠给死者。

凡群言务华,而降神务实,修辞立诚[1],在于无愧。祈祷之式,必诚以敬;祭奠之楷,宜恭且哀;此其大较也[2]。班固之《祀涿山》,祈祷之诚敬也[3],潘岳之《祭庚妇》,祭奠之恭哀也[4],举汇而求,昭然可鉴矣[5]。

【注释】

[1]修辞立诚:《周易·文言》中说:"修辞立其诚。"原指修理文教以立诚信,这里借指写祝辞的真诚。

[2]式:指祈祷文的格式。祭奠之楷:祭奠文的法式。大较:大略,大概。

[3]《祀涿山》:班固有《涿邪山祝文》。

[4]《祭庚妇》:指潘岳的《为诸妇祭庚新妇文》。

[5]汇:类聚。昭:明。鉴:察看。

盟者,明也[1]。驿毛白马,珠盘玉敦,陈辞乎方明之下[2],祝告于神明者也。在昔三王,诅盟不及,时有要誓[3],结言而退。周衰屡盟,弊及要劫,始之以曹沫，终之以毛遂[4]。及秦昭盟夷，设黄龙之诅；汉祖建侯，定山河之誓[5]。然义存则克终，道废则渝始，崇替在人，祝何预焉[6]？若夫臧洪歃辞，气截云蜺；刘琨铁誓，精贯霏霜[7]；而无补于汉晋，反为仇雠[8]。故知信不由衷，盟无益也[9]。夫盟之大体，必序危机，奖忠孝，共存亡，戮心力[10]，祈幽灵以取鉴，指九天以为正[11]，感激以立诚，切至以敷辞，此其所同也[12]。然非辞之难，处辞为难[13]。后之君子，宜存殷鉴[14]。忠信可矣，无恃神焉[15]。

【注释】

[1]盟者明也：语出《释名》。

[2]骍(xīng)毛：赤色的牛，相传周平王东迁时，曾作"骍毛之盟"。白马：《汉书·王陵传》载，汉高祖刘邦曾杀"白马而盟"。珠盘玉敦(duì)：盟誓用以盛血、食的器具，以珠玉为饰。方明：上下四方神明之象。

[3]三王：指夏、商、周三代帝王。诅盟：誓约。要：约定。

[4]周衰：指东周时期。弊：运用盟誓的流弊。要劫：要挟，强制。曹沫：春秋时鲁国人。毛遂：战国时赵国平原君赵胜的门客。

[5]秦昭：战国时秦国的昭襄王。盟夷：和夷人订立盟约。夷：古代对我国边疆民族的称呼。黄龙：指难得之物，用以表示秦人绝不侵犯夷人。汉祖：汉高祖刘邦。建：封。

[6]渝始：指违背最初的盟誓。崇替：兴废。预：参与。

[7]臧洪：东汉人，字子源。歃(shà)辞：指臧洪的《酸枣盟辞》。歃：即歃血。截：断。蜺(ní)：同"霓"，这里泛指虹霓。刘琨：晋人，字越石。铁誓：坚定的盟誓。精：精诚。霏(fēi)霜：雪霜，这里喻坚贞之意。

[8]雠(chóu)：义同仇。

[9]由衷：发自内心。益：用处。

[10]戮(lù)心力：合力同心。戮：同"勠"，并力，合力。

[11]幽灵：鬼神。九天：九方之天，这里泛指天。正：证。

[12]感激：有所感动而奋发的心情。敷辞，指写作盟辞。敷：陈，散布。

[13]处辞：指用实际行动来对待盟誓之辞。

[14]殷鉴：借鉴，原意是殷人以夏之灭亡为戒。

[15]恃(shì)：依靠。

赞曰：毖祀钦明，祝史惟谈[1]。立诚在肃，修辞必甘[2]。季代弥饰，绚言朱蓝[3]。神之来格[4]，所贵无惭。

【注释】

[1]毖(bì)：谨慎。钦明：《尚书·尧典》中说，尧有"钦、明、文、思"四种道德，这里借以泛指祝盟者应有的道德。谈：说，指祝辞。

[2]甘：美。

[3]季代：末代，指晋代以后。弥：更加。绚(xuàn)：文采，华丽。

[4]格：来，至。

【导读】

本篇以论述祝文为主，同时讲了与祝文相近的盟文。祝和盟都是古代"祝告于神明"的文体。盟文在历史上出现较晚，也没有多少文学意义。祝词在上古人民和自然斗争中就经常用到，后世流传下来的祝词，有的是在没有文字以前便产生了。

本篇前面部分介绍祝辞，说明祝辞用于向神祇祷祝，以求福佑。在上古时代，用于祈求农业的丰收。春秋以降，其用途扩大，遍及群神，目的也不是为人民的生产和生活，而是为个人幸福。又指出祝文在后代，流为祭告死者的哀策、祭文，内容就和诔文相近了。刘勰认为祷神的祝辞，必须诚恳朴实，不要华侈。后面部分介绍盟辞。说明它是人们在结盟时向神祇发誓、表明心迹之作。古时结会，虽有口头约誓，但不立盟置辞。汉代以降始有盟辞。盟辞固然意气雄迈，但实际效果并不佳，那是因为彼此并不真心信任。最后指出写作盟辞的要领是：叙述当前危机，要求戮力同心，存亡与共，须"感激以立诚，切至以敷辞"。本篇赞美虞舜有"利民之志"，认为结盟须依靠忠信，强调修辞立诚，都表现出刘勰继承了儒家思想的进步一面。

本篇所论，有两点值得注意：一、他讲祝词的产生，是"兆民"在生产活动中出于对风雨诸神的敬仰，而要有所报答或祈求，这反映了上古人民和自然斗争的淳朴思想。刘勰强调"利民之志"而反对移过于民，不满于向鬼神献媚取宠，或利用鬼神以自欺欺人。二、刘勰总结史实，从而认识到兴废在人，鬼神是靠不住的，所以明确提出"忠信可矣，无恃神焉"，要后人警戒。

铭　箴

昔帝轩刻舆几以弼违,大禹勒笋簴而招谏[1],成汤盘盂,著日新之规,武王户席,题必戒之训[2],周公慎言于金人,仲尼革容于欹器[3]:列圣鉴戒[4],其来久矣。故铭者,名也,观器必也正名,审用贵乎慎德[5]。盖臧武仲之论铭也,曰:"天子令德,诸侯计功,大夫称伐"[6]。夏铸九牧之金鼎,周勒肃慎之楛矢,令德之事也[7];吕望铭功于昆吾,仲山镂绩于庸器,计功之义也[8];魏颗纪勋于景钟,孔悝表勤于卫鼎,称伐之类也[9]。

【注释】

[1]帝轩:指黄帝。舆:车厢。几:案。相传黄帝在舆、几上刻有铭文。弼(bì)违:纠正过失。弼:辅正。大禹:即夏禹,夏王朝的第一个帝王。勒:刻。笋簴(sǔn jù):钟磬的架子。谏:规劝的意见。

[2]成汤:商王朝的第一个帝王。盘盂:食器。日新:《礼记·大学》载汤的《盘铭》是:"苟日新,日日新,又日新。"规:劝正。武王:周武王,周王朝的第一个帝王。户席:指《户铭》《席四端铭》。必戒之训:指周武王铭文中所讲必须警戒的教训。

[3]周公:即周公旦。金人:即《金人铭》,全文以多言为戒,传为黄帝六铭之一。仲尼:孔子字。革容:脸色因激动而变化。欹(qī)器:古代贵族宗庙中的器具,放在座侧以为警戒之物。

[4]列圣:指上述黄帝、夏禹、商汤、周武王、周公、孔子等。

[5]正名:孔子说"必也正名",这里借指正定器物的名称。审:明。慎德:谨慎之德。

[6]臧武仲:春秋时鲁国的大夫。他论铭的话,见《左传·襄公十九年》。令德:美德。这里指铭其美德。称伐:指铭其征伐之劳。

[7]九牧:九州之长。肃慎:古国名。楛(hù)矢:箭。楛:木名,茎可做箭杆。令德之事:《左传·宣公三年》说,由于"夏之方有德",所以九州牧献金铸鼎;《国语·鲁语下》说,周武王"欲昭其令德之致远",才在箭上刻铭。所以说二例都是有关"令德之事"。

[8]吕望:本姓姜,名尚,周初重要功臣。昆吾:传为古代产铁山名,也是善冶铁的工匠名。仲山:指仲山甫,周宣王时的卿士。镂(lòu):雕刻。绩:功。庸器:记功的铜器。

　　[9]魏颗(kē):春秋时晋国将领。景钟:即景公钟。孔悝(kuī):春秋时卫国大夫。勤:劳苦。

　　若乃飞廉有石椁之锡,灵公有夺里之谥,铭发幽石,吁可怪矣[1]!赵灵勒迹于番吾,秦昭刻博于华山,夸诞示后,吁可笑也[2]!详观众例,铭义见矣。至于始皇勒岳,政暴而文泽,亦有疏通之美焉[3]。若班固《燕然》之勒,张昶《华阴》之碣,序亦盛矣[4]。蔡邕铭思[5],独冠古今。桥公之钺,吐纳典谟;朱穆之鼎,全成碑文,溺所长也[6]。至如敬通杂器,准矱武铭,而事非其物,繁略违中[7]。崔骃品物,赞多戒少,李尤积篇,义俭辞碎[8]。蓍龟神物,而居博弈之中,衡斛嘉量,而在臼杵之末[9];曾名品之未暇,何事理之能闲哉[10]!魏文九宝,器利辞钝[11]。唯张载《剑阁》,其才清采,迅足骎骎,后发前至,诏勒岷汉,得其宜矣[12]。

【注释】

　　[1]飞廉:商纣王的臣下,秦国的祖先。椁(guǒ):棺材的套棺。锡:赏赐。灵公:指春秋时卫灵公。《庄子·则阳》中说,卫灵公死后,在掘土埋葬时,发现地下一口刻有铭文的石椁,铭文说:灵公将夺得这个葬地。"灵公"是谥号,石椁上的铭文,已有"灵公"这个谥号。幽石:指埋藏在地下的石椁。吁(xū):表示怀疑的惊叹声。可怪:飞廉与卫灵公两个传说都荒唐无稽,刘勰并不相信。

　　[2]赵灵:指战国时赵武灵王。番(pán)吾:在今河北平山县南。秦昭:指战国时秦昭王。博:古代一种棋局游戏。华山:在今陕西东部。诞:虚妄不实。

　　[3]始皇:即秦始皇。岳:指泰山等山岳。疏通:指文辞畅达。

　　[4]班固:字孟坚,东汉初年史学家、文学家。《燕然》:指班固的《封燕然山铭》。张昶(chǎng):字文舒,汉末作家。《华阴》:指张昶的《西岳华山堂阙碑铭》。序亦盛:都有很长的序文。

　　[5]蔡邕(yōng):字伯喈(jiē),汉末著名学者、文学家。

　　[6]桥公:名玄,字公祖,汉末大官僚。钺(yuè):蔡邕有《黄钺铭》,歌颂桥玄为度辽将军时的安边之功。吐纳:指模仿。典谟:指《尚书》。朱穆:字公叔,

东汉中年文人。蔡邕的《鼎铭》是歌颂朱穆的。全成碑文:《鼎铭》叙朱穆的家世及其一生经历,和碑体已完全一样了。溺(nì):沉迷,溺爱。

[7]敬通:冯衍字敬通,东汉初年作家。杂器:指他的《刀阳铭》《刀阴铭》《杖铭》《车铭》等。准矱(yuē):法度,这里作动词用,模仿的意思。武铭:指传为周武王的《席四端铭》《杖铭》等。

[8]崔骃(yīn):字亭伯,东汉中年作家。品:评量。李尤:字伯仁,东汉作家。义俭:内容很少,意义不大。

[9]蓍(shī)龟:占卜用的蓍草和龟甲。博弈(yì):围棋。这里指李尤的《围棋铭》。衡斛(hú):衡量之器。这里指李尤的《权衡铭》。斛:十斗。嘉量:量器名。臼杵(jiù chǔ):舂米用的器具。这里指李尤有关臼杵的铭文。

[10]闲:即娴,熟练。

[11]魏文:魏文帝曹丕。九宝:曹丕《典论·剑铭》中讲到九种宝器。辞钝:文辞一般化。钝:质直。

[12]张载:字孟阳,西晋作家。剑阁:在今四川北部大小剑山之间。这里指张载的《剑阁铭》。骎骎(qīn):马跑得快的样子。这里借喻张载的文才。岷汉:岷山和汉水,今四川、陕西之间的地区。

箴者,针也,所以攻疾防患,喻针石也[1]。斯文之兴,盛于三代,夏商二箴,馀句颇存[2]。及周之辛甲,百官箴阙,唯《虞箴》一篇,体义备焉[3]。迄至春秋,微而未绝[4]。故魏绛讽君于后羿,楚子训民于在勤[5],战代以来,弃德务功,铭辞代兴,箴文萎绝[6],至扬雄稽古,始范《虞箴》,作卿尹州牧二十五篇[7]。及崔、胡补缀,总称百官,指事配位,鞶鉴有征[8],信所谓追清风于前古,攀辛甲于后代者也[9]。至于潘勖《符节》,要而失浅;温峤《侍臣》,博而患繁;王济《国子》,引多而事寡;潘尼《乘舆》,义正而体芜;凡斯继作,鲜有克衷[10]。至于王朗《杂箴》,乃置巾履,得其戒慎,而失其所施[11]。观其约文举要,宪章武铭,而水火井灶,繁辞不已,志有偏也[12]。

【注释】

[1]箴(zhēn):劝告。针:针刺治病。针石:即石针,古代用石针治病。

[2]夏商二箴:《周书·文传解》引到《夏箴》数句,《吕氏春秋·应同》引到《商箴》数句。但这些未必是夏商时的作品。

[3]辛甲:原来是商臣,后做周文王的太史。百官箴阙:据《左传·襄公四年》,辛甲曾"命百官箴王阙"。阙:过失。《虞箴》:指《虞人之箴》,见《左传·襄公四年》。体义,指箴这种文体的基本格式和内容。

[4]迄至:到了。微:衰落。

[5]魏绛:春秋时晋国人。后羿(yì):传为夏代有穷国的君主,善于射箭。楚子:指楚庄王。在勤:《左传·宣公十二年》曰:"民生在勤,勤则不匮。"

[6]战代:战国时代。蓁:衰。

[7]扬雄:字子云,西汉末年文学家。稽:查考。范:模范,这里作动词用,指学习,模仿。卿尹州牧:均官名,这里指扬雄所作《冀州箴》《司空箴》《宗正卿箴》等二十多篇各种官吏的箴文。

[8]崔:指东汉文人崔骃、崔瑗父子。胡:胡广,字伯始,东汉大官僚。他们继扬雄补写各种官吏的箴文,共四十八篇,叫做《百官箴》。鞶(pán):官服的大带。鉴:镜。征:验证。

[9]所谓:可谓。辛甲:周太史。

[10]潘勖(xù):字元茂,汉末作家。他的《符节箴》已亡。温峤(qiáo):字太真,东晋初文人。王济:字武子,西晋文人。他的《国子箴》已亡。潘尼:字正叔,西晋文人。他的《乘舆箴》载《晋书·潘尼传》。衷:中,恰到好处。

[11]王朗:字景兴,三国时魏国文人。他的《杂箴》只残存数句。巾:指头巾。履:鞋。

[12]宪章:法度。这里用作动词,指学习。武铭:指周王的铭文。水火井灶:王朗《杂箴》中说:要使冬天像夏天那样温暖,没有火灶怎么行?要使夏天像冬天那样凉快,没有井水怎么行?

夫箴诵于官,铭题于器,名用虽异[1],而警戒实同。箴全御过,故文资确切;铭兼褒赞,故体贵弘润[2];其取事也必核以辨,其摘文也必简而深,此其大要也[3]。然矢言之道盖阙,庸器之制久沦[4],所以箴铭寡用,罕施后代[5]。惟秉文君子,宜酌其远大焉[6]。

【注释】

[1]名用:名称。

[2]弘润:即《文赋》所说:"铭博约而温润。"

[3]核:核实,符合事实。辨:明,清楚。摛(chī):发布。

[4]矢:正直。阙:缺少。沦:沉没。

[5]罕:稀少。

[6]秉文:写作。秉:操,持。酌:择善而取。远大:指上面说的弘润、深远。

赞曰:铭实器表,箴惟德轨[1]。有佩于言,无鉴于水[2]。秉兹贞厉,警乎立履[3]。义典则弘,文约为美[4]。

【注释】

[1]表:明,这里作动词用。轨:常轨。

[2]佩:结于衣带的装饰物。这里指铭记于心,佩服不忘。无鉴于水:《国语·吴语》:伍子胥谏吴王说:"王其盍(hé)亦鉴于人,无鉴于水。"

[3]贞:正。厉:劝勉。履:行为,实践。

[4]典:常道,这里指合于常道。

【导读】

铭、箴是我国古代两种较早的韵文。本篇讲到的一些具体作品,如黄帝、夏禹、成汤等人的铭,夏、商两代的箴,虽为后人伪托,但从大量史料和文物来看,刘勰"盛于三代"之说,基本上是符合史实的;至少在商、周两代,这方面的作品是大量产生了。汉魏以后,除碑文渐盛而"以石代金"外,这两种文体都如刘勰所说"罕施后代"了。所以,本篇正反映了铭、箴二体在我国古代从产生、盛行到渐衰这一过程的基本面貌。

本篇大致可分三段。第一段讲铭的名义性质、文体源流和作者作品。指出铭是刻在器物上的韵语,用以鉴戒,也用以记述德泽功绩;铭起源于上古,在春秋和两汉颇为发展。同时列举了不少作者和作品,对班固、张昶、蔡邕、张载诸人的铭文,尤为赞美。第二段讲箴的名义性质、源流和作者作品。指出箴用以箴戒过失,犹如针石之攻疾防患。它盛行于夏、商、西周,春秋战国时中衰,至汉代复兴,魏晋作者不绝,其中以扬雄写得最好。第三段指出铭、箴两体相近,但因铭兼有褒赞内容,因而风格又应有所不同:箴须确切,铭贵弘润。至于题材须核以辨,文辞须简而深,这是二者都应遵守的。

本篇对有关作家作品的评论,也是批评多而肯定少。有一些并不正确。

但刘勰对铭、箴二体总的要求,是内容要有警戒过失的实际作用,文辞必须简明确切;而对那种荒诞不实的神怪之说,则发出了"可怪""可笑"的尖锐批判。在南朝形式主义文风盛行之下,这是有一定现实意义的。

诔 碑

　　周世盛德，有铭诔之文。大夫之材，临丧能诔[1]。诔者，累也；累其德行，旌之不朽也[2]。夏、商已前，其词靡闻。周虽有诔，未被于士[3]。又贱不诔贵，幼不诔长，其在万乘，则称天以诔之[4]。读诔定谥，其节文大矣[5]。自鲁庄战乘丘，始及于士；逮尼父之卒，哀公作诔[6]，观其慭遗之辞，呜呼之叹，虽非睿作，古式存焉[7]。至柳妻之诔惠子，则辞哀而韵长矣[8]。暨乎汉世[9]，承流而作。扬雄之《诔元后》，文实繁秽，沙麓撮其要，而挚疑成篇，安有累德述尊，而阔略四句乎[10]！杜笃之诔，有誉前代，《吴诔》虽工，而他篇颇疏；岂以见称光武而改盼千金哉[11]！傅毅所制，文体伦序；孝山、崔瑗，辨絜相参。观其序事如传，辞靡律调，固诔之才也[12]。潘岳构意，专师孝山，巧于序悲，易入新切；所以隔代相望，能徽厥声者也[13]。至如崔骃《诔赵》，刘陶《诔黄》，并得宪章，工在简要[14]。陈思叨名，而体实繁缓，《文皇诔》末，百言自陈，其乖甚矣[15]！若夫殷臣咏汤，追褒《玄鸟》之祚；周史歌文，上阐后稷之烈[16]。诔述祖宗，盖诗人之则也。至于序述哀情，则触类而长[17]。傅毅之《诔北海》，云："白日幽光，氛雾杳冥。"始序致感，遂为后式。影而效者，弥取于工矣[18]。详夫诔之为制，盖选言录行，传体而颂文，荣始而哀终[19]。论其人也，暧乎若可觌，道其哀也，凄焉如可伤：此其旨也[20]。

【注释】

　　[1]"大夫之材"二句：语出郑玄《诗经·鄘（yōng）风·定之方中》注说。诔（lěi）：哀悼死者的一种文体，主要是列举死者的德行。

　　[2]旌：表扬。

　　[3]靡，无，没有。被：加，及。士：身分低于卿、大夫而高于庶民的人。

　　[4]贱不诔贵，幼不诔长：这两句是《礼记·曾子问》中的话。万乘：有兵车万乘，指帝王。

　　[5]谥（shì）：封建社会对帝王大臣死后所加封号。节文：这里指礼的仪式。

　　[6]鲁庄：指春秋时的鲁庄公。乘（shèng）丘，鲁国地名，在今山东省滋阳县西北。逮（dài）：及。尼父：指孔子。哀公：指鲁哀公，和孔子同时的鲁国

国君。

[7]憖(yìn)遗:鲁哀公为孔子所作诔文中讲到:上天"不憖遗一老"(见《左传·哀公十七年》),意思是上天不肯留下这位老人。憖:宁愿。呜呼:鲁哀公的诔文中有"呜呼哀哉",表示哀叹之辞。睿(ruì):聪明。古式:古代的诔文格式。

[8]柳:指柳下惠,春秋时鲁国人。《柳下惠诔》,传为柳下惠妻所作,见《列女传》卷二。

[9]暨(jì):及。

[10]扬雄:字子云,西汉末年文学家。元后:西汉元帝后王政君。扬雄作《元后诔》。沙麓:山名,元后出生地。撮(cuō)其要:指《汉书》只摘录了"沙麓之灵"四句。挚:指挚虞,字仲治,西晋文学评论家。阔略:简略。

[11]杜笃:字季雅,东汉文人。吴:指吴汉,字子颜,东汉名将。疏:粗疏。光武:东汉光武帝刘秀。眄:唐写本作"眄(miǎn)",斜视,这里引申为看待、对待之意。

[12]傅毅:字武仲,东汉作家。伦序:即伦次,指文有次第。孝山:苏顺字,东汉文人。崔瑗:字子玉,东汉文人。辨絜:明约的意思。靡:细。律调(tiáo):音律调和。

[13]潘岳:字安仁,西晋文学家。徽:美善。厥:其。声:名。

[14]崔骃(yīn):字亭伯,东汉文人。《诔赵》:他给姓赵者所作诔文。刘陶:字子奇,东汉文人。《诔黄》:他给姓黄者所作诔文。宪章:法度。

[15]陈思:指曹植。叨(tāo)名:得名。有不应得而得的意思。体:指文风。缓:舒缓。《文皇诔》:指曹植为魏文帝曹丕所写的《文帝诔》。百言:指《文帝诔》最后的百余言。乖:不合、不恰当。

[16]汤:商汤王。玄鸟:燕子。这里指《诗经·商颂》中的《玄鸟》篇。祚(zuò):福。史:掌典礼的史官。文:指周文王。后稷(jì):传为周代帝王的始祖。

[17]序述:表达。触类而长:接触到相关的事物来发挥。

[18]北海:指光武帝之侄刘兴,封北海王。傅毅的《北海王诔》,见《古文苑》卷二十。氛雾:傅毅《北海王诔》的原文作"淮雨"。淮雨:暴雨。杳冥:幽暗。始序致感:《北海王诔》的序中说,刘兴死后,其所辖境内,四民都"感伤"得"若伤厥(其)亲"。影:指摹仿。弥:更加。

[19]制:法度。荣:指死者在生时的功德。

[20]暖(ài):不很明显。觌(dí):看见。旨:要旨。

碑者,埤也。上古帝王,纪号封禅,树石埤岳,故曰碑也[1]。周穆纪迹于弇山之石[2],亦古碑之意也。又宗庙有碑,树之两楹,事止丽牲,未勒勋绩[3];而庸器渐缺,故后代用碑,以石代金,同乎不朽,自庙徂坟,犹封墓也[4]。自后汉以来,碑碣云起;才锋所断,莫高蔡邕[5]。观《杨赐》之碑,骨鲠训典,《陈》《郭》二文,句无择言,《周》《胡》众碑,莫非清允[6]。其叙事也该而要,其缀采也雅而泽,清词转而不穷[7],巧义出而卓立;察其为才,自然而至矣。孔融所创,有慕伯喈;《张》《陈》两文,辨给足采,亦其亚也[8]。及孙绰为文,志在于碑,《温》《王》《郗》《庾》,辞多枝杂;《桓彝》一篇,最为辨裁矣[9]。夫属碑之体,资乎史才[10]。其序则传,其文则铭。标序盛德,必见清风之华;昭纪鸿懿,必见峻伟之烈[11]:此碑之制也。夫碑实铭器,铭实碑文,因器立名,事先于诔[12]。是以勒石赞勋者,入铭之域;树碑述亡者,同诔之区焉[13]。

【注释】

[1]埤(pí):增益。纪号:记功绩。号:告。古代帝王表功明德,以告臣下的意思。封禅:古代帝王受命后祭天祭地的典礼。故曰碑:上古刻石,并不称"碑",秦始皇诸刻石也未称"碑"。汉以后才称刻石为碑。

[2]周穆:指西周穆王。弇(yǎn)山:即崦嵫(yān zī)山,在今甘肃省。

[3]楹(yíng):堂前直柱。丽牲:系祭祀用的牲畜。丽:附著。勒:刻。

[4]庸器:铭功的铜器,主要用于周秦之前。徂(cú):往,到。封墓:聚土以为坟墓。

[5]碑碣(jié):通指石碑。方形叫碑,圆顶形叫碣。断:绝,止。蔡邕(yōng):字伯喈(jiē),汉末著名学者,文学家。

[6]《杨赐》:指蔡邕的《太尉杨赐碑》。杨赐:字伯献,汉末人。骨鲠(gěng):文章的骨力。训典:指《尚书》,因其中有《尧典》《伊训》等篇。陈:陈寔(shí),字仲弓,汉末名士。这里指蔡邕所作《陈寔碑》。郭:郭泰,字林宗,汉末名士。这里指蔡邕所作《郭泰碑》。择言:过头的话。周:周勰,字巨胜,汉末人。这里指蔡邕的《汝南周勰碑》。胡:胡广,字伯始,汉末人。这里指蔡邕的《太傅胡广碑》。允:得当。

[7]该:兼备。缀(zhuì):连结。转:移,指变化。

[8]孔融：字文举，汉末作家。张：张俭，字元节，汉末名士。这里指孔融的《卫尉张俭碑铭》。陈：此文已亡。辨给：辨，通"辩"，指便捷巧慧，善于言辞。亚：次。

[9]孙绰（chuò）：字兴公，东晋文人。《温》：指孙绰的《温峤碑》。《王》：指《丞相王导碑》。《郗（chī）》：指《太宰郗监碑》。《庾》：指《太尉庾亮碑》。《桓彝（yí）》：孙绰的《桓彝碑》。桓彝：字茂伦，东晋前期官僚。辨：辨洁。裁：剪裁。

[10]属：连缀，引申指写作。资：凭借。

[11]标：显出。序：叙述。昭：明白。懿（yì）：美好。峻：高。烈：功业。

[12]实：实在。立：确立。

[13]区：区域，类。

赞曰：写远追虚，诔碑以立[1]。铭德纂行[2]，文采允集。观风似面[3]，听辞如泣。石墨镌华，颓影岂戢[4]。

【注释】

[1]追：追叙，引申为再现。虚：指仪容。

[2]纂（zuǎn）：编写。

[3]风：指上文所说的"清风"。

[4]石：指碑。墨：指诔。镌（juān）：刻。华：指写得好的碑诔文。颓影：对后世的影响。颓：向下。戢（jí）：收敛，停止。

【导读】

诔文、碑文和文学艺术的关系不大。但正如刘勰所说"资乎史才""其序则传"等，它和传记文学有一定联系。按刘勰的要求，要使所写的人能如见其面，其辞能令人闻之而悲，并靠优秀的碑诔文，使人能永传后世，这就涉及人物描写的一些艺术要求，其中有些意见还是可取的。

本篇大致可分两部分。前一部分讲诔。先是指出诔为陈述死者德行之文，接着论列先秦至魏晋时代不少作家作品，对长于诔文的潘岳，评述较为具体。后面指明诔文的体制特色和写作要求，认为它叙述死者德行，体制像传记；其辞运用韵语，又似颂。它既表现死者的德行，又抒发了致诔者的哀伤。

第二部分讲碑。先是指出碑为刻在石碑上的文辞。接着叙述碑文源流，指出后代碑文用于叙述、称颂死者。于众多作家作品中，特别赞美长于碑文的蔡邕。刘勰称道蔡邕的碑文"叙事该而要，缀采雅而泽"，表现出他提倡雅正精约文风的一贯主张。后面提出碑文的体制特色和写作要求，指出碑文前边的序性质是传记，后边的韵语则是铭文。它应当充分写出死者美好崇高的德行和功业。未死的人有功，也可刻石记功，这种刻石也叫碑，刘勰已列入铭体，所以本篇主要讲为死者所写的碑。本篇最后讲写作碑文的基本要求，同时讲到碑和铭、诔的关系。

哀 吊

赋宪之谥,短折曰哀[1]。哀者,依也。悲实依心,故曰哀也。以辞遣哀,盖下流之悼,故不在黄发,必施夭昏[2]。昔三良殉秦,百夫莫赎,事均夭枉,《黄鸟》赋哀,抑亦诗人之哀辞乎[3]!暨汉武封禅,而霍嬗暴亡[4],帝伤而作诗,亦哀辞之类矣。降及后汉,汝阳主亡,崔瑗哀辞,始变前式[5]。然"履突鬼门",怪而不辞[6];"驾龙乘云",仙而不哀;又卒章五言,颇似歌谣,亦仿佛乎汉武也[7]。至于苏顺、张升,并述哀文,虽发其情华,而未极其心实[8]。建安哀辞,惟伟长差善,《行女》一篇,时有恻怛[9]。及潘岳继作,实锺其美。观其虑赡辞变,情洞悲苦,叙事如传,结言摹《诗》,促节四言,鲜有缓句[10];故能义直而文婉,体旧而趣新,《金鹿》《泽兰》,莫之或继也[11]。

【注释】

[1]赋宪:颁布法令。谥(shì):封建帝王大臣死后所加封号。折:夭折,年幼而死。

[2]遣:发。这里指表达。下流:指年幼的人。黄发:老人。昏:指"未三月而死也"。

[3]三良:三个好人,指春秋时秦国子车氏的三个儿子。殉(xùn):古代统治者死后,强迫活人陪同埋葬。秦:即秦穆公。夫:男人。赎,换回。夭枉:夭折的意思。枉:曲。《黄鸟》:《诗经·秦风》中的一篇,是为哀悼子车氏三子而作的。赋:陈述。诗人:指《诗经·黄鸟》的作者。

[4]暨(jì):及,至。汉武:西汉武帝刘彻。封禅:封建帝王祭天祭地的典礼。霍嬗(shàn):西汉著名将军霍去病的儿子。

[5]汝阳主:指汝阳长公主,和帝女,名刘广。崔瑗:字子玉,东汉文人。哀辞:指《汝阳主哀辞》。前式:指哀辞原来的法式。

[6]履:践,走。突:冲入。不辞:不成其为辞,不通。

[7]仿佛汉武:指和汉武帝所作霍嬗哀辞相似,皆仙而不哀。

[8]苏顺:字孝山,东汉文人。张升:字彦真,东汉文人。哀文:苏顺、张升的哀文均不传。心实:指真情实感。

[9]建安：汉献帝刘协年号。伟长：徐幹的字，汉末作家。差：比较。《行女》：指徐幹的《行女哀辞》。恻怛(dá)：哀痛。

[10]潘岳：字安仁，西晋文学家。锺：聚集的意思。赡：富足的意思。洞：深。苦：痛。传(zhuàn)：传记。节：指音节。

[11]婉：美。《金鹿》：指潘岳的《金鹿哀辞》。《泽兰》：指潘岳的《为任子咸妻作孤女泽兰哀辞》。莫之或继，无人能继续写出这样的作品。

原夫哀辞大体，情主于痛伤，而辞穷乎爱惜[1]。幼未成德，故誉止于察惠；弱不胜务，故悼加乎肤色[2]。隐心而结文则事惬，观文而属心则体奢[3]。奢体为辞，则虽丽不哀[4]；必使情往会悲，文来引泣，乃其贵耳[5]。

【注释】

[1]大体：主体。指写作上的主要特点。穷：极尽。

[2]察惠：聪明。惠：同"慧"。肤色：指容貌。

[3]隐：痛苦。惬(qiè)：满意。观文：观赏文采。属心：叙心。奢：夸张，不实。

[4]奢：浮夸。

[5]引泣：指哀悼文的感人作用。

吊者，至也。《诗》云[1]："神之吊矣。"言神至也。君子令终定谥，事极理哀，故宾之慰主，以至到为言也。压溺乖道，所以不吊矣[2]。又宋水郑火，行人奉辞，国灾民亡，故同吊也[3]。及晋筑虒台，齐袭燕城，史赵、苏秦，翻贺为吊，虐民搆敌，亦亡之道。凡斯之例，吊之所设也[4]。或骄贵以殒身，或狷忿以乖道，或有志而无时，或行美而兼累，追而慰之，并名为吊[5]。自贾谊浮湘，发愤《吊屈》，体周而事核，辞清而理哀，盖首出之作也[6]。及相如之《吊二世》，全为赋体；桓谭以为其言恻怆，读者叹息；及卒章要切，断而能悲也[7]。扬雄吊屈，思积功寡，意深《反骚》，故辞韵沈膇[8]。班彪、蔡邕，并敏于致诘。然影附贾氏，难为并驱耳[9]。胡、阮之《吊夷齐》，褒而无间；仲宣所制，讥呵实工[10]。然则胡、阮嘉其清，王子伤其隘，各其志也[11]。祢衡之《吊平子》，缛丽而轻清；陆机之《吊魏武》，序巧而文繁[12]。降斯以下，未有可称者矣[13]。

【注释】

[1]诗:指《诗经·小雅》中的《天保》。

[2]令终:善终,正常死亡。定谥:泛指办理丧事。压溺乖道:《礼记·檀弓上》说,有三种情形死的人,不必去吊哀:一是"畏",被人强加罪名攻击,自己不作辩解而死的;二是"压",自己到危险的地方去,被崩塌之物压死的;三是"溺",在游泳时淹死的。刘勰只讲了"压、溺"两种,但三种都包括在内。乖道:不合常道。

[3]宋水:《左传·庄公十一年》载,宋国发生水灾,鲁国曾派人去吊慰。郑火:《左传·昭公十八年》载,郑国发生火灾,只有许国没有去吊慰。行人:外交使节。奉辞:指给以慰问。

[4]晋筑虒(sī)台:即虒祁宫,春秋时晋国宫名。《左传·昭公八年》载,晋平公筑"虒祁之宫",鲁国派叔弓,郑国派游吉去祝贺。齐袭燕城:《战国策·燕策一》载,齐宣王趁燕国有丧事时,进攻燕国,占领十城。袭:攻其不备。史赵:春秋晋国太史。苏秦:字季子,战国时纵横家。翻贺为吊:把祝贺变为哀吊。虐民:残害人民。构(gòu)敌:结怨树敌。设:施,用。

[5]骄贵以殒(yǔn)身:指秦二世胡亥之类。狷忿以乖道:指屈原之类。狷忿:急躁忿恨。有志而无时:指张衡之类。行美而兼累:指曹操之类。累:牵连致损。

[6]贾谊:西汉初年作家。浮:指渡水。湘:湖南湘江。《吊屈》:指贾谊的《吊屈原文》。核:核实。首出:最早出现的吊文。

[7]相如:姓司马,字长卿,西汉辞赋家。《吊二世》:指司马相如的《哀秦二世赋》。桓谭:字君山,东汉初年学者。恻怆:悲伤。卒章:指《哀秦二世赋》最后所写"亡国失势"的原因一段。断:止,指读完。

[8]扬雄:字子云,西汉末年学者、文学家。吊屈:吊屈原。功寡:功绩小。《反骚》:扬雄所作《反离骚》。沈膇(zhuì):脚肿。这里指文辞不流畅。

[9]班彪:字叔皮,东汉初年史学家、文学家。蔡邕(yōng),汉末学者、作家。诘:指责问。影附:依附,如影之附形,这里指追随。

[10]胡:胡广,字伯始,东汉大官僚。阮:阮瑀(yǔ),字元瑜,汉末作家。《吊夷齐》:指胡广的《吊夷齐文》、阮瑀的《吊伯夷文》。夷齐:伯夷、叔齐,殷末贵族,殷亡后,不食周粟而死。褒:称颂。间:非难、批评。仲宣:王粲的字,汉

末文学家。讥呵(hē),批评。

[11]隘(ài):狭隘。

[12]祢(mí)衡:字正平,汉末作家。《吊平子》:指祢衡的《吊张衡文》。缛(rù):繁盛。陆机:字士衡,西晋文学家。《吊魏武》:指陆机的《吊魏武帝文》。

[13]降斯:从此。称:称道。

夫吊虽古义,而华辞末造[1];华过韵缓,则化而为赋。固宜正义以绳理,昭德而塞违,剖析褒贬,哀而有正,则无夺伦矣[2]!

【注释】

[1]末造:后期。

[2]绳:纠正。昭:明白。塞:防止。违:过失。伦:理,这里指哀吊文的正常道理。

赞曰:辞之所哀,在彼弱弄[1]。苗而不秀,自古斯恸[2]。虽有通才,迷方失控[3]。千载可伤,寓言以送[4]。

【注释】

[1]弱弄:指幼年。弄:戏弄。

[2]秀:庄稼抽穗开花。斯,语助词。恸(tòng):极其悲痛。

[3]方:方向。控:控制。

[4]寓:寄寓,这里指表达。送:发抒。

【导读】

哀和吊是两种相近的文体,后来也总称为哀吊体。刘勰论文,重视因情立文,反对华而不实。哀、吊这两种文体,都以表达悲哀之情为主,因此,更为排斥华丽,要求以真切的哀伤之情,写出"文来引泣""读者叹息"的感人之作。

本篇大致可分两部分。前一部分讲哀辞。先是指出哀辞为对夭折者的悼伤之文。中间论述哀辞的源流,对汉、魏、晋的作家作品进行评价。其中对长于哀辞的潘岳之作,备致推崇。后边指明哀辞既是表现对夭折者的哀伤,故其内容、措辞应注意分寸。"隐心而结文"二句,强调应根据思想情感而撰文,而不应首先追求文辞之藻丽,形成华侈之风。其论与《情采》篇主张为情造文、反对为文造情数句相通。第二部分讲吊。先是说明吊为因对方有灾难不幸,用言辞吊悼。可以对人,也可对事。中间评述两汉魏晋的作家作品,对贾谊的《吊屈原文》评价特高,誉为事核、辞清,这符合刘勰所提倡的艺术标准。后边论写作要求,对于过分华靡、形同赋体的作品,表示不满。刘勰强调要对前人作具体分析,再予以赞扬或批评,从而起到发扬封建道德和防止过失的作用。

杂　文

　　智术之子，博雅之人，藻溢于辞，辞盈乎气[1]。苑囿文情，故日新而殊致[2]。宋玉含才，颇亦负俗，始造《对问》，以申其志，放怀寥廓，气实使文[3]。及枚乘摛艳，首制《七发》，腴辞云构，夸丽风骇[4]。盖七窍所发，发乎嗜欲，始邪末正，所以戒膏粱之子也[5]。扬雄覃思文阁，业深综述，碎文琐语，肇为《连珠》，其辞虽小而明润矣[6]。凡此三者，文章之枝派，暇豫之末造也[7]。

【注释】

　　[1]术：艺，才能。藻：文采。辩：言辩。气：气质。

　　[2]苑囿（yòu）：聚养花木禽兽的园林，这里作动词用，指掌握，驾驭。殊致：不同的风格和文体。

　　[3]宋玉：战国时楚国作家。负俗：才高者为世俗所讥。对问：指宋玉的《对楚王问》。寥廓：空阔。使：驾驭。

　　[4]枚乘：字叔，西汉作家。摛（chī）：发布。《七发》：用问答的形式讲七件事。腴（yú）：肥美，这里指美好的文采。云构：形容作品的大量出现。夸：华。风骇：如风之四起。

　　[5]七窍：七孔，指人的二眼，双耳，两个鼻孔和口。始邪末正：邪，指《七发》的前几段所讲音乐的动听，酒食的甘美等；正，指最后所讲"论天下之精微，理万物之是非"的"要言妙道"。膏粱之子：贵族子弟。

　　[6]扬雄：字子云，西汉末年文学家。覃（tán）：深。文阁：指汉代藏典籍的天禄阁，扬雄曾在天禄阁校书。业：职，引申为擅长。综述：著述，指扬雄写《太玄》《法言》。肇（zhào）：始。《连珠》：扬雄所作《连珠》。

　　[7]暇豫：闲乐。这里有以写作来消遣的看法。末造：后期，这里是比喻文体的末流。

　　自《对问》以后，东方朔效而广之，名为《客难》，托古慰志，疏而有辨[1]。扬雄《解嘲》，杂以谐谑，回环自释，颇亦为工[2]。班固《宾戏》，含懿采之华；

崔骃《达旨》，吐典言之裁[3]；张衡《应间》，密而兼雅，崔寔《客讥》，整而微质[4]；蔡邕《释诲》，体奥而文炳；郭璞《客傲》，情见而采蔚[5]；虽迭相祖述，然属篇之高者也[6]。至于陈思《客问》，辞高而理疏；庾敳《客咨》，意荣而文悴[7]。斯类甚众，无所取才矣[8]。原夫兹文之设，乃发愤以表志[9]。身挫凭乎道胜，时屯寄于情泰，莫不渊岳其心，麟凤其采：此立体之大要也[10]。

【注释】

[1] 东方朔：字曼倩，西汉作家。《客难》：指东方朔的《答客难》。慰：自慰。疏：粗略。辨：辨析。

[2]《解嘲》：指扬雄所作《解嘲》。谐谑（xié xuè）：诙谐，嘲笑。回环：围绕，反复。

[3] 班固：字孟坚，东汉史学家、文学家。《宾戏》：指班固的《答宾戏》。懿（yì）：美好。崔骃（yīn）：字亭伯，东汉作家。《达旨》：也是问答体，载《后汉书·崔骃传》。典：常道。裁：体制。

[4] 张衡：字平子，东汉科学家、文学家。《应间》：张衡有《应间》。间（jiàn）：缝隙，这里指挑毛病的人。崔寔：字子贞，崔骃的孙子，东汉作家。《客讥》：崔寔有《客讥》。整：整饬（chì），齐整。

[5] 蔡邕（yōng）：字伯喈，汉末学者、作家。《释诲》：蔡邕作《释诲》。炳：明。郭璞：字景纯，东晋初年学者、作家。《客傲》：郭璞作《客傲》。见（xiàn）：同"现"，显露。蔚：繁盛。

[6] 迭：轮流。祖述：效法，继承。属：连缀。

[7] 陈思：指曹植。《客问》：可能指曹植的《辩问》。庾敳（ái）：字子嵩，西晋文人。《客咨》：今不存。荣：盛。悴：衰弱。

[8] 取才：《论语·公冶长》："无所取材。""才"通"材"。

[9] 志：志向。

[10] 挫：挫折。凭：依托，和下句"寄"字意略同，都指表达于文辞。道：德行。屯：困难。泰：安适。渊：深水。岳：高山。麟凤：以麒麟、凤凰喻世上稀有的珍贵之物。这里指罕见的文采。体：文体。

自《七发》以下，作者继踵[1]，观枚氏首唱，信独拔而伟丽矣。及傅毅《七激》，会清要之工；崔骃《七依》，入博雅之巧[2]；张衡《七辨》，结采绵靡；崔瑗

《七厉》,植义纯正[3];陈思《七启》,取美于宏壮;仲宣《七释》,致辨于事理[4]。自桓麟《七说》以下,左思《七讽》以上,枝附影从,十有馀家[5]。或文丽而义暌,或理粹而辞驳[6]。观其大抵所归,莫不高谈宫馆,壮语畋猎[7]。穷瑰奇之服馔,极蛊媚之声色[8]。甘意摇骨髓,艳词动魂识,虽始之以淫侈,而终之以居正[9]。然讽一劝百,势不自反[10]。子云所谓:"犹骋郑卫之声,曲终而奏雅"者也[11]。唯《七厉》叙贤,归以儒道,虽文非拔群,而意实卓尔矣[12]。

【注释】

[1]踵(zhǒng):跟随。

[2]傅毅:字武仲,东汉初年作家,作《七激》。《七依》:崔骃作《七依》。

[3]绵靡:柔和细致。崔瑗(yuàn):字子玉,崔骃的儿子,东汉文人。《七厉》:可能是《七苏》之误。

[4]《七启》:曹植作《七启》。仲宣:王粲的字。《七释》:王粲作《七释》。

[5]桓麟:字元凤,汉末文人,作《七说》。左思:字太冲,西晋文学家,作《七讽》。十有余家:从桓麟到左思之间,除刘勰已举出的傅毅、崔骃等六家外,还有桓彬、刘广世、崔琦、李尤、徐幹等,都有"七"体。

[6]暌(kuí):违背。驳:杂乱。

[7]大抵:大概。畋(tián):打猎。

[8]瑰:奇伟。馔(zhuàn):饮食。蛊(gǔ):媚,惑。

[9]摇骨髓:骨髓受到动摇,说明感人之深。魂识:即魂魄,指人的精神。淫侈:指过分的夸张渲染。

[10]讽一劝百:这是扬雄论赋的说法,原文是"劝百风一",意指汉赋讽谏少而劝诱多。

[11]郑卫之声:儒家的传统观点,认为郑、卫两国的音乐是不正当的。这里泛指淫声。曲终奏雅:原指汉赋的最后,有几句讽谏的话,这里借指"七"这种文体也是如此。

[12]"归以儒道"三句:这里显示了刘勰评论作家作品的一个重要观点,即文章虽写得一般化,只要符合儒家思想,就给以突出的地位。

自《连珠》以下,拟者间出[1]。杜笃、贾逵之曹,刘珍、潘勖之辈,欲穿明珠,多贯鱼目[2]。可谓寿陵匍匐,非复邯郸之步;里丑捧心,不关西施之颦矣[3]。唯士衡运思，理新文敏，而裁章置句，广于旧篇。岂慕朱仲四寸之珰乎[4]！夫文小易周，思闲可赡[5]。足使义明而辞净，事圆而音泽，磊磊自转，可称珠耳[6]。

【注释】

[1]间出：偶然出现。

[2]杜笃：字季雅，东汉文人。贾逵：字景伯，东汉学者。曹：辈。刘珍：字秋孙，东汉文人。潘勖(xù)：字元茂，汉末文人。鱼目：鱼眼似珠。《参同契》中有"鱼目岂为珠"的说法。后来形成"鱼目混珠"这个成语。

[3]寿陵：古代燕国地名。匍匐(pú fú)：爬行。邯郸：战国时赵国都城，在今河北省邯郸市。里：邻里。西施：春秋时越国美女。颦(pín)：皱眉头。

[4]士衡：陆机的字，西晋文学家。运思：指运思写作。裁：制，作。朱仲：传说中的仙人。珰(dāng)：穿耳为饰的珠。

[5]周：密，指文辞紧凑。闲：熟。赡(shàn)：丰富。

[6]泽：丰润。磊磊(lěi)：指圆转的样子。

详夫汉来杂文，名号多品[1]。或典、诰、誓、问，或览、略、篇、章，或曲、操、弄、引，或吟、讽、谣、咏[2]。总括其名，并归杂文之区[3]；甄别其义，各入讨论之域[4]；类聚有贯，故不曲述也[5]。

【注释】

[1]品：类。

[2]典：记载法度、准则的典籍。诰：告诫之文。誓：约束军旅的誓言。问：咨询、策问，是帝王向臣下询问的一种文体。览：观览，《吕氏春秋》简称"吕览"。略：概要，《淮南子》中有《要略》，刘歆有《七略》。篇：编简成册，西汉司马相如有《凡将篇》，扬雄有《训纂篇》。章：《楚辞》中有《九章》；汉代史游有《急就章》。曲：如汉乐府中的《鼓吹曲》《横吹曲》等。操：表达情操的歌曲。弄：小曲，如梁代萧衍、沈约等人的《江南弄》等。引：歌曲的导引。吟：歌唱，如陆机的《泰山吟》《梁甫吟》等。讽：讽谏，如汉代韦孟的《讽谏诗》等。谣：不合乐的歌。咏：歌唱，如班固的《咏史》，曹植的《五游咏》、阮籍的《咏怀》等。

[3]区：类。

[4]甄(zhēn)：鉴别，审查。各入讨论之域：指以上列举各种文体名目，可归入本书所论及的有关文体中去。

[5]贯：通，联系。曲：详尽。

赞曰：伟矣前修，学坚才饱[1]。负文馀力，飞靡弄巧[2]。枝辞攒映，嘒若参昴[3]。慕颦之徒，心焉只搅[4]。

【注释】

[1]前修：前贤。

[2]负：担任，这里指从事写作。靡：美，指文辞的美好。

[3]枝辞：非主要的文辞，指本篇所论各种杂文。攒(cuán)：聚集。嘒(huì)：微小。参昴：两小星名，这里泛指星。

[4]慕颦：即效颦。搅(jiǎo)：乱。《诗经·小雅·何人斯》中有"只搅我心"句，刘勰即用其意。

【导读】

本篇主要论述汉晋之间出现的几种杂体作品，如对问、七、连珠三种文体等，总称杂文。大致可分五段。第一段说明这三种文体，分别由宋玉、枚乘、扬雄三人创始，兼及此三文特色，指出它们都是作者闲乐时所为。第二段论述对问一体，列举两汉魏晋各家的作品，有所褒贬，结尾指出该体是作者发愤表志之作，写作上须表现出高深的情志和光艳的文采。第三段论述七体，评价了两汉魏晋的作品。其中赞美枚乘《七发》"独拔而伟丽"，又批评这类作品往往"先骋郑卫之声"，实际是不满它们流于淫丽。刘勰认为这类作品应当写得艳丽而不淫滥。第四段论述连珠，对汉魏时杜笃等四家拟作都致不满，而独肯定陆机的制作。后面指出该体应写得义明词净，事圆音泽。第五段是附论，说明自汉代以来，杂文的名目繁多，对它们可以考察其名义，分别归入有关文体。

刘勰认为这些杂文是"文章之枝派"，不属于文章的正体，写这种东西是文人从事写作之余的一种游戏。但正因古人写这类作品时，受传统观念的约束较少，比较随便，因而用来"发愤以表志"或"戒膏粱之子"等，更能起到正统文体所不能起的作用。尤其在艺术上，其丰富大胆的想象虚构、小巧而鲜明的形象描绘，都独具其特点。

谐 隐

芮良夫之诗云："自有肺肠,俾民卒狂。"[1]夫心险如山,口壅若川,怨怒之情不一,欢谑之言无方[2]。昔华元弃甲,城者发"睅目"之讴;臧纥丧师,国人造"侏儒"之歌[3]。并嗤戏形貌,内怨为俳也[4]。又"蚕蟹"鄙谚,"狸首"淫哇,苟可箴戒,载于礼典[5]。故知谐辞隐言,亦无弃矣[6]。

【注释】

[1]芮(ruì)良夫:周厉王时的大夫。诗:指《诗经·大雅》中的《桑柔》。俾(bǐ):使。卒:终。

[2]壅(yōng):堵塞。谑(xuè):嘲笑。无方:不拘一格。方:正常。

[3]华(huà)元:春秋时宋国官吏。甲:战衣。城者:筑城的百姓。睅(hàn)目:瞪着大眼睛。讴(ōu):歌。臧纥(zāng hé):春秋时鲁国大夫。丧师:吃败仗。侏儒:身材矮小的人。鲁国人嘲讽臧纥的歌谣,最后两句是:"侏儒侏儒,使我败于邾!"

[4]嗤(chī):讥笑。俳(pái):嘲戏。

[5]"蚕蟹"鄙谚:《礼记·檀弓》中有"蚕则绩而蟹有匡"。鄙:朴野。狸(lí)首:《礼记·檀弓》中有"狸首之斑然"。哇(wǎ):象声词,哭声。箴(zhēn):对人进行教训。礼典:指儒家经典《礼记》。

[6]谐(xié):戏笑的话。隐(yǐn):隐语。

谐之言皆也,辞浅会俗,皆悦笑也[1]。昔齐威酣乐,而淳于说甘酒;楚襄宴集,而宋玉赋《好色》;意在微讽,有足观者[2]。及优旃之讽漆城,优孟之谏葬马,并谲辞饰说,抑止昏暴[3]。是以子长编史,列传《滑稽》,以其辞虽倾回,意归义正也[4]。但本体不雅,其流易弊。于是东方、枚皋,饣糟啜醨,无所匡正,而诋嫚媟弄。故其自称为赋,乃亦俳也。见视如倡,亦有悔矣[5]。至魏文因俳说以著《笑书》。薛综凭宴会而发嘲调,虽抃笑帷席,而无益时用矣[6]。然而懿文之士,未免枉辔[7]。潘岳《丑妇》之属,束皙《卖饼》之类,尤而效之,盖以百数[8]。魏晋滑稽,盛相驱扇[9]。遂乃应玚之鼻,方于盗削卵;

张华之形,比乎握春杵[10]。曾是莠言,有亏德音,岂非溺者之妄笑,胥靡之狂歌欤[11]?

【注释】

[1]皆:用"皆"字解释"谐",一方面因为字形和字音相近,同时也因为谐谈具有普遍性,而"皆"字也有共同、普遍的意义。会:合,这里有适应的意思。

[2]齐威:指战国时齐威王。酣(hān):恣意饮酒。淳于:战国时齐国的淳于髡(kūn)。楚襄:指战国时的楚顷襄王。宋玉:战国时楚国作家。《好色》:指宋玉的《登徒子好色赋》。微讽:委婉讽谏。足观:可观,值得一观。

[3]优旃(zhān):秦代乐人。讽漆城:事见《史记•滑稽列传》。优孟:春秋时楚国乐人,善于谈笑讽谏。谏葬马:事见《史记•滑稽列传》。谲(jué):诡诈,虚假。

[4]子长:司马迁的字。《滑稽》:指《史记》中的《滑稽列传》。倾回:不正。义:宜。

[5]东方:指东方朔,他与枚皋(gāo)都是西汉中年的辞赋家,善诙谐。铺(bū)糟啜(chuò)醨(lí):吃糟粕,饮劣酒。《楚辞•渔父》中有这样的话:"众人皆醉,何不铺其糟而啜其醨?"铺:食。啜:饮。匡:纠正。诋(dǐ):诽谤。嫚(màn):轻视,侮辱。媟(xiè):轻慢,不庄重。见:被。倡:也叫倡优,以谐戏的话供人玩乐的乐人。

[6]魏文:魏文帝曹丕。笑书:今不传。薛综:三国时吴国的学者。抃(biàn)笑:鼓掌欢笑。帷席:即筵席。

[7]懿(yì):美好。枉辔(pèi):即枉驾屈就的意思。枉:屈。辔:马嚼子、马缰绳。

[8]潘岳:字安仁,西晋作家。《丑妇》:指《丑妇赋》。束皙(xī):字广微,西晋作家。《卖饼》:指《饼赋》。尤而效之:学着做坏事。尤,过错。

[9]驱扇:有扇动风气的意思。

[10]应玚(yáng):三国时魏国作家。方:比。张华:西晋初年作家。春杵(chōng chǔ):春捣用的木棒。

[11]曾:乃。莠(yǒu):恶。亏:减损。德音:有德者之言,这里指好的作品。溺(nì):淹没。胥靡:罪人。

谲者，隐也。遁辞以隐意，谲譬以指事也[1]。昔还社求拯于楚师，喻智井而称麦麹；叔仪乞粮于鲁人，歌佩玉而呼庚癸[2]；伍举刺荆王以大鸟；齐客讥薛公以海鱼；庄姬托辞于龙尾，臧文谬书于羊裘[3]。隐语之用，被于纪传，大者兴治济身，其次弼违晓惑[4]。盖意生于权谲，而事出于机急，与夫谐辞，可相表里者也[5]。汉世《隐书》，十有八篇，歆、固编文，录之赋末[6]。昔楚庄、齐威，性好隐语。至东方曼倩，尤巧辞述。但谬辞诋戏，无益规补[7]。

【注释】

[1]遁辞：不直说。谲譬：曲折的比喻。

[2]还(xuán)社：即还无社，春秋时萧国大夫。拯：救助。智(yuān)井：枯井。麦麹(qū)：制酒的东西，可以避湿。叔仪：即申叔仪，春秋时吴国大夫。佩玉：指申叔仪为借粮而唱的歌，第一句是"佩玉繠兮"。庚：代表粮食。癸(guǐ)：代表水。

[3]伍举：春秋时楚国大夫。荆王：指楚庄王。大鸟：《史记·楚世家》载一鸣惊人的故事。薛公：战国时齐国田婴。海鱼：说田婴和齐国的关系，就像大鱼依靠海水一样。庄姬：战国时楚国的庄人。龙尾：以龙无尾做比喻。臧文：春秋时鲁国大夫。羊裘：语出《列女传》，暗示备战。

[4]被：加。兴治：兴邦治国。济身：益于身心。弼(bì)违：改正过失。晓惑：解除疑惑。

[5]权：变通。谲：狡诡。机：机敏。急：急迫。表里：事物的两个方面，这里比喻二者关系的密切。

[6]《隐书》：《汉书·艺文志》中所列《隐书》十八篇。歆(xīn)：指《七略》的编著者之一刘歆。固：《汉书》的编著者班固。录之赋末：列在《杂赋》后边。

[7]楚庄：楚庄王。齐威：齐威王。曼倩(qiàn)：东方朔的字。谬辞：迷糊人的文辞。规：劝正。补：补救。

自魏代以来，颇非俳优；而君子嘲隐，化为谜语[1]。谜也者，回互其辞，使昏迷也[2]。或体目文字，或图象品物，纤巧以弄思，浅察以衒辞；义欲婉而正，辞欲隐而显[3]。荀卿《蚕赋》，已兆其体；至魏文、陈思，约而密之[4]；高贵乡公，博举品物，虽有小巧，用乖远大[5]。观夫古之为隐，理周要务，岂为童稚之戏谑，搏髀而抃笑哉[6]！然文辞之有谐隐，譬九流之有小说，盖稗官所采,以广视听[7]。若效而不已,则髡、朔之入室,旃、孟之石交乎[8]!

【注释】

[1]非:不赞成。俳优:倡优。嘲隐:用以嘲笑的隐语。化:转化。

[2]回互:转变,替换。昏迷:迷惑难解。

[3]体目文字:对文字的离拆。图象:形容,描绘。纤巧:纤细巧妙。弄:卖弄。衒(xuàn):夸耀。隐而显:"隐"与"显"好像意义相反,其实是相反相成的。

[4]荀卿:名况,战国时赵国人。《蚕赋》:指《荀子·赋篇》中的一部分。兆:先见的迹象。魏文:曹丕。陈思:曹植。约而密之:使其精炼周密。

[5]高贵乡公:即曹髦(máo),曹丕之孙,初封高贵乡公,他的谜语亦不传。乖:不合。

[6]周:合。搏:拍打。髀(bì):大腿。

[7]九流:《汉书·艺文志》把先秦学说分为十派,其中九派都被重视,称为"九流"。小说:琐细之言。《汉书·艺文志》说,"小说家者流,盖出于稗官,街谈巷语、道听途说者之所造也。" 稗(bài)官:小官。广:扩大。

[8]髡(kūn):淳于髡。朔:指东方朔。入室:入室弟子,高足。旃:优旃。孟:优孟。石交:金石之交,即知心朋友。

赞曰:古之嘲隐,振危释惫[1]。虽有丝麻,无弃菅蒯[2]。会义适时,颇益讽诫[3]。空戏滑稽,德音大坏[4]。

【注释】

[1]振:救。释:除去。惫(bèi):困乏。

[2]菅(jiān)蒯(kuǎi):两种草,这里用以比喻谐隐,虽不很重要,但仍有用处。

[3]会:合。益:有助于。

[4]德音:有德者之言,这里指好的作品。

【导读】

谐辞隐语主要来自民间,古代文人常常认为是不能登大雅之堂的作品,因而很少论述;本篇是古代文论中不易多得的材料。本篇大致可分三段。第一段结合举例,说明谐隐的性质、作用和价值。第二段讲谐辞。首先肯定《史记·滑稽列传》中所载淳于髡等所作的谐辞,因为它们尽管文辞不雅,但意在讽谏,义旨规正。其后东方朔、枚皋所作的滑稽赋,就纯属游戏之辞。魏晋时代,谐辞盛行,也都是嘲戏取乐之作。第三段讲隐语。指出隐语的特点是利用暗示、比喻等手法。接着肯定先秦时代的若干隐语,具有兴治济身、弼违晓惑的积极作用。到汉代东方朔的隐语,就全是游戏而无益规补了。魏代以来,以文字、品物为猜测对象的谜语盛行,但此类作品,虽有小巧,毕竟背离文学远大的功能。总之,谐辞隐语,在文学中品级较低,犹如九流中的小说家一样。

刘勰认为,谐辞隐语是俚俗不雅之作,其中少数作品具有箴戒规讽作用,值得肯定;许多仅是滑稽取乐之作,就很少价值。这里表现出他主张文学应为政治道德修养服务、轻视娱乐性通俗文学的观点。魏晋南北朝时代,谐辞盛行,许多作品用赋体写成,颇有文采,具有辞藻华美、对偶工巧、音韵和谐等语言美,顺应了当时骈体文学昌盛的创作潮流,因而得到许多文人的重视和爱好。

刘勰能专篇论述这种在封建社会长期不被文人重视的谐辞隐语,这是值得注意的。他不可能完全超越传统的文学观念,也认为谐隐"本体不雅"。但他认为这类作品如果运用得当,对于抑制某些昏暴的统治者"颇益讽诫",甚至可以在"兴治济身"中发挥一定的作用。他在本篇相当明确地肯定了古代一些讽刺性很强的民间作品,并初步总结了我国古代讽刺文学的某些特点,认为这种作品是"内怨为俳",即内心有了某种怨怒之情而用嘲讽的形式来表现;由于"怨怒之情不一",在表现的方式方法上也是多种多样的。

史　传

　　开辟草昧，岁纪绵邈[1]，居今识古，其载籍乎！轩辕之世，史有仓颉[2]，主文之职，其来久矣。《曲礼》曰："史载笔。"[3]史者，使也。执笔左右，使之记也[4]。古者左史记言，右史书事。言经则《尚书》，事经则《春秋》也。唐、虞流于典谟，夏、商被于诰誓[5]。自周命维新，姬公定法，绌三正以班历，贯四时以联事[6]。诸侯建邦，各有国史，彰善瘅恶，树之风声[7]。自平王微弱，政不及雅，宪章散紊，彝伦攸斁[8]。昔者夫子闵王道之缺，伤斯文之坠，静居以叹凤，临衢而泣麟[9]。于是就太师以正《雅》《颂》，因鲁史以修《春秋》，举得失以表黜陟。征存亡以标劝戒[10]；褒见一字，贵逾轩冕，贬在片言，诛深斧钺[11]。然睿旨幽隐，经文婉约，丘明同时，实得微言，乃原始要终，创为传体[12]。传者，转也；转受经旨，以授于后。实圣文之羽翮，记籍之冠冕也[13]。

【注释】

　　[1]草昧：天地初开时的混沌状态。绵邈(miǎo)：久远。

　　[2]轩辕：指黄帝，传说中的古代帝王。史：史官。仓颉(jié)：传为黄帝时的左史，文字的创始者。

　　[3]曲礼：《礼记》中的一篇。笔：这里泛指记事的用具。

　　[4]左右：国君左右。使：令。

　　[5]典谟：指《尚书》中的《尧典》《皋陶谟》等。诰誓：指《尚书》中的《甘誓》《汤诰》等。

　　[6]周命维新：《诗经·大雅·文王》中说："周虽旧邦，其命维新。"维新：乃新。指从周文王时开始革新。姬(jī)公：指周公旦，周武王的弟弟。法：指史书记事之法。绌(chōu)：抽引。三正：指夏、商、周三代的历法。正：正月。班：分、列。联事：指记载史事。联，系。

　　[7]"彰善"三句：借用《尚书·毕命》中的原话。瘅(dàn)：贬斥。

　　[8]平王：周平王，周幽王之子。雅：《诗经》中有《大雅》《小雅》。这里是以《雅》诗中反映太平盛世的作品来指西周兴盛时期。东周以后走向衰微，所以说"政不及雅"。宪章：法度。紊(wěn)：乱。彝(yí)：永久的，经常的。攸

（yōu）：语助词。斁（dù）：败坏。

[9]夫子：孔子。闵（mǐn）：忧。伤斯文：《论语•子罕》中说："天之将丧斯文也。"斯：此。文：指礼乐等西周文化。静居：闲居，指孔子周游各国后，晚年闲居鲁国。叹凤：《论语•子罕》中说，孔子叹息："凤鸟不至，……吾已矣夫！"衢：大路。泣麟：《孔丛子•记问》中，孔子哭泣说："麟出则死，吾道穷矣！"

[10]太师：乐官的首领。雅颂：指雅乐和颂的乐曲。《春秋》：我国最早的一部编年史。黜陟（chù zhì）：人才的进退升降。征：验证。标：表明。

[11]"褒见"四句：语本《谷梁传序》："一字之褒，宠逾华衮之赠；片言之贬，辱过市朝之挞。" 褒（bāo）：称赞。逾：超过。轩冕（miǎn）：指高级官位。轩：有帷幕的车。冕：礼帽。钺（yuè）：似斧的兵器。

[12]睿（ruì）：深明。婉约：简练。婉：简约。丘明：左丘明，与孔子同时的人，相传是《左传》的作者。微言：精微之言。原始要（yāo）终：这是借用《周易•系辞》中的话，指全面探究事物的始末。原：追溯。要：约会，这里有联系的意思。传：解释经书的意义。

[13]羽翮（hé）：翅翼，喻指辅佐。翮：羽毛的茎。

及至纵横之世，史职犹存[1]。秦并七王，而战国有《策》。盖录而弗叙，故即简而为名也[2]。汉灭嬴、项，武功积年，陆贾稽古，作《楚汉春秋》[3]。爰及太史谈，世惟执简；子长继志，甄序帝绩[4]。比尧称典，则位杂中贤；法孔题经，则文非玄圣[5]。故取式《吕览》，通号曰纪。纪纲之号，亦宏称也[6]。故本纪以述皇王，列传以总侯伯，八书以铺政体，十表以谱年爵，虽殊古式，而得事序焉[7]。尔其实录无隐之旨，博雅弘辩之才，爱奇反经之尤，条例踳落之失，叔皮论之详矣[8]。

【注释】

[1]纵横之世：指战国时期。

[2]并：合，统一。七王：即七国。叙：编次。简：竹简，也称策或简策。

[3]嬴（yíng）：秦王的姓。项：项羽。陆贾：西汉初年文人。稽：查考。

[4]爰（yuán）：于是。太史谈：指司马谈，汉武帝时的太史令，司马迁的父亲。执简：指任史官职务。子长：司马迁的字。甄（zhēn）：审查。绩（jī）：功业。

[5]典：指《尚书》中的《尧典》。孔：孔子。经：指《春秋》。玄圣：指孔子。

[6]《吕览》：即《吕氏春秋》。纪纲：法纪政纲。

[7]本纪：《史记》中有十二本纪，记述帝王事迹。列传：《史记》中有七十列传，记述政治、军事、文化各方面重要人物的生平事迹。总侯伯：指记述诸侯王事迹的"世家"而言。八书：《史记》中有《礼书》《乐书》等八书。铺：陈列。十表：《史记》中有《三代世表》《十二诸侯年表》等十表。谱：叙录。

[8]反经：违反儒家经典。尤：过失。踳（chuǎn）：据《说文》同"舛"，错乱。叔皮：班彪的字。

及班固述汉，因循前业，观司马迁之辞，思实过半[1]。其十志该富，赞序弘丽，儒雅彬彬，信有遗味[2]。至于宗经矩圣之典，端绪丰赡之功，遗亲攘美之罪，征贿鬻笔之愆，公理辨之究矣[3]。观夫左氏缀事，附经间出，于文为约，而氏族难明[4]。及史迁各传，人始区分，详而易览，述者宗焉[5]。及孝惠委机，吕后摄政，史、班立纪，违经失实，何则[6]？庖牺以来，未闻女帝者也。汉运所值，难为后法[7]。牝鸡无晨，武王首誓；妇无与国，齐桓著盟；宣后乱秦，吕氏危汉[8]：岂唯政事难假，亦名号宜慎矣[9]。张衡司史，而惑同迁、固，元帝王后[10]，欲为立纪，谬亦甚矣。寻子弘虽伪，要当孝惠之嗣；孺子诚微，实继平帝之体[11]；二子可纪，何有于二后哉[12]？

【注释】

[1]班固：东汉史学家。汉：指《汉书》。因循：沿袭，依照。思实过半：指得益甚多。

[2]十志：《汉书》中有《律历志》、《礼乐志》等十志。该：兼，备。赞：《汉书》纪、传的末尾常有一段"赞曰"。序：《汉书》表、志的前面常有一段类似序文的说明。彬彬：文质兼备的样子。

[3]矩（jǔ）：画方形的器具，这里引申为模仿、学习。端绪：指条理。丰赡（shàn）：富足。遗：抛弃。攘：窃取。征：求。鬻：卖。愆（qiān）：过失。公理：仲长统的字，汉末著名学者。究：穷尽。

[4]左氏：指左丘明的《左传》。缀（zhuì）：连结。间出：偶然出现。氏族：指重要历史人物。

[5]述：循，继。宗：取法。

[6]孝惠：指西汉惠帝刘盈。委机：抛弃国家大事。吕后：指汉高祖刘邦的

皇后吕雉（zhì）。摄（shè）政：代理执政。史：指司马迁的《史记》。班：指班固的《汉书》。立纪：《史记》中有《吕后本纪》，《汉书》中有《高后纪》。违经：违背正常。

[7]庖（páo）牺：即伏羲。值：逢，遇。

[8]牝（pìn）鸡：母鸡。无晨：不晨鸣。这是喻指妇女不能掌管国家大事。武王：周武王。誓：指《尚书·牧誓》所载周武王的誓辞。"牝鸡无晨"就是这个誓辞中的话。与（yù）：参与。齐桓：指齐桓公。《谷梁传·僖公九年》载齐桓公和诸侯订盟，其中讲到"毋使妇人与国事"。宣后：宣太后，秦昭王的母亲。秦武王死后，昭王年幼，宣太后自治事。

[9]假：指代摄政事。名号宜慎：指本纪的称号要慎用。

[10]张衡：东汉科学家、文学家。司史：《后汉书·张衡传》说张衡曾"专事东观"，进行《东观汉记》的补缀工作。迁：司马迁。固：班固。元帝王后：指汉元帝皇后王政君，元帝死后，她曾临朝听政。

[11]寻：探讨。子弘：汉惠帝子刘弘。要：总。嗣：后代。孺子：指刘婴，汉宣帝的玄孙，平帝死后立为皇太子，号"孺子"。微：当时刘婴只有两岁。

[12]二后：指吕后、元帝后。

至于后汉纪传，发源东观[1]。袁、张所制，偏驳不伦。薛、谢之作，疏谬少信[2]。若司马彪之详实，华峤之准当，则其冠也[3]。及魏代三雄，记传互出[4]。《阳秋》《魏略》之属，《江表》《吴录》之类[5]，或激抗难征，或疏阔寡要[6]。唯陈寿《三志》，文质辨洽，荀、张比之于迁、固，非妄誉也[7]。

【注释】

[1]东观：指《东观汉纪》，李尤、刘珍等撰。

[2]袁：指袁山松，东晋文人，著有《后汉书》。张：指张莹，东晋文人，著有《后汉南纪》。偏驳：偏颇杂乱。伦：常理。薛：指薛莹，三国时吴国文人，曾著《后汉纪》。谢：指谢承，也是吴国文人，曾著《后汉书》。

[3]司马彪：字绍统，西晋文人，曾著《续汉书》。华峤（qiáo）：字叔骏，西晋文人，曾著《后汉书》。

[4]三雄：指魏、蜀、吴三国。互出：相继出现。

[5]《阳秋》：指东晋孙盛的《魏氏春秋》。《魏略》：魏国鱼豢（huàn）著。

史传

《江表》:西晋虞溥的《江表传》。《吴录》:西晋张勃著。

[6]激:激切。抗:对抗,指不同于时俗的观点。征:证验。疏阔:粗疏,不精密。

[7]陈寿:西晋史学家。《三志》:陈寿的《三国志》。辨洽(qià):明辨和润。荀:指荀勖(xù),西晋文人。张:指张华,西晋文学家。

至于晋代之书,系乎著作[1]。陆机肇始而未备,王韶续末而不终[2],干宝述纪,以审正得序;孙盛《阳秋》,以约举为能。按《春秋》经传,举例发凡[3]。自《史》《汉》以下,莫有准的。至邓粲《晋纪》,始立条例[4]。又摆落汉、魏,宪章殷、周,虽湘州曲学,亦有心典谟[5]。及安国立例,乃邓氏之规焉[6]。

【注释】

[1]系:统属,这里指隶属。著作:著作郎,官职名,专任史书编撰。

[2]陆机:字士衡,西晋文学家。曾著《晋纪》。肇(zhào):开始,指撰写西晋初的历史。王韶:王韶之,南朝宋代文人。曾著《晋纪》。续末:指撰写东晋末年历史。但只写到义熙九年,下距晋亡还有七年,所以说"不终"。

[3]干宝:东晋史学家、小说家。曾著《晋纪》。审:推求。序:次序。《阳秋》:指《晋阳秋》。约举:简明扼要。举例发凡:指编写史书原则所订的体例。

[4]准的:标准。邓粲:东晋文人。他的《晋纪》今不存。

[5]宪章:取法,学习。湘州:湖南湘水。这里指邓粲,他是长沙人。曲学:偏僻之地的学者。

[6]安国:孙盛的字。规:法度,指孙盛写史书是取法邓粲。

原夫载籍之作也,必贯乎百氏,被之千载,表征盛衰,殷鉴兴废[1];使一代之制,共日月而长存;王霸之迹,并天地而久大[2]。是以在汉之初,史职为盛,郡国文计,先集太史之府,欲其详悉于体国也[3]。阅石室,启金匮,抽裂帛,检残竹,欲其博练于稽古也[4]。是以立义选言,宜依经以树则;劝戒与夺,必附圣以居宗。然后诠评昭整,苟滥不作矣[5]。然纪传为式,编年缀事,文非泛论,按实而书[6]。岁远则同异难密,事积则起讫易疏,斯固总会之为难也。或有同归一事,而数人分功,两记则失于复重,偏举则病于不周,此又铨配之未易也[7]。故张衡摘史、班之舛滥,傅玄讥《后汉》之尤烦,皆此类也[8]。

【注释】

[1]百氏：指诸子百家。被：及。殷鉴：殷人灭夏，殷之子孙以夏亡为借鉴。

[2]制，这里泛指典章、文物、制度。霸：诸侯国之强大称雄者。

[3]郡国：汉初兼用郡县制和分封制，诸侯国和郡县并存。这里指全国各地政权机构。文计：文件、账目等。体国：指全国的重要规划。

[4]石室、金匮(guì)：汉代收藏国家重要图书文件的地方。帛：丝织物，这里帛书。竹：竹简。练：熟悉。

[5]与夺：取舍。宗：本。昭：明白。整：齐、正。苛：烦，细。滥：不实。

[6]式：格式。缀：联缀。

[7]功：同工，指事。铨(quán)：衡量。

[8]摘：选取。舛(chuǎn)：差错。滥：不恰当。傅玄：西晋文学家。

若夫追述远代，代远多伪[1]。公羊高云："传闻异辞。"荀况称："录远略近。"盖文疑则阙，贵信史也[2]。然俗皆爱奇，莫顾实理[3]。传闻而欲伟其事，录远而欲详其迹，于是弃同即异，穿凿傍说[4]，旧史所无，我书则博，此讹滥之本源，而述远之巨蠹也[5]。至于记编同时，时同多诡，虽定、哀微辞，而世情利害[6]。勋荣之家，虽庸夫而尽饰；迍败之士，虽令德而常嗤[7]：吹霜煦露，寒暑笔端，此又同时之枉论，可为叹息者也[8]！故述远则诬矫如彼，记近则回邪如此，析理居正，唯素心乎[10]！

【注释】

[1]伪：失实。

[2]公羊高：战国时齐国人，传为《公羊传》的作者。传闻异辞：这是《公羊传·隐公元年》中的话。荀况：战国时著名思想家。录远略近：据《荀子·非相》的原文："传者久则论略，近则论详。"这四字应为"录近略远"。阙：缺。

[3]俗：世俗的人。实：切实。

[4]穿凿：牵强附会。

[5]讹(é)：错误。蠹(dù)：蛀虫。

[6]诡(guǐ)：欺诈。定哀微辞：《公羊传·定公元年》中说："定哀多微辞。"

定、哀:鲁定公、鲁哀公,和孔子同时的鲁国国君,孔子写《春秋》,对他们有"微辞"。

[7]庸夫:平庸的人。迍(zhūn):困难。令德:美德。嗤(chī):讥笑。

[8]吹霜煦(xù)露:指随意褒贬。霜:寒。煦:吹。露:温润。"吹霜"指对"迍败之士"的贬抑,"煦露"喻对"勋荣之家"的吹捧。寒:即上句的"吹霜"。暑:即上句的"煦露"。

[10]矫:假造。回邪:邪曲不正。素心:本心。

若乃尊贤隐讳,固尼父之圣旨,盖纤瑕不能玷瑾瑜也[1],奸慝惩戒,实良史之直笔,农夫见莠,其必锄也[2];若斯之科,亦万代一准焉[3]。至于寻繁领杂之术,务信弃奇之要,明白头讫之序,品酌事例之条,晓其大纲,则众理可贯[4]。然史之为任,乃弥纶一代,负海内之责,而赢是非之尤[5]。秉笔荷担,莫此之劳[6]。迁、固通矣,而历诋后世[7]。若任情失正,文其殆哉[8]!

【注释】

[1]纤瑕(xiān xiá):小毛病。瑕:玉的斑点。玷(diàn):玉的瑕点,这里作动词用。瑾瑜(jǐn yú):美玉。

[2]慝(tè):奸邪。莠(yǒu):恶草。

[3]科:类。

[4]寻:绋绎,整理。品酌:评量斟酌。条:条例。大纲:指上面所说"术""要""序""条"四个方面。

[5]弥纶:综合组织,整理阐明。赢(yíng):多得。尤:责备。

[6]秉:操,持。荷:担,负。

[7]诋(dǐ),诽谤。

[8]殆(dài):危险。

赞曰:史肇轩黄,体备周、孔[1]。世历斯编,善恶偕总[2]。腾褒裁贬,万古魂动[3]。辞宗丘明,直归南、董[4]。

【注释】

[1]肇:开始。轩黄:轩辕黄帝。周、孔:周公、孔子。

[2]偕(xié):共同。

[3]腾:传播。裁:判断。

[4]直:秉笔直书。南:指春秋时齐国的南史氏。董:指春秋时晋国史官董狐。

【导读】

从本篇以下到《书记》篇,分别论述属于笔(不押韵的散文)的各种文体。本篇专论史传。全篇大致可分三部分。第一部分说明史传的名义、性质,指出古史即为经书中的《尚书》《春秋》,推崇孔子修《春秋》,表现劝戒褒贬;称赞《左传》解释《春秋》,是史书的冠冕。第二部分论述从战国至晋代的史书沿革。其中对《史记》《汉书》,评述较详,肯定亦较多。但对二书为吕后立纪,大加非议,表现出浓厚的封建夫权观念。对其后史书,最推重《三国志》。第三部分论史书的体制和写作。指出史书记载王朝的盛衰兴废,要写出一代的制度和政治演变,表现劝戒与夺之旨,必须征圣宗经。接着认为纪传体史书,由于年久事繁,要做好总会、铨配工作,颇为不易。不少史家记载远事,爱好搜采奇闻;记载同时代人,则趋炎附势,因而所记均失实不可信,因此强调史家必须秉笔直书,析理居正。篇中赞美《史记》的"实录"精神,篇末赞语赞美"直归南董",表现了刘勰要求史书真实地反映历史的进步思想。

刘勰对历史著作的基本主张是"务信弃奇"。他一再强调"实录无隐""按实而书""贵信史"等,对不可靠的东西,他认为宁可从略甚至暂缺不写,而不应穿凿附会,追求奇异;他特别反对的是不从实际出发,而吹捧权贵,贬抑失意之士,这是有积极意义的。但由于刘勰过分拘守征圣宗经的观点,不仅反对为女后立纪,还提出"尊贤隐讳"的主张,这就和他自己一再强调的"实录无隐"等相矛盾了。从史学的角度看,本篇对晋宋以前的史书做了比较系统的总结,这对古代历史散文,特别是在古代史学理论上是有一定贡献的;但其不足之处,是未能着重从文学的角度来总结古代历史散文和传记文学的特点。

诸　子

　　诸子者,入道见志之书[1]。太上立德,其次立言[2]。百姓之群居,苦纷杂而莫显;君子之处世,疾名德之不章[3]。唯英才特达,则炳曜垂文,腾其姓氏,悬诸日月焉[4]。昔风后、力牧、伊尹,咸其流也[5]。篇述者,盖上古遗语,而战代所记者也[6]。至鬻熊知道,而文王谘询,馀文遗事,录为《鬻子》。子目肇始,莫先于兹[7]。及伯阳识礼,而仲尼访问,爰序《道德》,以冠百氏[8]。然则鬻惟文友,李实孔师,圣贤并世,而经子异流矣[9]。

【注释】

　　[1]入道:钻研理论。

　　[2]立德、立言:《左传·襄公二十四年》载鲁国大夫叔孙豹的话:"太上有立德,其次有立功,其次有立言。虽久不废,此之谓不朽。"

　　[3]显:明白。君子:有理想的人,这里主要指封建士大夫。疾:憎恶。章:明,显。

　　[4]特达:超出一般人之上。炳曜(yào):昭著。腾:跃起,这里指声名的传布。

　　[5]风后、力牧:相传为黄帝的二臣。伊尹:商汤的名臣。咸:全部。

　　[6]盖:疑问词,表示大概的意思。战代:即战国时期。

　　[7]鬻(yù)熊:楚国的祖先。谘:询问。《鬻子》:《汉书·艺文志》列有《鬻子》二十二篇,属小说家。子目:子书的名目。肇(zhào):开始。

　　[8]伯阳:相传为老子的字。仲尼:孔子的字。《礼记·曾子问》中说,孔子曾问礼于老子。爰(yuán):于是。《道德》:指《道德经》。百氏:指诸子百家。

　　[9]文:指周文王。李:指老子,姓李。圣:指周文王和孔子。贤:贤人,指鬻熊和老子。经子:圣人的著作为"经",贤人的著作为"子"。

　　逮及七国力政,俊乂蜂起[1]。孟轲膺儒以磬折,庄周述道以翱翔,墨翟执俭确之教,尹文课名实之符[2],野老治国于地利,驺子养政于天文[3],申、商刀锯以制理,鬼谷唇吻以策勋[4],尸佼兼总于杂术,青史曲缀以街谈[5],承流而枝附者，不可胜算[6]。并飞辩以驰术，餍禄而餙荣矣[7]。暨于暴秦烈火，势炎昆冈，而烟燎之毒，不及诸子[8]。逮汉成留思，子政雠校，于是《七略》芬菲，九流鳞萃，杀青所编，百有八十余家矣[9]。迄至魏晋，作者间出，谰言兼存，琐语必录，类聚而求，亦充箱照轸矣[10]。

【注释】

[1]逮(dài)：及，到。力政：即力征，以武力征伐。乂(yì)：才德过人。蜂起：大量出现。

[2]孟轲：即孟子，战国时鲁国思想家。膺(yīng)：胸，这里引申为藏在胸中。磬(qìng)折：屈身如磬状，这里形容孟子恭守儒礼。庄周：即庄子，战国时楚国思想家。翱(áo)翔：本指鸟飞，这里指《庄子》一书在论述上自由奔放的特点。墨翟(dí)：即墨子，战国时鲁国思想家。确：枯槁，这里有节俭的意思。尹文：战国时齐国学者。课：查核。

[3]野老：战国时的隐者，著书言农家事。驺(zōu)子：即邹衍，战国时齐国学者，喜谈天说地及阴阳五行等问题。

[4]申：指申不害，战国时韩昭侯的相。商：指商鞅，战国时秦孝公的相。刀锯：刑具。理：有条理、有秩序。鬼谷：鬼谷子，因隐居于鬼谷而得名，相传为苏秦、张仪的老师。唇吻：嘴唇，指口才。策：记录。

[5]尸佼(jiǎo)：相传为商鞅的老师。青史：相传是晋国史官董狐的后裔。曲缀：详细记录。

[6]胜：尽。

[7]飞辩：骋其辩才。术：道术，也就是各家的学说。餍(yàn)：足够。

[8]暨(jì)：及。烈火：指焚书的大火。势炎昆冈：这是借用《尚书·胤征》中的"火炎昆冈，玉石俱焚"之意，意为火势太大，昆仑山的石头和玉一起遭殃，无一例外。燎：延烧。

[9]汉成：汉成帝。留思：留心，留意。子政，西汉学者刘向的字。雠(chóu)：校勘文字异同得失。《七略》：由西汉刘向创编，他的儿子刘歆(xīn)所完成的一部书目。芬菲：香气，这里指美好的作品。九流：指儒家、道家、阴阳家、法家、名家、墨家、纵横家、杂家和农家。鳞萃：像鱼鳞那么密集。萃：聚集。杀青：用火炙竹简，使其出汗，便于写字；这里引申为编写完成。百有八十余家：《汉书·艺文志》列儒家五十三、道家三十七、阴阳家二十一、法家十、名家

七、墨家六、纵横家十二、杂家二十、农家九、小说家十五，共一百九十家。

[10]间出：偶然出现。谰(lán)言：没有根据的话。箱：车箱。轸(zhěn)：车后横木，此处指车。

然繁辞虽积，而本体易总，述道言治，枝条《五经》[1]。其纯粹者入矩，踳驳者出规[2]。《礼记·月令》，取乎《吕氏》之纪；《三年问》丧，写乎《荀子》之书：此纯粹之类也[3]。若乃汤之问棘，云蚊睫有雷霆之声；惠施对梁王，云蜗角有伏尸之战[4]；《列子》有移山跨海之谈，《淮南》有倾天折地之说：此踳驳之类也[5]。是以世疾诸子，混洞虚诞[6]。按《归藏》之经，大明迂怪，乃称羿毙十日，嫦娥奔月[7]。《殷易》如兹，况诸子乎[8]！至如《商》《韩》，六虱、五蠹，弃孝废仁，镮药之祸，非虚至也[9]。公孙之白马孤犊，辞巧理拙，魏牟比之鸮鸟，非妄贬也[10]。昔东平求诸子《史记》，而汉朝不与[11]。盖以《史记》多兵谋，而诸子杂诡术也[12]。然洽闻之士，宜撮纲要，览华而食实，弃邪而采正，极睇参差，亦学家之壮观也[13]。

【注释】

[1]枝条：指诸子。刘勰以经书为根本，诸子附属于经书，正如枝条附属于根干。

[2]矩(jǔ)：画方形的器具，这里引申为法则。踳(chuǎn)驳：杂乱。

[3]《吕氏》：指《吕氏春秋》，书中按四季十二月写的《纪》，其首段和《礼记·月令》相同。《三年问》：《礼记》中的一篇。写乎《荀子》：《荀子·礼论》中关于三年之丧的部分和《礼记·三年问》相同。

[4]棘(jí)：亦称夏革，传为商汤时的贤人。蚊睫(jié)有雷霆之声：《列子·汤问》中说，有一种小虫子住在蚊子的眼睫毛上，蚊子并不能感觉到，耳朵最灵的师旷也听不到一点声音；但黄帝修道以后，就能看到，并能听到这种小虫子发出的"雷霆之声"。惠施：战国时梁国的相。梁王：战国时的梁惠王。伏尸之战：典出《庄子·则阳》。

[5]《列子》：传为战国时列御寇撰。移山跨海：《列子·汤问》中说，愚公和子孙决心把太行山和王屋山搬到渤海里去。又说，渤海东面有五座大山，而龙伯国的巨人，只消几步就跨到了。《淮南》：指《淮南子》，西汉淮南王刘安和他的门客集体编成。倾天折地：《淮南子·天文训》中说，共工和颛顼(zhuān xū)

争帝位,怒触不周山,使天倾地陷。

[6]混洞:混沌不明。虚诞(dàn):怪异不实。

[7]《归藏》:传为《易》的一种。夏代的叫《连山》,商代的叫《归藏》,周代的叫《周易》。羿(yì):传为古代善射者,射下十个太阳。嫦(cháng)娥,传为羿妻。羿从西王母那里求得不死之药,嫦娥偷吃后,飞入月中。

[8]《殷易》:殷代的《易经》,即《归藏》。

[9]商:指战国时商鞅的《商君书》。韩:指战国时韩非的《韩非子》。六虱(shī):六种害虫。《商君书》:"六虱:曰礼乐,曰诗书,曰修善孝弟,曰诚信贞廉,曰仁义,曰非兵羞战。"五蠹(dù):五种蛀虫。《韩非子·五蠹》中说,学者(儒生)、言谈者(纵横家)、患御者(害怕服役的)、带剑者(游侠刺客)和工商之民是五种害国的蛀虫。轘(huàn):用车分裂人体的酷刑。商鞅被秦惠王用这种刑罚处死。药:指李斯把毒药交给韩非,迫他自杀。

[10]公孙:指公孙龙,战国时赵国诡辩家。白马孤犊:《公孙龙子》中有"白马非马,孤犊未尝有母"之说。犊(dú):小牛。魏牟:魏国的公子牟。鸮(xiāo)鸟:恶声之鸟。

[11]东平:汉宣帝四子刘宇,封东平王。

[12]诡术:指和儒家学说相违背的话。

[13]洽闻:见闻广博。洽:周遍。撮:聚集而取。览:即揽,取。睇(dì):看。参差:指各派学说的不同。

研夫孟、荀所述,理懿而辞雅;管、晏属篇,事核而言练[1];列御寇之书,气伟而采奇;邹子之说,心奢而辞壮[2];墨翟、随巢,意显而语质;尸佼、尉缭,术通而文钝[3];《鹖冠》绵绵,亟发深言;《鬼谷》眇眇,每环奥义[4];情辨以泽,《文子》擅其能;辞约而精,《尹文》得其要[5];《慎到》析密理之巧,《韩非》著博喻之富;《吕氏》鉴远而体周,《淮南》泛采而文丽[6]:斯则得百氏之华采,而辞气之大略也[7]。若夫陆贾《新语》,贾谊《新书》,扬雄《法言》,刘向《说苑》,王符《潜夫》,崔寔《政论》,仲长《昌言》,杜夷《幽求》[8],或叙经典,或明政术,虽标论名,归乎诸子[9]。何者?博明万事为子,适辨一理为论,彼皆蔓延杂说,故入诸子之流[10]。夫自六国以前,去圣未远,故能越世高谈,自开户牖[11]。两汉以后,体势浸弱,虽明乎坦途,而类多依采。此远近之渐变也[12]。嗟夫!身与时舛,志共道申,标心于万古之上,而送怀于千载之下,金石靡矣,声其销乎[13]！

【注释】

[1]孟：孟轲。荀：荀况。懿(yì)：美。管：管仲，春秋时齐国政治家。晏：晏婴，春秋时齐国大夫。核：查考，这里指符合于实际的。

[2]列御寇之书：指《列子》。气：文气，是作者的气质在作品中的体现。邹子：即上文的驺子。心：指作者的内心思考。

[3]随巢：墨子的弟子。尉缭(liáo)：战国时尉氏人。

[4]鹖(hè)冠：周代楚人，姓氏不传，有《鹖冠子》一篇。绵绵：深长，指其论述内容的长远。亟(qì)：屡次。眇眇(miǎo)：深远的意思。环：围绕。

[5]辨，不惑。泽：丰润。文子：老子的弟子，有《文子》九篇，属道家。擅：专有。约：文辞简洁。《尹文》：指《尹文子》，属名家。要：要领。

[6]慎到：战国时赵国人，有《慎子》四十二篇，属法家。博喻：《韩非子》常用譬喻方法说明事理。鉴：识。体周：体系周密。泛采：博取。

[7]华采：美好的意思。辞气：指文辞特点。

[8]陆贾：西汉初年学者，有《新语》二十三篇。贾谊：西汉初年文人，有《新书》五十八篇。扬雄：西汉后期文人，有《法言》十三篇。刘向：西汉学者，有《说苑》《新序》等。王符：东汉中年学者，有《潜夫论》。崔寔：东汉末年学者，有《政论》。仲长：即仲长统，东汉末年学者，有《昌言》三十四篇。杜夷：东晋初年学者，有《幽求子》二十篇。

[9]归乎：属于。

[10]适：仅。蔓延：联延。

[11]越世：超越当世。户牖(yǒu)：门窗，这里比喻学术上的门户、流派。

[12]坦途：平坦的路途，指儒家学说。依：依傍。采：采取，意为拾人牙慧，落人窠臼。远近：指时间的远近，远是先秦，近是汉代以后。

[13]舛(chuǎn)：不合。标：显出。靡：消灭。销：同"消"。

赞曰：丈夫处世，怀宝挺秀[1]。辩雕万物，智周宇宙[2]。立德何隐，含道必授[3]。条流殊述，若有区囿[4]。

【注释】

　　[1]宝:指才德。秀:超出众人之上。

　　[2]辩雕:论述,剖析。辩,本指口才,这里兼指文才。

　　[3]含:体会到。授:传授。

　　[4]述:通术,指道路。圃(yòu):区分。

【导读】

　　诸子散文不仅是我国古代散文的一个重要组成部分,对后来历代散文的发展,也有其长远的影响。本篇以先秦诸子为重点,兼及汉魏以后的发展变化情况,对诸子散文的特点做了初步总结。

　　本篇大致可分四段。第一段简述子书的名义、性质,指出子书是英才们"入道见志"之书。第二段着重论述先秦子书的思想内容。先是指出战国以前的少数子书,出自后人追记。接着列举孟轲、庄周以至九流十家的著作,揭示其内容特色。说明魏晋的子书内容流于枝蔓琐碎,认为子书内容,有的纯粹,有的"踳驳",要求读子书者取纯粹而去"踳驳","弃邪而采正"。其中对子书中所包含的神话传说、寓言故事采取了否定态度,认识比较褊狭。第三段着重论子书的文辞风格。先是分别列举《孟子》《荀子》等十八种子书的文辞特点,说明许多子书除"入道见志"外尚有其文学价值。接着列举《新语》《新书》等六种汉晋子书。其间中肯地指出了两汉以来的子书多依采前人之说,不及先秦子书那样"自开户牖",富有创造性。但把先秦子书优胜的原因指为"去圣未远",则是不适当地抬高了圣人的作用。第四段指出子书的特色,认为它们可以垂诸不朽,笔端饱含感情,寄托着刘勰自己写作《文心雕龙》企望垂名千古的怀抱。

　　从本篇着重对各家不同风格特点的论述来看,刘勰对诸子百家在文学史上的价值是有所认识的。诸子散文中某些富有浪漫主义特色的神话、寓言,为刘勰所不理解,这是他宗经思想造成的局限。但刘勰并不反对浪漫主义的表现方法。诸子百家中浪漫主义色彩最突出的,莫过于《庄子》和《列子》。刘勰对其总的评论则是:《庄子》"述道以翱翔",《列子》"气伟而采奇"。这既是肯定性的评述,也正抓住了他们的风格特点。

诸子

论　说

　　圣哲彝训曰经，述经叙理曰论[1]。论者，伦也；伦理无爽，则圣意不坠[2]。昔仲尼微言，门人追记，故抑其经目，称为《论语》；盖群论立名，始于兹矣[3]。自《论语》已前，经无"论"字；《六韬》二论，后人追题乎[4]！

【注释】

　　[1]彝（yí）训：常训。

　　[2]伦：条理。爽：差错。坠：失。

　　[3]仲尼：孔子的字。微：精微。抑其经目：指不敢称"经"。抑：谦退。

　　[4]经无论字：指经书没有以"论"字为篇名或书名。《六韬（tāo）》：兵书名，传为周代吕望著。二论：指《六韬》中的《霸典文论》《文师武论》。

　　详观论体，条流多品[1]：陈政，则与议、说合契；释经，则与传、注参体；辨史，则与赞、评齐行；铨文，则与叙、引共纪[2]。故议者宜言，说者说语，传者转师，注者主解，赞者明意，评者平理，序者次事，引者胤辞：八名区分，一揆宗论[3]。论也者，弥纶群言，而研精一理者也[4]。是以庄周《齐物》，以论为名；不韦《春秋》，六论昭列[5]。至石渠论艺，白虎讲聚；述圣通经，论家之正体也[6]。及班彪《王命》，严尤《三将》，敷述昭情，善入史体[7]。魏之初霸，术兼名法；傅嘏、王粲，校练名理[8]。迄至正始，务欲守文；何晏之徒，始盛玄论[9]。于是聃、周当路，与尼父争途矣[10]。

【注释】

　　[1]条：小枝。品：类。

　　[2]合契：契合，符合。参体：两体参合。齐行：两相一致。共纪：同一法则。

　　[3]宜：适宜，应当。说（yuè）：同"悦"。转师：转相传授。胤（yìn）辞：指在正文之外加以说明的话。揆（kuí）：准则。宗：归属。

　　[4]弥纶：综合组织，包举统摄。

[5]庄周:即庄子,战国时著名思想家。《齐物》:《庄子》中的《齐物论》。不韦:指吕不韦,战国时秦国相。《春秋》:指《吕氏春秋》,由吕不韦的门客集体编著。六论:《吕氏春秋》中有《开春论》《慎行论》《贵直论》《不苟论》《似顺论》《士容论》,合称"六论"。

[6]石渠:汉代宫中有石渠阁。艺:六艺,这里指六经。白虎:汉代宫中有白虎观。讲聚:东汉章帝曾召集有关官吏及诸儒会白虎观,讲议五经同异。

[7]班彪:字叔皮,东汉初年历史家、文学家。《王命》:班彪有《王命论》。严尤:字伯石,汉代王莽时将领。《三将》:严尤的《三将军论》。敷:陈述。史体:史论之体。

[8]初霸:初建王霸之业,指汉末建安后期。名法:指名家和法家的学说,主张以名责实,信赏必罚。傅嘏(gǔ):字兰石,三国时魏国文人。王粲:字仲宣,汉末文学家。校练:考核精练。名理:辨名推理。

[9]迄:到。正始:三国魏齐王曹芳的年号。守文:原指帝王受命,遵守前代成法。这里借指论文写作上继承前人。何晏:字平叔,三国时魏国玄学家。玄论:探讨《老子》《庄子》《周易》等书的内容,主要是辨名析理。

[10]聃(dān):老子的名。周:庄子的名。尼父:指孔子,字仲尼。途:道路,指思想领域的地位。

详观兰石之《才性》,仲宣之《去伐》,叔夜之《辨声》,太初之《本玄》,辅嗣之《两例》,平叔之《二论》[1],并师心独见,锋颖精密,盖论之英也[2]。至如李康《运命》,同《论衡》而过之;陆机《辨亡》,效《过秦》而不及;然亦其美矣[3]。次及宋岱、郭象,锐思于几神之区;夷甫、裴頠,交辨于有无之域;并独步当时,流声后代[4]。然滞有者全系于形用,贵无者专守于寂寥[5];徒锐偏解,莫诣正理;动极神源,其般若之绝境乎[6]。逮江左群谈,惟玄是务,虽有日新,而多抽前绪矣[7]。至如张衡《讥世》,韵似俳说;孔融《孝廉》,但谈嘲戏;曹植《辨道》,体同书抄;才不持论,宁如其已[8]。

【注释】

[1]兰石:傅嘏的字。《才性》:指《才性论》。仲宣:王粲的字。去伐:指《去伐论》。叔夜:嵇康的字。《辨声》:指《声无哀乐论》。太初:夏侯玄的字。《本玄》:应指《本无论》。辅嗣:王弼(bì)的字。《两例》:指《易略例》上下篇。

平叔：何晏的字。《二论》：指《道德二论》。

[2]师心：独出心裁。锋颖(yǐng)：笔力锋锐。颖：尖端。

[3]李康：字萧远，三国时魏国文人。《运命》：指《运命论》。《论衡》：东汉学者王充著。过之：指艺术性方面超过《论衡》。陆机：字士衡，西晋文学家。《辨亡》：陆机有《辨亡论》。《过秦》：指西汉作家贾谊的《过秦论》。

[4]宋岱：晋人，曾任荆州刺史。郭象：字子玄，西晋学者。几神：几微精妙。夷甫：王衍的字，西晋文人。裴頠(wěi)：字逸民，西晋思想家。有无：裴頠有《崇有论》。

[5]滞：凝滞。寂寥：《老子》："寂兮寥兮。"魏源《老子本义》："寂兮，无声；寥兮，无形也。"

[6]诣：到达。动极：探究到底。神源：深奥之理的极点。般(bō)若：佛教术语，一般译为"智慧"。绝境：指无思无欲，无所爱惜的一种思想境界。

[7]逮(dài)：到，及。江左：长江下游一带，这里指东晋。前绪：前代余绪。绪：端绪。

[8]讥世：张衡的《讥世论》。俳(pái)：嘲戏。孔融：字文举，汉末作家，有《孝廉论》。《辨道》：曹植有《辨道论》。已：止。

原夫论之为体，所以辨正然否[1]；穷于有数，追于无形，钻坚求通，钩深取极[2]；乃百虑之筌蹄，万事之权衡也[3]。故其义贵圆通，辞忌枝碎；必使心与理合，弥缝莫见其隙[4]；辞共心密，敌人不知所乘：斯其要也[5]。是以论如析薪，贵能破理[6]。斤利者，越理而横断；辞辨者，反义而取通[7]；览文虽巧，而检迹知妄[8]。唯君子能通天下之志，安可以曲论哉[9]。若夫注释为词，解散论体，杂文虽异，总会是同[10]。若秦延君之注《尧典》，十余万字；朱普之解《尚书》，三十万言[11]；所以通人恶烦，羞学章句[12]。若毛公之训《诗》，安国之传《书》，郑君之释《礼》，王弼之解《易》，要约明畅，可为式矣[13]。

【注释】

[1]原：考究。辨正然否：辨明是非。

[2]穷：尽，极力。有数：和下句"无形"相对，指具体的、有形的。无形：指抽象的。钻坚：即攻坚之意。钩深：《周易·系辞上》中有"钩深致远"的说法。钩：取。

[3]筌(quán)蹄:指工具。筌:捕鱼的竹笼。蹄:捕兔的器具。权衡:衡量,评价。权:秤锤。衡:秤杆。

[4]弥缝:补合,这里指论述组织严密。隙:孔穴,漏洞。

[5]密:密切。要:要领。

[6]析:破木。薪:木柴。理:指木柴的纹理。

[7]斤:斧子。辨:同辩,指巧于言辞。

[8]检迹:考察实际。

[9]"唯君子"句:这是借用《周易·同人》中的"唯君子为能通天下之志",指论者应以正当的道理说服天下的人。曲论:歪曲事实,狡辩。

[10]总会是同:刘勰认为分散零碎的注释文字,会总起来也和论文相同。

[11]秦延君:名恭,西汉学者。《尧典》:《尚书》中有《尧典》篇。十余万字:汉代桓谭在《新论》中说:"秦延君能说《尧典》,篇目两字之说,至十余万言。"朱普:字公文,西汉学者。三十万言:《后汉书·桓郁传》中说"桓荣受朱普学章句四十万言"。

[12]通人:通达古今的学者。章句:解释经典的章节句读。

[13]毛公:指毛亨,西汉学者,相传他曾注解《诗经》。训:解释文字意义。《诗》:指《诗经》。安国:指孔安国,西汉学者。曾给《尚书》作注。《书》:指《尚书》。郑君:指郑玄,字康成,东汉经学家。《礼》:这里指《周礼》《仪礼》《礼记》。要约:简练。式:法式,模范。

说者,悦也;兑为口舌,故言资悦怿;过悦必伪,故舜惊谗说[1]。说之善者:伊尹以论味隆殷,太公以辨钓兴周[2],及烛武行而纾郑,端木出而存鲁,亦其美也[3]。暨战国争雄,辩士云踊;从横参谋,长短角势[4];《转丸》骋其巧辞,《飞钳》伏其精术[5];一人之辨,重于九鼎之宝[6],三寸之舌,强于百万之师;六印磊落以佩,五都隐赈而封[7]。至汉定秦、楚,辩士弭节;郦君既毙于齐镬,蒯子几入乎汉鼎[8];虽复陆贾籍甚,张释傅会,杜钦文辨,楼护唇舌[9],颉颃万乘之阶,抵噱公卿之席[10],并顺风以托势,莫能逆波而泝洄矣[11]。

【注释】

[1]兑(duì):《周易》中六十四卦之一。资:凭借的意思。怿(yì):喜悦。舜惊谗说:《尚书·舜典》中说,因为谗言太多,舜深感惊震。谗:毁害好人的话。

[2]伊尹:名挚,商初的政治家。论味:《吕氏春秋·本味》中讲到,伊尹曾用烹调方法作比喻,启发商汤治好国家。隆:兴盛。太公:即吕望,周代开国功臣。辨钓:传吕望曾用钓鱼的道理向周文王比喻治理国家的方法。

[3]烛武:即烛之武,春秋时郑国的大夫。纾(shū):解除。端木:指孔子的学生子贡,姓端木,名赐。存鲁:春秋时齐国田常出兵攻打鲁国,子贡前往说服田常转攻吴国,保全了鲁国。

[4]暨(jì):及,到。辨士:指战国时游说各国的策士。从横:即纵横。战国时期两种对立的斗争策略。苏秦主张联合六国抗秦,叫做"合纵";张仪主张各国与秦和好,叫做"连横"。长短:《战国策》一名《长短》,这里指众说纷纭。角:竞争。

[5]《转丸》:《鬼谷子》中的一篇。《飞钳(qián)》:《鬼谷子》中的一篇。《转丸》和《飞钳》在这里均指辩说的方法技巧。

[6]九鼎:传为夏禹所铸。

[7]六印:苏秦曾佩六国相印。磊落:指相印众多的样子。五都:《史记·张仪列传》载,"秦惠王封仪五邑"。隐赈(zhèn):即殷赈,富足的意思。

[8]弭(mǐ)节:停滞不前。弭:止,息。郦(lì)君:指郦食其(yì jī),汉初说客。镬(huò):锅,这里指镬烹,古代一种酷刑。蒯(kuǎi)子:指蒯通,汉初辩士。曾劝韩信背叛刘邦,刘邦抓到蒯通时,打算烹杀他,后又放了。

[9]陆贾:汉初辩士。籍甚:盛多,这里指声名之盛。张释:即张释之,字季,西汉文帝时的官吏。傅会:这里指依附时事的言辞。杜钦:字子夏,西汉大将军王凤的幕僚。楼护:西汉末年辩士。唇舌:《汉书·游侠传》说楼护"为人短小精辩",当时长安有"楼君卿唇舌"之称。

[10]颉颃(xié háng):鸟飞上下的样子,此指上下议论。万乘:指帝王。诋(dǐ)嘘:挖苦、嘲笑的意思。公卿:封建社会的高级官吏。

[11]沂洄(sù huí):逆流而上。

夫说贵抚会,弛张相随,不专缓颊,亦在刀笔[1]。范雎之言疑事,李斯之止逐客[2],并顺情入机,动言中务,虽批逆鳞,而功成计合,此上书之善说也[3]。至于邹阳之说吴、梁,喻巧而理至,故虽危而无咎矣[4]。敬通之说鲍、邓,事缓而文繁,所以历骋而罕遇也[5]。凡说之枢要,必使时利而义贞;进有契于成务,退无阻于荣身。自非谲敌,则唯忠与信[6]。披肝胆以献主,飞文敏以济辞，此说之本也[7]。而陆氏直称"说炜晔以谲诳"，何哉[8]？

【注释】

[1]抚会：顺着时机。抚：循。会：运会，际会。弛张：松弛和紧张，指陈说的缓和与紧凑。缓颊(jiá)：婉言陈说的意思。颊：脸的两旁。刀笔：古代在竹简上书写，用笔写，用刀削误。这里指书写。

[2]范雎(jū)：字叔，战国时辩士。李斯：秦代政治家，止逐客：有人向秦始皇建议驱逐外来政客，李斯作《上秦始皇书》(即《谏逐客书》)谏阻。

[3]机：时机。务：机务，要务。批：触。逆鳞：相传龙的喉下有逆鳞，触动了它就要杀人。这里比喻向帝王进言的危险之处。

[4]邹阳：西汉作家。吴：指吴王刘濞(bì)。梁：指梁孝王刘武。咎(jiù)：罪过。

[5]敬通：冯衍的字，东汉作家。鲍：鲍永，东汉将军。邓：邓禹，东汉初将军。骋：施展其才能，指上书进言。罕：少。遇：待，优遇。

[6]枢(shū)：门窗的转轴，这里比喻关键性的东西。贞：正。契：投合。谲(jué)：欺骗。

[7]披肝胆：表示至诚。文敏：文思敏锐。济：成。

[8]陆氏：指西晋陆机，这里指他在《文赋》中对"说"的解释。炜晔(wěi yè)：光彩鲜明。诳(kuáng)：欺骗。

赞曰：理形于言，叙理成论[1]。词深人天，致远方寸[2]。阴阳莫贰，鬼神靡遁[3]。说尔飞钳，呼吸沮劝[4]。

【注释】

[1]形于言：用语言来表达。

[2]人天：人间天上，指天地间的至理。致远方寸：即上面所说"唯君子能通天下之志"的意思。方寸：心。

[3]阴阳：天地间的阴阳之气，这里指前面所说"追于无形"的抽象道理。贰：疑惑。靡：无。遁：隐蔽。以上两句都是喻指论说文的效力。

[4]呼吸：一呼一吸之间，指时间的短暂。沮(jǔ)劝：阻止和勉励的意思。

【导读】

论与说在后代文体中总称为论说文。本篇所讲论与说也有其共同之处，都是阐明某种道理或主张，但却是两种有区别的文体：论是论理，重在用严密的理论来判辨是非，大多是论证抽象的道理；说是使人悦服，除了古代常用口头上的陈说外，多是针对紧迫的现实问题，用具体的利害关系或生动形象的比喻来说服对方。后世的论说文，基本上是这两种文体共同特点的发展。

本篇大致可分两部分，分别讲论和说。第一部分先是讲论的名义、性质和渊源。指出论的特点是"弥纶群言，专精一理"，就某一问题进行深入探讨。于作者作品，对魏晋嵇康、夏侯玄、王弼、何晏、宋岱、郭象等人的玄学论文，举例颇多，誉为"师心独见，锋颖精密"，"独步当时，流声后代"，说明刘勰对析理精密、富有创见的不少玄学论文，抱着赞美肯定的态度，反映出他重视理论探索、重视辩论的精神。玄学杂糅儒、道两家之说，为当时许多文人所接受。另外贾谊、李康、陆机等的论文，富于文采，亦予称赏。接下去讲论的体制特色和写作要求。认为论应当"义贵圆通，辞忌枝碎"，要析理严密，使对方无隙可乘，见解颇为透辟。末尾附论经书的注释，主张解经应当"要约明畅"。第二部分讲说。先是说明说的名义和源流。指出战国争雄时代，辩士云涌，说辞亦盛；至汉代一统，辩说遂趋衰歇。又说明说辞除口头陈说外，尚有书面形式的上书一类，并在这方面举出若干作者作品予以评价。末尾指出，说辞必须做到"时利而义贞"，对公私均有效果。

刘勰对论和说的论述，除表现了他浓厚的尊儒思想外，在涉及魏晋期间"崇有""贵无"之争时，还搬出了佛教的"般若之绝境"，这并非概念上的偶然借用，而是在"有"与"无"这场论战中，作为佛教徒的刘勰对这个问题的论断。这对我们全面研究刘勰的文学思想颇有启发意义。

诏　策

皇帝御宇，其言也神[1]。渊嘿黼扆，而响盈四表，其唯诏策乎[2]！昔轩辕、唐、虞，同称为命。命之为义，制姓之本也[3]。其在三代，事兼诰誓。誓以训戒，诰以敷政，命喻自天，故授官锡胤[4]。《易》之《姤·象》："后以施命诰四方。"诰命动民，若天下之有风矣[5]！降及七国[6]，并称曰命。命者，使也。秦并天下，改命曰制[7]。汉初定仪，则有四品：一曰策书，二曰制书，三曰诏书，四曰戒敕[8]。敕戒州郡，诏诰百官，制施赦命，策封王侯[9]。

【注释】

[1]御：统治。宇：天下。神：神圣。

[2]渊嘿(mò)：沉默寡言。渊：深。嘿：同"默"。黼扆(fǔ yǐ)：绘绣斧形花纹的屏风，树于天子座后。黼：半黑半白的斧形。四表：四方之外。

[3]轩辕：黄帝。唐：传说中尧所开创的朝代。虞：传说中舜所开创的朝代。制姓：即赐以姓氏。相传古代贵族立功有德，才能赐姓。

[4]三代：指夏、商、周。诰誓：指《尚书》中的《甘誓》《牧誓》《汤诰》《大诰》之类作品。戎：军事。敷：分布。喻：说明。锡胤(yìn)：即赐姓。锡：赐予。胤：子孙后代。

[5]姤(gòu)：遇，《周易》中的卦名。象：指《周易》中解说卦辞的《象辞》。"后以"句：《姤卦·象辞》的原话是："天下有风，姤，后以施命诰四方。"后：国君。诰：教训。

[6]降及：下到。

[7]改命曰制：《史记·秦始皇本纪》载，王绾、冯劫等建议，改"命为制，令为诏"。

[8]仪：法度。敕(chì)：皇帝的命令。

[9]州郡，古代地方行政区域。赦(shè)命：减轻或免除刑罚的命令。

策者，简也。制者，裁也。诏者，告也。敕者，正也。《诗》云："畏此简书。"《易》称："君子以制数度。"《礼》称："明神之诏。"《书》称："敕天之命。"

并本经典以立名目[2]。远诏近命，习秦制也。记称丝纶，所以应接群后[3]。虞重纳言，周贵喉舌[4]。故两汉诏诰，职在尚书。王言之大，动入史策，其出如绰，不反若汗[5]。是以淮南有英才，武帝使相如视草；陇右多文士，光武加意于书辞[6]；岂直取美当时，亦以敬慎来叶矣[7]。观文、景以前，诏体浮杂；武帝崇儒，选言弘奥[8]。策封三王，文同训典[9]；劝戒渊雅，垂范后代；及制诏严助，即云厌承明庐，盖宠才之恩也[10]。孝宣玺书；偿博于陈遂，亦故旧之厚也[11]。逮光武拨乱，留意斯文，而造次喜怒，时或偏滥[12]。诏赐邓禹，称司徒为尧；敕责侯霸，称"黄钺一下"。若斯之类，实乖宪章[13]。暨明、章崇学，雅诏间出。和、安政弛，礼阁鲜才，每为诏敕，假手外请[14]。

【注释】

[1]简：竹简，古代写字用的条形竹片。

[2]诗：指《诗经》。简书：古代把事写在简上，叫简书。易：指《周易》。数度：指尊卑之礼。礼：指《周礼》。明神：指日月山川之神。书：指《尚书》。敕天之命：意思是帝王奉正天命以治民。

[3]秦制：徐师曾《文体明辨序说》："秦并天下，改命曰制，今曰诏，于是诏兴焉。"记：指《礼记》。纶：丝带。后：诸侯，大臣。

[4]纳言：官名，负责听下言纳于上，受上言宣于下。喉舌：指如喉舌般重要的官员，同"纳言"。

[5]尚书：官名。秦汉时期的尚书，主要掌管帝王的文书。绋(fú)：大绳。不反若汗：指令出不返。

[6]淮南：指西汉淮南王刘安。相如：指司马相如。视草：审阅草稿。陇右：指陇山以西，今甘肃、青海一带。光武：东汉光武帝刘秀。加意：注意。

[7]来叶：来世，后世。

[8]文景：指西汉文帝刘恒和景帝刘启。选言：指写诏令。弘：大。奥：深。

[9]三王：指西汉诸侯齐王刘闳、燕王刘旦、广陵王刘胥。封三王的策文，见《史记·三王世家》。训典：指《尚书》中的《伊训》《尧典》等。

[10]严助：西汉文人。厌承明庐：不愿在朝内做官的意思。宠才之恩：指严助不愿做朝官而要求出任会稽太守，汉武帝就因爱其才而拜他为会稽太守。

[11]孝宣：指汉宣帝刘询。玺(xǐ)书：加印封口的信。玺：印，秦以后专指帝王的印。陈遂：字长子，西汉人。汉宣帝未登帝位前，曾和陈遂一起赌博。

宣帝即位后,任命陈遂做太原太守。偿博:指偿还宣帝所负赌博债务。这种戏言,表明他们关系亲近。

[12]逮(dài):及,到。拨:治。斯文:泛指学术文化。造次:仓促。滥:过分。

[13]邓禹:字仲华,东汉将领。司徒:古代高级官吏"三公"之一。邓禹曾为大司徒。侯霸:字君房,东汉重臣。黄钺(yuè)一下:《后汉书》载,光武帝不满此人,便在《玺书赐侯霸》中说:"黄钺一下无处所。"意思是要用黄钺杀掉侯霸。黄钺:以金为饰的大斧。乖:不合。宪章:法度。

[14]暨(jì):及。明章:指东汉明帝刘庄、章帝刘炟(dá)。崇学:指重视儒学。间出:偶然出现。和安:指东汉和帝刘肇、安帝刘祐。弛:松懈。礼阁:汉代尚书省称礼阁,又叫礼闱。

建安之末,文理代兴,潘勖《九锡》,典雅逸群[1]。卫觊《禅诰》,符命炳耀,弗可加已[2]。自魏晋诰策,职在中书,刘放、张华,互管斯任,施令发号,洋洋盈耳[3]。魏文帝下诏,辞义多伟,至于"作威作福",其万虑之一弊乎[4]!晋氏中兴,唯明帝崇才,以温峤文清,故引入中书[5]。自斯以后,体宪风流矣[6]。

【注释】

[1]文理:写文章(这里指诏策)的道理。代兴:更迭兴起。潘勖(xù):字元茂,汉末文人。九锡:指潘勖的《册魏公九锡文》。逸群:指超越众作。

[2]卫觊(jì):字伯儒,三国魏人。禅诰:指卫觊代献帝所写的《为汉帝禅位魏王诏》等。符命:指联系瑞应以歌颂帝王受命的文章。炳耀:昭著。

[3]中书:指中书省,魏晋以后掌管全国政事的机构。刘放:字子弃,三国魏人。张华:字茂先,西晋作家。他俩都曾做过中书监。洋洋,盛多的样子。

[4]魏文帝:曹丕,字子桓。作威作福:曹丕诏书中曾说"作威作福",后来蒋济向曹丕说,"作威作福"等话是"亡国之语"。曹丕接受这个批评,并派人追回原诏。

[5]晋氏中兴:指晋元帝司马睿(ruì)建立东晋王朝。明帝:东晋明帝司马绍。温峤(qiáo):字太真,东晋文人。

[6]宪:法度。风流:原意是流风余韵,这里指消失。

夫王言崇秘,大观在上,所以百辟其刑,万邦作孚[1]。故授官选贤,则义炳重离之辉;优文封策,则气含风雨之润[2];敕戒恒诰,则笔吐星汉之华;治戎燮伐,则声有洊雷之威[3];眚灾肆赦,则文有春露之滋;明罚敕法,则辞有秋霜之烈:此诏策之大略也[4]。

【注释】

　　[1]秘:指神圣。大观在上:这四字是借用《周易·观卦》中的《彖辞》。大观:指帝王对全面情况有深透的观察。百辟(bì):各诸侯国君。辟:君。刑:效法。孚:信服。

　　[2]重离:日月附著于天上。重:指日月重叠。离:著。优:优待,这里指褒奖。

　　[3]恒诰:恒常的、永久性的文诰。燮(xiè):协和,这里指会同作战。洊(jiàn):再度,接连。

　　[4]眚(shěng)灾肆赦:这是借用《尚书·舜典》的原话,指因过失而造成灾害,不是有意作恶,可予宽赦。眚:过失。肆:宽缓。敕法:整饬法纪。

　　戒敕为文,实诏之切者,周穆命郊父受敕宪,此其事也[1]。魏武称作敕戒,当指事而语,勿得依违,晓治要矣[2]。及晋武敕戒,备告百官:敕都督以兵要,戒州牧以董司,警郡守以恤隐,勒牙门以御卫,有训典焉[3]。戒者,慎也,禹称"戒之用休"[4]。君父至尊,在三罔极[5]。汉高祖之《敕太子》,东方朔之《戒子》,亦顾命之作也[6]。及马援已下,各贻家戒。班姬《女戒》,足称母师矣[7]。

【注释】

　　[1]周穆:指西周穆王。郊父:周穆王的大臣。宪:教令。

　　[2]魏武:魏武帝曹操。依违:犹豫不决。

　　[3]晋武:晋武帝司马炎。都督:地方军政首领。州牧:州的军政首领。董司:督察部下。郡守:一郡之长。恤(xù)隐:《国语·周语上》:"勤恤民隐而除其害也。"韦昭注:"恤,忧也;隐,痛也。"勒:迫使。牙门:指牙门将,魏晋时的一种武官。有训典:指有"训戒""敕政"的古意。

　　[4]戒之用休:见《尚书·大禹谟》,意为以美好的话戒喻善政。

[5]在三：指君、父、师。罔极：没有终极。

[6]《敕太子》：指刘邦的《手敕太子》。《戒子》：东方朔有《诫子》。顾命：临终前的命令，即遗嘱。顾：回视。

[7]马援：字文渊，东汉初年名将。他有《戒兄子严敦书》。贻(yí)：遗留。班姬：班固之妹班昭，字惠姬，东汉女作家。有《女戒》七篇。母师：班昭在《女戒》中曾说她"赖母师之典训"。刘勰这里是用以赞扬班昭堪称封建家庭的保姆和女师。

教者，效也，出言而民效也。契敷五教，故王侯称教[1]。昔郑弘之守南阳，条教为后所述，乃事绪明也[2]。孔融之守北海，文教丽而罕施，乃治体乖也[3]。若诸葛孔明之详约，庾稚恭之明断，并理得而辞中，教之善也[4]。自教以下，则又有命。《诗》云："有命自天"。明命为重也。《周礼》曰："师氏诏王"。明诏为轻也[5]。今诏重而命轻者，古今之变也[6]。

【注释】

[1]契(xiè)：传为虞舜的司徒。敷：施布。五教：五种封建伦理道德。指"父义，母慈，兄友，弟共(恭)，子孝"。王侯称教：徐师曾《文体明辨序说》："秦法，王侯称教。"

[2]郑弘：字稚卿，西汉人，曾任南阳太守。南阳：今河南南阳附近。条教：条列之教令。绪：端绪。

[3]孔融：字文举，汉末作家。北海：今山东寿光县附近。孔融曾任北海相。文教丽而罕施：语出司马彪《九州春秋》。治体：指孔融的政治教令。

[4]诸葛孔明：即诸葛亮，三国时蜀国政治家。详约：内容周详而辞采简约。庾稚恭：名翼，东晋将领。

[5]有命自天：《诗经·大雅·大明》："有命自天，命此文王。" 师氏：掌管贵族教育的官吏。诏：告，这里是下告上。

[6]变：秦以后才以"诏"字专指帝王的诏令。

赞曰：皇王施令，寅严宗诰[1]。我有丝言，兆民伊好[2]。辉音峻举，鸿风远蹈[3]。腾义飞辞，涣其大号[4]。

【注释】

[1]寅严:恭敬。宗:尊,仰。

[2]我:指帝王。丝言:指帝王的诏令,这里有慎重地发布诏令的意思。兆:百万,指众多。好(hào):爱好。

[3]辉音:指帝王的诏令。鸿风:指帝王诏令的巨大教化作用。

[4]涣:盛大。号:号令。

【导读】

帝王的文告,名目很多,后代统称为诏令。诏用于诏告臣下,策用于册封王侯。自先秦至汉魏,由于时代变化和用途有异,帝王文告还有诰、誓、制、敕等名称。本篇以诏策概括,主要因为诏书应用最广,而策文则有若干为后代称颂的佳作。

本篇大致可分两部分。第一部分论诏策。先是讲诏策的名义、性质。接着论述诏策文的沿革和名篇佳作。指出汉武帝,东汉明、章二帝,魏文帝,东晋明帝等对诏书文辞很重视,引用具有才学之士来从事写作,因而多佳作。末尾指明这类文章由于内容和所施对象不同,有的辞气温润,有的辞气威严,不同情况应表现出不同的风貌,这是写作上应注意的。第二部分简述戒敕、教两种与诏策接近的文体,它们都是上对下之文,但不限于帝王对臣下,也有长官对僚属、百姓,父对子等。

诏策是古代一种应用文。它的作者虽是少数,却和广大人民关系重大。正因"王言之大",影响深广,怎样把这种文告写好,就颇为历代帝王和有关文人所注重。篇中所讲"虞重纳言,周贵喉舌",光武帝的"加意书辞"等,都说明了这点。具有"雄才大略"的汉武帝,也要把自己起草的文稿请司马相如等审阅后才能发出。历代更多的帝王文告,则直接由文人起草。这样,诏策文就成为我国古代散文的重要文体之一。

檄 移

震雷始于曜电，出师先乎威声[1]；故观电而惧雷壮，听声而惧兵威。兵先乎声，其来已久[2]。昔有虞始戒于国，夏后初誓于军，殷誓军门之外，周将交刃而誓之[3]。故知帝世戒兵，三王誓师，宣训我众，未及敌人也[4]。至周穆西征，祭公谋父称："古有威让之令，有文告之辞"，即檄之本源也[5]。及春秋征伐，自诸侯出，惧敌弗服[6]，故兵出须名，振此威风，暴彼昏乱。刘献公之所谓："告之以文辞，董之以武师"者也[7]。齐桓征楚，诘菁茅之阙；晋厉伐秦，责箕郜之焚；管仲、吕相，奉辞先路[8]。详其意义，即今之檄文。暨乎战国，始称为檄。檄者，皦也。宣露于外，皦然明白也[9]。张仪《檄楚》，书以尺二，明白之文，或称露布。露布者，盖露板不封，布诸视听也[10]。

【注释】

[1]曜(yào)：同"耀"，照耀。

[2]兵先乎声：出兵先要声威。来：来源。

[3]有虞：即虞，古代传说中的朝代名。有：语首助词。戒于国：《司马法·天子之义》中说："有虞氏戒于国中，欲民体其命也。"是为了使百姓实现其命令而先予警诫。夏后：即夏，古代传说中的朝代名。誓：指教训士兵或民众的话。殷：即商代。誓军门：《司马法·天子之义》中说："殷誓于军门之外，欲民先意以行事也。"指训示百姓早早行动。交刃：交锋，开战。

[4]帝：这里指五帝之一的虞舜。三王：夏、商、周三代的帝王。

[5]周穆：指西周的穆王，他曾西征犬戎。祭(zhài)公谋父：周穆王的卿士，姓祭，字谋父。他的话见《国语·周语上》。让：责怪。

[6]惧敌弗服：怕敌人不服。

[7]名：指名义。暴：揭露。刘献公：周景王的卿士。他的话见《左传·昭公十三年》。董：督率。

[8]齐桓：指春秋五霸之一齐桓公。诘(jié)：责问。菁茅：即包束的茅草，用以滤酒去滓。阙：缺，过失。晋厉：指春秋时晋国厉公。箕：在今山西蒲县东北。郜(gào)：在今山西祁县西。箕、郜均当时晋地。管仲：齐桓公时为相，春

秋时著名政治家。吕相：晋国大夫魏锜，封于吕，故称吕相。奉辞：战前指责敌人。先路：先导。

　　[9]暨(jì)：及。皦(jiǎo)：明白。

　　[10]张仪：战国魏人，相秦，倡"连衡"说。《檄楚》：指张仪的《为文檄告楚相》。尺二：一尺二寸，古代木简的长度。露布：古代露而不封以布告众人的文告。

　　夫兵以定乱，莫敢自专。天子亲戎，则称恭行天罚；诸侯御师，则云肃将王诛[1]。故分阃推毂，奉辞伐罪，非唯致果为毅，亦且厉辞为武[2]。使声如冲风所击，气似欃枪所扫，奋其武怒，总其罪人[3]，征其恶稔之时，显其贯盈之数，摇奸宄之胆，订信顺之心，使百尺之冲，摧折于咫书[4]；万雉之城，颠坠于一檄者也[5]。观隗嚣之檄亡新，布其三逆，文不雕饰，而辞切事明；陇右文士，得檄之体矣[6]！陈琳之《檄豫州》，壮有骨鲠[7]；虽奸阉携养，章密太甚，发丘摸金，诬过其虐，然抗辞书衅，皦然露骨矣[8]。敢矣指曹公之锋，幸哉免袁党之戮也[9]。钟会檄蜀，征验甚明；桓温檄胡，观衅尤切，并壮笔也[10]。

【注释】

　　[1]莫敢自专：因攻伐事关重大，不能自作主张。亲戎：指亲自征伐。恭行天罚：《尚书·甘誓》："今予惟恭行天之罚。"肃将王诛：敬奉王命，讨伐有罪。肃将：敬奉。王诛，按帝王之意加以诛伐。

　　[2]分阃(kǔn)推毂(gǔ)：《史记·冯唐传》："臣闻上古王者之遣将也，跪而推毂，曰：阃之内者，寡人制之；阃之外者，将军制之。"指帝王遣将出征，要予以信赖，授与大权。阃：城郭的门槛。毂：车轮中心圆木。奉辞伐罪：《国语·郑语》载周太史史伯向郑桓公说："奉辞伐罪，无不克矣。"致果为毅：语出《左传·宣公二年》："杀敌为果，致果为毅。"果：果敢。毅：坚决。厉辞：猛烈之辞，指檄文。武：勇。

　　[3]冲风：暴风。欃(chán)枪：彗星，形似帚，俗称扫帚星。武怒：威怒。总：聚集。

　　[4]稔(rěn)：成熟。贯盈：形容罪大恶极。奸宄(guǐ)：为非作歹的人。订：定。冲：冲击敌阵的战车。咫(zhǐ)书：指檄文。咫：古八寸。

　　[5]雉(zhì)：古代称城墙长三丈，高一丈为一雉。

[6]隗嚣（wěi áo）：字季孟，东汉初将军。檄亡新：指隗嚣的《移檄告郡国》。新：王莽的国号。三逆：《移檄告郡国》中列举了王莽"逆天""逆地""逆人"的三种恶过。陇右：即陇西，今甘肃省陇山以西地区。体：指体制、格式。

[7]陈琳：字孔璋，建安七子之一。《檄豫州》：指陈琳的《为袁绍檄豫州》。豫州：指刘备，他当时做豫州刺史。骨鲠（gěng）：耿直。

[8]奸阉（yān）携养：陈琳在《为袁绍檄豫州》中骂曹操的话。阉：宦官。章：明，这里是揭露的意思。密：细。丘：土堆，这里指坟墓。发丘：即发丘中尉。摸金：即摸金中郎将。陈琳说曹操专设这两种官职掘坟挖金。虐：残暴，这里指实际干的坏事。抗：抗直。衅（xìn）：裂痕，引申为罪过。皦（jiǎo）：明亮。

[9]曹公：即曹操。袁党：袁绍的党羽。戮（lù）：杀。陈琳初附袁绍，后归曹操，曹操重其才，没有因陈琳曾替袁绍大骂曹操，而把他当做袁党杀掉。

[10]钟会：三国时魏国的司徒。檄蜀：指钟会的《移檄蜀将吏士民》。征验：证验。桓温：东晋大司马。檄胡：指桓温的《檄胡文》。观衅：视罪。切：迫切。

凡檄之大体，或述此休明[1]，或叙彼苛虐，指天时，审人事，算强弱，角权势[2]，标蓍龟于前验，悬鞶鉴于已然[3]；虽本国信，实参兵诈，谲诡以驰旨，炜晔以腾说[4]。凡此众条，莫之或违者也[5]。故其植义扬辞，务在刚健；插羽以示迅[6]，不可使辞缓；露板以宣众，不可使义隐；必事昭而理辨，气盛而辞断[7]，此其要也。若曲趣密巧[8]，无所取材矣！又州郡征吏，亦称为檄，固明举之义也[9]。

【注释】

[1]休明：美好。

[2]天时：指天道，天命之类。角：较量。

[3]标：表示。蓍（shī）：占卜用的草。龟：占卜用的龟甲。鞶（pán）鉴：大带上的镜。这里主要是取鉴戒的意思。鞶：古代束衣的大带。

[4]谲诡（jué guǐ）：怪异不实。炜晔（wěi yè）：光辉，明盛。

[5]违：违反。

[6]插羽：古代檄文，插鸟毛表示紧急。

[7]昭：明显。辨：明。断：果断。

[8]曲趣:曲折微妙的旨趣。

[9]征:召。举:推荐。

　　移者,易也。移风易俗,令往而民随者也[1]。相如之《难蜀老》,文晓而喻博,有移檄之骨焉[2]。及刘歆之《移太常》,辞刚而义辨,文移之首也[3];陆机之《移百官》,言约而事显,武移之要者也[4]。故檄移为用,事兼文武[5];其在金革,则逆党用檄,顺众资移[6];所以洗濯民心,坚同符契[7]。意用小异,而体义大同,与檄参伍,故不重论也[8]。

【注释】

[1]令往:命令发出。

[2]相如:司马相如,西汉文学家。《难蜀老》:指司马相如的《难蜀父老》。骨:这里指特征。

[3]刘歆(xīn):西汉末年学者。《移太常》:指刘歆的《移太常博士书》。

[4]陆机:字士衡,西晋文学家。《移百官》:此移已佚。

[5]事兼文武:兼用于文教和军事。

[6]金革:兵器和战衣,这里指军事。资:取。

[7]濯(zhuó):洗。符契:符合的意思。符:古代用作凭信之物。契:约券。

[8]意用句:指移文和檄文大同小异。参伍:意即错综比较,以为证验。

　　赞曰:三驱弛网,九伐先话[1]。鉴鉴吉凶,蓍龟成败。摧压鲸鲵,抵落蜂虿[2]。移实易俗,草偃风迈[4]。

【注释】

[1]三驱弛网:三面驱赶禽兽而把捕网放开一面。弛:松,放开。九伐:有九种罪行之一的人应予讨伐。据《周礼·大司马》,九种罪行是:一、欺侮弱小;二、损害贤人和百姓;三、对内暴虐,对外欺侮;四、田野荒芜而百姓散离;五、仗恃险地而不顺服;六、杀害亲人;七、驱逐或杀害国君;八、违背命令而忽视政治;九、道德败坏,行同禽兽。先话:讨伐之前先予声讨。

[2]鲸鲵(jīng ní):吞食小鱼的大鱼,这里比喻恶人。抵:击。虿(chài):蝎子一类的毒虫。

[4]草偃(yǎn)风迈:这四字是为押韵而倒用,意为风迈草偃,比喻移文的

作用。堰:倒下。迈:行。

【导读】

本篇大致可分两部分。第一部分讲檄文。先是结合檄文的渊源述其名义、性质。指出檄是军事行动中宣告敌方罪行的文章,其源颇早,但到战国时始用檄名。之后列举隗嚣、陈琳、钟会、桓温等的檄文,加以称道。末尾讲檄的体制和写作要求,主张檄文旨在声讨对方,故必须刚健有力,"必事昭而理辨,气盛而辞断"。第二部分讲移。移是晓谕对方使之从命的文章。檄用于军事活动中声讨敌方,移除军中用于非敌对的对方外,还可广泛用于非军事活动方面,故有武移、文移之分。文中举了司马相如、刘歆、陆机的移文加以肯定。移文的体制和写作要求,大致同于檄文。

檄文是用于军事行动的宣传文,具有较强的战斗性。刘勰所讲檄文的作用,主要有三:一是奋其武威,使敌人闻风丧胆,长自己的威风,灭敌人的斗志;二是充分揭露敌人的罪恶,说明其恶贯满盈,死到临头;三是从精神上摧毁敌人,使敌人的万丈高城,不攻自破。怎样才能使檄文产生这样巨大的效果?刘勰所总结的写作要求是:第一,从善恶、天道、人事、强弱、权势等各个方面分析敌我形势,说明我胜敌败的必然性;第二,表达方法上既要基于国家的信誉,又要参以兵诈,既不要太老实,又要写得冠冕堂皇;第三,叙事说理,都要明确果断,气势旺盛而信心百倍。

封　禅

　　夫正位北辰，向明南面，所以运天枢，毓黎献者，何尝不经道纬德，以勒皇迹者哉[1]？《绿图》曰："潬潬吅吅，棼棼雉雉，万物尽化。"言至德所被也[2]。《丹书》曰："义胜欲则从，欲胜义则凶。"戒慎之至也[3]。则戒慎以崇其德，至德以凝其化，七十有二君，所以封禅矣[4]。

【注释】

　　[1]正：中。北辰：即北极星。向明南面：指帝王的治理天下。向明：天将明。南面：古称帝王的统治为"南面而治"。运天枢：指帝王受天之命，必如北极星以为政。天枢：北斗七星之一，这里指北极星。毓（yù）：养育。黎：众人。献：贤者。经道纬德：即经纬道德，以经、纬相织喻组织文辞，歌颂道德。勒：刻。皇迹：伟大的事迹。

　　[2]《绿图》：传为尧时黄河出现赤文绿地的图。潬潬（shàn）：辗转，转移不定的样子。吅吅（huī）：不正。棼棼（fén）：即纷纷，杂乱。雉雉（zhì）：和"棼棼"意近，也是杂乱。化：化生。

　　[3]《丹书》：相传赤雀衔来献给周文王的书。义胜二句：见《史记·周本纪》注引纬书《尚书·帝命验》。从：顺，指吉利。

　　[4]凝：成。七十有二君：《史记·封禅书》引管仲的话："古者封泰山禅梁甫者，七十二家。"意为从古以来到泰山举行封禅典礼的帝王有七十二人。

　　昔黄帝神灵，克膺鸿瑞，勒功乔岳，铸鼎荆山[1]。大舜巡岳，显乎《虞典》；成康封禅，闻之《乐纬》[2]。及齐桓之霸，爰窥王迹，夷吾谲谏，拒以怪物[3]。固知玉牒金镂，专在帝皇也[4]。然则西鹣东鲽，南茅北黍，空谈非征，勋德而已[5]。是以史迁《八书》，明述封禅者，固禋祀之殊礼，铭号之秘祝，祀天之壮观矣[6]。秦皇铭岱，文自李斯，法家辞气，体乏弘润[7]；然疏而能壮，亦彼时之绝采也[8]。

【注释】

[1]黄帝神灵：《史记·五帝本纪》："黄帝者，少典之子，姓公孙，名曰轩辕，生而神灵。"克：能够。膺(yīng)：承受。乔岳：高山，指泰山。荆山：在今河南陕县西。

[2]巡：指天子视察之行。虞典：即《尚书·舜典》，其中讲到虞舜巡视泰山等四岳。成康：指西周的成王和康王。《乐纬》：指纬书《乐·动声仪》，其中讲到"成、康之间，郊配封禅"。

[3]齐桓：指东周时齐桓公，春秋五霸之一。爰(yuán)：于是。窥：探视。王迹：帝王的事迹，指齐桓公打算举行帝王的封禅典礼。夷吾：管仲的字，春秋时齐国著名政治家。谲(jué)谏：以诡诈之言委婉规劝。怪物：典出《史记·封禅书》。

[4]玉牒(dié)金镂(lòu)：这里指刻石封禅。玉牒：封禅之文。牒：简。镂：刻。

[5]西鹣(jiān)：西海的比翼鸟。东鲽(dié)：东海的比目鱼。南茅北黍：指古代的祥瑞。茅：茅草。黍：黄米。征：验。

[6]史迁：即司马迁。《八书》：指《史记》中的《礼书》《乐书》《律书》《历书》《天官书》《封禅书》《河渠书》《平准书》。禋(yīn)祀：祭祀。禋：斋戒而祀。铭：刻。号：告，表功明德。秘祝：秘密的祝祷。

[7]秦皇：指秦始皇。岱(dài)：泰山。秦始皇时铭刻于泰山，有《泰山刻石》。李斯：秦代政治家。法家：战国时期学术流派之一，主张法治，反对礼治。体：风格。

[8]疏：粗略。绝采：指李斯所作刻石文，在当时成了最好的作品。

铺观两汉隆盛，孝武禅号于肃然，光武巡封于梁父，诵德铭勋，乃鸿笔耳[1]。观相如《封禅》，蔚为唱首；尔其表权舆，序皇王，炳玄符，镜鸿业[2]；驱前古于当今之下，腾休明于列圣之上[3]，歌之以祯瑞，赞之以介丘，绝笔兹文，固维新之作也[4]。及光武勒碑，则文自张纯，首胤典谟，末同祝辞[5]；引钩谶，叙离乱，计武功，述文德；事核理举，华不足而实有馀矣[6]！凡此二家，并岱宗实迹也[7]。及扬雄《剧秦》，班固《典引》，事非镌石，而体因纪禅[8]。观《剧秦》为文，影写长卿，诡言遁辞，故兼包神怪[9]；然体制靡密，辞贯圆通，自称极思，无遗力矣[10]。《典引》所叙，雅有懿采，历鉴前作，能执厥中，其致义会文，斐然馀巧[11]。故称"《封禅》靡而不典，《剧秦》典而不实"，岂非追观易为明，循势易为力欤[12]？至于邯郸《受命》，攀响前声，风末力寡，辑韵成颂[13]；虽文理顺序；而不能奋飞[14]。陈思《魏德》，假论客主，问答迂缓，且已千言，劳深绩寡，飙焰缺焉[15]。

【注释】

[1]铺：陈列。隆盛：指封禅典礼的隆重盛大。孝武：指汉武帝刘彻。肃然：山名，在泰山旁。光武：指东汉光武帝刘秀。梁父：山名，亦作梁甫，泰山下的小山。鸿笔：大作。

[2]相如：司马相如，字长卿，西汉著名作家。《封禅》：指他的《封禅文》。蔚：文采盛。尔：语助词。权舆：草的萌芽，引申指开始。炳：明。玄符：好的符瑞。镜：照，反映出的意思。

[3]腾：跃起。休：美好。

[4]祯：吉祥。介丘：大山，指泰山。绝笔：《封禅文》是司马相如最后的作品。维新：乃新。新：即上文所说"唱首"。

[5]张纯：字伯仁，东汉初年的大司空。胤(yìn)：继续。典谟：指《尚书》中《尧典》《皋陶谟》等。

[6]钧谶(chèn)：指纬书。核：核实。

[7]岱宗：指泰山。实迹：指实有的刻石。

[8]扬雄：字子云，西汉末年文学家。《剧秦》：指扬雄的《剧秦美新》。班固：东汉初年的史学家、文学家。非镌(juān)石：指《剧秦美新》和《典引》不是刻石之文。镌：刻。

[9]影写：模仿。遁辞：不作正面直叙的隐约之辞。

[10]靡：细。自称极思：《剧秦美新》中说："作《剧秦美新》一篇，虽未究万分之一，亦臣之极思也。"

[11]懿(yì)：美。鉴：察看。前作：指《封禅文》和《剧秦美新》。厥(jué)：其。斐(fěi)然：有文采的样子。

[12]封禅：指司马相如的《封禅文》。典：高雅不俗。剧秦：指扬雄的《剧秦美新》。循：依。势：指体势。力：指效力。

[13]邯郸(hán dān)：指邯郸淳，字子叔，三国时魏国作家。《受命》：指邯

郸淳的《受命述》。风末力寡:指风力衰微。辑韵:指写作。

[14]顺:一作"颀"。

[15]陈思:指曹植。《魏德》:指曹植的《魏德论》。绩:指作品的收效。飙(biāo):暴风,喻作品的力量。焰:指光芒。

兹文为用,盖一代之典章也[1]。构位之始,宜明大体,树骨于训典之区,选言于宏富之路[2];使意古而不晦于深,文今而不坠于浅[3];义吐光芒,辞成廉锷,则为伟矣[4]。虽复道极数殚,终然相袭[5];而日新其采者,必超前辙焉[6]。

【注释】

[1]典章:制度。

[2]构位:构思布局。骨:骨干,主体。训典:指《尚书》中的《伊训》《尧典》等。

[3]晦:不明显。

[4]廉:锐利。锷(è):刀剑的刃。

[5]极:追究到底。数:方法。殚(dān):尽。袭:继续。

[6]前辙:指前人的创作道路。辙:车轮的痕迹。

赞曰:封勒帝绩,对越天休[1]。逖听高岳,声英克彪[2]。树石九旻,泥金八幽[3],鸿律蟠采,如龙如虬[4]。

【注释】

[1]对越天休:即对扬天休。《诗经·大雅·江汉》:"对扬王休。" 休:美德。

[2]逖(tì):远。彪:虎纹,这里指声的动听。

[3]九旻(mín):即九天,指高空。泥金:即金泥,以水银和金屑为泥,用以函封封禅的告天之文。八幽:八方幽远之地。

[4]鸿律:大法。蟠(pán)采:聚集文采,指封禅文所结成的文采。蟠,屈曲。虬(qiú):传为一种有角的龙。

【导读】

封禅是古代帝王祭告天地的典礼,封指祭天,禅指祭地。因为这是封建王朝的重大典礼,封禅之文就成为封建文人所重视的文体之一。

本篇大致可分三段。第一段讲封禅的性质,指出它是帝王宣示德化的活动。第二段讲有关封禅文字的沿革和重要作家作品。指出古代帝王黄帝、虞舜等均有巡视大山的事迹,见于载籍。秦始皇、汉武帝、东汉光武帝等登泰山巡封,均有铭功的石刻文。司马相如写作长篇《封禅文》,铺陈汉朝功德,劝导武帝封禅,成为富有创造性的鸿笔。以后扬雄、班固,模仿司马相如,写了《剧秦美新论》《典引》,都是这方面的佳作。之后邯郸淳的《受命述》、曹植的《魏德论》,文辞软弱迂缓,就缺乏光采了。第三段讲封禅文的写作要求,认为应当写得内容光明正大,文辞刚健有力。

司马相如、扬雄、班固的三篇封禅文,可说是封禅文的代表作。其特点是着重铺陈帝王、王朝的功业德泽,富有文采,在着重铺叙方面和辞赋相近。但辞赋文辞偏长于华艳,封禅文则宜文辞刚健有力。刘勰对此很重视。他认为封禅文应当学习《尚书》中的《伊训》《尧典》一类篇章朴素刚健的语言,树立文辞的"骨干",所谓"树骨于训典之区"。他所谓"骨",即是《风骨》篇中强调的骨,指刚健有力的文辞。他认为《尚书》在这方面为人们树立了典范。提倡风骨是《文心雕龙》全书的一贯主张,它不但在《风骨》篇中有集中论述,而且还散见于《诏策》《封禅》《通变》等篇,阅读时宜互相参证。

章　表

　　夫设官分职,高卑联事[1]。天子垂珠以听,诸侯鸣玉以朝。敷奏以言,明试以功[2]。故尧咨四岳,舜命八元,固辞再让之请,俞往钦哉之授,并陈辞帝庭,匪假书翰[3]。然则敷奏以言,则章表之义也;明试以功,即授爵之典也[4]。至太甲既立,伊尹书诫,思庸归亳,又作书以赞。文翰献替,事斯见矣[5]。周监二代,文理弥盛,再拜稽首,对扬休命,承文受册,敢当丕显[6],虽言笔未分,而陈谢可见[7]。降及七国[8],未变古式,言事于王,皆称上书。秦初定制,改书曰奏。汉定礼仪,则有四品:一曰章,二曰奏,三曰表,四曰议[9]。章以谢恩,奏以按劾[10],表以陈请,议以执异。章者,明也。《诗》云:"为章于天"[11],谓文明也。其在文物,赤白曰章[12]。表者,标也。《礼》有《表记》,谓德见于仪,其在器式,揆景曰表[13]。章表之目,盖取诸此也。按《七略》《艺文》,谣咏必录[14];章表奏议,经国之枢机,然阙而不纂者,乃各有故事,而布在职司也[15]。

【注释】

　　[1]联事:联合处理政事。

　　[2]垂珠:古代帝王的礼冠上有十二条丝绳,绳端系白玉珠。鸣玉:古代诸侯朝见天子时,身上佩玉,进退有声。敷:陈述。奏:进言。试:检验。这两句是借用《尚书·舜典》中的话:"敷奏以言,明试以功。"

　　[3]咨(zī):商议,询问。四岳:传为古代四方诸侯之长。八元:传为高辛氏的八个好儿子。元:善。固辞再让:臣下对帝王的任命,再三表示推让。俞:表示同意、肯定的应答之词。钦:敬佩。匪:非。假:借用。

　　[4]典:仪式。

　　[5]太甲:商王,商汤王的孙子。伊尹:商汤王的大臣,名挚。相传汤死后,太甲昏庸,伊挚作《伊训》以教导太甲。庸:常,这里指常道。亳(bó):商都,在今河南商邱。献替:指劝善规过。献:进。替:弃。

　　[6]周监二代:这句是借用《论语·八佾》中的:"周监于二代,郁郁乎文哉,吾从周。" 监(jiàn):借鉴。二代:指夏、商两代。文理:这里指礼仪。弥:更

加。稽首：引首至地的跪拜礼。对：答。休：美好。册：册命，帝王封爵的命令。丕(pī)：大。

[7]言笔：口头上说出来的是"言"，用文字写成的是"笔"。

[8]七国：指战国时期。

[9]品：类。蔡邕《独断》："凡群臣上书于天子者有四名：一曰章，二曰奏，三曰表，四曰驳议。"

[10]按劾(hé)：检举揭发的意思。

[11]为章于天：《诗经·大雅·棫朴》原诗是"倬彼云汉，为章于天。"指银河成为天的文章。这里的"章"有文而明之的意思。

[12]文物：指有文采的事物。章：《考工记》："青与赤，谓之文；赤与白，谓之章。"

[13]礼：指《礼记》，《表记》是其中的一篇。仪：仪表。器式：指用作标志的器具。式：法。揆(kuí)：察度。景：日光。表：古代用以测日影的计时器。

[14]《七略》：西汉刘歆所编古书目录，是我国第一部图书分类目录。《艺文》：指《汉书·艺文志》，是班固在《七略》的基础上编写的。

[15]枢机：指主要部分。阙：同"缺"。纂：编辑。故事：旧事，典章制度，这里略近于档案的意思。司：主管。

前汉表谢，遗篇寡存。及后汉察举，必试章奏[1]。左雄奏议，台阁为式；胡广章奏，天下第一；并当时之杰笔也[2]。观伯始谒陵之章，足见其典文之美焉[3]。昔晋文受册，三辞从命[4]。是以汉末让表，以三为断。曹公称为表不必三让，又勿得浮华[5]。所以魏初表章，指事造实，求其靡丽，则未足美矣[6]。至于文举之荐祢衡，气扬采飞；孔明之辞后主，志尽文畅；虽华实异旨，并表之英也[7]。琳瑀章表，有誉当时；孔璋称健，则其标也[8]。陈思之表，独冠群才。观其体赡而律调，辞清而志显，应物制巧，随变生趣，执辔有余，故能缓急应节矣[9]。逮晋初笔札，则张华为俊[10]。其三让公封，理周辞要，引义比事，必得其偶，世珍《鹪鹩》，莫顾章表[11]。及羊公之《辞开府》，有誉于前谈；庾公之《让中书》，信美于往载[12]。序志联类，有文雅焉。刘琨《劝进》，张骏《自序》，文致耿介，并陈事之美表也[13]。

【注释】

[1]察举:选拔官吏。

[2]左雄:字伯豪,东汉顺帝时的尚书令。台阁:指尚书台,东汉掌管帝王章奏文书的官署。式:楷模。胡广:字伯始,东汉桓帝时的司空,灵帝时为太傅。

[3]谒(yè):进见。陵:陵墓。典:典范。

[4]晋文:指春秋时的晋文公重耳。册:这里指周襄王命晋文公为诸侯伯的册命。三辞:三次辞让。

[5]曹公:指曹操。

[6]靡:美。

[7]文举:孔融的字。建安七子之一。祢(mí)衡:字正平,汉末作家。孔明:诸葛亮的字。辞后主:指《出师表》。后主:指刘备之子刘禅。

[8]琳:陈琳,字孔璋。瑀(yǔ):阮瑀,字元瑜。都是"建安七子"之一。称健:曹丕《与吴质书》曾说"孔璋章表殊健"。标:显著,突出。

[9]陈思:曹植。赡(shàn):富足。辔(pèi):马缰绳。有余:多,这里指长远。节:一定的度数。

[10]逮(dài):及,到。笔札:即纸笔,这里指章表。札:古代书写用的小木简。张华:字茂先,西晋作家。

[11]公:公爵。张华曾封壮武郡公。引:引申。比事:排比事类。《鹪鹩(jiāo liáo)》:指张华的《鹪鹩赋》。

[12]羊公:指羊祜(hù),字叔子,西晋武帝时的尚书右仆射。《辞开府》:指羊祜的《让开府表》。庾公:指庾亮,字元规,东晋明帝时为中书监。《让中书》:指庾亮的《让中书监表》。载:载籍,指章表。

[13]刘琨:字越石,西晋末年作家。劝进:指刘琨的《劝进表》。张骏:字公庭,西晋末据陇西称凉王。自序:可能指他的《请讨石虎李期表》。耿:光明。介:大。

原夫章表之为用也,所以对扬王庭,昭明心曲[1]。既其身文,且亦国华[2]。章以造阙,风矩应明;表以致禁,骨采宜耀[3]。循名课实,以文为本者也[4]。是以章式炳贲,志在典谟[5];使要而非略,明而不浅。表体多包,情伪屡迁[6]，必雅义以扇其风，清文以驰其丽。然恳恻者辞为心使，浮侈者情为文屈。必使繁约得正，华实相胜，唇吻不滞，则中律矣[7]。子贡云："心以制之，言以结之"，盖一辞意也[8]。荀卿以为："观人美辞，丽于黼黻文章"，亦可以喻于斯乎[9]！

【注释】

[1]昭明：明辨清楚。心曲：内心深处。

[2]身文：自身的文采。国华：国家的光华。

[3]造：达到。阙：宫门外两旁的望楼，这里泛指朝廷。风：教化。矩：画方形的器具，引申指法则。禁：宫禁之中。

[4]循：依。课：查核。文：指文翰，侧重文采。

[5]炳：明。贲(bì)：饰。典谟：指《尚书》中的《尧典》《皋陶谟》之类作品。

[6]情伪：真伪。《周易·系辞上》："圣人立象以尽意，设卦以尽情伪。"

[7]恻(cè)：诚恳。屈：服，指情受文的支配。唇吻：口吻。滞：不通畅。律：法则。

[8]子贡：姓端木，名赐，孔子的弟子。心以制之，言以结之：这是子贡论订盟的话。刘勰是断章取义，借指心以制言，言以结心。一辞意：要使辞与意结合一致。一：统一，一致。

[9]荀卿：名况，战国思想家。黼黻(fǔ fú)：古代礼服上半白半黑的花纹。语见《荀子·非相》，原文是："观人以言，美于黼黻文章。"刘勰改"观人以言"为"观人美辞"，全句用意和《荀子》原意略异。喻：说明。

赞曰：敷表绛阙，献替黼扆[1]。言必贞明，义则弘伟[2]。肃恭节文，条理首尾[3]。君子秉文，辞令有斐[4]。

【注释】

[1]绛阙：赤色的宫阙。扆(yǐ)：屏风，常置帝王座后。

[2]贞：正。

[3]肃：敬。节文：节制以礼仪。文：指礼制。

[4]秉文：写作。斐(fěi)：有文采的样子。

　　本篇所论章、表,和以下两篇所论奏、启、议、对等,都是封建社会臣下向帝王呈辞的文体。这类文体,历代名目繁多,且不断有所变化。以上几种,是先秦到魏晋期间几种常用的文体。

　　本篇大致可分三段。第一段结合章、表的起源,说明章、表的名义、性质。指出臣下给帝王的上书,历代有各种名称。汉代以后,通行章、奏、表、议四体,章用以谢恩,表用以陈请。第二段论述汉、魏、晋各代擅长章表的作者和著名篇章,其中对曹植的作品尤为推崇。中间称赞孔融"气扬采飞",曹植"律调""辞清",庚亮"文雅"等,可见对章表的文采颇为重视。第三段论章、表的体制和写作要求。指出章应写得明白体要;表应写得义雅文清,具有文采。最后郑重指出必须"辞为心使",在文辞的繁约、华实方面处理适当。

　　章表这类向帝王的呈文,文学意义是不大的。但章表奏议既是直陈帝王之制,往往就是历代文人的精心之作。如本篇论及的孔融《荐祢衡表》、诸葛亮《出师表》等,是古来传颂不绝的名篇。所以,研究这类作品,不仅为研究古代文体论所必需,对探讨古代陈情议事的散文,也是不可不注意的一个方面。

奏 启

　　昔唐虞之臣，敷奏以言；奏汉之辅，上书称奏[1]。陈政事，献典仪，上急变，劾愆谬，总谓之奏[2]。奏者，进也。言敷于下，情进于上也。秦始立奏，而法家少文[3]。观王绾之奏勋德，辞质而义近；李斯之奏骊山，事略而意诬；政无膏润，形于篇章矣[4]。自汉以来，奏事或称上疏。儒雅继踵，殊采可观[5]。若夫贾谊之务农，晁错之兵事，匡衡之定郊，王吉之劝礼，温舒之缓狱，谷永之谏仙[6]，理既切至，辞亦通辨，可谓识大体矣。后汉群贤，嘉言罔伏[7]。杨秉耿介于灾异，陈蕃愤懑于尺一，骨鲠得焉；张衡指摘于史谶，蔡邕铨列于朝仪，博雅明焉[8]。魏代名臣，文理迭兴[9]。若高堂天文，黄观教学，王朗节省，甄毅考课，亦尽节而知治矣[10]。晋氏多难。灾屯流移[11]。刘颂殷勤于时务，温峤恳恻于费役，并体国之忠规矣[12]。夫奏之为笔，固以明允笃诚为本，辨析疏通为首[13]。强志足以成务，博见足以穷理，酌古御今，治繁总要，此其体也[14]。

【注释】

　　[1]辅：助，指官吏。

　　[2]典仪：礼仪制度。急变：紧急重大的事变。劾（hé）：弹劾，揭发罪状。愆（qiān）：过失。

　　[3]秦始立奏：秦初定制，改书曰奏。

　　[4]王绾（wǎn）：秦始皇时的丞相。奏勋德：指王绾等人的《议帝号》。李斯：秦始皇的丞相。奏骊山：指李斯的《上书言治骊山陵》。骊（lí）山：秦始皇陵墓所在地，在今陕西省临潼县。膏润：恩泽。

　　[5]疏：条列言事。儒雅：博学的儒生。踵（zhǒng）：脚后跟。

　　[6]贾谊：西汉初年作家。务农：指贾谊的《论积贮疏》。晁错：西汉初年文人。兵事：指晁错的《上书言兵事》。匡衡：字稚圭，西汉元帝时丞相。定郊：指匡衡的《奏徙南北郊》。王吉：字子阳，西汉宣帝时为谏大夫。劝礼：指王吉的《上宣帝疏言得失》。温舒：姓路，字长君，西汉宣帝时为临淮太守。缓狱：指路温舒的《尚德缓刑书》。谷永：字子云，西汉成帝时官至大司农。谏仙：指谷永

的《说成帝距绝祭祀方术》。

[7]罔：无。伏：藏匿。

[8]杨秉：字叔节，东汉桓帝时官至太尉。耿介：光明正大，这里指言事正直。陈蕃：字仲举，东汉桓帝时为太尉。尺一：汉制以长一尺一寸的简板写诏书，这里指诏书。骨鲠(gěng)：骨气。张衡：字平子，东汉著名科学家、文学家。谶(chèn)：验，指预言凶吉的迷信著作。蔡邕：字伯喈，东汉末年文学家。铨(quán)列朝仪：指蔡邕的《上封事陈政要七事》。铨：同"诠"，诠次，编次。列：陈，陈述。朝仪：朝廷纲纪。

[9]文理：这里指写奏文的道理。

[10]高堂：复姓，名隆，字升平，三国魏明帝时官至光禄勋。天文：指高堂隆的《星孛于大辰上疏》。黄观：三国魏人。教学：指黄观有关教学的疏奏。王朗：字景兴，三国时魏国文人，明帝时为司空。节省：指王朗的《奏宜节省》。甄(zhēn)毅：三国魏人，曾任驸马都尉。考课：指对在职官吏的考核。节：指为臣之节。

[11]灾屯(zhūn)：灾难。流夷：流亡，迁移。

[12]刘颂：字子雅，西晋惠帝时为吏部尚书。他曾写过一篇《除淮南相在郡上疏》，详论当时政务。温峤(qiáo)：字太真，东晋初文人，成帝时为骠骑将军。费役：指温峤《上太子疏谏起西池楼观》。体：指体察。规：劝诫。

[13]笔："文笔"的笔，指不重音韵文饰的散文。允：诚信。笃：忠厚。

[14]酌，斟酌，参考。御：驾驭，控制。体：这里指主体，大要。

若乃按劾之奏，所以明宪清国[1]。昔周之太仆，绳愆纠谬，秦有御史，职主文法[2]；汉置中丞，总司按劾；故位在鸷击，砥砺其气，必使笔端振风，简上凝霜者也[3]。观孔光之奏董贤，则实其奸回；路粹之奏孔融，则诬其衅恶：名儒之与险士，固殊心焉[4]。若夫傅咸劲直，而按辞坚深；刘隗切正，而劾文阔略；各其志也[5]。后之弹事[6]，迭相斟酌，虽新日用，而旧准弗差。然函人欲全，矢人欲伤，术在纠恶，势必深峭[7]。《诗》刺谗人，投畀豺虎；《礼》疾无礼，方之鹦猩；墨翟非儒，目以羊彘；孟轲讥墨，比诸禽兽[8]：《诗》《礼》儒墨，既其如兹，奏劾严文，孰云能免[9]？是以近世为文，竞于诋诃，吹毛取瑕，次骨为戾，复似善骂，多失折衷[10]。若能辟礼门以悬规，标义路以植矩[11]，然后逾垣者折肱，捷径者灭趾，何必躁言丑句，诟病为切哉[12]！是以立范运衡，宜明体要[13]。必使理有典刑，辞有风轨，总法家之式，秉儒家之文[14]，不畏强御，气流墨中，无纵诡随，声动简外，乃称绝席之雄，直方之举耳[15]。

【注释】

[1]宪：法令。

[2]太仆：周代高级官吏，纠正帝王过失为其重要职责之一。绳愆纠谬：这是借用《尚书·冏命》中的一句。御史：秦代御史大夫掌文书及弹劾纠察。文法：法令条文。

[3]中丞：即御史中丞，汉代是御史大夫的辅佐官员。司：主管。鸷击：喻执法严厉的官职。鸷：猛禽。砥砺(dǐ lì)：磨刀石，引申为磨炼。笔端振风，简上凝霜：西汉崔篆《御史箴》："简上霜凝，笔端风起。"

[4]孔光：字子夏，西汉成帝、哀帝时的丞相。董贤：字圣卿，汉哀帝的宠臣。奸回：邪恶。回：邪。路粹：字文蔚，汉末文人。孔融：字文举，汉末文学家，建安七子之一。衅(xìn)恶：罪恶。名儒：指孔光，他是孔子的十四世孙。险士：指路粹。殊心：指一实一诬，用心不同。

[5]傅咸：字长虞，西晋文学家。劲直：刚强正直。按辞：指弹劾罪过的奏文。刘隗(wěi)：字大连，东晋元帝时丞相司直。切：严厉。阔略：疏略。

[6]弹事：弹劾官吏的奏章。

[7]函人：制铠甲的工人。全：保全。矢人：制箭的工人。术：指写弹奏的方法。峭(qiào)：峻峭，严厉。

[8]谗人：即谮人，用恶言毁谤好人的人。畀(bì)：给。《礼》：指《礼记》。疾：痛恨。方：比。墨翟(dí)：战国初著名思想家，墨家学派的开创者。非儒：批评反对儒家。目：称。羊彘(zhì)：即公羊和大猪。孟轲(kē)：战国时期著名思想家。比诸禽兽：《孟子·滕文公下》："杨氏为我，是无君也；墨氏兼爱，是无父也。无父无君，是禽兽也。"

[9]《诗》《礼》：《诗经》和《礼记》。奏劾严文：弹劾严厉的文词。

[10]诋诃(dǐ hē)：辱骂呵斥。吹毛取瑕：即吹毛求疵之意。次骨：深入骨髓。戾(lì)：猛烈。折衷，即折中，没有偏颇，合于正中。

[11]辟：开。礼门：《孟子·万章下》："夫义，路也；礼，门也。" 植：树立。矩：和上句"规"字义同，都指规矩，法度。

[12]逾：超越。垣(yuán)：墙。肱(gōng)：胳膊。捷径：近直的小路，喻指

和大道、正道相违的不轨行为。趾(zhǐ)：足指。诟(gòu)病：《礼记·儒行》："以儒相诟病。" 切：切中。

[13]衡：秤杆。这里指衡量取舍。

[14]典刑：一定的常规。风轨：与上句"典刑"意近。风：教化。轨：法度。秉：操，持。

[15]强御：指强暴逞势的人。纵：从，指听从。诡随：谓谲诈欺谩之人。绝席：即"独坐"。这里指"总司按劾"的御史大夫而言。直方：端直方正。

　　启者，开也。高宗云："启乃心，沃朕心。"[1]盖其义也。孝景讳启，故两汉无称[2]。至魏国笺记，始云"启闻"[3]。奏事之末，或云"谨启"[4]。自晋来盛启，用兼表奏[5]。陈政言事，既奏之异条；让爵谢恩，亦表之别干[6]。必敛彻入规，促其音节，辨要轻清，文而不侈，亦启之大略也[7]。

【注释】

[1]高宗：商王武丁。启乃心，沃朕心：语见《尚书·说命上》。沃：浇灌。朕：武丁自称。

[2]孝景：西汉景帝刘启。讳：帝王的名字，为了表示尊敬，避讳直言其名。

[3]笺记：文体名。

[4]奏事：陈述事实。

[5]晋来盛启：晋代用"启"兴盛。用兼表奏：即表启兼用。当时其他诸启，也和表奏无大区别。

[6]异条：和下句"别干"，都是支流、枝干的意思。

[7]敛：收聚。规：这里指法规、常规。促：短，紧缩。辨要：指论述能抓住要害。轻：轻便，指文辞简明。侈：奢侈，指浮夸。

　　又表奏确切，号为谠言[1]。谠者，无偏也。王道有偏，乖乎荡荡。矫正其偏，故曰谠言也[2]。孝成称班伯之谠言，言贵直也[3]。自汉置八能，密奏阴阳；皂囊封板，故曰封事[4]。晁错受书，还上便宜[5]。后代便宜，多附封事，慎机密也[6]。夫王臣匪躬，必吐謇谔，事举人存，故无待泛说也[7]。

【注释】

[1]谠(dǎng)言：宣言，善言。

[2]王道有偏,乖乎荡荡:《尚书·洪范》:"无偏无谠,王道荡荡。"乖:背离。荡荡:开阔广大的样子。

[3]孝成:指汉成帝。班伯:成帝时为中常侍。

[4]八能:习晓乐律的乐工。密奏阴阳:《乐叶图征》:"八能之士,常以日冬至成天文,日夏至成地理,作阴乐以成天文,作阳乐以成地理。" 皂(zào)囊:黑色帛袋。封事:密封的奏启。

[5]晁错受书:载《史记·晁错传》。便宜:应办的事。

[6]多附封事:都加上密封。慎:谨慎。

[7]匪:非。躬:身,指自身。謇谔(jiǎn è):直言。举:犹行也。存:谓道德存在也。

赞曰:皂饰司直,肃清风禁[1]。笔锐干将,墨含淳酖[2]。虽有次骨,无或肤浸[3]。献政陈宜,事必胜任。

【注释】

[1]皂饰:穿黑色的服饰,表示威严。司直:官名。风禁:风纪。

[2]干将:古良剑名。酖(zhèn):同"鸩",传为有毒的鸟,羽毛可制毒酒。这里取毒酒性烈的意思。

[3]肤浸:指谗言。

【导读】

本篇论述奏、启两种文体,大致可分三段。第一段讲奏,又可分两小段。前一小段讲一般的奏,指出奏是臣下向帝王进言的文体,汉代以来又称上疏,其内容可以是多方面的。在论述汉、魏、晋的代表作品时,于西汉举例最多。之后论奏的体制和写作要求,指出应有明允笃诚的精神,辨析疏通的文风。后一小段专门论述弹劾之奏,指出其特点是根据法律来"绳愆纠谬"。在列举了若干汉、晋作品后,强调认为,它应以礼义为准绳,做到理正辞严,而不应吹毛求疵,随便谩骂。第二段论述启。指出它在晋代流行,其作用介于奏、表两体之间。其篇幅比较简短,写作时要注意做到"辨要轻清,文而不侈"。第三段附述谠言、封事、便宜三种文体,它们都是奏的支流。

奏、启和前一篇所论章、表,后一篇所议议、对一样,都是帝制时期臣下对帝王的政治性文件,和文学创作的关系是不大的。除了对研究古代文体略有参考意义外,其中论及的某些问题,对了解刘勰的思想还很值得注意。如刘勰特别重视弹劾官吏的奏文,对它进行了单独论述,大力强调弹奏的严峻有力,"不畏强御"等。刘勰一贯推崇儒家,本篇不仅讲到《诗》《礼》二经,儒家墨家,都有不当之处,甚至以孟子和墨子的互相谩骂,一概当做"躁言丑句"的典型而予以批评。这也说明刘勰并非在一切问题上独尊儒术。

议　对

　　周爰咨谋，是谓为议。议之言宜，审事宜也[1]。《易》之《节卦》："君子以制数度，议德行。"《周书》曰："议事以制，政乃弗迷"。议贵节制，经典之体也[2]。昔管仲称轩辕有明台之议，则其来远矣[3]。洪水之难，尧咨四岳，百揆之举，舜畴五人，三代所兴，询及刍荛[4]。《春秋》释宋，鲁僖预议[5]。及赵灵胡服，而季父争论；商鞅变法，而甘龙交辨；虽宪章无算，而同异足观[6]。迄至有汉[7]，始立驳议，驳者，杂也。杂议不纯，故曰驳也。自两汉文明，楷式昭备，蔼蔼多士，发言盈庭：若贾谊之遍代诸生，可谓捷于议也[8]。至如吾丘之驳挟弓，安国之辨匈奴，贾捐之之陈于珠崖，刘歆之辨于祖宗[9]，虽质文不同，得事要矣。若乃张敏之断轻侮，郭躬之议擅诛，程晓之驳校事，司马芝之议货钱，何曾蠲出女之科，秦秀定贾充之谥[10]，事实允当，可谓达议体矣。汉世善驳，则应劭为首。晋代能议，则傅咸为宗[11]。然仲瑗博古，而铨贯有叙；长虞识治，而属辞枝繁[12]。及陆机断议，亦有锋颖，而腴辞弗剪，颇累文骨：亦各有美，风格存焉[13]。

【注释】

　　[1]爰：于是。咨谋：商议。宜，合适。

　　[2]君子以制数度，议德行：这是《周易·节卦》中的象辞。议事以制，政乃弗迷：这是《尚书·周官》中的两句。节制：掌握一定的限度。体：体制，格式，引申指特点。

　　[3]管仲：名夷吾，春秋时齐国政治家。轩辕：即黄帝。明台：传为黄帝听政之所。

　　[4]洪水之难：指唐尧时的洪水灾难。尧咨四岳：尧时分管四方诸侯的四臣。百揆：官名。畴（chóu）：谁，这里指问谁。五人：被推举任命的五个臣子。三代：夏、商、周。兴：作，行。刍荛（chú ráo）：打柴的人。刍：割草。荛：柴草。

　　[5]释宋：释放宋襄公。鲁僖：鲁僖公。预：参与。

　　[6]赵灵：战国时赵武灵王。胡服：胡人衣服。季父：父亲的幼弟，这里指赵公子成。商鞅（yāng）：姓公孙名鞅，战国时期政治家。甘龙：战国时秦孝公

的臣子。交辨：和他进行辩论。宪章：法制。无算：无数，这里指无定。同异：议论其同异，这里指辩论。

[7] 迄至：到了

[8] 楷式：典范。昭：显著。蔼蔼（ǎi）：美盛的样子。发言盈庭：《诗经·小雅·小旻》："发言盈庭，谁敢执其咎。"原是贬意。这里用为赞辞，说明"多士"的议论充满朝廷。贾谊：西汉初年文人。遍代诸生：事见《史记·屈原贾生列传》。

[9] 吾丘：指吾丘寿王，西汉文人。驳挟弓：事见《汉书·吾丘寿王传》。安国：指韩安国，武帝初为御史大夫。辨匈奴：事见《史记·韩长孺列传》。贾捐之：字君房，贾谊的曾孙。珠崖：郡名，在今海南岛。刘歆：刘向之子，西汉经学家、目录学家。

[10] 张敏：字伯达，东汉章帝时为尚书。断：绝，指反对。轻侮：张敏上《驳轻侮法议》《复上书议轻侮法》。郭躬：字仲孙，东汉章帝时为廷尉。议擅诛：事见《后汉书·郭躬传》。程晓：字季明，三国魏人，官至汝南太守。校事：魏置官名，是刺探臣民言行的帝主耳目。司马芝：字子华，三国魏人，官至大司农。议货钱：事见《晋书·食货志》。何曾：字颖考，魏末为司徒，晋初拜太尉。蠲（juān）：免除。出女：已出嫁之女。科：法律条文。秦秀：字玄良，晋武帝时为博士。贾充：字公闾，晋武帝的重臣。谥（shì）：帝王大臣死后，据他生前事迹给追加的称号。秦秀有《贾充谥议》。

[11] 驳：驳议。应劭（shào）：字仲远（或作仲瑗），汉末文人。傅咸：字长虞，西晋文学家。宗：尊。

[12] 铨：衡量。叙：次序。属辞：指写驳议文。属：连缀。枝：分散。

[13] 陆机：字士衡，西晋文学家。断议：指陆机的《晋书限断议》。颖：锥尖，引申指锐利。诔辞：这里指文辞的繁杂。骨：指端正有力的辞句。风格：指风化、准则。

夫动先拟议，明用稽疑，所以敬慎群务，弛张治术[1]。故其大体所资，必枢纽经典，采故实于前代，观通变于当今[2]；理不谬摇其枝，字不妄舒其藻[3]。又郊祀必洞于礼，戎事宜练于兵，佃谷先晓于农，断讼务精于律[4]。然后标以显义，约以正辞，文以辨洁为能，不以繁缛为巧[5]；事以明核为美，不以环隐为奇，此纲领之大要也[6]。若不达政体，而舞笔弄文，支离构辞，穿凿会巧，空骋其华[7]，固为事实所摈，设得其理，亦为游辞所埋矣[8]。昔秦女嫁晋，从文衣之媵，晋人贵媵而贱女；楚珠鬻郑，为薰桂之椟，郑人买椟而还珠[9]；若文浮于理，末胜其本[10]，则秦女楚珠，复存于兹矣。

【注释】

[1]拟：揣度。稽：查考。弛张：指放松和拉紧相配合。

[2]资：凭借，依据。枢纽：关键。以经典为关键，即以儒家经典为遵循、学习的典范。故实：传统旧事。通变：指发展变化。

[3]理不谬摇其枝：不在枝节问题上乱发议论。摇：振动，喻论说。枝：指琐屑小事。字不妄舒其藻：辞藻不要过分。

[4]郊祀：祭祀天地。洞：深刻了解。戎事：指战争。练：熟悉。兵：指军事。佃穀（gǔ）：种庄稼。断讼（sòng）：判案。讼：在法律上对是非的诉说或争辩。

[5]标：标明，突出。约：约束，指用辞而言。辨洁：明辨简洁。缛（rù）：繁采。

[6]环：曲折。

[7]支离：分散。穿凿：牵强附会。会：聚，这里是拼凑的意思。

[8]摈：排除，抛弃。游辞：虚浮不实的言辞。

[9]文衣：华丽的衣着。媵（yìng）：陪嫁的女人。贵媵贱女：事见《韩非子·外储说左上》。鬻（yù）：出卖。椟（dú）：匣子。买椟还珠：《韩非子·外储说左上》引田鸠语："郑人买其椟而还其珠。"

[10]末：指文辞。本：指内容。

又对策者，应诏而陈政也；射策者，探事而献说也[1]。言中理准，譬射侯中的[2]，二名虽殊，即议之别体也。古者造士，选事考言。汉文中年，始举贤良，晁错对策，蔚为举首[3]。及孝武益明，旁求俊乂。对策者以第一登庸，射策者以甲科入仕，斯固选贤要术也[4]。观晁氏之对，验古明今，辞裁以辨，事通而赡，超升高第，信有征矣[5]。仲舒之对，祖述《春秋》，本阴阳之化，究列代之变，烦而不恩者，事理明也[6]。公孙之对，简而未博，然总要以约文，事切而情举，所以太常居下，而天子擢上也[7]。杜钦之对，略而指事，辞以治宜，不为文作[8]。及后汉鲁丕，辞气质素，以儒雅中策，独入高第[9]。凡此五家，并前代之明范也[10]。魏晋以来，稍务文丽，以文纪实，所失已多，及其来选,又称疾不会,虽欲求文,弗可得也[11]。是以汉饮博士,而雉集乎堂;晋策秀才,而麏兴于前,无他怪也,选失之异耳[12]。

【注释】

[1]对策:汉代取士的考试制度之一,回答写在简策上关于政事、经义方面的问题。射策:汉代取士的考试制度之一。主试者将疑难问题写在简策上,由应试者自己取答。探:摸取。射策的试题内容不是显露的,所以应试者的自取是探取。

[2]射侯:用箭射靶。

[3]造士:学成的人。选:铨选。考言:口头上的考核。汉文:指西汉文帝刘恒。举贤良:推举有文才之士。晁错:西汉初年文人。对策:晁错有《贤良文学对策》。蔚:草木繁盛,引申指文采之盛。

[4]孝武:指汉武帝刘彻。益明:更加显著。旁求:广求。俊乂(yì):才德过千人为俊,百人为乂。登庸:升用。甲科:汉代射策,按试题大小难易分甲乙科。

[5]赡(shàn):富足。征:证验。

[6]仲舒:董仲舒,西汉著名儒学家。他有《举贤良对策》三篇。祖述《春秋》:宗奉发挥《春秋》之学。溷(hùn):混乱。

[7]公孙:指公孙弘,西汉武帝时为丞相。他有《举贤良对策》。情举:指情意表达明显。太常:官名,掌礼乐祭祀;汉代的太常兼管选试。擢(zhuó):拔,提升。

[8]杜钦:字子夏,西汉成帝时为大将军王凤的幕僚。他有《举贤良方正对策》和《白虎殿对策》。略而指事:杜钦的两篇对策,都虽简略而有专指。治:治世。宣:发。

[9]鲁丕:字叔陵,东汉名儒。有《举贤良方正对策》。儒雅:博学的儒生。

[10]明范:明确的典范。

[11]稍:渐。务:追求。纪:综理。会:对,答。

[12]博士:官名,汉置五经博士。雉(zhì):山鸡,俗称野鸡。麏(jūn):獐,似鹿而较小的动物。

夫驳议偏辨,各执异见;对策揄扬[1],大明治道。使事深于政术,理密于时务[2],酌三五以熔世,而非迂缓之高谈;驭权变以拯俗,而非刻薄之伪论[3];风恢恢而能远,流洋洋而不溢[4],王庭之美对也。难矣哉,士之为才也[5]!或练治而寡文,或工文而疏治[6]。对策所选,实属通才,志足文远,不其鲜欤[7]!

【注释】

　　[1]揄扬:宣扬。

　　[2]密:贴近,结合。

　　[3]三五:指三皇五帝。熔世:熔成风俗。迂缓:舒缓,指言论不切事理,远离实际。权变:随机应变。拯(zhěng):救。

　　[4]恢恢:广阔的样子。溢:充满而外流。

　　[5]士:士人。

　　[6]练:熟练。文:文采。

　　[7]志足文远:《左传·襄公二十五年》:"仲尼曰:志有之,言以足志,文以足言,言之无文,行而不远。"鲜:少。

　　赞曰:议惟畴政,名实相课[1]。断理必刚,摛辞无懦[2]。对策王庭,同时酌和[3]。治体高秉,雅谟远播[4]。

【注释】

　　[1]畴:这里是畴咨,访问的意思。课:查核。

　　[2]刚:和下句"懦"字相对,指说理刚强有力。摛(chī):舒展,发布。懦:弱。

　　[3]酌:斟酌,思考。和(hè):应答。

　　[4]治体:指议对用于"弛张治术""大明治道"的这种特点。秉:执。雅谟:雅正的谟议。

【导读】

　　议有议论的意思,它和一般议论文的不同,就在于是向帝王的陈说。对指对策和射策两种,这是就考试科目的不同而分的,总的都叫策。

　　本篇大致可分四段。第一段讲议体的名义、性质、历史和作家作品。指出议是应帝王的咨询,臣僚议论朝廷政务的文章。其起源颇早,至汉代始有驳议之名。之后列举汉、魏、晋各代的著名作品,并认为后汉应劭、西晋傅咸最长此体。第二段讲议的体制和写作要求。指出写作议体,必须熟悉议论的对象,要写得义显辞正,表达要辨洁、明核。如果不了解政务,徒然驰骋巧辩,那便是舍本逐末。第三段讲对策的性质和作者作品。指出对策是针对朝廷提出的政务问题而陈述自己看法的文章;还有一种叫射策,是就自己探取的试题陈述意见。对策、射策都是议论政务,它们可说是议的别体。之后说明对策、射策始于汉代,列举两汉晁错等五家作品作为典范,并认为魏晋的作品就大为逊色了。第四段讲对策、射策的体制和写作要求。指出它们不像驳议那样参加争辩,而是正面阐明为政之道。

　　刘勰在本篇强调用"议对"来"弛张治术""大明治道"等,自然是从维护封建统治政权出发的;对有关作品的评论,多以帝王的意见为依据,这都反映了刘勰的思想局限。其中强调写什么必须熟悉什么:"郊祀必洞于礼,戎事宜练于兵,佃穀先晓于农,断讼务精于律。"从写作理论上看,写战争必懂军事,写种田必懂农业,这种主张以及本篇对"空骋其华"的反对等,是有一定积极意义的。

书　记

　　大舜云:"书用识哉!"所以记时事也[1]。盖圣贤言辞,总为之书,书之为体,主言者也[2]。扬雄曰:"言,心声也;书,心画也。声画形,君子小人见矣。"[3]故书者,舒也。舒布其言,陈之简牍,取象于夬,贵在明决而已[4]。三代政暇,文翰颇疏。春秋聘繁,书介弥盛[5]。绕朝赠士会以策,子家与赵宣以书,巫臣之遗子反,子产之谏范宣[6]:详观四书,辞若对面。又子叔敬叔进吊书于滕君,固知行人挈辞,多被翰墨矣[7]。及七国献书,诡丽辐辏;汉来笔札,辞气纷纭[8]。观史迁之《报任安》,东方之《难公孙》,杨恽之《酬会宗》,子云之《答刘歆》,志气盘桓,各含殊采[9];并杼轴乎尺素,抑扬乎寸心[10]。逮后汉书记,则崔瑗尤善[11]。魏之元瑜,号称翩翩;文举属章,半简必录;休琏好事,留意词翰,抑其次也[12]。嵇康《绝交》,实志高而文伟矣;赵至《叙离》,乃少年之激切也[13]。至如陈遵占辞,百封各意;祢衡代书,亲疏得宜:斯又尺牍之偏才也[14]。

【注释】

　　[1]书用识哉:这是《尚书·益稷》中的一句。识(zhì):记载。原意是记载过失。

　　[2]主言:即记言。主:主管。

　　[3]扬雄:字子云,西汉文学家。语见《法言》。

　　[4]牍(dú):书写用的简板。象:卦象。夬(guài):《易经》中的卦名。

　　[5]三代:夏、商、周。暇:空闲。文翰:文书。聘:聘问。书介:持文书的使者。

　　[6]绕朝:春秋时秦国大夫。士会:晋国大夫。子家:春秋时郑国公子归生,郑国执政大夫。赵宣:指赵盾,晋国大夫,谥宣子。巫臣:姓屈,也称屈巫,春秋时楚国的王族。子反:楚公子侧。子产:春秋时郑国大夫公孙侨。范宣:士会之孙士匄(gài),食邑于范,谥宣子,故称范宣子。

　　[7]子叔敬叔:指春秋时鲁国大夫叔弓,谥敬子。滕君:指滕成公。行人:行聘问的外交使者。挈(qiè):持,携带。

[8]七国:指战国时期秦、楚、燕、齐、韩、赵、魏七国。诡(guǐ)丽:奇丽。辐辏(fú còu):聚集。辐:车轮的辐条。辏:聚。笔札:指书信。札:较小的木简。辞气:文辞气度。

[9]史迁:司马迁。《报任安》:指司马迁的《报任安书》。东方:东方朔。《难公孙》:指东方朔《与公孙弘书》。杨恽(yùn):字子幼,西汉宣帝时为中郎将。《酬会宗》:指杨恽的《报会宗书》。《答刘歆》:扬雄《答刘歆书》。盘桓:广大貌。

[10]杼轴:织布机上织经线和纬线的两个部件。这里是组织的意思。尺素:指书信。素:生绢。古代写信用绢一尺左右。抑扬:高低起伏。

[11]逮(dài):及,到。崔瑗(yuàn):字子玉,东汉文学家。

[12]元瑜:阮瑀的字。他是三国时魏国文学家,建安七子之一。翩翩:鸟疾飞的样子,形容轻快敏捷。文举:孔融的字。他是汉末文学家,建安七子之一。属章:写文章,这里指孔融的作品《论盛孝章书》。休琏:应璩(qú)的字。他是三国时魏国文学家。

[13]嵇康:字叔夜,三国魏末文学家。《绝交》:指嵇康的《与山巨源绝交书》。赵至:字景真,西晋人。《叙离》:指赵至的《与嵇茂齐书》。激切:急迫不能遏止的心情。

[14]陈遵:字孟公,西汉人。祢衡:字正平,汉末文学家。代书:指祢衡代黄祖作书。尺牍:即书信。偏才:与众不同的特殊才能。

详总书体,本在尽言,言以散郁陶,托风采,故宜条畅以任气,优柔以怿怀[1]。文明从容,亦心声之献酬也。若夫尊贵差序,则肃以节文[2]。战国以前,君臣同书,秦汉立仪[3],始有表奏。王公国内,亦称奏书,张敞奏书于胶后,其义美矣[4]。迄至后汉,稍有名品,公府奏记,而郡将奉笺[5]。记之言志,进己志也[6]。笺者,表也,表识其情也[7]。崔寔奏记于公府,则崇让之德音矣;黄香奏笺于江夏,亦肃恭之遗式矣[8]。公幹笺记,丽而规益,子桓弗论,故世所共遗,若略名取实,则有美于为诗矣[9]。刘廙谢恩,喻切而至;陆机自理,情周而巧;笺之善者也[10]。原笺记之为式,既上窥乎表,亦下睨乎书,使敬而不慑,简而无傲[11],清美以惠其才,彪蔚以文其响,盖笺记之分也[12]。

【注释】

[1]郁陶(yáo)：哀思积聚，这里泛指积聚的感情。风采：美好的言行。条畅：洞达。优柔：从容自得。怿(yì)：喜悦。

[2]从容：指"优柔"而言。献：进酒。酬：答酒。节文：调节礼仪。

[3]秦汉立仪：即《章表》中说的"秦初定制""汉定礼仪"。仪：法度。

[4]张敞：字子高，西汉宣帝时为胶东相。胶后：胶东王刘寄之母王太后。张敞有《奏书谏胶东王太后数出游猎》。

[5]名品：名位等级。公府：三公之府。奏记：呈报三公之文为奏记。郡将：即郡守。奉笺：指上郡守之文。

[6]进：进献。

[7]表识：明白揭示。

[8]崔寔(shí)：字子真，东汉政论家。公府：崔寔曾做大将军梁冀的司马，故曾"奏记于公府"。黄香：字文强，东汉文人。官至尚书令。江夏：郡名，在今湖北省黄冈西北。

[9]公幹：刘桢的字。他是汉末文家学，建安七子之一。子桓：曹丕的字。弗论：曹丕在《典论·论文》中没有论及刘桢的奏记。略名：指不计名称。名：文体之名。美于为诗：比他的诗更为优美。

[10]刘虞(yì)：字恭嗣，三国时魏国文人。谢恩：指刘虞的《上疏谢徙署丞相仓曹属》。陆机：字士衡，西晋文学家。周：周全。

[11]式：模式，规格。睨(nì)：斜视。慑(shè)：畏惧。

[12]惠：同慧，引申为施展其才智。彪蔚：文采明盛。文：文饰。响：声响，指作品对读者所起的作用。分(fèn)：素质，本分。

夫书记广大，衣被事体，笔札杂名，古今多品[1]。是以总领黎庶[2]，则有谱、籍、簿、录；医历星筮[3]，则有方、术、占、式；申宪述兵[4]，则有律、令、法、制；朝市征信[5]，则有符、契、券、疏；百官询事[6]，则有关、刺、解、牒；万民达志[7]，则有状、列、辞、谚。并述理于心，著言于翰，虽艺文之末品，而政事之先务也[8]。

【注释】

[1]衣被:覆盖。札:书信。品:种类。

[2]黎庶:百姓。

[3]历:指历法。星:以星象占验凶吉的方术。筮(shì):用蓍草占卜。

[4]申宪:明法。

[5]朝市:朝廷与市肆。征信:凭证。

[6]询事:询问事情。

[7]达志:表达意志。

[8]翰:笔,指笔札。先务:首要事务。

故谓谱者,普也。注序世统,事资周普,郑氏谱《诗》,盖取乎此[1]。

籍者,借也。岁借民力,条之于版,《春秋》司籍,即其事也[2]。

簿者,圃也,草木区别,文书类聚,张汤、李广,为吏所簿,别情伪也[3]。

录者,领也。古史《世本》,编以简策,领其名数,故曰录也[4]。

方者,隅也。医药攻病,各有所主,专精一隅,故药术称方[5]。

术者,路也。算历极数,见路乃明,《九章》积微,故称为术,淮南《万毕》,皆其类也[6]。

占者,觇也。星辰飞伏,伺候乃见,登观书云,故曰占也[7]。

式者,则也。阴阳盈虚,五行消息,变虽不常,而稽之有则也[8]。

【注释】

[1]谱:按事物的发展系统分类编制的表文。注序:指编写。世统:世代相承的发展系统。郑氏:指汉代郑玄。谱《诗》:郑玄为《诗经》作《诗谱》。

[2]籍:名册之类。条:条列记录。版:简板。《春秋》:指解释《春秋》的《左传》。司籍:主管簿籍。

[3]簿:记事的册子,文书。圃(pǔ):园子。这里取园圃为汇聚事物之所的意思。张汤:西汉酷吏。李广:汉武帝时为右北平太守,号飞将军。别:辨别。情伪:真伪。

[4]录,记载。领:统领。《世本》:史书名。名数:户籍。

[5]方:药方,医方。隅:角。

[6]术：指有关数学方面的著作。极：终极。数：技术。《九章》：指《九章算术》，我国古代重要的数学著作。微：精微。淮南：淮南王刘安。《万毕》：即《万毕术》，又称《万毕经》，传为刘安所著，是有关历算方面的著作。

[7]占：视，指观察征兆以知吉凶之辞。觇（chān）：看，窥视。飞伏：汉儒占验吉凶的概念，指往来、升降、盈虚之理。伺（sì）候：候望，观察。

[8]式：同栻，古代占时日用的器具，后世称星盘。这里指占时日的记载。盈虚：指大自然虚实消长的变化。五行：金、木、水、火、土五种物质。消息：指生灭，盛衰。稽：考察。

律者，中也。黄钟调起，五音以正，法律驭民，八刑克平，以律为名，取中正也[1]。

令者，命也。出命申禁，有若自天，管仲下令如流水，使民从也[2]。

法者，象也。兵谋无方，而奇正有象，故曰法也[3]。

制者，裁也。上行于下，如匠之制器也[4]。

符者，孚也。征召防伪，事资中孚。三代玉瑞，汉世金竹，末代从省，易以书翰矣[5]。

契者，结也。上古纯质，结绳执契；今羌胡征数，负贩记缗，其遗风欤[6]！

券者，束也。明白约束，以备情伪，字形半分，故周称判书。古有铁券，以坚信誓，王褒《髯奴》，则券之谐也[7]。

疏者，布也。布置物类，撮题近意，故小券短书，号为疏也[8]。

【注释】

[1]律：指刑律条文。黄钟：古代乐律十二调之一。五音：宫、商、角、徵、羽。驭：驾驭，统治。八刑：传为周代统治者对八种罪人的刑罚。平：公平。

[2]申：申明。管仲：名夷吾，春秋初齐国政治家。如流水：《管子•牧民•士经》："下令于流水之原者，令顺民心也。"

[3]法：指兵法方面的著作。象：《尚书•舜典》："象以典刑。"奇正：古代兵法术语。

[4]制：指军事上的法令。

[5]符：符合，这里指有关凭信的文件。孚：信用。征召：征聘召集。中孚：《周易》卦名。玉瑞：周代做信物的镇圭、桓圭等玉器。金竹：指铜制和竹制的

信物。

[6]契：契约。征，证验。负贩：负货贩卖。缗(mín)：穿钱的绳子，一千为一缗，这里指钱。

[7]券：契约的一种，分割字据为两半，各执一半为凭。铁券：即丹书铁券，也称丹书铁契，帝王用以赐给有特殊功勋的人，可据以世代享受种种特权。王褒：字子渊，西汉辞赋家。《髯(rán)奴》：指王褒的《僮约》。

[8]疏：分条陈述，这里指市场交易用的简要文券。撮题：摘记要点。撮：摘取。近意：浅近之意。

关者，闭也。出入由门，关闭当审；庶务在政，通塞应详。韩非云："孙亶回圣相也，而关于州部。"盖谓此也[1]。

刺者，达也。诗人讽刺，《周礼》三刺，事叙相达，若针之通结矣[2]。

解者，释也。解释结滞，征事以对也[3]。

牒者，叶也。短简编牒，如叶在枝，温舒截蒲，即其事也。议政未定，故短牒咨谋。牒之尤密，谓之为签。签者，纤密者也[4]。

状者，貌也。体貌本原，取其事实，先贤表谥，并有行状，状之大者也[5]。

列者，陈也。陈列事情，昭然可见也[6]。

辞者，舌端之文，通己于人。子产有辞，诸侯所赖，不可已也[7]。

谚者，直语也。丧言亦不及文，故吊亦称谚[8]。廛路浅言，有实无华。邹穆公云："囊漏储中。"皆其类也[9]。《太誓》云："古人有言，'牝鸡无晨'。"《大雅》云："人亦有言：'惟忧用老'。"并上古遗谚，《诗》《书》可引者也[10]。至于陈琳谏辞，称"掩目捕雀"，潘岳哀辞，称"掌珠伉俪"，并引俗说而为文辞者也[11]。夫文辞鄙俚，莫过于谚，而圣贤诗书，采以为谈，况逾于此，岂可忽哉[12]！

【注释】

[1]关：指官府之间互相质询的关文。审：慎重。庶务：各种政事。通塞：政事的顺利与险阻。详：视听，了解。孙亶(dǎn)回：人名，不详。关：经由。州部：指地方官吏。

[2]刺：古代有名刺、爵里刺，近于后世的名片。诗人：指《诗经》的作者。讽刺：《毛诗序》："下以风刺上。"《周礼》：战国时人编写的儒家经典之一。三

刺:《周礼·秋官·小司寇》:"以三刺断庶民狱讼之中:一曰讯群臣,二曰讯群吏,三曰讯万民。"叙:次第。通结:以针尖解结。

[3]结滞:指疑难。征:证验。对:核对。

[4]牒(dié):小简,用于小事的公文。温舒:路温舒,字长君,西汉人,官至临淮太守。截蒲:事见《汉书·路温舒传》。咨谋:商议。签:签注处理意见的一种公文。纤密:细密。

[5]状:陈述事实的文辞,如行状、诉状等。体貌:指尊重。谥(shì):古代给帝王或大臣死后追赠称号叫"谥"。行状:记述死者生平事迹的文字。

[6]列:列举事理以说明问题的文字。

[7]辞:泛指一般言辞。舌端:《韩诗外传》:"君子避三端:避文士之笔端,避武士之锋端,避辩士之舌端。"子产:公孙侨,春秋时郑国执政者。有辞:善于言辞。不可已:不可止,指不能没有言辞。

[8]谚:民间谚语。丧言:丧亲之言。

[9]廛(chán):古代城市平民住的地方。邹穆公:春秋时邹国的国君。囊漏储中:事见贾谊《新书·春秋》。

[10]《太誓》:引文二句,见《尚书·牧誓》中的一篇。牝(pìn)鸡:雌鸡。无晨:不晨鸣。惟忧用老:因忧而老。语见《诗经·小雅》,彦和误记。《诗》:指《诗经》。《书》:指《尚书》。

[11]陈琳:字孔璋,汉末文学家,建安七子之一。谏辞:指陈琳的《谏何进召外兵》。潘岳:字安仁,西晋文学家。哀辞:潘岳哀吊之作甚多,如《金鹿哀辞》《阳城刘氏妹哀辞》等。掌珠:掌上明珠,喻极其珍爱。

[12]鄙俚:鄙俗浅显。谈:谈话。逾:胜过。忽:忽略。

　　观此众条,并书记所总[1]:或事本相通,而文意各异;或全任质素,或杂用文绮[2];随事立体,贵乎精要;意少一字则义阙,句长一言则辞妨,并有司之实务,而浮藻之所忽也[3]。然才冠鸿笔,多疏尺牍,譬九方堙之识骏足[4],而不知毛色牝牡也。言既身文,信亦邦瑞,翰林之士,思理实焉[5]。

【注释】

[1]总:汇聚。

[2]绮(qǐ):有花纹的丝织品,这里指文采。

[3]阙（quē）：同"缺"，指意义不完善。长（zhàng）：多余。有司：各有专司的官吏。司：主管。浮藻：文采浮华。这里是指追求浮藻的人。

[4]九方堙（yīn）：春秋时善于相马的人，也叫九方皋。骏足：良马。

[5]身文：《左传》："言，身之文也。"邦瑞：国家的吉祥。翰林：文人荟萃之处，犹后世所谓"文坛"。理：治玉，这里有从事、实践的意思。

赞曰：文藻条流，托在笔札[1]。既驰金相，亦运木讷[2]。万古声荐，千里应拔[3]。庶务纷纶，因书乃察[4]。

【注释】

[1]条流：枝条，支流。托：寄托，引申为容纳。

[2]金相：喻文采之美。木讷（nè）：指质朴。

[3]声荐：声名显扬。荐：进，举。应拔：迅速响应。拔：疾。这两句以"声""应"对举，有声气相应之意。

[4]纷纶：众多纷杂。察：明显。

【导读】

本篇是文体论的最后一篇。除对书牍和笺记做了重点论述外，还对各种政务中运用的杂文，共六类二十四种，都做了简要说明。本篇大致可分两部分，分别论述书记和相关文体。第一部分讲书记（书札、书信）。先是讲书记的名义、性质。次述历史和作家作品，指出它于春秋时代开始流行，列举了两汉魏晋的名家名作。之后指出写作书札，宜做到"条畅以任气，优柔以怿怀，文明从容"。在论述一般朋友间往来的书札之后，又介绍了臣僚对上级官吏的书信，有奏记、笺记等名称，更列举了奏记、笺记的若干名家佳作。最后指明笺记的体制和写作要求。第二部分认为，书记范围广大，许多表示心意的应用文都可包纳。从用途说，可分总领黎庶、医历、星筮等六类；从文体说，可分谱、籍、薄、录、方、术、占、式等二十四种。分别简单介绍了各体的名义、性质，偶举一二例子说明。最后指出写作时应注意精要，它们是各级政府的公文和社会上流行的应用文。

书札、笺记，性质和表相近，叙事议论外兼重抒情，重视文采，故历代颇多佳作。本篇中对司马迁、东方朔，嵇康等人书札的文学性颇加赞美。本篇以书信为重点,其中评及的部分名篇,如司马迁的《报任安书》、嵇康的《与山巨源绝交书》等,在文学史上是有重要地位的。值得注意的是,刘勰所肯定的作品中,不仅《与山巨源绝交书》有"每非汤、武而薄周、孔"的离经叛道之论,刘勰仍评以"志高而文伟";杨恽的《报会宗书》,更是作者横遭腰斩之祸的主要罪证,刘勰也称赞它是"志气盘桓,各含殊采"的好作品之一。

神　思

古人云："形在江海之上，心存魏阙之下。"神思之谓也[1]。文之思也，其神远矣[2]。故寂然凝虑，思接千载；悄焉动容，视通万里[3]；吟咏之间，吐纳珠玉之声；眉睫之前，卷舒风云之色；其思理之致乎[4]。故思理为妙，神与物游[5]。神居胸臆，而志气统其关键；物沿耳目，而辞令管其枢机[6]。枢机方通，则物无隐貌；关键将塞，则神有遁心[7]。是以陶钧文思，贵在虚静，疏瀹五藏，澡雪精神[8]；积学以储宝，酌理以富才，研阅以穷照，驯致以怿辞[9]。然后使玄解之宰，寻声律而定墨；独照之匠，窥意象而运斤[10]；此盖驭文之首术，谋篇之大端。夫神思方运，万涂竞萌，规矩虚位，刻镂无形[11]。登山则情满于山，观海则意溢于海，我才之多少，将与风云而并驱矣。方其搦翰，气倍辞前，暨乎篇成，半折心始[12]。何则？意翻空而易奇，言征实而难巧也[13]。是以意授于思，言授于意；密则无际，疏则千里[14]；或理在方寸而求之域表，或义在咫尺而思隔山河[15]。是以秉心养术，无务苦虑；含章司契，不必劳情也[16]。

【注释】

[1]"形在"二句：语见《庄子·让王》。目前关于"神思"含义的理解有好几种不同的意见，如想象说、艺术构思说和形象思维说，从《神思》全篇的内容来看，"神思"的含义可理解为创作中的精神思维活动，即创作思维活动。宗炳《画山水序》："圣贤映于绝代，万趣融其神思。"

[2]神：指精神思维活动。

[3]"寂然凝虑"四句：集中精神，以静涵动，拓展时空活动范围。《易传·系辞上》："寂然不动，感而遂通天下之故。" 悄：静。容：表情。

[4]"吟咏"二句：作家吟咏构思之际，耳边回荡着清脆美妙之音。吐纳：发出。"眉睫"二句：作家思绪展开之时，眼前充斥着万象风云之色。思理：构思活动。致：导致。

[5]神与物游：指主体的情感、想象与客体外物结合在一起的精神活动特点。

[6]"神居胸臆"二句：志气是统领精神活动的力量。《孟子·公孙丑》："夫志，气之帅也；气，体之充也。" "物沿耳目"二句：语言是传达内在意象的关键。《易传·系辞上》："言行，君子之枢机，枢机之发，荣辱之主也。"枢机：关键，要害。

[7]枢机：指辞令。关键：指志气。

[8]陶钧：制作陶器的转轮，这里借指构思活动。虚静：指一种"用志不分，乃凝于神"（《庄子·达生》）的精神状态。"疏瀹"二句：疏通五脏，净化心灵。《庄子·知北游》："汝斋戒，疏瀹而心，澡雪而精神。"疏瀹（yuè）：疏通。藏，通"脏"。澡雪：洗涤。

[9]"积学以储宝"四句：要求作家平时注意知识的积累，认真研读他人的文章，学习他人的技巧，锻炼自己的才能，懂得根据表达对象的特点和情致来安排、组织文辞，有了这样的技巧能力，才能保证表达活动顺畅进行。

[10]"玄解"二句：深通奥理的心灵凭借创作规律来布局谋篇。玄解之宰：深通奥理的主宰，指作家的心灵。声律：这里引申为写作技巧和创作规律。"独照"二句：独具匠心的作家根据意象特点来摛文敷采。独照之匠：与"玄解之宰"互文。运斤：使用斧子，语本《庄子·徐无鬼》："匠石运斤成风。"与上句"定墨"相对。

[11]"神思方运"四句：是说构思活动中，形象、意蕴的生成是一个由虚空到丰满、由无序到有序、由模糊到清晰、由杂乱到稳定的过程。陆机《文赋》"课虚无以责有，叩寂寞而求音"与此义近。万涂：思绪繁杂。规矩：画圆形和方形的器具，这里指规划、经营。虚位：尚未明确和成熟的意念、思绪。刻镂：刻画。无形：尚未成形的意象。

[12]搦（nuò）翰：持笔。气倍辞前：下笔写作之前，信心十足。半折心始：作品完成后，仅有当初构思内容的一半。

[13]意翻空而易奇：构思想象之类的精神活动自由活跃，容易显出奇妙的境界。言征实而难巧：语言传达这样的写作活动具体实在，很难达到精巧的程度。

[14]"意授于思"四句：意蕴来自构思，语言源于意蕴传达的需要。思—意—言三者结合得好，就会"密则无际"；结合得不好，则会"疏则千里"。

[15]方寸：心。域表：疆界之外，指遥远的地方。咫（zhǐ）尺：很近的地方。咫，八寸。

[16]秉心养术:以虚静之心涵养文术。秉,操持。含章司契:通过掌握规则表现事物的美。含章:表现美。章,文采。司契:掌握规则。司,掌握。契,指规则。

人之禀才,迟速异分,文之制体,大小殊功[1]:相如含笔而腐毫[2],扬雄辍翰而惊梦[3],桓谭疾感于苦思[4],王充气竭于思虑[5],张衡研《京》以十年[6],左思练《都》以一纪[7],虽有巨文,亦思之缓也。淮南崇朝而赋《骚》[8],枚皋应诏而成赋[9],子建援牍如口诵[10],仲宣举笔似宿构[11],阮瑀据案而制书[12],祢衡当食而草奏[13],虽有短篇,亦思之速也。若夫骏发之士,心总要术,敏在虑前,应机立断;覃思之人,情饶歧路,鉴在疑后,研虑方定[14]。机敏故造次而成功,虑疑故愈久而致绩。难易虽殊,并资博练[15]。若学浅而空迟,才疏而徒速,以斯成器,未之前闻。是以临篇缀虑,必有二患:理郁者苦贫,辞溺者伤乱[16]。然则博见为馈贫之粮,贯一为拯乱之药,博而能一,亦有助乎心力矣[17]。

【注释】

[1]禀才:禀赋才能。分(fèn):本分。制体:文章的体裁。功:功效。

[2]相如:司马相如,字长卿,西汉著名辞赋家。腐:烂。毫:指毛笔头子。《汉书·枚皋传》:"司马相如善为文而迟,故所作少而善于皋。"

[3]扬雄:字子云,西汉著名辞赋家。辍(chuò)翰:放下手中的笔。桓谭《新论·祛蔽》记载:扬雄曾说成帝时,"诏令作赋,为之卒暴,思虑精苦,赋成,遂困倦小卧,梦其五脏出在地,以手收而内之。"(见《全后汉文》卷十四)

[4]桓谭:字君山,东汉著名学者。疾感于苦思:因用思太过而得病。《新论·祛蔽》:"余少时见扬子云之丽文高论,不自量年少新进,而猥欲逮及。尝激一事而作小赋。用精思太剧,而立感动发病,弥日瘳。"

[5]王充:字仲任,东汉著名思想家。气竭:志力衰耗。《后汉书·王充传》:"(王充)乃闭门潜思,绝庆吊之礼,户牖墙壁,各置刀笔,著《论衡》八十五篇,二十余万言。年渐七十,志力衰耗,乃造《养性书》十六篇,裁节嗜欲,颐神自守。"

[6]张衡:字平子,东汉著名文学家、科学家。研京:精心写作《二京赋》。《后汉书·张衡传》:"时天下承平日久,自王侯以下,莫不逾侈。衡乃拟班固《两都》,作《二京赋》,因以讽谏,精思傅会,十年乃成。"

[7]左思:字太冲,西晋文学家。练都:推敲、构思《三都赋》。一纪:十二年。《文选·三都赋序》李善注引臧荣绪《晋书》曰:"左思……少博览文史,欲作《三都赋》,乃诣著作郎张载访岷邛之事。遂构思十稔,门庭藩溷,皆著纸笔,遇得一句,即疏之。……赋成,张华见而咨嗟,都邑豪贵,竞相传写。"

[8]淮南:指淮南王刘安,西汉思想家、文学家。崇朝:一个早晨。崇,终。赋骚:指刘安所作《离骚赋》,现已失传。荀悦《汉纪·孝武皇帝纪》:"初,安(刘安)朝,上使作《离骚赋》,旦受诏,食时毕。"高诱《淮南子·叙目》:"孝文皇帝甚重之(指刘安),诏使为《离骚赋》,自旦受诏,日早食已(完成)。上爱而秘之。"

[9]枚皋(gāo):西汉辞赋家。《汉书·枚皋传》:"上有所感,辄使赋之。为文疾,受诏辄成,故所赋者多。"

[10]子建:曹植的字,魏国文学家,曾封临淄侯。牍(dú):写字用的木片,这里指纸。杨修《答临淄侯笺》:"又尝亲自执事,握牍持笔,有所造作,若成诵在心,借书于手,曾不斯须少留思虑。"

[11]仲宣:王粲的字,魏国文学家,被刘勰誉为"七子之冠冕"(《文心雕龙·才略》)。宿构:预先写好。《三国志·魏书·王粲传》说王粲:"善属文,举笔便成,无所改定,时人常以为宿构。"

[12]阮瑀(yǔ):字元瑜,"建安七子"之一。案,当作"鞍"。《三国志·魏书·王粲传》注引《典略》曰:"太祖(曹操)尝使瑀作书与韩遂。时太祖适近出,瑀随从,因于马上具草,书成呈之。太祖揽笔欲有所定,而竟不能增损。"

[13]祢(mí)衡:字正平,汉魏间作家。《后汉书·祢衡传》记载:祢衡参加黄射的宴会,席间有人献鹦鹉,黄射邀祢衡赋之"以娱嘉宾",祢衡"揽笔而作,文无加点,辞采甚丽"。又曰:"刘表尝与诸文人共草章奏,并极其才思",祢衡则将其章奏扔在地上,拿起笔立即草拟了一份"辞义可观"的章奏。"当食而草奏",合此二事以言之。

[14]骏发:文思敏捷,指构思时间短,即上文"思之速也"。骏,速。心总要术:心中掌握写作要领。总,掌握、统领。覃(tán)思:深思,指构思时间长,即上文"思之缓也"。情饶歧路:性情丰富,思绪纷繁。饶,多。歧,岔。

[15]造次:瞬间,指不经意而成。致绩:成功。博练:多方面训练,亦指上文"积学""酌理""研阅""驯致"四个方面。

[16]临篇缀虑:创作构思。缀,连结。理郁:思理不畅。郁,郁结。贫:内容贫乏。辞溺(nì):辞采泛滥。溺,过度。乱:形式杂乱。

[17]博而能一:"博"指博见、博练,它能解决理郁苦贫之患;"一"指贯一、有序,它是解决辞溺文乱的良药。心力:指"神思"活动能力。

若情数诡杂,体变迁贸[1],拙辞或孕于巧义,庸事或萌于新意[2];视布于麻,虽云未费,杼轴献功,焕然乃珍[3]。至于思表纤旨,文外曲致,言所不追,笔固知止[4]。至精而后阐其妙,至变而后通其数[5],伊挚不能言鼎,轮扁不能语斤[6],其微矣乎!

【注释】

[1]"情数"二句:情思活动微妙难测,文体风貌变化多端。诡杂:幽眇复杂。迁贸:变动不居。

[2]"拙辞"二句:拙劣的文辞有时蕴涵着精彩的思想,平庸的事例有时会萌发出新颖的意义。陆机《文赋》"或袭故而弥新,或沿浊而更清"与此义近。

[3]"视布于麻"四句:是说艺术修饰问题,修饰能使"拙辞"现出"巧义","庸事"发出"新意",使"布"比"麻"更光彩,就是使艺术作品高于现实生活,进入艺术美的殿堂。纪评一语道破:"补出刊改乃工一层……神思之理,乃括尽无余。"未费:织麻为布,其质未变。费,耗损,指质地、性质的变化。杼(zhù)轴:织机,这里指修饰、加工。

[4]"思表"四句:谓神思活动中难以言表的意蕴奥旨。表:外。纤:细。曲致:曲折微妙的情致。

[5]"至精"二句:通晓精微的道理才能阐释其奥妙,穷尽万般的变化方可掌握其技巧。数:方法、技巧。

[6]伊挚:伊尹,名挚,商汤的臣子。《吕氏春秋·本味》记载,伊尹对商汤说至味:"鼎中之变,精妙微纤,口弗能言,志不能喻。" 轮扁:古代斫轮的工匠,名扁。斤:斧子。《庄子·天道》记载,轮扁对齐桓公说斫轮运斧奥妙:"斫轮,徐则甘(缓慢)而不固,疾则苦(急速)而不入;不徐不疾,得之于手,而应于心,口不能言,有数存焉于其间。"

赞曰:神用象通,情变所孕[1]。物以貌求,心以理应[2]。刻镂声律,萌芽比兴[3]。结虑司契,垂帷制胜[4]。

【注释】

[1]"神用"二句:说明构思活动中想象、物象、情感三要素是融为一体的,情感鼓动想象,想象伴随物象,物象体现情感。神:以想象为核心的精神活动。用:因。象:物象。

[2]"物以"二句:说明构思活动中心物交融的特点,即"外师造化,中得心源"(张璪语)。《文心雕龙·物色》所说:"物色之动,心亦摇焉""写气图貌,既随物以宛转;属采附声,亦与心而徘徊"与此义近。

[3]"刻镂"二句:主要是说表达活动中要注意声律形式,运用比兴手法。刻镂:刻画,指推敲。萌芽:发明,产生。

[4]结虑:同上文"缀虑",指创作构思。司契:掌握规则。垂帷制胜:通过下帷勤学博练,掌握创作的规律和技巧,便可决胜文坛。意指文章写作和军事上的"运筹帷幄之中,决胜千里之外"(《汉书·高帝纪》)道理相通。

【导读】

刘勰将《神思》列于创作论之首,作为统摄整个创作论的总纲,《神思》简要地概括了创作过程的主要内容,创作论其他各篇则从内容上进一步补充、发挥《神思》提出的主要观点。例如:"情数诡杂,体变迁贸","预示下篇将论体性";"物以貌求,心以理应"是对《物色》的概括;"刻镂声律,萌芽比兴"是对《声律》《比兴》的概括;而"陶钧文思,贵在虚静"可"与《养气篇》参看"。这就启示我们要把《神思》放到整个创作论的大系统来考察。

《神思》也是继陆机之后,中国古代文论对以艺术想象为中心的构思过程最为集中、全面、深刻而精彩的描绘。刘勰把以想象为核心的构思视为"驭文之首术,谋篇之大端",所以对神思过程最为重视,体验也最入微。《神思》包含了作者对想象和构思的许多精辟见解。

首先,指出艺术想象具有"思接千载""视通万里"的特点,即不受作家的感官和具体外物的局限,超越时空,自由驰骋的特点。

其次,揭示艺术构思中"神与物游"的规律,即作家的主观情思始终不脱离具体物象。"神用象通,情变所孕",说明了"神居胸臆""物沿耳目"的两个方面,即内在情思与外在物象通过感官的中介相交汇,作家的主观精神与外在物象双向对流,形成"物以貌求,心以理应"的心物交融的活动过程。

再次,强调艺术创作的前提——"陶钧文思,贵在虚静,疏瀹五藏,藻雪精神",即只有在一种超功利的,不受干扰的平静心态下,才能进入自由想象的境界。

最后,分析并解决"意授于思,言授于意,密则无际,疏则千里"的创作问题。由于"人之禀才,迟速异分;文之制体,大小殊功",即人的才性和文的体制各有不同,所以创作活动是很复杂的:"机敏故造次而成功,虑疑故愈久而致绩。"但无论主客观条件如何,都要勤学博练,强调了知识积累和日常练习对创作成败的决定作用。

神思

体　性

　　夫情动而言形,理发而文见;盖沿隐以至显,因内而符外者也[1]。然才有庸俊,气有刚柔,学有浅深,习有雅郑[2];并情性所铄,陶染所凝,是以笔区云谲,文苑波诡者矣[3]。故辞理庸俊,莫能翻其才;风趣刚柔,宁或改其气[4];事义浅深,未闻乖其学;体式雅郑,鲜有反其习;各师成心,其异如面[5]。若总其归涂,则数穷八体:一曰典雅,二曰远奥,三曰精约,四曰显附,五曰繁缛,六曰壮丽,七曰新奇,八曰轻靡[6]。典雅者,熔式经诰,方轨儒门者也[7];远奥者,馥采典文,经理玄宗者也[8];精约者,核字省句,剖析毫厘者也[9];显附者,辞直义畅,切理厌心者也[10];繁缛者,博喻酿采,炜烨枝派者也[11];壮丽者,高论宏裁,卓烁异采者也[12];新奇者,摈古竞今,危侧趣诡者也[13];轻靡者,浮文弱植,缥缈附俗者也[14]。故雅与奇反,奥与显殊,繁与约舛,壮与轻乖,文辞根叶,苑囿其中矣[15]。

【注释】

　　[1]情动而言形:《毛诗序》:"情动于中而形于言。"形:表达。见(xiàn):同"现"。隐:指上文所说的"情"和"理"。显:指上文所说的"言"和"文"。

　　[2]庸:平凡。俊:杰出。气:指作者的气质。刚柔:强弱。雅:雅乐。郑:郑声。这里是借"雅郑"指正与邪。

　　[3]情性:指先天的质性,包括才和气在内。铄(shuò):原指金属的熔化,这里引申为熔铸的意思。陶染:指后天的影响,如学和习。笔区:和下句的"文苑"意义相近。谲(jué):变化。诡(guǐ):反常。

　　[4]翻:转动,这里有改变的意思。风:指作品所起的教育作用。趣:指作品中所体现的味道。宁:难道。

　　[5]事义:事情和意义。乖:不合。体:风格。鲜:少。"各师"二句:《左传·襄公三十一年》:"人心之不同,如其面焉。"成心:本性,指作者的才、气、学、习。《庄子·齐物论》:"夫随其成心而师之,谁独且无师乎。"郭象注:"夫心之足以制一身之用者,谓之成心。"

　　[6]总:综合。涂:途径。穷:尽。典雅:指内容符合儒家学说,文辞比较庄

重。典:儒家经典。雅:正。远奥:指内容倾向道家,文辞比较玄妙。精约:指论断精当,文辞凝练。显附:指说理清楚,文辞畅达。繁缛(rù):指铺叙详尽,文辞华丽。缛:采饰繁杂。壮丽:指陈义俊伟,文辞豪迈。新奇:指内容新奇,文辞怪异。轻靡:指内容浅薄,文辞浮华。靡:轻丽。

[7]熔式:取法。诰:告诫之文,这里泛指儒家经典。方轨:并驾。

[8]复采:词采丰富。典文:文义深远。玄宗:指道家学说。玄:幽远。

[9]核:考查。剖析毫厘:仔细推敲以使文辞精当。

[10]切:切合。厌:满足。

[11]酿:杂。炜烨(wěi yè):明亮的样子。枝派:树多枝叶,水分流派,这里指铺叙的夸张。

[12]宏:高大。裁:判断,议论。烁(shuò):光彩。异:指不同一般。

[13]摈:排斥。危侧:险僻。

[14]弱植:柔弱而不能直立。缥缈(piāo miǎo):即飘渺,恍惚不定之意,这里指内容的不切实。

[15]殊:不同。舛(chuǎn):违背,不合。乖:违背。根叶:这里指作品的主要部分和次要部分各个方面。范囿(yòu):园林,这里作动词用。

若夫八体屡迁,功以学成;才力居中,肇自血气[1];气以实志,志以定言,吐纳英华,莫非情性[2]。是以贾生俊发,故文洁而体清;长卿傲诞,故理侈而辞溢[3];子云沉寂,故志隐而味深;子政简易,故趣昭而事博[4];孟坚雅懿,故裁密而思靡;平子淹通,故虑周而藻密[5];仲宣躁竞,故颖出而才果;公幹气褊,故言壮而情骇[6];嗣宗俶傥,故响逸而调远;叔夜俊侠,故兴高而采烈[7];安仁轻敏,故锋发而韵流;士衡矜重,故情繁而辞隐[8]。触类以推,表里必符。岂非自然之恒资,才气之大略哉[9]!

【注释】

[1]肇(zhào):开始。血气:指先天的气质。

[2]"气以实志"二句:这里借用《左传·昭公九年》中的话:"味以行气,气以实志;志以定言,言以出令。"杜注:"气和则志充;在心为志,发口为言。"吐纳:表达的意思。英华:精华。

[3]贾生:指西汉贾谊。俊发:英俊豪迈,才气卓越。长卿:西汉司马相如

的字。诞(dàn):放诞。侈:过分,夸大。溢:满。

　　[4]子云:西汉扬雄的字。沉寂:性格沉静。子政:西汉末年刘向的字。简易:平易近人。趣昭:志趣显明。事:指作品中引用的故事。

　　[5]孟坚:东汉初年班固的字。雅懿(yì):雅正温和。裁密而思靡:论断精审而文思细密。靡:细致。平子:东汉中年张衡的字。淹通:深通。虑周:思考全面。藻密:文采细密。

　　[6]仲宣:"建安七子"之一王粲的字。躁竞:急疾而好胜。颖(yǐng)出:露锋芒。果:决断。公幹:"建安七子"之一刘桢的字。气褊(biǎn):气度狭窄。言壮而情骇:文辞强硬而情难近人。骇:惊人。

　　[7]嗣宗:三国阮籍的字。俶傥(tì tǎng):无拘无束的样子。亦作"倜傥"。响逸而调远:文风飘逸而不同凡响。逸:高。叔夜:三国嵇康的字。侠:豪侠。兴:兴会,兴致。采烈:辞采犀利。

　　[8]安仁:西晋作家潘岳的字。轻敏:轻快敏捷。锋发:势锐。韵流:指音节流畅。士衡:西晋陆机的字。矜(jīn):庄重。

　　[9]表:外表,这里指作品。里:内涵,这里指作者的性格。恒资:指先天的资质。

　　夫才有天资,学慎始习,斫梓染丝,功在初化,器成彩定,难可翻移[1]。故童子雕琢,必先雅制,沿根讨叶,思转自圆[2]。八体虽殊,会通合数,得其环中,则辐辏相成[3]。故宜摹体以定习,因性以练才,文之司南,用此道也[4]。

【注释】

　　[1]天资:就是上文说的"自然之恒资"。斫(zhuó):砍。梓(zǐ):一种可供建筑及制造器具的树木。彩:指彩色丝绸。

　　[2]雅制:指儒家经书。讨:寻究。圆:圆满,圆转。

　　[3]数:法则。环中:轴心。辐(fú):车轮的辐条。辏(còu):指辐条的聚集。

　　[4]摹:学习。司南:指南。道:指道路。

　　赞曰:才性异区,文体繁诡[1]。辞为肌肤,志实骨髓[2]。雅丽黼黻,淫巧朱紫[3]。习亦凝真,功沿渐靡[4]。

【注释】

　　[1]繁诡:复杂多变。

　　[2]肌肤:这里指次要的事物。骨髓:这里指主要的事物。

　　[3]黼黻(fǔ fú):古代礼服上绣的花纹。淫:过分。朱紫:指杂色乱正色。

　　[4]真:指作者的才和气。渐(jiān)靡:即渐摩,有浸润之意。靡,通摩。

【导读】

　　本篇从作品风格(体)和作者性格(性)的关系来论述文学作品的风格特色,大致可分为三个部分。

　　刘勰首先指出,文章是作者内在思想感情的表现,接着说明由于作者的才能、气质、学问、习尚不同,所作文章风格也就不同。作者的才、气属于先天的情性,而学、习则属于后天的陶染。作品在辞理、风趣等方面表现出来的不同情况,均分别和作者的才、气、学、习有关。之后他把风格分为八种,对典雅一体最为推重,因为它取法儒经,堪为典范;对新奇、轻靡二体加以贬抑,因为它们是南朝宋齐以来不良文风的表现。这八种风格,可分为四组,每组两体风貌正相对立,形成了比较系统的作家风格论。

　　接着,刘勰列举了贾谊、司马相如等十二位著名作家,进一步阐明作者性格与作品的风格,完全是"表里必符"的。文章的风格和作者各自的情性、个性相关联,是他们才气的自然流露。魏晋南北朝时代,才性论流行。人们往往认为,由于各人禀受了宇宙间不同的清气或浊气,形成不同的气质才性。本篇所谓"才力居中,肇自血气","吐纳英华,莫非情性",也正是这种观点的表现。

　　最后,刘勰说明了作者除先天禀赋的才气外,后天的学习也应注意。作者应结合具体情况,选择某一风格来确定自己的学习方向;应根据自己天性所长加以锻炼,使才能得以充分发展。刘勰在才性、学习两方面,固然更强调先天的才性,但也重视后天的学习,其看法还是比较全面的。

　　"风格即人",风格是作者个性的艺术表现。本篇结合体、性两个方面来探讨,正确地总结了风格形成的主要原因,明确了风格和个性的关系,强调后天学习的重要,这对古代风格论的建立和发展,都是有益的。

风　骨

　　《诗》总六义,风冠其首,斯乃化感之本源,志气之符契也[1]。是以怊怅述情,必始乎风;沉吟铺辞,莫先于骨[2]。故辞之待骨,如体之树骸;情之含风,犹形之包气[3]。结言端直,则文骨成焉;意气骏爽,则文风清焉[4]。若丰藻克赡,风骨不飞,则振采失鲜,负声无力[5]。是以缀虑裁篇,务盈守气,刚健既实,辉光乃新[6]。其为文用,譬征鸟之使翼也[7]。故练于骨者,析辞必精[8];深乎风者,述情必显。捶字坚而难移,结响凝而不滞,此风骨之力也[9]。若瘠义肥辞,繁杂失统,则无骨之征也[10]。思不环周,索莫乏气,则无风之验也[11]。昔潘勖锡魏,思摹经典,群才韬笔,乃其骨髓峻也[12];相如赋仙,气号凌云,蔚为辞宗,乃其风力遒也[13]。能鉴斯要,可以定文;兹术或违,无务繁采[14]。

【注释】

　　[1]六义:《毛诗序》:"故诗有六义焉:一曰风,二曰赋,三曰比,四曰兴,五曰雅,六曰颂。"其中风、雅、颂是诗体,赋、比、兴是诗法。风:刘勰开宗明义,指明"风"是"六义"之一。《毛诗序》说:"风,风也,教也,风以动之,教以化之。"又说:"上以风化下,下以风刺上,主文而谲谏,言之者无罪,闻之者足以戒,故曰风。" 化感:教育,感化。志:情志,即作者内心的思想感情。气:指作者的气质、性格。符契:指作者志气和作品的"风"相一致。符:古代作为凭信的东西。契:约券。

　　[2]怊(chāo)怅:悲恨,这里指感情的激动。沉吟:低声吟哦思考。骨:指作品在文辞方面能达到完善境界而具有强烈的感动读者的力量。

　　[3]骸:腔骨,这里是泛指人的骨骼。文章要有骨才有力,就像人要有健全的骨架才能行动有力。形:指人的形体。气:指人的气质。文章要有好的内容,才能起好的教育作用,就像人要有好的气质,才能给人好的影响。

　　[4]端:端庄整饬。直:正直准确。要有端直的文辞,才能产生感染读者的力量。意气骏爽:指作品中表现出作者高昂爽朗的意志和气概。骏:高。爽,明。

[5]丰藻:辞藻。克:能。赡(shàn):富足。不飞:不高、无力的意思。鲜:明。声:指作品的声调、音节。

[6]缀虑:就是构思。缀:连结。务:必须。盈:充满。刚健:指文辞的骨力。实:充实,指作品的思想内容。

[7]其:指风与骨。用:作用。征鸟:指鹰隼一类的猛禽。征:远行。

[8]练:熟悉。析:分解,这里有抉择运用的意思。

[9]捶字:即练字。捶:锻炼。响:回声,这里指作品的思想内容在读者身上所起的作用。不滞(zhì),不停止,指作品的教育作用很丰富。力:功效。

[10]瘠(jí)义肥辞:内容少而文辞多。瘠:瘦弱,不丰。统:统绪,条理。

[11]环周:全面、周密的意思。环:围绕。索莫:枯寂。莫:同"寞"。气:这里指气势。

[12]潘勖(xù):字元茂,东汉末年作家。锡魏:指潘勖的《册魏公九锡文》。当时曹操功业日隆,希望汉献帝给他特殊的赏赐,潘勖迎合曹操的意图,代献帝起草了这个文件。潘勖这篇文章在思想内容方面没有什么可取之处,但在辞句上和经典比较接近,所以刘勰认为有一定的骨力。思:企图。摹:模仿、学习。群才:当时其他文人。韬(tāo):隐藏。骨髓:即文骨。峻:高。

[13]相如:即司马相如,西汉辞赋家。仙:指他的《大人赋》,里边主要描写神仙生活。气号凌云:被称为有"凌云之气"。《史记·司马相如传》载:司马相如向汉武帝奏《大人赋》,"天子大悦,飘飘有凌云之气,似游天地之间意"。这里借以指《大人赋》的感染力。凌云:指如驾云飞入天空,形容汉武帝被《大人赋》所写的神仙生活所陶醉。蔚(wèi):盛大,这里指文章写得好。宗:宗匠。《汉书·叙传》说司马相如的作品:"蔚为辞宗,赋颂之首。" 遒(qiú):强劲有力。因为汉武帝爱好神仙之道,所以这篇赋的内容对他有巨大的感染力量。

[14]鉴:察看。定文:写作完成,最后定稿。定:写定,改定。术:方法。

故魏文称:"文以气为主,气之清浊有体,不可力强而致。"[1]故其论孔融,则云:"体气高妙";论徐幹,则云:"时有齐气";论刘桢,则云:"有逸气"[2]。公幹亦云:"孔氏卓卓,信含异气,笔墨之性,殆不可胜。"并重气之旨也[3]。夫翚翟备色,而翾翥百步,肌丰而力沉也[4]。鹰隼乏采,而翰飞戾天,骨劲而气猛也[5]。文章才力,有似于此。若风骨乏采,则鸷集翰林;采乏风骨,则雉窜文囿[6];唯藻耀而高翔,固文章之鸣凤也[7]。

【注释】

[1]魏文：魏文帝曹丕。语见《典论·论文》。气：指作者的气质在作品中形成的特色。所以下面说气有"清"、有"浊"；有的作者有"齐气"，有的作者有"逸气"。清浊：指阳刚与阴柔两种类型。体：主体。强（qiǎng）：勉强。

[2]孔融：字文举，"建安七子"之一。体：这里指风格。徐幹：字伟长，"建安七子"之一。齐气：齐地之气，特点是比较舒缓，属于阴柔的一类。刘桢：字公幹，"建安七子"之一。逸：高超。曹丕《与吴质书》："公幹有逸气，但未道耳。"

[3]公幹亦云：刘桢评孔融的话，今已失传。孔氏：指孔融。卓卓：优越。信：的确。异：高出一般。性：性质、特征，这里指优点。殆（dài）：几乎。旨：意旨。

[4]翚（huī）：五采的野鸡。翟（dí）：长尾的山鸡。翾翥（xuān zhù）：小飞。

[5]隼（sǔn）：猛禽，与鹰同类而较小。翰飞戾天：《诗经·小雅·小宛》："宛彼鸣鸠，翰飞戾天。"翰：高。戾（lì）：到。劲：有力。气：这里指气概。

[6]采：指文句上华丽的修饰。鸷（zhì）：猛禽。翰林：即文坛。文圃（yòu）：文坛。

[7]高翔：和上文鸷雉比喻联系起来看，是指风骨俱高。鸣凤：凤凰。

若夫熔铸经典之范，翔集子史之术，洞晓情变，曲昭文体[1]，然后能孚甲新意，雕画奇辞[2]。昭体，故意新而不乱；晓变，故辞奇而不黩[3]。若骨采未圆，风辞未练，而跨略旧规，驰骛新作，虽获巧意，危败亦多[4]。岂空结奇字，纰缪而成经矣[5]！《周书》云："辞尚体要，弗惟好异。"[6]盖防文滥也。然文术多门，各适所好，明者弗授，学者弗师[7]。于是习华随侈，流遁忘反[8]。若能确乎正式，使文明以健，则风清骨峻，篇体光华[9]。能研诸虑，何远之有哉[10]！

【注释】

[1]熔铸：取法，学习。《汉书·董仲舒传》："犹金之在熔，唯治者之所铸。"术：道路，这里指子、史的写作道路，指观察、参考其写作方法。洞晓：通达。情变：指文学创作的变化情况。曲：详尽。昭：明白。体：体势。

　　[2]莩甲:萌芽新生的意思。莩(fú):芦苇杆里的白膜。甲:草木初生时所带的种子皮壳。雕画:指文辞的修饰。

　　[3]黩(dú):污点。

　　[4]圆:圆满。练:熟练,引申为运用恰当。跨:超越。略:省去。驰骛(wù):追逐。

　　[5]纰缪(pī miù):错误。缪:同"谬"。经:常。

　　[6]《周书》:指《尚书·毕命》。体:体现。惟:独。好(hào):爱好。

　　[7]门:类。"明者弗授"二句:范文澜认为即《神思》篇所云"伊挚不能言鼎,轮扁不能语斤"之意。明者:指深明创作方法的人。

　　[8]流遁忘反:张衡《东京赋》:"流遁忘反,放心不觉。"指恣意所为,任情发展。

　　[9]正式:正当的方式。文明以健:这是借用《周易·同人·象辞》的话,原文是:"文明以健,中正而应,君子正也。"

　　[10]何远之有:指接近成功。《论语·子罕》:"子曰:'未之思也,夫何远之有?'"

　　赞曰:情与气偕,辞共体并[1]。文明以健,珪璋乃骋[2]。蔚彼风力,严此骨鲠[3]。才锋峻立,符采克炳[4]。

【注释】

　　[1]偕:共同,这里有配合的意思。体:风格。

　　[2]珪璋(guī zhāng):古代朝聘时所用的珍贵玉器。骋:元至正本作"聘",指征聘、聘请。

　　[3]蔚(wèi):盛大。风力:指风教的力量。骨鲠(gěng):指文句的骨力。鲠:直。

　　[4]才锋:指才力。锋:锋芒。符采:玉的横纹。刘勰常用以形容事物的密切结合,这里借指"风力"和"骨鲠"的统一。炳:光明,显著。

【导读】

　　风骨和风格有一定联系,却又有显著的区别。正如本篇"赞"中所说:"情与气偕,辞共体并。"作为情与辞的最高要求的风骨,和作者的情志、个性是有必然联系的，但风骨并不等于风格。因为风格指不同作家的个性在作品中形成的不同特色，风骨则是对一切作家作品的总的要求。

刘勰首先论述了风骨的涵义和作用，指出风的特点是清、显，即文风鲜明爽朗。它是作者意气骏爽的表现。骨的特点是运用端直、精要的语言，指作品文辞刚健精练，它是作品语言的骨干。风骨优良的作品，文风鲜明生动，具有强大的艺术感染力。他强调不要追求繁富的辞采，因为这会伤害风骨。文辞繁富艳丽，不但缺乏刚健精要的文骨，也影响到文风的鲜明爽朗。接着，刘勰说明了风骨和气的密切关系，举曹丕、刘桢的议论，认为作家禀具了不同的气质，就表现为文章的不同气貌或风貌。他认为，作文应风骨与文采兼备，才是理想的完美作品。最后谈锻炼风骨的途径方法，指出应首先取法经书，旁及子书、史书，从旧规中获得风骨，然后再运用新意奇辞，这样才能使文章"风清骨峻、篇体光华"。

本篇强调文章要有明朗刚健的优良文风，是针对南朝文风的弊端而发。刘勰认为，南朝许多诗赋和各类骈文，主要沿着楚辞、汉赋的路子，片面追求华辞丽藻，因而有必要大力提倡风骨，主张应注意向具有风骨的经、子、史书取法学习，树立文章的骨干，以挽救时弊。

刘勰的风骨论，是针对晋宋以来文学创作中过分追求文采而忽于思想内容的倾向提出的，对后世文学创作和文学评论都有一定的影响。

通　变

夫设文之体有常，变文之数无方[1]。何以明其然耶？凡诗、赋、书、记，名理相因[2]，此有常之体也；文辞气力，通变则久[3]，此无方之数也。名理有常，体必资于故实；通变无方，数必酌于新声[4]；故能骋无穷之路，饮不竭之源[5]。然绠短者衔渴，足疲者辍涂，非文理之数尽，乃通变之术疏耳[6]。故论文之方，譬诸草木，根干丽土而同性，臭味晞阳而异品矣[7]。

【注释】

[1]体：体裁。常：恒常。数：方法。无方：即无常。

[2]然：如此。书、记：两种文体名。书：书札、信函。记：指下对上的奏记、笺记。参看《书记》篇。名：指文体的名称。理：指各种文体的基本写作原理。

[3]气：指作品的气势。力：指作品的感人力量。通变：《周易·系辞下》："变则通，通则久。"通：指创作的继承方面。变：指创作的革新方面。

[4]资：凭借、借鉴。故实：指过去的作品。酌：斟酌。新声：新的音乐，这里借指新的作品。

[5]骋：驰骋。

[6]绠(gěng)：汲水用的绳子。衔渴：即口渴。衔：含在口中。辍(chuò)：停止。涂：路途。文理：写作的道理。疏：粗疏，不精通。

[7]丽：附着。臭味：指气类相同。《左传·襄公八年》载季武子的话："今譬于草木，寡君在君，君之臭味也。"晞(xī)：晒。

是以九代咏歌，志合文则[1]。黄歌《断竹》，质之至也[2]；唐歌《在昔》，则广于黄世；虞歌《卿云》，则文于唐时[3]；夏歌《雕墙》，缛于虞代；商、周篇什，丽于夏年[4]。至于序志述时，其揆一也[5]。暨楚之骚文，矩式周人；汉之赋颂，影写楚世；魏之篇制，顾慕汉风；晋之辞章，瞻望魏采[6]。榷而论之，则黄、唐淳而质，虞、夏质而辨，商、周丽而雅，楚、汉侈而艳，魏、晋浅而绮，宋初讹而新[7]。从质及讹，弥近弥淡，何则？竞今疏古，风末气衰也[8]。今才颖之士，刻意学文，多略汉篇，师范宋集，虽古今备阅，然近附而远疏矣[9]。夫青生于蓝,绛生于茜,虽逾本色,不能复化[10]。桓君山云:"予见新进丽文,美而无采;及见刘、扬言辞,常辄有得。"此其验也[11]。故练青濯绛,必归蓝茜;矫讹翻浅,还宗经诰[12]。斯斟酌乎质文之间,而櫽括乎雅俗之际,可与言通变矣[13]。

【注释】

[1]九代:指下面所讲黄帝、唐、虞、夏、商、周(包括楚国)、汉、魏、晋(包括宋初)九个朝代。志:指诗言志。则:法则。

[2]黄:即黄帝。这里指黄帝时期。《断竹》:指《弹歌》,其首句为"断竹"二字。《弹歌》全首只四句八字:"断竹,续竹;飞土,逐肉。"质:朴质。

[3]唐:指唐尧时。在昔:指《在昔歌》,今不传。广:扩大、发展。虞:指虞舜时。《卿云》:指《卿云歌》,全首四句,第一句是"卿云烂兮"。

[4]《雕墙》:指《五子之歌》,其中有"峻宇雕墙"一句。缛(rù):文采繁盛。什:《诗经》的《雅》《颂》十篇编为一卷称为什,后泛指诗篇。

[5]序:叙述。揆(kuí):道理。

[6]暨(jì):及。骚文:以《离骚》为代表的《楚辞》。矩(jǔ)式:模仿、学习。影写:也是模仿的意思。篇制:即诗篇。顾慕:羡慕,追慕。瞻望:与上句"顾慕"意近。瞻:往上看。

[7]榷(què):商讨。淳(chún):朴实,淳厚。辨:明。侈:铺张。绮(qǐ):一种有花纹的丝织品,引申指诗文的靡丽。讹(é):错误,这里指违反正常的新奇。

[8]末:衰微。

[9]颖(yǐng):指才能出众。宋集:指南朝宋代作家的作品。备:完备,全面。附:接近。

[10]青生于蓝:《荀子·劝学》:"青,取之于蓝,而青于蓝。"蓝,可作染料的草。绛(jiàng):赤色。茜(qiàn):可染赤色的草。逾:超过。复:再。

[11]桓君山:即桓谭,字君山,东汉初年著名学者,著有《新论》,已佚。刘、扬:刘向、扬雄,皆为西汉末年作家。

[12]练:煮丝使白,这里指提炼。濯(zhuó):洗,也是提炼的意思。矫:纠正。诰:原指《尚书》中的《汤诰》等篇,这里泛指经书。

[13]櫽(yǐn)括:矫正曲木的器具,这里指纠正偏向。

夫夸张声貌，则汉初已极[1]，自兹厥后，循环相因，虽轩翥出辙，而终入笼内[2]。枚乘《七发》云："通望兮东海，虹洞兮苍天。"[3]相如《上林》云："视之无端，察之无涯，日出东沼，月生西陂。"[4]马融《广成》云："天地虹洞，固无端涯，大明出东，月生西陂。"[5]扬雄《羽猎》云："出入日月，天与地沓。"[6]张衡《西京》云："日月于是乎出入，象扶桑于蒙汜。"[7]此并广寓极状，而五家如一[8]。诸如此类，莫不相循，参伍因革，通变之数也[9]。

【注释】

[1] 夸张声貌：主要指辞赋对事物声音状貌的描写。汉初已极：《诠赋》篇说："汉初词人，顺流而作：陆贾扣其端，贾谊振其绪，枚、马同其风，王、扬骋其势；皋、朔以下，品物毕图。"

[2] 厥(jué)：其。因：承袭。轩翥(zhù)：高飞。辙：车轮的迹。

[3] 枚乘：西汉初年著名辞赋家。兮：《七发》原文作"乎"。虹洞：相连的样子。

[4] 相如：司马相如，西汉著名作家。《上林》：指《上林赋》。端：开始。涯：边际。沼(zhǎo)：水池。月生：一作"入乎"。《上林赋》原文是"入乎西陂"。陂(bēi)：山坡。

[5] 马融：字季长，东汉中年学者、文学家。《广成》：指《广成颂》，载《后汉书·马融传》。大明：指太阳。《礼记·礼器》："大明生于东，月生于西。"《广成颂》的原文是："大明生东，月朔西陂。"

[6]《羽猎》：指扬雄的《羽猎赋》，载《汉书·扬雄传》。沓(tà)：合。

[7] 张衡：字平子，东汉著名科学家、文学家。《西京》：指《西京赋》。扶桑：传为日所从出的神树。《山海经·海外东经》："汤谷上有扶桑，十日所浴，在黑齿北。居水中，有大木，九日居下枝，一日居上枝。" 蒙汜(sì)：日落的地方。

[8] 寓：托喻。状：描绘。

[9] 循：沿袭。参伍：错综，变化不定。数：方法。

是以规略文统，宜宏大体[1]：先博览以精阅，总纲纪而摄契[2]；然后拓衢路，置关键，长辔远驭，从容按节[3]，凭情以会通，负气以适变[4]，采如宛虹之奋鬐，光若长离之振翼，乃颖脱之文矣[5]。若乃龌龊于偏解，矜激乎一致[6]，此庭间之回骤，岂万里之逸步哉[7]！

【注释】

　　[1]规略:谋划。统:指总的、根本的事物。体:这里指主体。

　　[2]摄:持取。契:契约。

　　[3]衢路:大路。辔(pèi):缰绳。驭:驾马。按节:按既定的节奏。

　　[4]负:恃,依靠。

　　[5]宛:弯曲。礬(qí):虹背。张衡《西京赋》:"瞰宛虹之长礬。"长离:凤凰。张衡《思玄赋》:"前长离使拂羽兮。"颖脱:露头角的意思。《史记·平原君列传》记毛遂答平原君说:"使遂蚤(早)得处囊中,乃颖脱而出,非特其末见而已。" 颖:禾穗。

　　[6]龌龊(wò chuò):局促。矜(jīn):夸耀。一致:一得之见。

　　[7]回:曲折回旋。骤:驰马。逸:快。

　　赞曰:文律运周,日新其业[1]。变则堪久,通则不乏[2]。趋时必果,乘机无怯[3]。望今制奇,参古定法[4]。

【注释】

　　[1]运周:运转不停。其:将。

　　[2]乏:贫乏。

　　[3]果:决断。怯:懦弱。

　　[4]制奇:出奇制胜。

【导读】

　　本篇论述文学创作的继承和革新问题。通变一语源于《易·系辞下》:"穷则变,变则通,通则久。"这里指作文须掌握变化、通畅不停滞的道理,方能持久。

　　刘勰首先指出,文章有两个方面,一是有常之体,指诗、赋、书、记等各种体裁和它们特定的体制和规格要求。他认为,这些文章体裁及其写作规格要求是具有恒久性的,必须以古人之文为法。另一方面是文辞气力(气骨、风骨),指文辞运用的华美和质朴刚健情况,这是没有规定程式的,应当随时变化创新。

刘勰还评论了历代文风,指出后代文人虽注意取法前代,但文风总是逐步趋向华美。大体说来,商周以前之文偏于质朴,商周以后之文偏于艳丽新奇,而商周之文,则既美丽又雅正,最具有规范性。商周以后之文,因流于侈艳讹新,因而缺乏爽朗刚健的风骨。他批评当时文人作文,注意学习刘宋文章而忽略汉代篇章,这里汉代篇章,主要指刘向、扬雄等作家所作的风格比较质朴刚健的散文,而不是指那些艳丽的辞赋。在总结历代文风变化及其得失的基础上,刘勰提出必须矫正魏晋以迄刘宋浅绮讹新的文风,取法经典,使作品不偏于质或文,兼有雅正、新奇的风貌,这就是懂得通变了。

　　刘勰列举了汉代枚乘等五位名家的辞赋例句,在夸张声貌方面,用意相沿袭;但辞句有变化,可用以说明文辞气力方面的通变。

　　刘勰说写作,首先要抓大体纲领,即各体文章的体制和基本规格,然后再根据表现情志的需要来敷设文采。即先要抓有常之体,再注意无方之数。

通变

定　势

　　夫情致异区,文变殊术,莫不因情立体,即体成势也[1]。势者,乘利而为制也。如机发矢直,涧曲湍回,自然之趣也[2]。圆者规体,其势也自转;方者矩形,其势也自安[3]。文章体势,如斯而已。是以模经为式者,自入典雅之懿;效骚命篇者,必归艳逸之华[4];综意浅切者,类乏酝籍;断辞辨约者,率乖繁缛[5],譬激水不漪,槁木无阴,自然之势也[6]。

【注释】

　　[1]情致:指作者在作品中所表达的情绪、趣味等。殊术:不同的方式方法。体:指作品的体裁。势:趋势,指由文体特点构成的基本格调。

　　[2]乘利:顺其便利。制:裁定,使之成形。机:弩机,发矢的装置。涧:两山间的水。湍(tuān):急流。趣:趋向、趋势。

　　[3]规:画圆形的器具。矩(jǔ):画方形的器具。

　　[4]模经为式:效法经书,以之为榜样。式:法式,榜样。典雅:典正高雅。懿(yì):美。骚:指以《离骚》为代表的《楚辞》。命篇:写作成篇。艳逸:艳丽超绝。

　　[5]综意:用意。综:织布机上使经线分开以织上纬线的装置。类:大多。酝籍:含蓄。断辞:选定文辞。断:裁决。辨约:明辨简约。率:大抵。乖:不合。繁缛(rù):辞采繁多。

　　[6]激水:急流。漪(yī):波纹。槁:枯。阴:树荫。自然之势:和上面说的"自然之趣"相同。

　　是以绘事图色,文辞尽情,色糅而犬马殊形,情交而雅俗异势[1]。熔范所拟,各有司匠,虽无严郛,难得逾越[2]。然渊乎文者,并总群势[3];奇正虽反,必兼解以俱通;刚柔虽殊,必随时而适用[4]。若爱典而恶华,则兼通之理偏,似夏人争弓矢,执一不可以独射也[5]。若雅、郑而共篇,则总一之势离,是楚人鬻矛誉楯,两难得而俱售也[6]。是以括囊杂体,功在铨别,宫商朱紫,随势各配[7]。章、表、奏、议,则准的乎典雅[8];赋、颂、歌、诗,则羽仪乎清丽[9];

符、檄、书、移,则楷式于明断[10];史、论、序、注,则师范于核要[11];箴、铭、碑、诔,则体制于弘深[12];连珠、七辞,则从事于巧艳[13];此循体而成势,随变而立功者也[14]。虽复契会相参,节文互杂,譬五色之锦,各以本采为地矣[15]。

【注释】

[1]图:作动词用,画的意思。尽:指完全表达。糅(róu),错综复杂,这里指颜色的调配。交:合,会。

[2]熔范:铸器的模子,这里指学习的对象。司:掌管。匠:技工,引申指技巧。严郭(fú):高墙。逾:超过,跨越。

[3]渊:深,这里指精通。

[4]奇:新奇。正:雅正。"刚柔"二句:《周易·系辞下》:"刚柔者,立本者也;变通者,趋时者也。"刚柔:指作品刚强或柔婉的基本特点。

[5]典:即上文所说的"典雅之懿"。华:即上文所说的"艳逸之华"。夏人争矢:《胡非子》载:"一人曰:'吾弓良,无所用矢。'一人曰:'吾矢善,无所用弓。'羿闻之曰:'非弓,何以往矢?非矢,何以中的?'令合弓矢而教之射。"

[6]雅、郑:即上文"雅俗"的意思。郑:郑声,被认为是不正当的音乐。总一:整个作品的统一。矛:长柄有刃的兵器。盾:防御用的盾牌。《韩非子·难一》:"楚人有鬻楯与矛者,誉之曰:'吾楯之坚,莫能陷也。'又誉其矛曰:'吾矛之利,于物无不陷也。'或曰:'以子之矛,陷子之楯,何如?'其人弗能应也。"鬻(yù):卖。

[7]括囊:即囊括,包罗。铨(quán):衡量。宫商:指各种声音。朱紫:指各种颜色。

[8]章、表、奏、议:四种文体,都是臣下向君上表达意见的文件。准的:准则,这里作动词用。

[9]羽仪:取法。《易经·渐卦》:"上九,鸿渐于陆,其羽可用为仪。"

[10]符:符命,歌颂帝王的文章。檄(xí)、移:都是军事或政治上晓谕对方的文件。书:相互间表达情意的作品。楷式:模范,这里作动词用。明断:明快决断。

[11]注:对经典的注释。刘勰认为注释属于论文的一种。核:查考以求真实。

[12]箴(zhēn):对人进行劝诫的文体。铭:刻在器物上以记功或自警的文

体。碑:刻在石头上记事的文体。诔(lěi):哀悼死者的文体。体制:规格,作动词用。弘深:宽广深沉。

[13]连珠、七辞:都是赋的变体。前者合若干短篇骈文为一组,后者是写七件事合为一篇。

[14]循:沿袭,依照。功:成效。

[15]契:约券,引申为规则。会:时机,场合。杂:错杂,引申为配合。锦:杂色的丝织品。地:基础。

桓谭称:"文家各有所慕,或好浮华而不知实核,或美众多而不见要约。"[1]陈思亦云:"世之作者,或好烦文博采,深沉其旨者;或好离言辨句,分毫析厘者;所习不同,所务各异。"[2]言势殊也[3]。刘桢云:"文之体指,虚实强弱,使其辞已尽而势有余,天下一人耳,不可得也。"[4]公幹所谈,颇亦兼气[5]。然文之任势,势有刚柔,不必壮言慷慨,乃称势也[6]。又陆云自称:"往日论文,先辞而后情,尚势而不取悦泽,及张公论文,则欲宗其言。"[7]夫情固先辞,势实须泽,可谓先迷后能从善矣[8]。

【注释】

[1]桓谭:字君山,东汉初年著名学者。所引桓谭语,可能是其《新论》的佚文。

[2]陈思:三国著名作家曹植。所引原文今不存。

[3]言势殊也:此句是对曹植的话的分析。

[4]刘桢:字公幹,"建安七子"之一。所引原文已失传。

[5]气:作家的气质体现在作品中形成的气势。

[6]壮言:激昂的文辞。

[7]陆云:西晋文学家,陆机之弟。所引见《与兄平原书》。悦泽:文辞的润色。张公:西晋文学家张华。宗:归往。

[8]势实须泽:这是对"尚势而不取悦泽"之说的纠正。

自近代辞人,率好诡巧,原其为体,讹势所变,厌黩旧式,故穿凿取新[1],察其讹意,似难而实无他术也,反正而已。故文反正为乏,辞反正为奇[2]。效奇之法,必颠倒文句,上字而抑下,中辞而出外,回互不常,则新色耳[3]。

夫通衢夷坦[4]，而多行捷径者，趋近故也。正文明白，而常务反言者，适俗故也[5]。然密会者以意新得巧，苟异者以失体成怪[6]。旧练之才，则执正以驭奇；新学之锐，则逐奇而失正[7]；势流不反，则文体遂弊[8]。秉兹情术，可无思耶[9]！

【注释】

[1]近代：主要指晋宋以后。率：大多。诡(guǐ)巧：奇巧。原：追溯。体：本体。讹(é)势：追求怪异趋势。厌黩(dú)：厌烦。穿凿：牵强附会。

[2]反正为乏：篆文的"正"字反过来就成"乏"字。奇：怪诞反常。

[3]抑：压。回互：曲折，引申为错乱。

[4]衢：大路。夷：平。

[5]适俗：迎合世俗。

[6]密会：与文章体势密切结合。苟异：随便地标新立异。

[7]旧练之才：前代成功作者。驭：驾驭。新学之锐：近世文坛新人。

[8]势流不反：按照这样的趋势任其发展下去。

[9]秉：操持。情：情况，指上述有关奇正的利弊得失。

赞曰：形生势成，始末相承[1]。湍洄似规，矢激如绳[2]。因利骋节，情采自凝[3]。枉辔学步，力止寿陵[4]。

【注释】

[1]承：承接。

[2]绳：工匠用以矫正曲直的墨线。

[3]因利骋节：适应文体要求和特点而进行写作。骋节：放任与节制。

[4]枉辔(pèi)：指走弯路。枉：歪曲。辔：马缰绳。学步：邯郸学步。寿陵：古代燕国之地。

【导读】

本篇论述由不同文体所决定的体势问题。对"势"字的理解，尚存一定分歧。有人认为"势"源于《孙子兵法》中讲的"势"，并据以提出，定势的"势"，原意是灵活机动而自然的趋势。本篇所讲的"势"，是由"体"来决定的，这是理解

"势"字具体命意的关键。刘勰自己既说"即体成势""循体而成势",又称这种"势"为"体势",可见他所说的"势",是由不同文体的特点所决定的。

本篇大致可分为四个部分。第一部分论体势的形成原理。以箭矢直行,涧水曲流,圆者易动,方者易安为喻,来说明体势形成的道理,关键就在事物本身,它的特点决定着与之相应的"势"。第二部分论文体和体势的关系。不同的文体要求不同的体势;作者应"总群势",也可适当配合,但必须在一篇作品中有一个统一的基调,而不能违背"总一之势"。第三部分引证前人有关议论,进一步说明文章体势的多样化。第四部分抨击当时文坛上的错误倾向,提出"执正以驭奇"的要求。

文章的体势,和风格、文气都有一定的关系,而又有所区别。刘勰认为风格是由作者的才、气、学、习等因素构成的,和作者的个性有着密切的联系。文气主要是作者的气质在作品中的体现,所以同一"气"字,常兼指人与文两个方面。体势则主要决定于文体,因而偏重于表现形式。

情　采

　　圣贤书辞,总称文章,非采而何[1]!夫水性虚而沦漪结,木体实而花萼振,文附质也[2]。虎豹无文,则鞟同犬羊;犀兕有皮,而色资丹漆;质待文也[3]。若乃综述性灵,敷写器象,镂心鸟迹之中,织辞鱼网之上,其为彪炳,缛采名矣[4]。故立文之道,其理有三:一曰形文,五色是也;二曰声文,五音是也;三曰情文,五性是也[5]。五色杂而成黼黻,五音比而成韶夏,五性发而为辞章,神理之数也[6]。《孝经》垂典,丧言不文;故知君子常言未尝质也[7]。老子疾伪,故称"美言不信",而五千精妙,则非弃美矣[8]。庄周云:"辩雕万物",谓藻饰也[9]。韩非云:"艳乎辩说",谓绮丽也[10]。绮丽以艳说,藻饰以辩雕,文辞之变,于斯极矣[11]。研味《孝》《老》,则知文质附乎性情;详览《庄》《韩》,则见华实过乎淫侈[12]。若择源于泾渭之流,按辔于邪正之路,亦可以驭文采矣[13]。夫铅黛所以饰容,而盼倩生于淑姿;文采所以饰言,而辩丽本于情性[14]。故情者,文之经;辞者,理之纬。经正而后纬成,理定而后辞畅,此立文之本源也[15]。

【注释】

　　[1]文章:《论语·公冶长》:"子贡曰:'夫子之文章,可得而闻也。'"何晏注:"章,明也;文,彩。形质著见,可以耳目循。"采:文采。

　　[2]性:性质,特征。沦漪(lún yī):水的波纹。萼(è):花朵下的绿片。文:采。质:情。

　　[3]文:这里指虎豹皮毛的花纹。鞟(kuò)同犬羊:《论语·颜渊》:"文犹质也,质犹文也;虎豹之鞟,犹犬羊之鞟。"鞟:去了毛的皮革。犀兕(xī sì):都是似牛的野兽(犀是雄的,兕是雌的),皮坚韧,可制铠甲。

　　[4]综述:即抒发。综:交织,这里是加以组织的意思。性灵:指人的思想感情。敷写:即描写。敷:铺陈。镂(lòu)心:精心推敲。镂:雕刻。鸟迹:指文字。相传黄帝时的仓颉受鸟兽足迹的启发而造文字。织辞:织织文辞。鱼网:指纸。《后汉书·蔡伦传》说蔡伦开始用树皮、鱼网等造纸。彪炳:光彩鲜明。缛(rù):繁盛。

[5]道:道路，途径。五色:青、黄、赤、白、黑，指作品的形象描写。五音:宫、商、角、徵(zhǐ)、羽，指作品的声韵。五性:指从心、肝、脾、肺、肾产生出来的五种性情，即喜、怒、欲、惧、忧。这里指作者的思想感情。

[6]黼黻(fǔ fú):古代礼服上的花纹。黼:半白半黑的斧形。黻:半黑半青的两个"己"字形。比:缀辑。韶:舜时的乐名。夏:禹时的乐名。神理之数:犹自然之道。

[7]孝经:孔门后学所著儒家"十三经"之一。垂:留传下来。典:法度。丧言不文:指哀悼父母的话不应有文采。《孝经·丧亲》:"孝子之丧亲也，哭不偯(yǐ)，礼无容，言不文。"常言:平常之言。

[8]老子:姓李，名耳，春秋时期的思想家。著有《老子》，亦称《道德经》。疾:憎恶。美言不信:出自《老子》最后一章，是针对某些虚华不实的文辞说的。五千:即《道德经》，因它共有五千多字。

[9]庄周:即庄子，战国时期的思想家。著有《庄子》。辩雕:以巧言雕琢修饰。《庄子·天道》:"辩虽雕万物，不自说(悦)也。"藻:辞藻。

[10]韩非:战国时期的思想家。著有《韩非子》。绮(qǐ):有花纹的丝织品。

[11]极:顶点。

[12]孝老:指《孝经》与《老子》。文质:本指形式和内容，这里是复词偏义，只指形式。华实:也是复词偏义，这里只指华。淫:过分。

[13]泾、渭:泾水和渭水，一清一浊，二水会合于陕西高陵县。这里用以喻"文质附乎性情"和"华实过乎淫侈"两种创作倾向。辔(pèi):马缰绳。

[14]铅:铅粉。黛:古代女子画眉用的青黑色颜料。盼:美目。倩(qiàn):动人的笑貌。《诗经·卫风·硕人》:"巧笑倩兮，美目盼兮。"淑:美好。情性:指作品中所表达作者的思想感情。

[15]情:这里泛指作品内容。理:和上句"情"字意义相近。本源:根本，这里指文学创作的根本原理。

昔诗人什篇，为情而造文;辞人赋颂，为文而造情[1]。何以明其然？盖《风》《雅》之兴，志思蓄愤，而吟咏情性，以讽其上，此为情而造文也[2];诸子之徒，心非郁陶，苟驰夸饰，鬻声钓世，此为文而造情也[3]。故为情者要约而写真，为文者淫丽而烦滥[4]。而后之作者，采滥忽真，远弃《风》《雅》，近师辞赋，故体情之制日疏，逐文之篇愈盛[5]。故有志深轩冕，而泛咏皋壤，心缠几务,而虚述人外。真宰弗存,翩其反矣[6]。夫桃李不言而成蹊,有实存也;男子树兰而不芳,无其情也[7]。夫以草木之微,依情待实[8];况乎文章,述志为本!言与志反,文岂足征[9]?

【注释】

[1]诗人:《诗经》的作者,同时也指能继承《诗经》优良传统的作家。什:诗篇。辞人:辞赋家,同时也指某些具有汉赋铺陈辞藻特点的作家。

[2]风、雅:指《诗经》中的《国风》《小雅》等代表作品。讽:婉言规劝。上:指统治者。

[3]诸子:这里指汉以后的辞赋家。郁陶(yáo):忧思郁积。苟:姑且,勉强。鬻(yù):卖。声:名声。钓:骗取。

[4]滥:不切实。

[5]体:体现。制:作品。逐文:单纯地追求文采。

[6]轩冕(miǎn):指高级官位。轩:有屏藩的车。冕:礼冠。皋(gāo)壤:水边地,指山野隐居的地方。心缠几务:嵇康《与山巨源绝交书》:"机务缠其心,世故繁其虑。"几务:即机务,指政事。人外:指尘世之外。真宰:真心,真情。翩:疾飞。《诗经·小雅·角弓》:"翩其反矣。"

[7]"桃李不言"句:这是古代民谣。《史记·李将军列传赞》中引到,"桃李不言,下自成蹊。"蹊:路。男子树兰:《淮南子·缪称训》:"男子树兰,美而不芳。"芳:花的香气。

[8]待:凭借。

[9]征:证验。

是以联辞结采,将欲明理,采滥辞诡,则心理愈翳[1]。固知翠纶桂饵,反所以失鱼。"言隐荣华",殆谓此也[2]。是以"衣锦褧衣",恶文太章;《贲》象穷白,贵乎反本[3]。夫能设模以位理,拟地以置心[4],心定而后结音,理正而后摛藻。使文不灭质,博不溺心[5],正采耀乎朱蓝,间色屏于红紫,乃可谓雕琢其章,彬彬君子矣[6]。

【注释】

[1]理:指作品的思想内容。诡:反常。心理:作者内心所蕴蓄的道理,表

达而为作品的思想内容。黟(yì):隐蔽。

[2]翠纶桂饵:《太平御览》卷八三四录《阙子》:"鲁人有好钓者,以桂为饵,黄金之钩,错以银碧,垂翡翠之纶,其持竿处位即是,然其得鱼不几矣。故曰:钓之务不在芳饰,事之急不在辨言。"翠纶:用翡翠鸟毛做的钓鱼线。桂:肉桂,喻珍贵食物。饵:引鱼的食物。言隐荣华:这是《庄子·齐物论》中的话。荣华:华美的词藻。殆(dài):几乎,大约。

[3]衣锦褧(jiǒng)衣:这句是《诗经·卫风·硕人》中的话。褧:一种套在外面的麻布单衣。章:鲜明。贲(bì)象穷白:文饰复归于质朴。贲:《易经》中的卦名。贲:文饰。穷白:最终是白色。

[4]模:规范。地:底子,这里指文章的基础。心:指作品的思想内容。

[5]摛(chī):舒展,发布。"文不灭质"二句:文:指作品的文采。质:指思想内容。博:指辞采的繁盛。溺(nì):淹没。《庄子·缮性》:"文灭质,博溺心。"

[6]正采:即正色。青、赤、黄、白、黑为正色。朱属赤色,蓝属青色,都是正色。间色:由正色相间杂而成的杂色。屏:弃。红紫:都属杂色。章:文采。彬彬(bīn):指文质兼顾,内容和形式结合得恰当。《论语·雍也》:"质胜文则野,文胜质则史;文质彬彬,然后君子。"

赞曰:言以文远,诚哉斯验[1]。心术既形,英华乃赡[2]。吴锦好渝,舜英徒艳[3]。繁采寡情,味之必厌[4]。

【注释】

[1]远:指流传久远。《左传·襄公二十五年》:"言之无文,行而不远。"

[2]心术既形:《礼记·乐记》:"应感起物而动,然后心术形焉。"心术:运用心思的方法,这里指写作的方法。形:显著,明确。赡(shàn):富足。

[3]渝:变。舜英:木槿花。木槿花朝开暮落,有花无实。

[4]寡:少。

【导读】

本篇论述作者情志和作品文采的关系。作者的情志表现为作品的思想内容,所以本篇实际上是论述作品内容与形式的关系。

本篇是针对当时"体情之制日疏,逐文之篇愈盛"的创作风气而发的。为了探索正确的创作道路，刘勰对内容和形式的关系，从理论上进行了初步的研究。他认识到文学艺术的内容和形式是相互依存的，因而应该文质并重。他也强调文必有采，但必须以"述志为本"，不能以文害质。

本篇大致可分三段。第一段说明自然界许多事物都有文采，文章也必然有文采。但文和采是由情和质决定的，因此，文采只能起修饰的作用，它依附于作者的情志而为情志服务。第二段指出在创作上有两种不同的倾向。一种是为情造文，以诗三百篇为例，作者心积忧愤，自然要把真情实感加以吟咏倾吐，其作品特点是要约而写真。另一种是为文造情，认为楚汉以来的不少辞赋作者，没有忧愤的情思，只是追求夸张的描写，其作品特点是淫丽而烦滥。接着慨叹后代作者弃风雅而师辞赋，结果表现真情的作品日益稀少，片面追求文采的作品盛行。刘勰在重点批判了后世重文轻质的倾向之后，进一步提出了"述志为本"的文学主张。第三段再郑重指出，辞采是为了表现道理、心情，即作者的思想感情；心定理正，再适当运用辞藻，方能写出好文章。正确的文学创作道路，是首先确立内容，然后造文施采，使内容与形式密切配合，而写成文质兼备的理想作品。

情采

167

熔 裁

情理设位，文采行乎其中。刚柔以立本，变通以趋时[1]。立本有体，意或偏长；趋时无方，辞或繁杂[2]。蹊要所司，职在熔裁，櫽括情理，矫揉文采也[3]。规范本体谓之熔，剪截浮辞谓之裁[4]。裁则芜秽不生，熔则纲领昭畅，譬绳墨之审分，斧斤之斫削矣[5]。骈拇枝指，由侈于性；附赘悬疣，实侈于形[6]。一意两出，义之骈枝也；同辞重句，文之疣赘也。

【注释】

[1]情理：指作品的内容。设位：安排确立位置。"刚柔"二句：《周易·系辞下》："刚柔者，立本者也；变通者，趋时者也。"刚柔：指作品刚健或柔婉的基调。趋时：即《定势》篇所说："刚柔虽殊，必随时而适用。"

[2]体：主体。偏长：偏颇、多余。无方：没有一定。

[3]蹊要所司：关键所在。蹊要：险要，喻要害。司：主管。职：主，执掌。熔：铸器的模型，这里指用一定的准则来规范作品的内容。櫽(yǐn)括：矫正曲木的器具，这里作动词用。矫揉：这里有纠正的意思。揉：使之弯曲。

[4]本体：指内容。浮辞：累赘之辞。

[5]芜秽：冗杂，杂乱。昭畅：明白畅达。绳墨：工匠正曲直的工具。审分：审核分辨。斤：斧子。斫(zhuó)：砍，削。

[6]骈拇(pián mǔ)枝指：这是借《庄子·骈拇》中的话："骈拇枝指，出乎性哉。" 骈拇：大拇指与第二指相连合为一指。枝指：大拇指傍枝生一指成六指。侈：过多，这里指多余的、不必要的。性：天性。附赘(zhuì)悬疣(yóu)：《庄子·骈拇》："附赘县(即悬)疣，出乎形哉。" 赘：多余的东西。疣：肉疙瘩。

凡思绪初发，辞采苦杂，心非权衡，势必轻重[1]。是以草创鸿笔，先标三准[2]。履端于始，则设情以位体；举正于中，则酌事以取类；归余于终，则撮辞以举要[3]。然后舒华布实，献替节文，绳墨以外，美材既斫[4]，故能首尾圆合，条贯统序[5]。若术不素定，而委心逐辞，异端丛至，骈赘必多[6]。

168

【注释】

[1]思绪:指作家的思路。权:秤锤。衡:秤杆。

[2]鸿笔:大作。标:显出、突出。准:准则。

[3]履端于始:此句和下面的"举正于中""归余于终",都是《左传·文公元年》中的话,原是就一年的历法说的,这里借用来分别指三项准则的步骤。设情以位体:根据思想感情表现之需要确定文体。类:相似。撮(cuō)辞以举要:用简要的语言概括出文章的要点。撮:聚集而取。

[4]华:指辞采。实:指内容。献替:斟酌推敲。节文:调节文饰。绳墨:木工取直的工具。"绳墨以外"都是应削除的部分。

[5]首尾:一篇文章从开头到结尾。条贯:指条理、层次。

[6]术:方法,这里指写作方法。素定:预先确定。委心:任意。异端:指和内容关系不密切的、无关的描写。丛至:纷至沓来。

故三准既定,次讨字句[1]。句有可削,足见其疏[2];字不得减,乃知其密。精论要语,极略之体;游心窜句,极繁之体。谓繁与略,随分所好[3]。引而申之,则两句敷为一章;约以贯之,则一章删成两句[4]。思赡者善敷,才核者善删[5]。善删者字去而意留,善敷者辞殊而意显[6]。字删而意阙,则短乏而非核;辞敷而言重,则芜秽而非赡[7]。

【注释】

[1]讨:寻究,这里有推敲、斟酌的意思。

[2]削:删削。

[3]极略之体:极为简练的文风。体:风格。游心窜句:借用《庄子·骈拇》中的"窜句游心于坚白同异之间"。游:指作者情思奔放。窜:指文辞的铺张。繁:繁多。分:本分。

[4]敷:铺陈。约:简练。

[5]赡:富足。核:查考,经得起查核。

[6]辞殊:指字句繁富而多样化。

[7]阙(quē):同"缺"。短乏:指才华的不足。芜秽:指文辞的杂乱。

昔谢艾、王济,西河文士[1],张骏以为:"艾繁而不可删,济略而不可益。"

若二子者,可谓练熔裁而晓繁略矣[2]。至如士衡才优,而缀辞尤繁;士龙思劣,而雅好清省[3]。及云之论机,亟恨其多,而称"清新相接,不以为病",盖崇友于耳[4]。夫美锦制衣,修短有度,虽玩其采,不倍领袖,巧犹难繁,况在乎拙[5]。而《文赋》以为"榛楛勿剪,庸音足曲",其识非不鉴,乃情苦芟繁也[6]。夫百节成体,共资荣卫;万趣会文,不离辞情[7]。若情周而不繁,辞运而不滥,非夫熔裁,何以行之乎[8]?

【注释】

[1]谢艾:东晋凉州牧张重华的僚属。王济:未详。西河:今山西中部地区。

[2]张骏:张重华的父亲,东晋初年做过凉州牧。张骏语原文不存。益:增加。练:熟悉。晓:明白,通晓。

[3]士衡:西晋文学家陆机的字。才优:《晋书•陆机传》:"机天才秀逸,辞藻宏丽。"缀辞:指写作。缀:连结。尤繁:特别繁芜。《世说新语•文学》:"孙兴公云:'潘(岳)文浅而净,陆(机)文深而芜。'" 士龙:西晋文学家陆云的字。陆云是陆机的弟弟。雅:常。清省:文笔简净。

[4]亟(qì):屡次。多:指文采过繁。 "清新相接"二句:陆云《与兄平原书》曾说:"兄文章之高远绝异,不可复称言,然犹皆欲微多,但清新相接,不以此为病耳。"友于:兄弟间的情谊。

[5]玩:这里有玩味、欣赏的意思。拙:不擅长。

[6]榛楛(zhēn hù):榛木与楛木,泛指丛生的杂木。《文赋》中曾说:"彼榛楛之勿剪。" 庸音足曲:这也是《文赋》中的话:"放庸音以足曲。" 庸音:平庸的音乐,指不精采的句子。足曲:凑足乐曲,指文章勉强成篇。鉴:照,看清。芟(shān):刈草,这里指删除不必要的文句。

[7]节:指骨节。体:指人的形体。资:凭借。荣卫:指人的气血。趣:旨趣。辞情:指构成作品的两个基本方面。

[8]周:全面。运:运行,这里指文辞的变化。滥:泛滥,指辞采过多。

赞曰:篇章户牖,左右相瞰[1]。辞如川流,溢则泛滥[2]。权衡损益,斟酌浓淡[3]。芟繁剪秽,弛于负担[4]。

【注释】

[1]牖(yǒu):窗户。户牖:喻作品的各个部分。瞰(kàn):视。相瞰:互通声气。

[2]溢:过多。

[3]浓淡:指文句的详略、辞采的多少。

[4]弛(chí)于负担:舍弃作品中不必要的部分。《左传•庄公二十二年》:"赦其不闲于教训,而免于罪戾,弛于负担。" 弛:舍弃,放下。

【导读】

　　熔裁和我们今天所说的"剪裁"有某些近似,但有很大的区别。刘勰自己解释说:"规范本体谓之熔,剪截浮辞谓之裁。"可见,"熔"是对作品内容的规范;"裁"是对繁文浮辞的剪截。熔裁的工作,从"思绪初发"开始,到作品写成后的润饰修改,是贯彻在整个创作过程之中的。其主要目的,是要写成"情周而不繁,辞运而不滥"的作品。

　　本篇大致可分五段。第一段说明熔裁之意义,指出熔是熔铸所要表现的情理,要做到纲领昭畅;裁是裁剪浮词,避免一义两出。第二段说明,作文大致分为两大步骤,先是要抓好三准:即根据所要表现的情理来安排通篇的体制规格,根据所要表现的事物来选择有关的材料,运用精要的语言来树立文辞的骨干。然后在此基础上斟酌运用文采,做到首尾圆合,条理分明。第三段说明,在运用文采、研讨字句时,由于作者性分不同,文辞有繁有略,指出应做到略而意不缺少,繁而辞不重复。第四段就繁略评论前代文士。第五段小结全篇,说明一定要善于熔裁,才能使文章情理说得周到而不繁琐,文辞流畅而不淫滥。

　　本篇提出的"三准",是刘勰创作论中的一个重要问题。怎样理解"三准",一直存在较大的分歧。所谓"履端于始""举正于中""归余于终",确有一个先后、主次的程序问题,但其主旨不是讲创作过程,而是熔意的三条准则:"设情以位体",是要以内容能确立主干为准;"酌事以取类",是要以取材和内容密切关联为准;"撮辞以举要",是要以用辞能突出要点为准。刘勰所说"心非权衡,势必轻重",正是要根据这三条准则来进行权衡。

声　律

　　夫音律所始,本于人声者也[1]。声含宫商,肇自血气,先王因之,以制乐歌[2]。故知器写人声,声非效器者也[3]。故言语者,文章关键,神明枢机,吐纳律吕,唇吻而已[4]。古之教歌,先揆以法,使疾呼中宫,徐呼中徵[5]。夫徵羽响高,宫商声下;抗喉矫舌之差,攒唇激齿之异,廉肉相准,皎然可分[6]。今操琴不调,必知改张,摛文乖张,而不识所调[7]。响在彼弦,乃得克谐,声萌我心[8],更失和律,其故何哉?良由外听易为察,而内听难为聪也[9]。故外听之易,弦以手定;内听之难,声与心纷;可以数求,难以辞逐[10]。

【注释】

　　[1]始:起源。

　　[2]宫商:五音(宫、商、角、徵、羽)中的两种,这里指五音。肇(zhào):开始。血气:先天的气性。

　　[3]效:仿效。

　　[4]神明:精神,这里指文字的思想内容。枢机:枢纽,和"关键"意近。吐纳:呼吸,指言语。律吕:乐律的总称。唇吻:指口吻协调。

　　[5]揆(kuí):测度,衡量。疾呼:发声快的强音。中(zhòng)宫:合于宫声。徐呼:发声缓的弱音。以上几句是借用《韩非子·外储说右上》中的话:"教歌者,先揆以法,疾呼中宫,徐呼中徵。"

　　[6]抗喉:高亢的喉音。矫舌:伸直的舌音。攒(cuán)唇:聚合的唇音。激齿:急切的齿音。廉肉:指音的强弱。皎然:明白,清楚。

　　[7]操琴:弹琴。改张:调音,改弦更张。摛(chī)文:指写作。乖张:不正常。

　　[8]萌:初生。

　　[9]外听:指乐器声。内听:指作者的心声。聪:指能听清楚,明白。

　　[10]纷:乱貌,这里指不一致。数:方法,这里指声律。难以辞逐:指难以用文辞说清楚。

凡声有飞沈，响有双叠，双声隔字而每舛，叠韵离句而必睽[1]；沈则响发而断，飞则声飏不还[2]，并辘轳交往，逆鳞相比，迕其际会，则往蹇来连[3]，其为疾病，亦文家之吃也[4]。夫吃文为患，生于好诡，逐新趣异，故喉唇纠纷；将欲解结，务在刚断[5]。左碍而寻右，末滞而讨前，则声转于吻，玲玲如振玉；辞靡于耳，累累如贯珠矣[6]。是以声画妍蚩，寄在吟咏，滋味流于下句，风力穷于和韵[7]。异音相从谓之和，同声相应谓之韵[8]。韵气一定，则余声易遣；和体抑扬，故遗响难契[9]。属笔易巧，选和至难，缀文难精[10]，而作韵甚易，虽纤意曲变，非可缕言，然振其大纲，不出兹论[11]。

【注释】

[1]飞沈：声音的抑扬，相当于平声和仄声。双叠：双声叠韵。两字声母相同为双声，韵母相同为叠韵。双声隔字：即一韵之内，有隔字双声，如"鱼游见风月，兽走畏伤蹄"两句中"鱼"和"月"，"兽"和"伤"是双声，其中隔以它字，就是犯了作诗八病（平头、上尾、蜂腰、鹤膝、大韵、小韵、旁纽、正纽）中的"旁纽"病。舛（chuǎn）：差错。叠韵离句：叠韵离句和八病中的"小韵"相似。如陆机诗"嘉树生朝阳，凝霜封其条"二句的"阳""霜"同韵，就是犯"小韵"病。睽（kuí）：违背，不合。

[2]沈：指纯用低沉的仄声字。飞：指纯用昂扬的平声字。飏（yáng）：飞扬。

[3]辘轳（lù lú）：井上汲水的起重具。交往：用辘轳转动，比喻飞沈平仄的字声相交错。逆鳞：相传龙的喉下有逆鳞，常用以比喻不可触犯的危险之处。这里是借指鳞甲的排列严密有序。迕：违反。际会：指平仄飞沈的适当配合。往蹇（jiǎn）来连（lián）：这是《周易·蹇卦》中的一句。蹇：不顺利。连：难。

[4]吃：口吃，说话结巴不清。

[5]诡（guǐ）：不正常。趣：同趋。纠纷：杂乱。刚断：坚决果断。

[6]滞：阻塞，和上句"碍"字意近。玲玲：玉相击的声音。靡：轻丽，这里指声音的动听。累累：联贯成串。

[7]声画：借指表达思想感情的作品。妍蚩（chī）：指作品的好坏。下句：对字句的推敲、处理。风力：这里指才力，工夫。和：和谐。韵：押韵。

[8]异音：指句内平仄的不同。同声：指句末的押韵相同。

[9]一定：一旦确定。余声：指其他韵脚。体：和上面所说"韵气"和"气"略

同,都指韵、和之事。遗响:和上面说的"余声"意同,指其他字声。契:合。

[10]属笔:一般散文写作。笔:指无韵的散文。选:选择,做到,与下文"作韵"的"作"字意近。缀(zhuì)文:指诗歌写作。缀:辑,辑字成文,即写作。文:指有韵的诗文。

[11]纤意:指音律上的细微之处。曲:隐微,不明。缕(lǚ)言:逐一详论。振:举。

若夫宫商大和,譬诸吹籥;翻回取均,颇似调瑟[1]。瑟资移柱,故有时而乖贰;籥含定管,故无往而不壹[2]。陈思、潘岳,吹籥之调也;陆机、左思,瑟柱之和也[3]。概举而推,可以类见[4]。

【注释】

[1]籥(yuè):一种似笛的管乐器。翻回:旋转。均:即韵。瑟(sè):似琴的弦乐器,一般是二十五弦,弦各一柱。

[2]乖贰:不协调。壹:一致,即协调。

[3]陈思:曹植。潘岳:字安仁,西晋文学家。吹籥之调:喻曹植、潘岳的作品属正声,能够无往不协。陆机:字士衡,西晋文学家。左思:字太冲,西晋文学家。瑟柱之和:喻陆机、左思的作品中杂有方言,音律有时乖违。陆机是吴人,左思是齐人。

[4]概:大约。类见:类推。

又诗人综韵,率多清切;《楚辞》辞楚,故讹韵实繁[1]。及张华论韵,谓士衡多楚,《文赋》亦称取足不易[2],可谓衔灵均之声馀,失黄钟之正响也[3]。凡切韵之动,势若转圜;讹音之作,甚于枘方,免乎枘方,则无大过矣[4]。练才洞鉴,剖字钻响,疏识阔略,随音所遇,若长风之过籁,南郭之吹竽耳[5]。古之佩玉,左宫右徵,以节其步,声不失序[6]。音以律文,其可忽哉[7]!

【注释】

[1]诗人:指《诗经》的作者。综:织机上使经线上下分开以织纬线的装置,这里借指组织、运用。率:都。清切:清楚准确。辞楚:指《楚辞》用楚音写成。讹(é):错误。

[2]张华:字茂先,西晋文学家。多楚:多有楚音。陆机之弟陆云在《与兄

平原书》中曾讲到张华此说。不易:《文赋》论篇中警策曾说"亮功多而累寡,故取足而不易",指警句在作品中的作用是功多累寡,不能改变,与声律无关。

[3]灵均:屈原的字。声馀:指《楚辞》的继续。黄钟:十二律之一,这里泛指乐律。正响:指以《诗经》为代表的雅正之音。

[4]切韵:切合的声韵。动:和下句"作"字意近,都有运用之意。转圜(huán):圆形物体的转动,喻声韵的圆转。枘(ruì)方:不协调,指讹音之难谐。

[5]练才洞鉴:指精通音律的作者。练:熟练。洞鉴:深明,彻底了解。疏识阔略:指音律疏浅的作者。籁(lài):孔穴。南郭之吹竽(yú):《韩非子·内储说上》:"齐宣王使人吹竽,必三百人。南郭处士请为王吹竽,宣王说(悦)之,廪食以数百人。宣王死,湣王立,好一一听之,处士逃。"

[6]佩:带。左宫右徵:指左右所佩带的玉器发出的声响合于宫、徵。节:节奏,作动词。

[7]音以律文:文章写作中的声律运用。

赞曰:标情务远,比音则近[1]。吹律胸臆,调钟唇吻[2]。声得盐梅,响滑榆槿[3]。割弃支离,宫商难隐[4]。

【注释】

[1]标:表明,显示。比:并列,这里指对音韵的安排。近:密切。

[2]吹律:吐出音律。胸臆:指内心。调钟:协调声律。钟:古代乐器之一,这里指钟律。

[3]盐梅:借味的调和指声的调和。《尚书·说命下》:"若作和羹,尔惟盐梅。"盐味咸,梅味酸,是调味的必需品。滑:使菜肴润滑的调料,这里取调和的意思。榆:木名,实可食。槿(jǐn):借指堇,堇菜。

[4]支离:不正,指前面说的方言。难隐:不能隐蔽则易显。

【导读】

从《声律》到《练字》的七篇,就是刘勰的所谓"阅声字"部分。这部分主要是论述修辞技巧上的一些问题,并从理论上对这些问题进行了探讨。本篇专论声律的运用,也讲到一些声律上的理论问题。

本篇大致可分三段。第一段说明文章的声律,本于人的语言声音有高下疾徐之不同,是自然产生的;但要认识其道理,使所作文章声韵和谐合律,却是不容易的。第二段提出运用声律的原则和方法。指出声调有飞声、沉声之区分。飞声、沉声,与沈约《宋书·谢灵运传论》中的浮声、切响相当,大约飞声、浮声指平声,沉声、切响指上、去、入三声,即后世所谓仄声。认为飞声、沉声要"辘轳交往",间隔运用,以取得声调的变化与和谐。又指出如果一句中运用不相连的双声字、叠韵字,就会造成声律的不和谐。异音相从,即指飞声、沉声要间隔运用,双声字、叠韵字不得隔字运用,这样才能取得声调和谐。可见刘勰论声律,虽未明确提出四声、八病等名称,但他对沈约所提倡的声律说实际是赞同的。当时许多文人对声病的规律还不认识,所以说"选和至难";至于一般诗文的押韵,为大家所熟悉,所以说"作韵甚易"。这一段讲永明声律说的要义,是全篇重点所在。第三段联系前代文人的作品和议论讨论声律。认为曹植、潘岳的作品,譬如宫商大和,声调随处和谐,陆机、左思的作品,则有时乖离。又认为《诗经》中的作品音韵清切,属于正声,楚辞和陆机作品夹杂楚地方言,音韵错乱。最后指出,要使文辞切合声韵,须有辨别声律的洞察能力,谨慎安排,而不能随便运用。

文心雕龙导读

章 句

　　夫设情有宅,置言有位;宅情曰章,位言曰句[1]。故章者,明也;句者,局也[2]。局言者,联字以分疆;明情者,总义以包体[3]。区畛相异,而衢路交通矣[4]。夫人之立言[5],因字而生句,积句而成章,积章而成篇。篇之彪炳,章无疵也;章之明靡,句无玷也;句之清英,字不妄也;振本而末从,知一而万毕矣[6]。夫裁文匠笔[7],篇有小大;离章合句,调有缓急;随变适会,莫见定准。句司数字,待相接以为用;章总一义,须意穷而成体[8]。其控引情理,送迎际会,譬舞容回环,而有缀兆之位;歌声靡曼,而有抗坠之节也[9]。

【注释】

　　[1]宅:住所,这里指一定的位置。章:音乐的一段,这里指诗文的章节。句:止,语言的一次停顿。

　　[2]局:限制。

　　[3]分疆,划分疆界,指把文字分别组成句子。包体:把各句的内容汇成一个整体。

　　[4]区畛(zhěn):区域,这里指章、句。畛:田间小路。衢:大路。交通:互相通达,指章与句在文章中的密切关系。

　　[5]夫:语助词。

　　[6]彪炳:光彩鲜明。明靡,明丽。靡:轻丽。玷:缺点。清英:和上句“明靡”二字意近。清:明洁。英:美。振:举。本末:树根和树梢,喻字句和篇章的关系。一:指组成一篇文章的基本道理。万:指所有章句的道理。毕:全部。

　　[7]裁,匠:都指写作。文,笔:分别指韵文和散文。

　　[8]司:主管,引申为包括的意思。意穷:把意思说完。体,物体,这里指“章”。

　　[9]控引:控制,掌握。送迎:取舍。际会:会合,指取舍得当。缀兆:舞蹈的位置。靡曼:歌声的细长柔弱。抗:高昂。坠:低沉。节:节奏。

　　寻诗人拟喻,虽断章取义,然章句在篇,如茧之抽绪,原始要终,体必鳞次[1]。启行之辞，逆萌中篇之意；绝笔之言，追媵前句之旨[2]；故能外文绮交，内义脉注，跗萼相衔，首尾一体[3]。若辞失其朋，则羁旅而无友，事乖其次，则飘寓而不安[4]。是以搜句忌于颠倒，裁章贵于顺序，斯固情趣之指归，文笔之同致也[5]。若夫笔句无常，而字有条数，四字密而不促，六字格而非缓[6]。或变之以三五，盖应机之权节也[7]。至于诗颂大体，以四言为正，唯"祈父""肇禋"，以二言为句[8]。寻二言肇于黄世，《竹弹》之谣是也；三言兴于虞时，《元首》之诗是也[9]；四言广于夏年，《洛汭》之歌是也；五言见于周代，《行露》之章是也[10]。六言七言，杂出《诗》《骚》，两体之篇，成于两汉[11]。情数运周，随时代用矣[12]。

【注释】

[1]诗人：《诗经》的作者。拟喻：打比方，此指诗歌创作。断章取义：根据内容分章叙写，指《诗经》分章，各写一相对独立的内容。绪：丝端，这里泛指丝。原始要（yāo）终：《周易•系辞下》："《易》之为书也，原始要终，以为质也。"原意是探讨事物的始末，这里指写作的从头到尾。鳞次：如鱼鳞的排列整齐紧密。

[2]启行：起程。逆萌：预度，事先考虑。绝笔：搁笔。追媵（yìng）：承接照应。

[3]外文：形式。绮交：文采辉映。脉注：脉络贯注，指文章有条理而联系紧密。跗：花之足部。萼（è）：托在花下的绿片。

[4]朋：同类，指文辞和作品的整体关系而言。羁旅而无友：语出《九辩》。羁旅：滞留外乡。乖：违背。次：次序。寓：寄居。

[5]指归：意旨所归向。同致：趋向相同。

[6]条数：条理，规律。格：《说文》："长木也。"这里指长句。

[7]权节：变通的法度。

[8]诗：这里指以《诗经》为标准格式的诗体。颂：指颂体，也包括"赞"一类的四言韵文。祈（qí）父：官名，管理王畿千里之内的兵马。肇禋（yīn）：开始祭祀。

[9]黄世：传说中的黄帝时期。《竹弹（tán）》：指传为黄帝时的《弹歌》，全诗以二字句组成："断竹，续竹；飞土，逐肉。"　虞：传说中的虞舜时期。《元首》之诗：即《原道》篇说的"元首载歌"。元首：指舜。

[10]夏年：指夏帝太康时期。《洛汭(ruì)》之歌：《尚书•夏书》有《五子之歌》，其序说："太康失邦，昆弟五人，须于洛汭，作五子之歌。" 洛：洛水。汭：河水弯曲处。《行露》：《诗经•召南》中的一篇，全诗三章，共十五句，其中八句是五言。

[11]《诗》《骚》：《诗经》和《离骚》。成于两汉：汉代六、七言的作品，现存不多。但当时不仅作者不少，并已出现了"六言"，"七言"的文体名称。

[12]情数：指作品内容的多种多样。运周：运转不停。代：更易。

若乃改韵从调，所以节文辞气[1]。贾谊、枚乘，两韵辄易；刘歆、桓谭，百句不迁；亦各有其志也[2]。昔魏武论赋，嫌于积韵，而善于贸代[3]。陆云亦称："四言转句，以四句为佳。"观彼制韵，志同枚、贾[4]。然两韵辄易，则声韵微躁；百句不迁，则唇吻告劳[5]；妙才激扬，虽触思利贞；曷若折之中和，庶保无咎[6]。

【注释】

[1]改韵：换韵。从调：韵调相从，不换韵。节：调节。辞气，语气。

[2]贾谊：西汉初年文学家。枚乘：字叔，西汉初年辞赋家。辄：即，就。刘歆：字子骏，西汉学者，刘向之子。桓谭：字君山，东汉学者。

[3]魏武：魏武帝曹操。他论赋的原文今不存。积韵：重复同韵。贸：迁，变化。

[4]陆云：字士龙，西晋文学家，陆机之弟。"四言转句"二句：这是陆云《与兄平原书》中的话。

[5]躁：急迫。不迁：指不换韵。

[6]激扬：指作者的才情高昂。触思利贞：构思顺利。贞：正。曷：何。中和：中正平和，指用韵适中，不松不紧。庶：将近。咎：过失。

又诗人以"兮"字入于句限，《楚辞》用之，字出句外[1]。寻"兮"字承句，乃语助余声[2]。舜咏《南风》[3]，用之久矣，而魏武弗好，岂不以无益文义耶！至于"夫、惟、盖、故"者，发端之首唱；"之、而、于、以"者，乃札句之旧体；"乎、哉、矣、也"者，亦送末之常科[4]。据事似闲，在用实切[5]。巧者回运，弥缝文体，将令数句之外，得一字之助矣[6]。外字难谬，况章句欤[7]！

【注释】

[1] 入于句限:指"兮"字用在句子之内。字出句外:和《诗经》的一般用法相反,《楚辞》中的"兮"字常用在句外。

[2] 承:构成。

[3]《南风》:《南风歌》载《孔子家语·辩乐解》,共四句:"南风之熏兮,可以解吾民之愠兮。南风之时兮,可以阜吾民之财兮。"

[4] 札:同"扎",刺入,插入。常科:常用格式。

[5] 据事:称引事理。闲:空,指没有实际意义。

[6] 回运:反复运用。弥缝:弥补缝合,指利用各种虚字来组合文章。

[7] 外字:外加的字,即虚字。难谬:患其谬误。

赞曰:断章有检,积句不恒[1]。理资配主,辞忌失朋[2]。环情草调,宛转相腾[3]。离合同异,以尽厥能[4]。

【注释】

[1] 断章:分章,指对章节的处理。检:法式。不恒:没有常规。恒:常,有定。

[2] 理资配主:每一章的内容要配合主旨。

[3] 环:围绕。草:草拟。调:音节。宛转:委婉曲折。腾:奔驰,飞腾,比喻得到很好地表达。

[4] 厥(jué):其,指章句。

【导读】

本篇专论分章造句及其密切关系。刘勰所说的"章",是沿用《诗经》乐章的"章",用以指作品表达了某一内容的段落。刘勰所谓"句",也和后来"句子"的概念有别。如其中说"以二言为句",只指语言的一个停顿。古有句、逗之分,本篇所说的"句",都包括在内。

本篇大致可分四段。第一段先是说明章句的意义和字、句、章、篇四者的相互关系。接着指出安章宅句,须注意妥善处理,前后关顾,做到前后之间,内容贯注,文辞照应。第二段讲每句的字数,说明文章以运用四言句、六言句为多，有时运用三言句、五言句加以调节。至于诗、颂等诗歌体，则二言、三言以至六言、七言句均有，但以四言为正体。第三段论诗赋等韵文的变换韵脚。说明前代作家，有的勤于换韵，有的则不然。认为换韵太快或百句不迁都不妥善。韵用于句末，换韵和韵文的分章有关。第四段讲语助字或虚字。在说明诗赋中常用的"兮"字之后，又列举十二字，指出它们分别用于句首、句中、句尾，它们虽无意义，但在组合句子方面起了切实的作用。这段内容，反映了当时文人对虚字的认识。

刘勰从任何作品都必须由字而句，由句而章，然后积章成篇的道理，提出要写好文章，就要一句不苟，一字不妄；从而深刻地说明了篇章字句的关系，也有力地说明了"振本而末从"在写作中的必要性。对章句的处理，其总的要求是"搜句忌于颠倒，裁章贵于顺序"；但又注意到问题的复杂性，所以，一方面主张根据具体内容而"随变适会"，一方面又强调章句的运用如舞蹈有定位、歌唱有定节，不能乖离其基本原理。只有这样，才能"原始要终，体必鳞次"，把文章写成一个有条不紊、结构严密的整体。

丽　辞

　　造化赋形，支体必双，神理为用，事不孤立[1]。夫心生文辞，运裁百虑，高下相须，自然成对[2]。唐虞之世，辞未极文，而皋陶赞云："罪疑惟轻，功疑惟重。"[3]益陈谟云："满招损，谦受益。"岂营丽辞，率然对尔[4]。《易》之《文》《系》，圣人之妙思也[5]。序《乾》四德，则句句相衔；龙虎类感，则字字相俪[6]；乾坤易简，则宛转相承；日月往来，则隔行悬合[7]；虽句字或殊，而偶意一也[8]。至于诗人偶章，大夫联辞，奇偶适变，不劳经营[9]。自扬、马、张、蔡，崇盛丽辞，如宋画吴冶，刻形镂法，丽句与深采并流，偶意共逸韵俱发[10]。至魏晋群才，析句弥密，联字合趣，剖毫析厘。然契机者入巧，浮假者无功[11]。

【注释】

　　[1]造化：指天地自然。支体：即肢体。这里泛指一般物体。神理：自然之理。

　　[2]运裁：构思剪裁。相须：相互依存和配合。

　　[3]皋陶(gāo yáo)：舜帝时掌刑法的大臣。"罪疑惟轻"二句：见《尚书·大禹谟(伪)》。

　　[4]益：即伯益，相传为舜的大臣。谟：策划，议谋。"满招损"二句：见《尚书·大禹谟(伪)》。丽辞：对偶的词句。率然：未经有意思考。

　　[5]《易》：《易经》。《文》《系》：指解说《易经》的《文言》《系辞》，传为孔子所作。

　　[6]序：同"叙"，叙述。《乾》：《易经》中的《乾卦》。四德：指元、亨、利、贞。《周易·乾卦·文言》有"君子行此四德"之语。衔：衔接，指讲"四德"的话全是排偶句。龙虎类感：《周易·乾卦·文言》："云从龙，风从虎……则各从其类也。"俪(lì)：骈俪，对偶。

　　[7]乾坤易简：指《周易·系辞上》所论："乾以易知，坤以简能，易则易知，简则易从。"宛转：指上引《系辞》之文，是婉转曲折地推绎"易简"之理。日月往来：指《周易·系辞下》所论："日往则月来，月往则日来，日月相推而明生焉。寒

往则暑来,暑往则寒来,寒暑相生而岁成焉。" 隔行悬合:指不相联两句的对偶,与后来的"隔句对"(又称"扇面对")相近似。悬:远。

[8]一:一致。

[9]诗人:《诗经》的作者。章:诗章。大夫联辞:指春秋时期各国大夫聘对之辞。奇(jī)偶:单数为奇,双数为偶。这里指散句和对句。

[10]扬马:扬雄和司马相如,均为西汉文学家。张蔡:张衡和蔡邕,均是东汉文学家。如宋画吴冶:如宋人之善画,吴人之善冶。宋画:宋人之画,如《庄子•田方子》所载之"真画者"。吴冶:吴人之冶,如《吴越春秋•阖闾内传》所载之"干将作剑"。刻形镂法:可以雕刻下来作为法式。逸韵:高雅的音韵。

[11]弥(mí):更加。密:精细。契机:合时,指对偶得当。浮假:浮滥,虚浮不实。

故丽辞之体,凡有四对:言对为易,事对为难;反对为优,正对为劣[1]。言对者,双比空辞者也;事对者,并举人验者也[2];反对者,理殊趣合者也[3];正对者,事异义同者也。长卿《上林赋》云:"修容乎《礼》园,翱翔乎《书》圃。"此言对之类也[4];宋玉《神女赋》云:"毛嫱鄣袂,不足程式,西施掩面,比之无色。"此事对之类也[5];仲宣《登楼赋》云:"钟仪幽而楚奏,庄舃显而越吟。"此反对之类也[6];孟阳《七哀》云:"汉祖想枌榆,光武思白水。"此正对之类也[7]。凡偶辞胸臆,言对所以为易也;征人之学,事对所以为难也[8];幽显同志,反对所以为优也;并贵共心,正对所以为劣也[9]。又言对事对,各有反正,指类而求,万条自昭然矣[10]。

【注释】

[1]言对:文字的对偶。事对:用典的对偶。反对:意义相反的对偶。正对:意义相同、性质相似的对偶。

[2]空辞:指不用典的文辞。人验:前人已然的事,犹典故。

[3]殊:不同。

[4]长卿:司马相如,字长卿,作有《上林赋》。修容:修饰容仪。翱翔:浮游,徘徊,指学习《尚书》。圃:园圃,园地。

[5]宋玉:战国时楚国作家,作有《神女赋》。毛嫱(qiáng):古代美女,传为越王的美姬。鄣(zhàng):同"障"。袂(mèi):袖子。程式:法式。西施:古代美

女,传为吴王夫差的妃子。无色：无颜色，不美。

[6]仲宣：王粲的字，作有《登楼赋》。钟仪：春秋时楚国人。幽：囚禁。楚奏：奏楚国的音乐。庄舄(xì)：战国时越人，仕于楚。显：指庄舄官位显要。越吟：庄舄病中呻吟发越声。

[7]孟阳：张载的字，西晋文学家，著有《七哀诗》数首，但无此二句。汉祖：汉高祖刘邦。枌榆：今江苏省丰县东北，是汉高祖的家乡。光武：东汉光武帝刘秀。白水：源出今湖北省枣阳县东，这里指刘秀的家乡。

[8]胸臆：内心，指偶辞由内心思考而成。征：征引。学：前人的学识。

[9]并贵：指上述刘邦、刘秀之事。

[10]昭然：清楚。

张华诗称："游雁比翼翔，归鸿知接翮。"[1]刘琨诗言："宣尼悲获麟，西狩泣孔丘。"[2]若斯重出，即对句之骈枝也[3]。是以言对为美，贵在精巧；事对所先，务在允当[4]。若两事相配，而优劣不均，是骥在左骖，驽为右服也[5]。若夫事或孤立，莫与相偶，是夔之一足，跰踔而行也[6]。若气无奇类，文乏异采，碌碌丽辞，则昏睡耳目[7]。必使理圆事密，联璧其章[8]。迭用奇偶，节以杂佩，乃其贵耳[9]。类此而思，理自见也[10]。

【注释】

[1]张华：字茂先，西晋文学家。接翮(hé)：和上句"比翼"意同。翮：鸟翅。

[2]刘琨：字越石，西晋诗人。宣尼：指孔子。汉平帝时追尊孔子为褒成宣尼公。悲获麟：事见《公羊传·哀公十四年》。麟：传说为神兽，常用来比喻各种品格高尚的人。西狩：鲁国西边打猎。

[3]骈枝(pián qí)：多余的，不必要的。骈：脚拇指与第二指相连。枝：手指的六指。

[4]允当：合适。

[5]骥(jì)：良马。骖(cān)：驾车在两侧的马。驽(nú)：劣马。服：驾车居中央辕的马。

[6]夔(kuí)：传为一种独脚兽。跰踔(chěn chuō)：跳着走。

[7]"气无奇类"二句：意为无奇异的气类，少奇特的文采。气类：同类，借指对偶。碌碌：平庸。

[8]联璧：一对白玉。

[9]迭:交替。节:调节。杂佩:各种不同的玉佩。

[10]见:现。

赞曰:体植必两,辞动有配[1]。左提右挈,精味兼载[2]。炳烁联华,镜静含态[3]。玉润双流,如彼珩佩[4]。

【注释】

[1]体植必两:此句即篇首所说"造化赋形,支体必双"之意。植:生长。动:辄,每。配:匹配,即对偶。

[2]挈(qiè):提,举。精味:精巧而有意味。

[3]炳烁:光彩貌。镜静含态:明净之镜可以照见物象,喻对偶。

[4]玉润:美饰。双流:指奇偶两种写法。珩(héng)佩:成双的玉佩。

【导读】

本篇论述文辞的对偶问题。丽,即耦,也作偶,就是双、对。讲究对偶,是我国文学艺术独有的特色之一;对偶的构成,和汉字的特点有重要关系。所以,从我国最早的文献《易经》《尚书》等,直到现在的文学作品以至一般著作,也常用对偶。本篇论述丽辞在文章中的运用问题。

本篇大致可分为三段。第一段先是说明宇宙间万物的肢体都是成双作对,故文辞也必然有对偶。接着指出《尚书》中已出现对偶语句,至于《易传》中的《文言》《系辞》,《诗经》中的篇章,春秋时列国大夫的外交辞令,骈偶之辞就更多。至汉代扬雄、司马相如等著名赋家,崇尚骈偶,作品中丽辞的成份和艺术性就更加强了。以后魏晋作家,也十分讲究丽辞的运用。总的说明先秦是丽辞的始发阶段,两汉、魏晋是丽辞的昌盛阶段。第二段提出丽辞可分为言对、事对、反对、正对四种,有难易优劣之区别,各举例说明。又指出言对、事对中各有反对、正对之分。本段对丽辞的种类做了归纳。第三段指出丽辞运用中的一些弊病,有辞意重出、两事优劣不均、用事孤立等。最后指出,运用丽辞,贵有奇气异采,如果都是平庸的词句,必然使人生厌。

魏晋南北朝时代,文人大量运用丽辞,形成骈体文学发达,在文坛占据主要地位。刘勰是骈文的拥护者,其《文心雕龙》全书即用工致的骈文写成。在文学创作中,若发挥汉语的有利因素,"奇偶适变",对加强作品的艺术性,以及更好地表达某些内容,都是有益的。刘勰对此做了初步总结,也是可取的。

比　兴

　　《诗》文弘奥，包韫六义，毛公述《传》，独标兴体[1]，岂不以风通而赋同，比显而兴隐哉[2]！故比者，附也；兴者，起也[3]。附理者切类以指事，起情者依微以拟议[4]。起情故兴体以立，附理故比例以生[5]。比则蓄愤以斥言，兴则环譬以托讽[6]。盖随时之义不一，故诗人之志有二也[7]。

【注释】

　　[1]《诗》：指《诗经》。弘：大。奥：深。韫(yùn)：藏在里边。六义：指风、雅、颂三种诗体和赋、比、兴三种作诗方法。毛公：即毛亨，西汉学者。《传》：指《诗训诂传》。独标兴体：毛传只标明运用"兴"的诗句。标：标明。

　　[2]风通而赋同："风"与"赋"乃《诗经》常例。显：指比喻明显。隐：深奥，这里指用意不明显。

　　[3]附：接近，指托附于物以为比喻。起：引起。

　　[4]切：切合。类：相似。拟：比拟，这里有寄托的意思。

　　[5]例：体例。

　　[6]蓄愤：积愤。斥言：指斥以言。环譬：曲折委婉的譬喻。

　　[7]诗人：指《诗经》的作者。二：指比和兴两种方法。

　　观夫兴之托谕，婉而成章，称名也小，取类也大[1]。《关雎》有别，故后妃方德；尸鸠贞一，故夫人象义[2]。义取其贞，无从于夷禽；德贵其别，不嫌于鸷鸟；明而未融，故发注而后见也[3]。且何谓为比？盖写物以附意，飏言以切事者也[4]。故金锡以喻明德，珪璋以譬秀民，螟蛉以类教诲，蜩螗以写号呼[5]，浣衣以拟心忧，卷席以方志固，凡斯切象，皆比义也[6]。至如"麻衣如雪"，"两骖如舞"，若斯之类，皆比类者也[7]。楚襄信谗，而三闾忠烈[8]，依《诗》制《骚》，讽兼比兴。炎汉虽盛，而辞人夸毗，讽刺道丧，故兴义销亡[9]。于是赋颂先鸣，故比体云构，纷纭杂遝，倍旧章矣[10]。

【注释】

[1]谕:晓告,引申有讽刺的意思。成章:指写得好。章:篇章。取类:指所譬喻者。《周易·系辞下》:"其称名也小,其取类也大。"

[2]《关雎(jū)》:《诗经·周南》中的一篇,第一句是"关关雎鸠"。旧解认为《关雎》是歌颂周文王的后妃的。《毛诗序·关雎》:"《关雎》,后妃之德也。"有别:雌雄有别。方:比方。尸鸠:即鸤鸠,也就是布谷鸟。贞:定,指妇女坚守妇德。夫人象义:旧解以为《鹊巢》是歌颂诸侯夫人的。《毛诗序·鹊巢》:"《鹊巢》,夫人之德也"。

[3]夷禽:平常的鸟,指尸鸠。鸷(zhì)鸟:凶猛的鸟,指关雎。明而未融:《左传·昭公五年》:"明而未融,其当旦乎。"发:发挥。

[4]飏(yáng):显扬,指鲜明突出的描写。

[5]金锡:金与锡,古代贵重金属。《诗经·卫风·淇奥》用"如金如锡"来称赞卫武公。珪璋(guī zhāng):玉制礼器。《诗经·大雅·卷阿》用"如珪如璋"来称赞贤人。秀:超出众人之上。螟蛉(míng líng):蛾的幼虫。《诗经·小雅·小宛》用"螟蛉有子,蜾蠃负之"来比喻教养后辈。蜩螗(tiáo táng):蝉。《诗经·大雅·荡》中用"如蜩如螗"来比喻饮酒呼号的声音。

[6]浣:洗。《诗经·邶(bèi)风·柏舟》中说:"心之忧矣,如匪浣衣。"席卷:《邶风·柏舟》中说:"我心匪席,不可卷也。"切:近,合。

[7]麻衣如雪:语出《诗经·曹风·蜉蝣》。两骖(cān)如舞:语出《诗经·郑风·大叔于田》。骖:三匹或四匹马共驾一车时在两旁的马。

[8]楚襄:战国时楚顷襄王。谗:毁坏好人的话。三闾(lú):即屈原,他曾任三闾大夫。

[9]炎汉:即汉代。旧说汉代属五行中的火,故称炎汉。夸毗(pí):谄媚阿谀。

187

[10]云:形容众多如云。杂遝(tà):众多,杂乱。倍:通背,背离。章:条理,法则。

夫比之为义,取类不常[1]:或喻于声,或方于貌,或拟于心,或譬于事。宋玉《高唐》云:"纤条悲鸣,声似竽籁。"此比声之类也[2]。枚乘《菟园》云:"焱焱纷纷,若尘埃之间白云。"此则比貌之类也[3]。贾生《鵩鸟》云:"祸之与福,何异纠缠。"此以物比理者也[4]。王褒《洞箫》云:"优柔温润,如慈父之畜子也。"此以声比心者也[5]。马融《长笛》云:"繁缛络绎,范、蔡之说也。"此以响比辩者也[6];张衡《南都》云:"起郑舞,茧曳绪。"此以容比物者也[7]。若斯之类,辞赋所先,日用乎比,月忘乎兴,习小而弃大,所以文谢于周人也[8]。至于扬、班之伦,曹、刘以下,图状山川,影写云物,莫不织综比义,以敷其华,惊听回视,资此效绩[9]。又安仁《萤赋》云:"流金在沙。"季鹰《杂诗》云:"青条若总翠。"皆其义者也[10]。故比类虽繁,以切至为贵,若刻鹄类鹜,则无所取焉[11]。

【注释】

[1]取类:比喻所用的事物,即喻体。

[2]宋玉:战国时著名作家,《高唐赋》是其作品。纤(xiān):细小。条:小枝。竽(yú):笙一类的乐器,有三十六簧。籁:孔窍所发的声音。

[3]枚乘:字叔,西汉初年作家,作有《梁王菟(tú)园赋》。焱焱(yàn):光彩。现存《菟园赋》的原文是"疾疾"。

[4]贾生:贾谊,西汉初年作家,作有《鵩鸟赋》。纠缦(mò):绳索。

[5]王褒:字子渊,西汉作家,作有《洞箫赋》。畜:抚养。

[6]马融:字季长,东汉学者、作家,作有《长笛赋》。缛(rù):繁盛。络绎:连续不断。范蔡:范雎与蔡泽,都是战国时辩士。说(shuì):游说。

[7]张衡:字平子,东汉著名科学家、文学家,作《南都赋》。茧(jiǎn):蚕茧。曳:牵引。绪:端绪,这里指蚕丝的端绪。容:仪态。

[8]小,指比。大:指兴。谢:辞逊,不如。

[9]扬班:扬雄与班固,前者是西汉末年作家,后者为东汉初年历史学家、文学家。伦:类。曹刘:曹植与刘桢,前者为建安时期著名作家,后者为"建安七子"之一。影写:模写。织综:组织、运用。敷:铺陈。华:藻饰。回:眩惑,疑惑。资:凭借。绩:功绩,这里指艺术效果。

[10]安仁:西晋作家潘岳的字,作有《萤火赋》。流金在沙:萤火闪烁,如沙中流动的金子。原文是:"若流金之在沙,载飞载止。" 季鹰:西晋作家张翰的字,作有《杂诗》。总:聚合。翠:翠鸟,这里指翠鸟的羽毛。

[11]鹄(hú):天鹅。鹜(wù):家鸭。

赞曰:诗人比兴,触物圆览[1]。物虽胡越,合则肝胆[2]。拟容取心,断辞必敢[3]。攒杂咏歌,如川之澹[4]。

【注释】

[1]圆览:全面观察。

[2]胡越:喻相距很远。胡:指北方。越:指南方。肝胆:位置相近,这里喻指比兴的运用很切合。《淮南子•俶真训》:"自其异者视之,肝胆胡越。"高诱注:"肝胆喻近,胡越喻远。"

[3]心:指精神实质。断辞:是选定文辞,引申为进行写作。断:裁决。敢:《说文》:"进取也。"

[4]攒(zǎn):积聚。杂:指各种事物。澹:波浪起伏,指比兴的广泛运用。

【导读】

赋、比、兴是我国古代诗歌创作的重要传统。对于赋,刘勰在《诠赋》篇已结合对辞赋的论述讲到一些,本篇只讲比、兴。对比、兴的理解,历来分歧甚大。刘勰在总结前人的基础上提出了自己的一些看法,这些意见对比、兴传统方法的发展,有着一定的影响。

本篇大致分三个部分。第一部分提出刘勰自己对比、兴的理解:比是比附,是按照事物的相似处来说明事理;兴即兴起,是根据事物的隐微处来寄托感情。这基本上是对汉人解说的总结。刘勰又说:"比则畜愤以斥言,兴则环譬以托讽。"把比、兴方法和思想内容的表达密切联系起来,这是刘勰论比、兴的重要发展。第二部分从《诗经》《楚辞》中举出一些实例,进一步说明比、兴在具体创作中的运用,以及汉魏以来多用比而少用兴的变化情况。因为汉晋期间用比的方法更为频繁,所以,第三部分专论比的运用。刘勰用大量例证说明,比可以用来喻于声、方于貌、拟于心、譬于事等;诗赋多用比喻,描写事物具体细致,富有文采,对读者起到"惊视回听"的效果;但它们只是追求比类的丰富生动,缺乏讽刺,是"习小而弃大"。

刘勰对比、兴两法的运用,提出一个重要的要求,是在全面观察事物的基础上"拟容取心"。比拟的是事物的形貌,但不应停留在形貌的外部描写上,而必须提取其精神实质;也就是说,要通过能表达实质意义的形貌,来抒写作者的思想感情。只有这样,才能"斥言""托讽",以小喻大。

夸　饰

　　夫形而上者谓之道,形而下者谓之器[1]。神道难摹,精言不能追其极;形器易写,壮辞可得喻其真[2];才非短长,理自难易耳。故自天地以降,豫入声貌,文辞所被,夸饰恒存[3]。虽《诗》《书》雅言,风格训世,事必宜广,文亦过焉[4]。是以言峻则嵩高极天,论狭则河不容舠,说多则子孙千亿,称少则民靡孑遗[5];襄陵举滔天之目,倒戈立漂杵之论;辞虽已甚,其义无害也[6]。且夫鸮音之丑,岂有泮林而变好?荼味之苦,宁以周原而成饴[7]?并意深褒赞,故义成矫饰[8]。大圣所录,以垂宪章[9]。孟轲所云:"说《诗》者不以文害辞,不以辞害意"也[10]。

【注释】

　　[1]"形而上者"二句:语出《周易·系辞上》。形而上:成形以前,即抽象的东西。形而下:成形以后,即具体的东西。

　　[2]神道:神妙的道理。摹:模写。追其极:彻底表达出来。壮辞:夸饰之辞。喻:说明。

　　[3]以降:以后。豫:干预,参预。被:及,到达。

　　[4]《诗》《书》:《诗经》和《书经》即《尚书》。风:教化。训:教诲。过:超过,这里有夸大的意思。

　　[5]峻:高。嵩:高。《诗经·大雅·嵩高》:"嵩高维岳,峻极于天。"　舠(dāo):小船。《诗经·卫风·河广》:"谁谓河广,曾不容刀(舠)。"　子孙千亿:《诗经·大雅·假乐》:"干禄百福,子孙千亿。"　靡:没有。孑(jié):单独。《诗经·大雅·云汉》:"周馀黎民,靡有孑遗。"

　　[6]襄陵举滔天之目:《尚书·尧典》:"汤汤洪水方割(害),荡荡怀山襄陵,浩浩滔天。"　襄陵:大水漫上丘陵。滔:水漫。目:称说。倒戈:倒转武器进攻原来自己所属的一方。杵(chǔ):舂米的槌。《尚书·武成》:"罔(无)有敌于我师,前徒倒戈,攻于后以北(败),血流漂杵。"

　　[7]"鸮(xiāo)音"二句:《诗经·鲁颂·泮水》:"翩彼飞鸮,集于泮林,食我桑黮,怀我好音。"　鸮:猫头鹰。泮(pàn):指春秋时鲁国的泮宫(学校)。　"荼

味"二句:《诗经·大雅·绵》:"周原朊朊,堇荼如饴。" 荼:苦菜。周:周国,在今陕西中部。原:平原。饴:糖浆。

[8]矫饰:即夸饰。

[9]大圣:指孔子。垂:留传下来。宪章:法度。

[10]孟轲:孟子,所引见《孟子·万章上》。说:解说。文:文采。辞:指诗句本身。意:《孟子》作"志"。原文是:"故说诗者,不以文害辞,不以辞害志,以意逆志,是为得之。"

自宋玉、景差,夸饰始盛。相如凭风,诡滥愈甚[1]。故上林之馆,奔星与宛虹入轩;从禽之盛,飞廉与焦明俱获[2]。及扬雄《甘泉》,酌其余波,语瑰奇则假珍于玉树,言峻极则颠坠于鬼神[3]。至《西都》之比目,《西京》之海若,验理则理无可验,穷饰则饰犹未穷矣[4]。又子云《校猎》,鞭宓妃以饷屈原;张衡《羽猎》,困玄冥于朔野[5]。娈彼洛神,既非魑魅;惟此水师,亦非魍魉;而虚用滥形,不其疏乎[6]!此欲夸其威,而饰其事,义暌剌也[7]。至如气貌山海,体势宫殿,嵯峨揭业,熠耀焜煌之状[8],光采炜炜而欲然,声貌岌岌其将动矣[9]。莫不因夸以成状,沿饰而得奇也[10]。于是后进之才,奖气挟声,轩翥而欲奋飞,腾踯而羞跼步[11]。辞入炜烨,春藻不能程其艳;言在萎绝,寒谷未足成其凋[12];谈欢则字与笑并,论戚则声共泣偕[13];信可以发蕴而飞滞,披瞽而骇聋矣[14]。

【注释】

[1]宋玉、景差:皆为战国时期楚国的著名作家。宋玉的作品今存《九辩》等篇,景差的作品大都亡佚。相如:司马相如,字长卿,西汉文学家,《上林赋》是其代表作品之一。风:指夸饰之风。诡(guǐ):反常。

[2]上林:汉天子的园林。奔星:流星。宛虹:弯曲的虹。轩:窗。飞廉:龙雀,传为鸟身鹿头。焦明:形似凤凰的鸟。

[3]扬雄:西汉末年辞赋家,《甘泉赋》为其作品,甘泉是秦汉时帝王的离宫。酌:斟酌、挹取,这里有学习、继承之意。瑰奇:珍贵奇异的事物。玉树:传以珊瑚为枝,碧玉为叶的树。颠坠:下落。

[4]《西都》:指班固《两都赋》中的《西都赋》。比目:比目鱼。《西京》:指张衡《二京赋》中的《西京赋》。海若:海神名。未穷:指尚未穷尽夸张之能事。

[5]子云：扬雄的字。校猎：打猎。宓(fú)妃：相传为伏羲之女，溺死洛水为神。饷：进酒食。张衡：东汉著名科学家、文学家，《羽猎赋》是其作品，今不全。困：拘留。玄冥：水神名。朔：北方。

[6]娈(luán)：柔顺，美好。魑魅(chī mèi)：鬼怪。水师：指水神玄冥。魍魉：鬼怪。

[7]暌(kuí)、剌(là)：都是违背。

[8]气：气概。貌：形状。体势：与"气貌"意义相近。嵯峨(cuó é)：山高的样子。揭业：即揭孽，也是高的意思。熠耀：光明的样子。焜煌(kūn huáng)：也是光明的样子。

[9]炜炜(wěi)：光辉。然：即燃。岌岌：高耸危险的样子。

[10]夸：夸张。沿：顺着。

[11]奖气挟声：推波助澜。奖、挟：皆鼓励、辅助之意。轩翥(zhù)：高飞的样子。腾掷：跳跃。蹢(jú)步：小步。蹢：拘束。

[12]炜烨(yè)：光辉盛明的样子。春藻：指春天的美丽景色。程：计量考核。萎绝：枯死。寒谷：刘向《别录》中说："燕有谷，地美而寒，不生五谷。"凋：零落。

[13]戚：忧伤。偕：共同。

[14]蕴(yùn)：积聚含蓄的意思。滞：不通畅。披：打开。瞽(gǔ)：盲人。

然饰穷其要，则心声锋起；夸过其理，则名实两乖[1]。若能酌《诗》《书》之旷旨，剪扬、马之甚泰[2]，使夸而有节，饰而不诬，亦可谓之懿也[3]。

【注释】

[1]心声：指表达作者心意的语言。锋：锋锐。乖：不合。

[2]旷：广大。扬马：扬雄、司马相如。泰：过多，指不恰当的夸张。

[3]节：节制。诬：歪曲。懿(yì)：美好。

赞曰：夸饰在用，文岂循检[1]？言必鹏运，气靡鸿渐[2]。倒海探珠，倾昆取琰[3]。旷而不溢，奢而无玷[4]。

【注释】

[1]检：法式。

[2]鹏:大鸟。运:运行,相传大鹏鸟一飞就是几千里。鸿:水鸟。渐:缓进。

[3]昆:昆仑山,相传昆仑山产玉。琰(yǎn):一种美玉。

[4]溢:过多。玷(diàn):美玉的缺点。

【导读】

汉魏两晋以迄南朝,辞赋盛行,大量运用夸张手法进行描绘,其他文体如书信、论文以及诗歌等,一部分作品也多用夸张。夸张、比喻都是该时期文学作品构造辞藻美的重要手法,故本书各列专篇加以论述。

本篇专论夸张手法的运用,大致可分为三段。第一段说明运用夸张手法,能使被陈说的事物显得更加真实生动,因而古来文辞中经常出现夸张。接着举《诗经》《尚书》中的部分例子作证。第二段说明宋玉、景差的辞赋,盛用夸张,汉代司马相如、扬雄等人的辞赋循此发展,形成虚诡浮滥之风,违背事理。但他们在描写山海宫殿等雄壮事物方面,运用夸张,刻划逼真生动,具有动人的魅力。后来文人循其轨迹,用夸张成功地描绘了炜烨、萎绝、欢笑、戚泣种种情状,起到了发蕴飞滞、披瞽骇聋的艺术效果。第三段指出,运用夸张应抓住要领,不要过份而违背事理,应向《诗经》《尚书》学习,克服司马相如、扬雄辞赋的诡滥作风,做到"夸而有节,饰而不诬"。关键在于抓住要点,能有力地表达思想感情,而不要用不恰当的夸张,使"名实两乖"。

刘勰不仅认为从开天辟地以来,有文辞就必有夸饰,甚至还鼓励作家打破常规,以"倒海""倾昆"的精神,去努力探取夸饰的珠宝。这说明他并未死守儒家的一切教条,而对文学艺术的表现特点,有着较为正确的认识。

夸饰

事　类

　　事类者,盖文章之外,据事以类义,援古以证今者也[1]。昔文王繇《易》,剖判爻位,《既济》九三,远引高宗之伐,《明夷》六五,近书箕子之贞[2];斯略举人事,以征义者也[3]。至若《胤征》羲和,陈《政典》之训;《盘庚》诰民,叙迟任之言[4];此全引成辞,以明理者也[5]。然则明理引乎成辞,征义举乎人事,乃圣贤之鸿谟,经籍之通矩也[6]。《大畜》之象:"君子以多识前言往行。"亦有包于文矣[7]。

【注释】

　　[1]据事以类义:即据事类以明义。事类:指类似的、有关的故实或言辞。援:引用。

　　[2]文王:周文王。繇(zhòu)《易》:制作《易经》中的《繇辞》(即《卦辞》和《爻辞》)。繇:占卜。剖判:分析,辨别。爻(yáo):《易经》有六十四卦,每卦六爻。说明每卦的文字叫《卦辞》,说明每爻的文字叫《爻辞》。相传《卦辞》《爻辞》是文王所作。《既济》:卦名,六十四卦之一,象征"初吉终乱"。九三:爻位的标志。六十四卦共三百八十四爻,分阳爻、阴爻两种,以"九"表示阳爻,"六"表示阴爻。阳爻有初九、九二、九三、九四、九五、上九;阴爻有初六、六二、六三、六四、六五、上六。"九三"表示阳爻第三位。高宗之伐:"九三"的爻辞是:"高宗伐鬼方,三年克之。"鬼方:古族名。《明夷》:卦名。六五:阴爻第五位。箕子之贞:语出《明夷》六五之象辞。箕子:殷纣王叔父。纣无道,箕子谏不听,便佯狂为奴,以保全其贞。

　　[3]征:证验。

　　[4]《胤(yìn)征》羲和:《尚书·胤征》中说:因羲和沈湎于酒,荒误农时,胤君奉命征讨羲和。胤:古国名。羲和:羲氏、和氏,古代的历法官。《政典》:为政之典籍。《盘庚》诰民:《尚书》中的篇名,有上、中、下三篇,是殷王盘庚告谕国人的文诰。诰:告,告诫。迟任之言:迟任传为上古贤人,《盘庚上》曾引用其言。

　　[5]成辞:现成的语言。

194

[6]鸿谟:大的议谋。矩:法度。

[7]《大畜》:《易经》中的卦名。象:指解释此卦的《象辞》。识(zhì):记住。包:通"苞",丰富的意思。

观夫屈、宋属篇,号依诗人[1],虽引古事,而莫取旧辞。唯贾谊《鹏赋》,始用《鹖冠》之说;相如《上林》,撮引李斯之书:此万分之一会也[2]。及扬雄《百官箴》,颇酌于《诗》《书》;刘歆《遂初赋》,历叙于纪传;渐渐综采矣[3]。至于崔、班、张蔡,遂捃摭经史,华实布濩,因书立功,皆后人之范式也[4]。

【注释】

[1]屈、宋:屈原、宋玉。属:缀辑,指写作。诗人:《诗经》的作者。

[2]贾谊:汉初文学家,有《鹏鸟赋》。鹖(hé)冠:传为战国时期楚人鹖冠子的《鹖冠子》。今存《鹖冠子》十九篇,多疑为后人伪托。相如:指司马相如,著有《上林赋》。撮(cuō):取。李斯:秦代政治家,秦始皇的丞相。书:指李斯的《谏逐客书》。万分之一会:偶然的会合。

[3]扬雄:字子云,西汉末年文学家。百官箴:指扬雄为多种官吏所写箴文。酌:择善而取。《诗》《书》:《诗经》《尚书》。刘歆:字子骏,西汉文人,著有《遂初赋》。纪传:泛指史书。

[4]崔、班、张、蔡:崔骃(yīn)、班固、张衡、蔡邕,均为东汉文学家。捃摭(jùn zhí):摘取,搜集。布濩(hù):散布。

夫姜桂因地,辛在本性[1],文章由学,能在天资。才自内发,学以外成,有学饱而才馁,有才富而学贫[2]。学贫者,迍邅于事义,才馁者,劬劳于辞情[3]:此内外之殊分也。是以属意立文,心与笔谋,才为盟主,学为辅佐[4];主佐合德,文采必霸,才学褊狭,虽美少功[5]。夫以子云之才,而自奏不学,及观书石室,乃成鸿采[6]。表里相资,古今一也[7]。故魏武称张子之文为拙,然学问肤浅,所见不博,专拾掇崔杜小文,所作不可悉难,难便不知所出,斯则寡闻之病也[8]。夫经典沈深,载籍浩瀚,实群言之奥区,而才思之神皋也[9]。扬班以下,莫不取资,任力耕耨,纵意渔猎,操刀能割,必裂膏腴[10]。是以将赡才力,务在博见,狐腋非一皮能温,鸡蹠必数千而饱矣[11]。是以综学在博,取事贵约,校练务精,捃理须核,众美辐辏,表里发挥[12]。刘劭《赵都赋》云:

"公子之客,叱劲楚令歃盟;管库隶臣,呵强秦使鼓缶。"[13]用事如斯,可称理得而义要矣。故事得其要,虽小成绩,譬寸辖制轮,尺枢运关也[14]。或微言美事,置于闲散,是缀金翠于足胫,靓粉黛于胸臆也[15]。

【注释】

[1]姜桂:生姜与肉桂,味辛。

[2]馁(něi):饥饿,这里指才弱。

[3]迍邅(zhūn zhān):困难。劬(qú):劳累。

[4]盟主:诸侯盟会之主,这里指作者的才性在创作中的主要作用。辅佐:辅助,指作者的学识在创作中的辅助作用。

[5]霸:诸侯之长,喻创作上的成就较高。褊(biǎn)狭:狭小。

[6]自奏不学:扬雄《答刘歆书》中有:"自奏少不得学"之语。石室:即石渠阁,汉代宫中藏书之所。鸿采:大作。

[7]表里:即上文所说内才外学。资:凭借。

[8]魏武:魏武帝曹操。张子:姓张的作者,所指不详。拾掇:拾取。崔、杜:所指不详。曹操之前崔、杜二姓同时文人有东汉崔骃、杜笃。悉:全,尽。难:问难,这里指追究。不知所出,指不知本源所出。

[9]载籍:书籍。浩瀚:广大,繁多。奥区:深奥丰富的地方,和《宗经》篇说儒家经典是"文章奥府"意同。神皋(gāo):与"奥区"意近。

[10]扬、班:扬雄、班固。取资:犹"取给",取以供其需用。耕耨(nòu):耕种,指从中学习。耨:锄草。操刀能割:贾谊《陈政事疏》引黄帝曰:"操刀必割。"这里有强调应充分利用儒家著作之意。膏腴:土地肥沃,指儒家经典中具有丰富的营养。

[11]赡(shàn):丰富,充足。"狐腋"句:《慎子·知忠》:"粹白之裘,盖非一狐之皮也。"指一张狐皮不能成裘。腋:胳肢窝。这里指狐的腋下皮毛。"鸡蹠(zhí)"句:《吕氏春秋·用众》:"善学者,若齐王之食鸡也,必食其跖(同蹠)数千而后足。"蹠:足掌。以上二句都是比喻学习必须掌握广博的知识。

[12]校练:考校选择。练:同拣。辐辏(fú còu):车轮的辐条聚集在车的轴心。

[13]刘劭(shào):字孔才,三国时魏国文人,著有《赵都赋》,今不全。公子:战国时赵国平原君赵胜,是赵惠文王之弟,故称公子。客:门客,指毛遂。

叱(chì):呵斥。歃(shà)盟:订立盟约。《史记·平原君列传》载,平原君赵胜带毛遂等人至楚订盟,久而未决,毛遂按剑上前叱责楚王,迫使楚王同意订立盟约。管库隶臣:指低微小臣。鼓:击。缶(fǒu):古代瓦制的一种乐器。《史记·廉颇蔺相如列传》载,蔺相如随赵王与秦王会于渑池,秦王酒酣,令赵王鼓瑟。蔺相如也逼迫秦王"为一击缶"。

[14]辖:车轴头上的小铜键,用以防止车轮脱出。制轮:控制车轮。枢:门的转轴。

[15]微言:深刻精微的话。闲散:无关紧要的叙述。缀(zhuì):装饰。翠:即翡翠,绿色硬玉。胫(jīng):小腿。靓(jìng):妆饰。黛(dài):古代妇女画眉的青黑色颜料。臆:胸。

凡用旧合机。不啻自其口出,引事乖谬,虽千载而为瑕[1]。陈思群才之英也。《报孔璋书》云:"葛天氏之乐,千人唱,万人和,听者因以蔑《韶》《夏》矣。"[2]此引事之实谬也。按葛天之歌,唱和三人而已[3]。相如《上林》云:"奏陶唐之舞,听葛天之歌,千人唱,万人和。"[4]唱和千万人,乃相如推之,然而滥侈葛天,推三成万者,信赋妄书,致斯谬也[5]。陆机《园葵》诗云:"庇足同一智,生理合异端。"[6]夫葵能卫足,事讥鲍庄,葛藟庇根,辞自乐豫[7];若譬葛为葵,则引事为谬;若谓庇胜卫,则改事失真,斯又不精之患[8]。夫以子建明练,士衡沈密,而不免于谬;曹洪之谬高唐,又曷足以嘲哉[9]!夫山木为良匠所度,经书为文士所择,木美而定于斧斤,事美而制于刀笔[10],研思之士,无惭匠石矣[11]。

【注释】

[1]合机:适合,得当。不啻(chì):无异于。《尚书·秦誓》:"不啻若自其口出。"乖谬:错误。乖:违背。

[2]陈思:陈思王曹植。报孔璋书:此书今不存。孔璋:陈琳的字,"建安七子"之一。葛天氏:传说中的古代帝王。蔑:轻视。韶:传为舜时的《韶乐》。夏:传为夏禹时的《大夏》。

[3]唱和三人:此说据《吕氏春秋·古乐》:"昔葛天氏之乐,三人操牛尾,投足以歌八阕。"

[4]陶唐:即帝尧,史称陶唐氏。《上林赋》的原文是:"奏陶唐氏之舞,听葛

天氏之歌。”

　　[5]滥：不实。侈：夸大。致斯谬也：指曹植《报孔璋书》的错误论点。

　　[6]陆机：字士衡，西晋文学家。“庇足”二句：丁福保辑《全晋诗》卷三作："庇足周一智，生理各万端。"周：终。谓能庇护其足，只是"一智"而已，但生存的道理是很多的。

　　[7]事讥鲍庄：《左传·成公十七年》引孔子言："鲍庄子之知，不如葵，葵犹能卫其足。"鲍庄：名牵，谥庄子，春秋时齐国大夫。葛藟(lěi)：葛藤。乐豫：春秋时宋国司马，《左传·文公七年》载其："葛藟犹能庇其本根"之语。

　　[8]引事为谬：指《园葵》诗是咏葵，不应误用葛的典故。

　　[9]子建：曹植的字。明练：精明练达。沈密：深沉细密。曹洪：字子廉，曹操从弟，官至骠骑将军。谬高唐：陈琳《为曹洪与魏文帝书》有"盖闻过高唐者"之语，其用《孟子·告子下》之典，误"河西"为"高唐"。曷：何。这里意为，曹洪非文人，比之"明练"的曹植、"沈密"的陆机，就不足嘲笑了。

　　[10]度(duò)：度量。定于斧斤：取定于斧子，意即进行加工。斤：斧。制：指写作。刀笔：古代书写工具。

　　[11]匠石：古工匠名石。《庄子·徐无鬼》所载技艺高超的工匠，后以称能工巧匠或擅长写作之人。

　　赞曰：经籍深富，辞理遐亘[1]。皓如江海，郁若昆邓[2]。文梓共采，琼珠交赠[3]。用人若己，古来无懵[4]。

【注释】

　　[1]遐：远。亘(gèn)：延续不断。

　　[2]皓：广大貌。郁：草木繁茂。昆：神话中的昆仑山。邓：神话中的邓林。

　　[3]文梓(zǐ)：有纹理的梓木。琼：玉之美者。交：俱，都。

　　[4]用人：采用前人的言行故事。无懵(měng)：不愁闷，这里指高兴、欢迎。

【导读】

　　所谓"事类"，包括故实或典故在内。刘勰在本篇所讲"事类"，有两个方面的内容：一是文学作品中引用前人有关事例或史实，一是引证前人或古书中的言辞。

　　本篇论述诗文中引用有关事类的问题，大致可分为三段。第一段说明事类援古证今的作用，是引用前言往事以表情达意。接着说《周易》《尚书》已引用成辞人事以明理征义。至西汉末扬雄、刘歆等人，开始多用故实，到东汉崔骃、班固等作家，博采经史事类，文章写得华实并茂，成为后人的范式。第二段先是说明文章和才学的关系，认为写作文章，须依赖先天的才力和后天的学问。虽强调"才为盟主"，但对通过读书获得丰富的学问也十分重视。认为"经典沈深、载籍浩瀚"，要学问好，一定要下功夫阅读，多闻博见，方能使才力丰赡并充分发挥。又指出平时阅读、掌握的事类要广博，行文时选择运用则要注意简约、精确、核实，较好地处理了积蓄准备和临文应用的关系。末尾又指出事类应放在文章的合适位置，使之充分发挥作用。第三段举例说明用典的谬误，虽曹植、陆机等名家，亦在所不免，劝告人们要小心处理。

　　用典过多，易使文辞冗杂晦昧，缺少明朗刚健的风骨；其在诗歌，则易形成"繁采寡情"之弊。本篇指摘用典谬误之例，却没有批评用典过多之弊，表明作者在这方面有所偏爱。刘勰读书极广，学问渊深，行文喜征引前言往事，故不免此失。刘勰所处的正是作者大量堆砌典故而使"文章殆同书钞"的时期，略晚于刘勰的钟嵘尚对此进行猛烈地批评。这是刘勰不及钟嵘的地方了。

事类

练 字

　　夫文象列而结绳移，鸟迹明而书契作[1]，斯乃言语之体貌，而文章之宅字也。仓颉造之，鬼哭粟飞；黄帝用之，官治民察[2]。先王声教，书必同文；辀轩之使，纪言殊俗，所以一字体，总异音[3]。《周礼》保氏，掌教六书。秦灭旧章，以吏为师[4]。及李斯删籀而秦篆兴，程邈造隶而古文废[5]。汉初草律，明著厥法，太史学童，教试六体[6]；又吏民上书，字谬辄劾[7]；是以马字缺画，而石建惧死，虽云性慎，亦时重文也[8]。至孝武之世，则相如撰篇[9]。及宣平二帝，征集小学，张敞以正读传业，扬雄以奇字纂训[10]，并贯练《雅》《颉》，总阅音义。鸿笔之徒，莫不洞晓[11]。且多赋京苑，假借形声，是以前汉小学，率多玮字，非独制异，乃共晓难也[12]。暨乎后汉，小学转疏，复文隐训，臧否大半[13]。及魏代缀藻，则字有常检，追观汉作，翻成阻奥[14]。故陈思称："扬马之作，趣幽旨深，读者非师传不能析其辞，非博学不能综其理。"岂直才悬，抑亦字隐[15]。

【注释】

　　[1]文象：文字的形象，即文字。列：布，陈。结绳移：改变了上古结绳记事的方式。鸟迹：鸟（兽）的足迹。相传仓颉见鸟兽足迹初造文字。契：刻。

　　[2]仓颉(jié)：传为黄帝时的史官，文字的创造者。鬼哭粟飞：《淮南子·本经训》："昔者仓颉作书而天雨粟，鬼夜哭。"官治民察：《周易·系辞下》："上古结绳而治，后世圣人易之以书契，百官以治，万民以察。"

　　[3]声教：声威与教化。书必同文：指用统一的文字。辀(yóu)轩之使：指帝王的使者。辀轩：轻车，古代帝王的使臣多乘辀车，故称"辀轩之使"。

　　[4]周礼：也称《周官》，儒家经典之一。保氏：官名。六书：构造文字的六种方式。以吏为师：向官吏学习。

　　[5]李斯：秦始皇的丞相。籀(zhòu)：古代字体，也叫籀书或大篆。秦篆：即小篆，在大篆的基础上简化而成。程邈(miǎo)：字元岑，秦始皇时的御史，传为隶书的创始人。隶(lì)：汉魏流行的一种字体。古文：指篆书。

　　[6]草律：草拟法律。厥(jué)：其。太史学童：指太史考试学童。太史：官

名,汉代太史掌管天文、历法、编修史书等。六体:六种字体,即古文、奇字、篆书、隶书、缪篆、虫书。

[7]辄:即,就。劾(hé):弹劾,揭发罪状。

[8]"马字缺画"三句:《汉书·石奋传》:"建为郎中令,奏事下,建读之,惊恐曰:'书马者,与尾而五,今乃四,不足一,获谴死矣。'其为谨慎,虽他皆如是。"石建:石奋之子,汉武帝时为郎中令。

[9]孝武:汉武帝。相如:指司马相如。撰:写作。篇:指《凡将篇》,古代识字课本。

[10]宣、平:汉宣帝刘询、汉成帝刘骜。小学:指精通小学的人。汉以后称文字训诂学为小学。张敞:字子商,西汉宣帝时为京兆尹。正读:指正定《仓颉篇》文字的音、义。传业:指传授小学之业。扬雄:字子云,西汉著名文学家、小学家。纂训:编纂训诂,指扬雄的《训纂篇》。

[11]贯练:贯通熟练。雅:指《尔雅》,我国最早的字书,约成书于汉初。颉:即《仓颉》。洞晓:精通。

[12]小学:这里指精通小学的作家。以扬雄、司马相如为代表的西汉辞赋家,也是小学家。玮(wěi)字:奇异的字。制异:制造奇异。共晓难:指扬雄、司马相如等都通晓难字。

[13]暨(jì):及,到。复文隐训:复杂的文字,深刻的意义。臧否(pǐ):好坏,善恶。这里用作偏义复词,指否,即错误的理解。

[14]缀(zhuì):组合字句。藻:文辞。常检:一定的法度。翻:反。阻奥:疑难。

[15]陈思:陈思王曹植。扬、马:扬雄、司马相如。趣:意旨。幽:深。析:分析,解释。综(zèng):织机上持经施纬的装置,这里引申为掌握、控制的意思。直:仅。悬:远,指差得远。

自晋来用字,率从简易[1],时并习易,人谁取难。今一字诡异,则群句震惊[2],三人弗识,则将成字妖矣。后世所同晓者,虽难斯易;时所共废,虽易斯难;趣舍之间,不可不察[3]。夫《尔雅》者,孔徒之所纂,而《诗》《书》之襟带也[4];《仓颉》者,李斯之所辑,而鸟籀之遗体也[5]。《雅》以渊源诂训,《颉》以苑囿奇文,异体相资,如左右肩股,该旧而知新,亦可以属文[6]。若夫义训古今,兴废殊用,字形单复,妍媸异体[7],心既托声于言,言亦寄形于字[8],讽诵则绩在宫商,临文则能归字形矣[9]。

【注释】

[1]率:大概,一般。

[2]诡异:奇异。群句震惊:很多句子都受其影响。

[3]趣舍:趣向或舍弃,与"取舍"意近。

[4]《诗》《书》:指《诗经》《尚书》。襟带:衣领和衣带,喻指关系密切。

[5]《仓颉》:指《仓颉篇》,古代字书。鸟籀:当作《史籀》,指《史籀篇》。《汉书·艺文志》:"《仓颉》七章者,秦丞相李斯所作也,文字多取《史籀篇》。"又说:"《史籀篇》者,周时史官教学童书也。"遗体:前代之字体。

[6]《雅》:指《尔雅》。渊源:根源,这里意为探讨、解释字的本义。诂训:指古义。《颉》:指《仓颉》。苑囿(yòu):聚养禽兽林木的园地,这里指汇集。资:凭借。该:兼,备。

[7]兴:指上文所说"后世所同晓"的文字。废:指上文所说"时所共废"的文字。妍媸(chī):美丑。

[8]托:寄托。形:表现。

[9]宫商:指音韵。字形:泛指对练字的一般要求。

是以缀字属篇,必须练择[1]:一避诡异,二省联边,三权重出,四调单复[2]。诡异者,字体瑰怪者也[3]。曹摅诗称:"岂不愿斯游,褊心恶呦呶。"[4]两字诡异,大疵美篇[5],况乃过此,其可观乎!联边者,半字同文者也[6]。状貌山川,古今咸用,施于常文,则龃龉为瑕,如不获免,可至三接,三接之外,其《字林》乎[7]!重出者,同字相犯者也[8]。《诗》《骚》适会[9],而近世忌同,若两字俱要,则宁在相犯。故善为文者[10],富于万篇,贫于一字,一字非少,相避为难也。单复者,字形肥瘠者也。瘠字累句,则纤疏而行劣;肥字积文,则黯黕而篇暗[11],善酌字者,参伍单复,磊落如珠矣[12]。凡此四条,虽文不必有,而体例不无[13]。若值而莫悟,则非精解[14]。

【注释】

[1]练择:用字的加工选择。

[2]省:约,减少。权:权衡,考虑。调:调节。

[3]瑰(guī):奇异。

[4]曹摅(shū):字颜远,西晋文学家。所引两句诗的原文已佚。褊(biǎn):窄小。呦(xiōng):喧扰声。叹(náo):喧哗。

[5]疵(cī):毛病,缺点。

[6]半字同文:指偏旁相同的字。

[7]常文:一般的,不是描绘山水的文字。龃龉(jǔ yǔ):上下齿不配合,吃不协调。瑕(xiá):玉的斑点,喻意同"疵"。三接:偏旁相同的字三个连用。《字林》:字书。晋代吕忱有《字林》,共收一万二千多字,按部首分类排列。

[8]重:重复。犯:抵触。

[9]《诗》《骚》:《诗经》和《离骚》。适会:指《诗经》《楚辞》是根据情况而适当运用重复的字。

[10]善为文者:会写文章的人。

[11]肥瘠(jí):肥瘦,指文字笔画的繁简。纤疏:稀疏。行(háng)劣:行列单薄。劣:弱。黯黕(àn dǎn):深黑。

[12]酌:择善而取。参(sān)伍:即三五,相互交错的意思。磊落:同"磊磊",圆转的样子。

[13]凡此:所有。不必:不一定。

[14]值:碰上。悟:觉悟。

至于经典隐暧,方册纷纶,简蠹帛裂,三写易字,或以音讹,或以文变[1]。子思弟子,於穆不似者,音讹之异也[2]。晋之史记,三豕渡河,文变之谬也[3]。《尚书大传》有"别风淮雨",《帝王世纪》云"列风淫雨。"[4]"别""列""淮""淫",字似潜移[5]。"淫""列"义当而不奇,"淮""别"理乖而新异[6]。傅毅制诔,已用"淮雨";元长作序,亦用"别风"[7]:固知爱奇之心,古今一也。史之阙文,圣人所慎,若依义弃奇,则可与正文字矣[8]。

【注释】

[1]隐暧(ài):隐蔽,不明显。方册:典籍。蠹(dù):蛀蚀。帛:用以书写的丝织品。这里的简、帛,均指书籍。三写易字:《抱朴子·遐览》:"书三写,鱼成鲁,帝成虎。"指经反复传写而字误。讹(é):错误。

[2]子思:孔子孙,名伋,子思是他的字。弟子:孔伋的弟子孟仲子。於

（wū）穆不似：《诗经·周颂·维天之命》有："於穆不已。"孟仲子把"已"误为"巳"，读作"於穆不似"。於：叹辞。穆：美。

[3]晋：指春秋时的晋国。史记：历史记载。三豕渡河：《吕氏春秋·察传》载，有读史书者将："己亥涉河"读作"三豕涉河"。

[4]《尚书大传》：西汉伏胜的弟子辑录伏胜解说《尚书》的书。帝王世纪：西晋皇甫谧著，载上古以来帝王事迹。此书不全。列风淫雨：《帝王世纪》的原话与《尚书大传》相同，只改"别"为"列"，改"淮"为"淫"。

[5]潜移：暗暗改变。

[6]淫：过分。列：通"烈"。说"过多的雨""猛烈的风"，所以"义当"。乖：违，不合。

[7]傅毅：字仲武，东汉文学家。诔：指傅毅的《北海王诔》。元长：王融，字元长，南齐文学家。序：指王融的《三月三日曲水诗序》。

[8]阙（quē）文：缺疑之文。《论语·卫灵公》："吾犹及史之阙文也。" 圣人所慎：《论语·为政》："多闻阙疑，慎言其余，则寡尤。"

赞曰：篆隶相熔，《仓》《雅》品训[1]。古今殊迹，妍媸异分[2]。字靡异流，文阻难运[3]。声画昭精，墨采腾奋[4]。

【注释】

[1]熔：熔炼，指小篆由大篆提炼而成，隶书由小篆熔炼而来。品训：多种解释。品：众多。

[2]古今殊迹：指古来作者用字的不同，因而造成下句所说的"妍媸"之异。

[3]靡：顺，指顺时。阻：指违时。运：运行，和上句"流"字意近。

[4]声画：指表达思想感情的文字。昭：明，显。墨：文字，这里泛指作品。

【导读】

本篇探讨写作中如何用字的问题。刘勰正确地认识到，文字是语言的符号，是构成文章的基础；所以，如何用字，是文学创作的一个重要问题。本篇所论，正以诗赋等文学作品为主，而不是泛论一般的用字问题。而且本篇只论用字，不是全面论述文学语言问题，还须结合《章句》《丽辞》《比兴》《夸饰》《物色》等有关篇章的论述，才能了解到刘勰对文学语言的全面意见。

本篇大致可分四段。第一段先是说明文字的起源、作用、先秦至汉代字体的变化。之后说明前汉文人识字多,有的还是语言文字学家,故文章用字丰富深奥;后汉以来,文人不重视文字之学,文章用字日趋寻常简易。末尾指出,世间常用、人所共晓的字,习惯上就认为易;反之则认为难。第二段说明《尔雅》《仓颉》是两部重要小学书,前者重释义,后者包罗奇文,重形体。作文者对两书均应重视。接着指出字形繁简,有美丑之区别,应当重视。本段主旨在指陈作文必须重视字形。第三段说明作文选字,必须注意四点:避诡异,省联边,权重出,调单复。这是刘勰从字形选择上归纳出来的四点要求。第四段说明古书上有一些文字,由于音近形近等原因,形成别字。后代文人好奇,引用这些别字作文,那是不规范的。因为别字往往和形体有关,所以附带在这里谈及。

本篇所论,多属形式技巧问题,虽也论及语言文字是表达思想的符号或工具,却未由此出发来论述如何用字以表达思想。但本篇反对用古字怪字,强调"依义弃奇"等,在当时是颇有必要的;特别是主张用字以"世所同晓"为准,说明刘勰并非在一切问题上是古非今,而无论崇古与尚今,都主要是从文学创作的实际效果出发的。

练字

隐　秀[1]

　　夫心术之动远矣,文情之变深矣[2],源奥而派生,根盛而颖峻,是以文之英蕤,有隐有秀[3]。隐也者,文外之重旨者也;秀也者,篇中之独拔者也[4]。隐以复意为工,秀以卓绝为巧,斯乃旧章之懿绩,才情之嘉会也[5]。夫隐之为体,义生文外,秘响傍通,伏采潜发,譬爻象之变互体,川渎之韫珠玉也[6]。故互体变爻,而化成四象;珠玉潜水,而澜表方圆[7]。

【注释】

　　[1]《隐秀》篇为残文,宋本失传,今见最早刻本元至正本已是残文。明万历四十二年,钱允治称"得宋本"补抄完篇。补文之真伪,学界至今仍有争议。现将残文出注,补文列入方括号内。

　　[2]心术:运用心思的方法,这里指文思。文情:指作品的内容。

　　[3]奥:深。派:支流。颖(yǐng):禾苗的末端,这里泛指苗。峻:高。文之英蕤(ruí):指作品的精义与辞华。蕤:花草下垂貌。

　　[4]文外:文字直接表明的意思以外。重旨:丰富的含意,言外之意。独拔:突出挺拔的文句,指警策之句。

　　[5]复意:双重、多种意义。卓绝:超越突出。懿(yì):美,善。才情:即才华。嘉会:美好的会集,喻指文才的集中表现。

　　[6]体:规格体制,指"隐"的特点。秘响:暗响,指不显露的意义。傍通:即旁通,四面通达。"秘响傍通"指以含蓄不露的描写,表达深广丰富的内容。爻(yáo):《易经》中构成六十四卦的基本符号,每卦六爻。互体:卦爻的变化形式。渎(dú):江,河。韫(yùn):蕴藏。

　　[7]四象:六十四卦中有实象、假象、义象、用象。《周易·系辞上》:"《易》有四象,所以示也。"　澜表方圆:《淮南子·地形训》:"水,圆折者有珠,方折者有玉。"

　　　　　　　　附录明人补作于次
　　[始正而末奇,内明而外润,使玩之者无穷,味之者不厌矣。

[彼波起辞间，是谓之秀。纤手丽音，宛乎逸态，若远山之浮烟霭，娈女之靓容华。然烟霭天成，不劳于妆点；容华格定，无待于裁熔；深浅而各奇，秾纤而俱妙，若挥之则有馀，而揽之则不足矣。

[夫立意之士，务欲造奇，每驰心于玄默之表；工辞之人，必欲臻美，恒溺思于佳丽之乡。呕心吐胆，不足语穷；煅岁炼年，奚能喻苦？故能藏颖词间，昏迷于庸目；露锋文外，惊绝乎妙心。使酝藉者蓄隐而意愉，英锐者抱秀而心悦，譬诸裁云制霞，不让乎天工；斫卉刻葩，有同乎神匠矣。若篇中乏隐，等宿儒之无学，或一叩而语穷；句间鲜秀，如巨室之少珍，若百诘而色沮：斯并不足于才思，而亦有愧于文辞矣。

[将欲征隐，聊可指篇：古诗之离别，乐府之长城，词怨旨深，而复兼乎比兴。陈思之黄雀，公幹之青松，格刚才劲，而并长于讽谕；叔夜之□□（赠行），嗣宗之□□（咏怀），境玄思澹，而独得乎优闲；士衡之□□（疏放），彭泽之□□（豪逸），心密语澄，而俱适乎□□（壮采）。

[如欲辨秀，亦惟摘句："常恐秋节至，凉飙夺炎热。"意凄而词婉，此匹妇之无聊也。"临河濯长缨，念子怅悠悠。"志高而言壮，此丈夫之不遂也。"东西安所之，徘徊以旁皇。"心孤而情惧，此闺房之悲极也。]"朔风动秋草，边马有归心。"[1]气寒而事伤，此羁旅之怨曲也[2]。凡文集胜篇，不盈十一；篇章秀句，裁可百二[3]；并思合而自逢，非研虑之所课也[4]。或有晦塞为深，虽奥非隐，雕削取巧，虽美非秀矣[5]。故自然会妙，譬卉木之耀英华；润色取美，譬缯帛之染朱绿[6]。朱绿染缯，深而繁鲜；英华曜树，浅而炜烨[7]，秀句所以照文苑，盖以此也[8]。

【注释】

[1]朔风二句：是西晋诗人王讚《杂诗》的头两句。朔风：北风，寒风。

[2]羁(jī)旅：长期旅居外乡。羁：停留。

[3]胜篇：优异的篇章。盈：满。十一：十分之一。裁：仅。百二：百分之二。

[4]合：符合，适合。逢：遇合。研虑：《神思》说："覃思之人，情饶歧路，鉴在疑后，研虑方定。"这里指进行长时地细致思考。

[5]晦塞：隐晦不畅达。雕削：即雕琢。

[6]耀:显,明。英华:扬雄《长杨赋》:"英华沈浮,洋溢八区。"润色:《论语·宪问》:"东里子产润色之。" 缯(zēng):丝织品的总称。

[7]繁鲜:鲜丽过分,仍是和"自然会妙"相对而言。繁:多,侈。曜(yào):照耀。炜烨(wěi yè):光采鲜明。

[8]文苑:文坛。此:指合于自然。

赞曰:深文隐蔚,余味曲包[1]。辞生互体,有似变爻[2]。言之秀矣,万虑一交[3]。动心惊耳,逸响笙匏[4]。

【注释】

[1]深文:深厚之文,指"隐"。隐蔚:即前面所说的"伏采"。蔚:草木繁盛,引申指文采之盛。余味:《物色》说:"物色尽而情有余。"曲:曲折,指含意婉转。

[2]"辞生互体"二句:指意义深沉而含蓄的文辞,也像《周易》卦爻的变化一样,可以产生"取义无常"的作用。

[3]万虑一交:犹言万虑一得。

[4]逸响:高超之音。笙匏(shēng páo):乐器名。

【导读】

本篇原文残缺。有的本子自"而澜表方圆"句以下,"朔风动秋草"句以前,尚有四百来字,经研究者考证,系出明人伪托。

本篇现存残文可分前后两段。前段说明隐和秀是使文章焕发光采的两种表现手段。隐的特点是要有文字以外的意思,让读者去体会,就是含蓄的表现手法。秀是篇中秀拔警策、在全篇中显得卓绝不伦的语句。后段说明秀句在前人作品中并不多见,是"思合而自逢",用现代理论解释,可说是创作灵感勃发时的表现。后面指出文章的晦塞,虽深奥而不是隐;文词的雕削,表面虽美巧而不是秀。隐、秀应当做到"自然会妙"。

所谓隐,和后来讲的含蓄义近,但不完全等同。刘勰所说的隐,要有"文外之重旨""义生文外",这和"意在言外"相似。但隐不是仅仅要求有言外之意,更重要的还在"隐以复意为工",就是要求所写事物具有丰富的含意,这和古代"辞约旨丰""言近意远"之类要求有密切联系。因此,隐不是含蓄不露所能概括的了。此外,刘勰主张的隐,不只是对作品内容的要求,也包括对形式方面的要求。必须"深文"和"隐蔚"密切结合起来,才能产生"余味曲包"以至光照文苑的艺术效果。所谓秀,就是"篇中之独拔"的文句,基本上承陆机"一篇之警策"的说法而来,和后世的警句相近。无论隐和秀,刘勰都主张"自然会妙",而反对"晦塞为深""雕削取巧"。这和他在全书的一贯主张是一致的。

隐和秀不像骈偶、比喻、夸张、用典那样是一般文学作品都具有的,它们在修辞和表现技巧方面属于更高级的手段。后代文学(特别是诗歌)对隐、秀也颇重视。南宋张戒《岁寒堂诗话》引此篇有曰:"情在词外曰隐,状溢目前曰秀。"二句为今本所无,当是佚文。

指　瑕

管仲有言："无翼而飞者声也,无根而固者情也。"[1]然则声不假翼,其飞甚易;情不待根,其固匪难;以之垂文,可不慎欤[2]！古来文才,异世争驱;或逸才以爽迅,或精思以纤密,而虑动难圆,鲜无瑕病[3]。陈思之文,群才之俊也,而《武帝诔》云："尊灵永蛰。"《明帝颂》云："圣体浮轻。"[4]浮轻有似于胡蝶,永蛰颇疑于昆虫,施之尊极,岂其当乎[5]！左思《七讽》,说孝而不从,反道若斯,余不足观矣[6]。潘岳为才,善于哀文,然悲内兄,则云感口泽,伤弱子,则云心如疑[7]。《礼》文在尊极,而施之下流,辞虽足哀,义斯替矣[8]。若夫君子拟人,必于其伦,而崔瑗之诔李公,比行于黄虞;向秀之赋嵇生,方罪于李斯[9];与其失也,虽宁僭无滥[10],然高厚之诗,不类甚矣[11]。凡巧言易标,拙辞难隐,斯言之玷,实深白圭。繁例难载,故略举四条[12]。

【注释】

[1]管仲:春秋时齐国政治家。"无翼而飞"二句:是《管子·戒》中的原话。

[2]假:借助。匪:不。之:指上述不待翼可飞,没有根可固的道理。垂文:留下文章,指写作传世。

[3]文才:有文学才能的作者。爽:高迈。迅:迅疾。虑动:指运思。圆:周全。

[4]陈思:曹植。《武帝诔》:此文为悼念魏武帝曹操的功德而作。《明帝颂》:指向魏明帝曹叡所献的《冬至献袜颂》。

[5]尊极:最尊贵的人,指帝王。

[6]左思:字太冲,西晋文学家。《七讽》:今不存。

[7]潘岳:字安仁,西晋文学家。哀文:哀悼死者之作。悲内兄:潘岳悲内兄之文今不存。口泽:口所润泽。伤弱子:指潘岳的《金鹿哀辞》(其幼子名金鹿)。如疑:哀亲之词,用于"伤弱子",失当。

[8]《礼》:指《礼记》。尊极:这里指父母。下流:魏晋人称子孙晚辈为下流。替:灭,废弃。

[9]拟:比拟。伦:同类,同辈。崔瑗(yuàn):字子玉,东汉作家。诔李公:

诔文今不存。黄虞:黄帝、虞舜。向秀:字子期,魏晋之交的作家,嵇康的好友。嵇生:即嵇康。方:比。李斯:秦始皇时的政治家。

[10]宁僭无滥:宁可比得略高,而不应比得太低。僭(jiàn):过分。

[11]高厚:春秋时齐国大夫。不类:不伦不类。

[12]标:木末,树梢,引申为显露、表现。拙:劣,指有瑕病的文辞。玷(diàn):玉的斑点。白圭(guī):白色玉器。

若夫立文之道,惟字与义[1]。字以训正,义以理宣。而晋末篇章,依希其旨[2],始有"赏际奇至"之言,终有"抚叩酬即"之语,每单举一字,指以为情[3]。夫"赏"训锡赉,岂关心解;"抚"训执握,何预情理[4];《雅》《颂》未闻,汉魏莫用,悬领似如可辩,课文了不成义[5],斯实情讹之所变,文浇之致弊[6]。而宋来才英,未之或改,旧染成俗,非一朝也[7]。近代辞人,率多猜忌,至乃比语求蚩,反音取瑕[8],虽不屑于古,而有择于今焉[9]。又制同他文,理宜删革,若掠人美辞,以为己力,宝玉大弓,终非其有[10]。全写则揭箧,傍采则探囊,然世远者太轻,时同者为尤矣[11]。

【注释】

[1]道:道路,途径。

[2]正:指通过正确的解释来确定字义。依希:一作"依稀",模糊不清。

[3]赏际奇至、抚叩酬即:这八个字就是八个单词,在晋宋人的诗文中,赏、际、奇、至、抚、叩、酬、即八个字,成了时髦的词。刘勰批评晋宋人对这八个字(单词)有时使用失当,导致"悬领似如可辩,课文了不成义"的恶果。

[4]锡赉(lài):赏赐。心解:内心领会。执握:执持。何预:何干,也是无关的意思。

[5]《雅》《颂》:泛指《诗经》。悬领:抽象地、不具体地领悟。悬:远。辩:辨识。课:考核。了不:完全不。

[6]讹(é):错误。文浇(jiāo):文风衰落。浇:薄。

[7]才英:才华英俊的作者。未之或改:没有改。

[8]比语:和字音相同或相近的字并列。蚩(chī):缺点。

[9]不屑:轻视,不重要。择:挑剔。

[10]制:创作。革:去。宝玉大弓:被人偷走的鲁国国宝。

[11]全写:全部抄袭前人文章。揭箧(qiè):扛走箱子,把整个箱子偷走。傍采:即旁采,部分、不正面采取。探囊:盗取口袋中的东西。太轻:很浅薄。尤:过失。

若夫注解为书,所以明正事理;然谬于研求,或率意而断[1]。《西京赋》称"中黄、育、获之俦",而薛综谬注,谓之"阉尹",是不闻执雕虎之人也[2]。又《周礼》井赋,旧有"匹马";而应劭释"匹",或量首数蹄,斯岂辨物之要哉[3]!原夫古之正名,车"两"而马"匹","匹""两"称目,以并耦为用[4]。盖车贰佐乘,马俪骖服,服乘不只,故名号必双。名号一正,则虽单为匹矣[5]。匹夫匹妇,亦配义矣[6]。夫车马小义,而历代莫悟;辞赋近事,而千里致差;况钻灼经典,能不谬哉[7]!夫辩匹而数首蹄,选勇而驱阉尹[8],失理太甚,故举以为戒。丹青初炳而后渝,文章岁久而弥光,若能檃括于一朝,可以无惭于千载也[9]。

【注释】

[1]注解为书:刘勰认为注解也是一种论著的书。率:不慎重。

[2]《西京赋》:东汉张衡所著《二京赋》之一。中黄、育、获之俦:《西京赋》的原文。薛综:字敬文,三国吴人。阉(yān)尹:宦官之首。执雕虎之人:指中黄伯。

[3]井赋:按井田征收赋税。应劭:字仲远,东汉文人。首:马头。辨:指辨明。

[4]正名:辨正名称、名分。车两马匹:车称"两",马称"匹"。目:也是称。耦:双数,配偶。

[5]车贰佐乘:《礼记·少仪》:"乘贰车则式,佐车则否。" 俪:成双,对偶。骖(cān)服:《诗经·郑风·大叔于田》:"两服上襄,两骖雁行。"

[6]配:合,配偶。

[7]近事:平常之事。千里致差:差之千里。钻灼:古代用龟甲钻孔烧灼以卜凶吉,这里借指探讨经典的深意而为之作注。

[8]勇:勇士,指中黄伯。

[9]丹青:绘画。炳:鲜明。渝:变。弥光:更加光彩鲜明。檃(yǐn)括:矫正曲木的工具,这里指改正作品中的瑕病。

赞曰：羿氏舛射，东野败驾[1]。虽有俊才，谬则多谢[2]。斯言一玷，千载弗化[3]。令章靡疚，亦善之亚[4]。

【注释】

[1]羿(yì)：传说中古代善射的人，常称"后羿"。舛(chuǎn)射：误射。舛：错误。东野：传为古代善驾车的人，姓东野，名稷。败：失败。

[2]谬：指作品有了瑕病、错误。谢：惭愧。

[3]玷：缺点。弗：不。

[4]令章：美好的作品。靡疚：没有毛病。善：指善于写作的人。亚：稍次。

【导读】

本篇论述写作上应注意避免的种种毛病。大致可分为三段。第一段先是说文章影响颇大，下笔要慎重。接着指出古来能文之士，作文常有瑕病。举出曹植、潘岳等人的文章在内容、运用词语上的不当，它们是：比尊于微，不重孝道，称卑如尊，比拟过分。第二段先是指责晋宋以来文人用字随便，违反本义。之后又指出近代辞人喜用比语、反音，这是人们猜忌心理的一种表现。第三段指摘前人注释文字中的谬误。举出薛综注《西京赋》于中黄伯等古代勇士，应劭释《周礼》"匹马"之名称，均不明真相。本书《论说》篇认为注释是论文的支流，"解散论体"而成，因此这里也作为文章的瑕病而举以为例。

在本篇所讲的种种瑕病中，有的是从封建道德观念出发的，特别是左思一例，因"说孝不从"而否定其整个作品。这不仅说明刘勰儒道观念之重，也反映他在批评方法上的重要错误。但本篇所提出的一些弊病，如用词不当、比拟不伦、"依希其旨"、"掠人美辞"等，在文学创作中具有一定普遍性，论者"举以为戒"，希望作者引起重视而力求避免，还是很有必要的。

养 气

昔者王充著述，制《养气》之篇，验己而作，岂虚造哉[1]！夫耳目鼻口，生之役也；心虑言辞，神之用也[2]。率志委和，则理融而情畅；钻砺过分，则神疲而气衰；此性情之数也[3]。夫三皇辞质，心绝于道华；帝世始文，言贵于敷奏[4]；三代春秋，虽沿世弥缛，并适分胸臆，非牵课才外也[5]。战代枝诈，攻奇饰说；汉世迄今，辞务日新，争光鬻采，虑亦竭矣[6]。故淳言以比浇辞，文质悬乎千载；率志以方竭情，劳逸差于万里[7]；古人所以余裕，后进所以莫遑也[8]。

【注释】

[1]王充：字仲任，东汉学者。《养气》：王充曾著《养性》十六篇。验己而作：经自己检验过的著作。

[2]生：生命。役：仆役。神：精神。

[3]率：循。委和：听任其谐和。钻砺：钻研磨砺。气：元气，人体维持其生命的原动力。数：自然之数。

[4]三皇：伏羲、神农、黄帝。绝：断绝，隔绝。道华：这里指"道"的虚华。帝世：指尧舜时期。敷奏：臣下对君主提出建议。敷：敷陈。

[5]三代：夏、商、周三代。弥：更加。缛(rù)：指文采繁多。适分：适合于作者的本分、个性。胸臆：心胸。牵课：牵连。

[6]战代：战国时期。枝诈：繁杂而不真实。枝：分枝，用以喻繁杂。鬻(yù)采：显耀文采。鬻：出售。竭：尽，用完。

[7]淳：朴实。浇：浮夸。文质：华丽和朴质。悬：指悬殊。方：比。劳逸：劳苦和闲逸，指创作的费神与闲适之别。

[8]余裕：从容不迫。余：饶。裕：宽。莫遑：无暇。

凡童少鉴浅而志盛，长艾识坚而气衰[1]；志盛者思锐以胜劳[2]，气衰者虑密以伤神，斯实中人之常资，岁时之大较也[3]。若夫器分有限，智用无涯；或惭凫企鹤，沥辞镌思[4]；于是精气内销，有似尾闾之波；神志外伤，同乎牛山之木；怛惕之盛疾，亦可推矣[5]。至如仲任置砚以综述，叔通怀笔以专业[6]，既暄之以岁序，又煎之以日时[7]，是以曹公惧为文之伤命，陆云叹用思之困神，非虚谈也[8]。

【注释】

[1]鉴浅：认识能力不深。长艾：年老。识坚：识力坚定。

[2]胜劳：不感觉疲劳。

[3]中人：平常的人。岁时：指年龄。大较：大概情况。

[4]器分：才分。无涯(yá)：无穷。惭凫(fú)：因凫腿短而惭愧。凫：水鸟，俗称野鸭子。企鹤：羡慕鹤的腿长。沥(lì)辞：精选文辞。沥：过滤以除去杂质。镌(juān)：雕凿。

[5]销：消耗，损毁。尾闾：排泄海水处，见《庄子·秋水》。牛山之木：喻美盛之物遭到摧残。牛山：位于今山东东南部。怛惕(dá tì)：惊恐。推：推知。

[6]仲任：王充的字。置砚：王充于室内门户墙柱各置笔砚，而著《论衡》。综述：写作。叔通，曹褒的字。怀笔：怀抱纸笔。专业：专研礼仪。

[7]暄(xuān)：和暖，这里指煎迫。煎：喻苦思的折磨。

[8]曹公：指曹操。陆云：西晋文学家，陆机之弟。困神：损害精神。

夫学业在勤，故有锥股自厉[1]；志于文也，则有申写郁滞，故宜从容率情，优柔适会[2]。若销铄精胆，蹙迫和气，秉牍以驱龄，洒翰以伐性[3]，岂圣贤之素心，会文之直理哉[4]！且夫思有利钝，时有通塞，沐则心覆，且或反常；神之方昏，再三愈黩[5]。是以吐纳文艺，务在节宣，清和其心，调畅其气，烦而即舍，勿使壅滞[6]，意得则舒怀以命笔，理伏则投笔以卷怀[7]，逍遥以针劳，谈笑以药倦，常弄闲于才锋，贾余于文勇[8]，使刃发如新，腠理无滞[9]，虽非胎息之迈术，亦卫气之一方也[10]。

【注释】

[1]锥股自厉：《战国策·秦策一》："读书欲睡，引锥自刺其股，血流至足。"厉：鞭策。

[2]申：伸张，舒展。郁滞：郁闷，忧郁。优柔：宽容。适会：适应机会。

[3]销铄(shuò)：镕化。精胆：犹精气。蹙(cù)迫：逼迫。秉：持，拿着。牍

(dú)：木简,纸。洒翰：挥笔。伐性：残害生命。

　　[4]素心：本意。会文：指写作。直理：正理。

　　[5]利钝：喻文思的敏锐或迟钝。通塞：思路的通畅或阻塞。沐：洗头。
方：正当。昏：迷糊不清。黩(dú)：指头脑更加昏黑不清。

　　[6]吐纳：指写作。文艺：作文的技艺。节宣：节制作息之意。清和：指作
者心境的清静和谐。舍：停止。壅(yōng)滞：阻塞不通畅。

　　[7]命笔：提笔写作。伏：隐藏,不显露。卷怀：收藏。

　　[8]逍遥：优游自得。针劳：消除疲劳。针：针刺治病,这里指医治。药倦：
治疗疲倦。弄闲于才锋：指轻松愉快地显露其才锋。弄：戏。闲：暇。贾(gǔ)
余于文勇：出售多余的写作才力。

　　[9]刃发如新：《庄子·养生主》中庖丁向梁惠王说,"今臣之刀十九年矣,所
解数千牛矣,而刀刃若新发于硎。腠(còu)理：肌肤的纹理。

　　[10]胎息：古代修养身心的一种方法。迈术：万全之术。卫气：即养气。

　　赞曰：纷哉万象,劳矣千想[1]。玄神宜宝,素气资养[2]。水停以鉴,火静
而朗[3]。无扰文虑,郁此精爽[4]。

【注释】

　　[1]纷：纷乱。想：思虑。

　　[2]玄神：即精神。素气：精气。

　　[3]鉴：镜,引申为明。朗：明亮。

　　[4]文虑：文思。郁：结,积。精爽：指清朗的精神。

【导读】

　　本篇论养气,是从生理方面进行分析论述的。其主旨在说明一个人当精
神良好时,文思顺畅,才能把文章写好。因此作文必须注意保持平和虚静的心
境,使神清气爽,文思才不会壅滞。

　　本篇论述作文时应保养好精神,使思路畅通。全篇可分三段。第一段说
明作文的构思和运用言辞表达,都是精神的作用。所以要注意保养精神,做到
率志委和,从容不迫;如果钻砺过分,神疲气衰,效果就不佳。之后指出,上古
文章比较质朴,随作者胸臆自然流露,所以古人作文显得余裕;战国以后文章,

竭情追求文辞新奇,所以后人作文显得紧张忙碌。第二段说明,一个人的才分有限,而精神活动的范围却无边无际,如果过分用心和追求文辞之美,便会精气内销,神志外伤。接着举前人的言行作证。第三段先是说明作文是为了抒发郁滞,故应从容不迫,适应时机,而不宜损伤精神和志气。接着指出,人们写作时的思绪,有时顺利畅通,有时迟钝阻塞,这都是精神在起作用;因此要注意调养,使心境清和,志气顺畅,当心烦意乱时,即应停止构思和写作,用逍遥谈笑来消除疲劳。

本篇提到的"清和其气""烦而即舍""逍遥以针劳,谈笑以药倦"等,只是些一般的、消极的方法。对人的生理性能来说,适度的劳逸结合是完全必要的,但要使作者精神饱满,思绪畅通,有充沛的创作活力,显然仅靠保养精神,靠"逍遥""谈笑"之类是不可能的。积极地养气,不仅要从生理上考虑,还要从精神上考虑。这就要结合《神思》《体性》《情采》《事类》《物色》等篇的有关论述,才能得到全面的认识。

附　会

　　何谓附会？谓总文理，统首尾，定与夺，合涯际，弥纶一篇，使杂而不越者也[1]。若筑室之须基构，裁衣之待缝缉矣[2]。夫才童学文，宜正体制[3]：必以情志为神明，事义为骨髓，辞采为肌肤，宫商为声气[4]；然后品藻玄黄，摛振金玉，献可替否，以裁厥中，斯缀思之恒数也[5]。凡大体文章，类多枝派，整派者依源，理枝者循干[6]，是以附辞会义，务总纲领，驱万涂于同归，贞百虑于一致[7]，使众理虽繁，而无倒置之乖，群言虽多，而无棼丝之乱[8]；扶阳而出条，顺阴而藏迹，首尾周密，表里一体，此附会之术也[9]。夫画者谨发而易貌，射者仪毫而失墙，锐精细巧，必疏体统[10]。故宜诎寸以信尺，枉尺以直寻，弃偏善之巧，学具美之绩，此命篇之经略也[11]。

【注释】

　　[1]附：指文辞方面的安排。会：指内容方面的处理。文理：文章的条理。与夺：即取舍。涯际：指文章的各个部分。弥纶：综合组织的意思。弥：弥缝。纶：经纶。越：逾越，这里指文章层次的互相侵越。

　　[2]基：建筑的基础。构：结构。缉：缝得细密。

　　[3]才童：指有才华的青年。

　　[4]神明：指人身最主要的部分，如神经中枢。事义：文章中讲到的事情及其意义，也就是写作时所用的素材。宫商：文章的音乐节奏。

　　[5]品藻：品评。玄：黑赤色。摛（chī）振：发动。金玉：指钟磬一类的乐器。献可：选用合适的东西。献：进。替否：丢掉不合适的东西。替：弃去。裁：判断。厥：其。中：恰当。缀思：即构思。数：方法。

　　[6]大体：这里有大概的意思。派：水道的支流。整：整理的意思。

　　[7]务：务必。总：总领。涂：同途，途径。贞：正，使之正。

　　[8]乖：不合。棼（fén）：纷乱。

　　[9]扶：沿着。阳：日光。条：小枝。阴：暗处。表里：指事物的两个方面，这里指作品的形式和内容。

　　[10]谨发：只注意到画头发。易：改变。仪：审视。毫：毛发。锐精：集中

精力，注意推敲。疏：忽视。体统：主体，总体。

[11]诎(qū)：屈，缩短。信(shēn)：通"伸"，舒张。枉尺以直寻：《孟子·滕文下》："枉尺而直寻，宜若可为也。"偏善：指片面的、无关全局的小巧。具：即俱，有完备的意思。绩：功绩。命篇：写作成篇。经略：计谋，这里指写作的巧妙。

夫文变无方，意见浮杂，约则义孤，博则辞叛，率故多尤，需为事贼[1]。且才分不同，思绪各异，或制首以通尾，或尺接以寸附[2]，然通制者盖寡，接附者甚众[3]。若统绪失宗，辞味必乱；义脉不流，则偏枯文体[4]。夫能悬识腠理，然后节文自会[5]，如胶之粘木，石之合玉矣。是以驷牡异力，而六辔如琴[6]；驭文之法，有似于此。去留随心，修短在手，齐其步骤，总辔而已[7]。

【注释】

[1]方：常。约：简单。叛：乱。率：草率。尤：过失。需：迟疑。贼：害。

[2]才分(fèn)：指各人写作才能的特点。绪：端绪。首、尾：指一篇作品的始末。尺、寸：指一篇作品的一段、一句。

[3]通制：通盘考虑。接附：枝节连接。

[4]失宗：指文章缺乏重心，主次不分。义脉：以人体的气脉喻文章内容的脉络。流：流通，流畅。偏枯：病名，即半身不遂。这里用以喻作品的脉络阻塞。

[5]悬：高远。腠(còu)理：肌肉的纹理，这里借以指写作的道理。节文：指音节和文采。

[6]驷(sì)：一车四马。牡(mǔ)：指雄性的马。辔(pèi)：马缰绳。如琴：和谐如奏琴。

[7]修短：指多写或少写。修：长。齐：调整。总：抓住。

故善附者异旨如肝胆，拙会者同音如胡越[1]，改章难于造篇，易字艰于代句，此已然之验也[2]。昔张汤拟奏而再却，虞松草表而屡谴[3]，并理事之不明，而词旨之失调也。及倪宽更草，钟会易字，而汉武叹奇，晋景称善者[4]，乃理得而事明，心敏而辞当也[5]。以此而观，则知附会巧拙，相去远哉[6]！若夫绝笔断章，譬乘舟之振楫；会词切理，如引辔以挥鞭[7]。克终底绩，寄深写送[8]。若首唱荣华,而媵句憔悴,则遗势郁湮,余风不畅[9]。此《周易》所谓"臀无肤,其行次且"也[10]。惟首尾相援[11],则附会之体,固亦无以加于此矣。

【注释】

[1]善附:善于附辞。异旨:不同的用意。拙会:不会。同音:和谐的音节。胡越:喻背离。胡:指北方。越:指南方。

[2]已然:过去已是如此。

[3]张汤:汉武帝时的廷尉。拟:起草。却:退。虞松:晋景王时的大臣。屡遣:屡次受到谴责。

[4]倪宽:张汤的僚属。更:改。钟会:三国时魏的司徒。易字:换了几个字。汉武:汉武帝刘彻。晋景:晋景王司马师。

[5]得:得当。敏:灵敏。

[6]以此而观:由此看来。相去:相差。

[7]绝笔断章:指在字句上决定取舍。绝、断:都是裁决的意思。楫(jí):划船的桨。切:切合。理:作品中讲的道理,这里泛指内容。

[8]克:能。底:获致。寄:寄托。写送:指收束有余韵。

[9]首唱:指一篇的开端。荣华:草木的花,这里指文章的开头写得较好。媵(yìng):陪嫁的人或物。这里指作品的结尾部分。憔悴:指枯萎。遗势:指作品结尾的文势。郁湮(yān):阻塞。余风:指作品结尾的文气。

[10]臀(tún):屁股。次且(jū):同"趑趄",行走困难。

[11]首尾相援:前后互相照应。

赞曰:篇统间关,情数稠叠[1]。原始要终,疏条布叶[2]。道味相附,悬绪自接[3]。如乐之和,心声克协[4]。

【注释】

[1]篇统:指文章层次的安排。统:统绪。间关:艰难。情数:指内容多种多样。稠叠:繁复重叠。

[2]原:追溯。要(yāo):归结。疏:疏通。布:分布。

[3]道味:指作品中体现的道理、意味。悬绪:指章节中的头绪。

[4]克协:能够做到协调。

【导读】

所谓附会，分而言之，附是对表现形式方面的处理，会是对内容方面的处理。但这两个方面是不能截然分开的；本篇强调的是"统文理"，所以，虽有"附辞会义"之说，并未提出分别的要求或论述。

本篇主要是论述整个作品的统筹兼顾问题，大致可分为三段。第一段先是说明附会是通过结构剪裁缝合，形成整篇作品。接着借人体为喻，"以情志为神明"四句，正确地阐述了作品思想内容和文辞形式的关系。之后说明，附会辞义，要抓住纲领，使诸多的义理言辞材料，得到妥贴安排，做到全篇完整统一，而无倒置、纷乱之病。要注意全局、大局，不要因追求局部细小的偏善之巧而忽略全篇的完美。第二段申述抓住纲领的重要性。指出文章的表现情况各殊，作者才分不同，但一定要注意着眼全局，使全篇统绪不离中心，义脉流畅，避免纷乱偏枯之病。并以驷牡驾车为喻，认为善于附会者如同高明的驭者那样，抓住马缰绳，能把驷马的力量统一起来。第三段先是说明善于不善于附会，效果判然不同，并举前人写作事例作证。之后指出，文章的结尾很重要；结尾不好，文章就缺乏余味，所以要注意做到首尾呼应，使通篇生色。

本篇所提出的"必以情志为神明，事义为骨髓，辞采为肌肤，宫商为声气"，是刘勰的重要文学观点之一。这种以人体所作的比喻，既明确了作品各个部分的主次地位，也说明了各个部分在作品中的不同作用和相互关系。这不仅是进行附会的原则，也是整个文学创作的原则。

总　术

今之常言，有文有笔，以为无韵者笔也，有韵者文也[1]。夫文以足言，理兼《诗》《书》，别目两名，自近代耳[2]。颜延年以为："笔之为体，言之文也；经典则言而非笔，传记则笔而非言。"[3]请夺彼矛，还攻其楯矣[4]。何者？《易》之《文言》，岂非言文[5]；若笔果言文，不得云经典非笔矣。将以立论，未见其论立也[6]。予以为发口为言，属笔曰翰，常道曰经，述经曰传。经传之体，出言入笔，笔为言使，可强可弱。《六经》以典奥为不刊，非以言笔为优劣也[7]。昔陆氏《文赋》，号为曲尽；然泛论纤悉，而实体未该[8]。故知九变之贯匪穷，知言之选难备矣[9]。

【注释】

[1]今：指晋宋以来。韵：指节奏，这里泛指文章的音节，不限于句末的押韵。

[2]《诗》：指《诗经》。《书》：指《尚书》。目：称。近代：指晋宋期间。

[3]颜延年：名延之，晋宋之间的作家。言之文：有文采的"言"。经典：经书。传记：史书。

[4]矛：长柄有刃的兵器。楯（dùn）：即盾，打仗时防御用的盾牌。

[5]《文言》：《周易》中的一部分。言文："言"而有文采。

[6]将以立论：要用它来立论。论立：论点确立。

[7]予：刘勰自称。属笔：就是用笔来写。常道：恒久不变的道理。出言入笔：不属于"言"，而属于"笔"。使：用。强、弱：指文采的多、少。典：常。奥：深。不刊：不可磨灭。刊：削去。

[8]陆氏：指陆机，西晋著名文学家，著有《文赋》。号：称，说。曲尽：详尽。纤（xiān）：细小。悉：详尽。体：主体。该：兼备。

[9]九：虚数，泛指众多。贯：事。匪：非。知言：善于分析言辞，这里指善于讨论创作。

凡精虑造文，各竞新丽，多欲练辞，莫肯研术[1]。落落之玉，或乱乎石；

碌碌之石，时似乎玉[2]。精者要约，匮者亦鲜；博者该赡，芜者亦繁[3]；辩者昭晰，浅者亦露；奥者复隐，诡者亦曲[4]。或义华而声悴，或理拙而文泽[5]。知夫调钟未易，张琴实难[6]。伶人告和，不必尽窕槬之中；动角挥羽，何必穷初终之韵[7]？魏文比篇章于音乐，盖有征矣[8]。夫不截盘根，无以验利器；不剖文奥，无以辨通才[9]。才之能通，必资晓术，自非圆鉴区域，大判条例，岂能控引情源，制胜文苑哉[10]！

【注释】

[1]练：选择。术：方法。

[2]落落：状玉。碌碌：状石。

[3]约：简洁。匮(kuì)：缺乏。鲜：少。赡(shàn)：富足。芜：杂乱。

[4]昭晰(xī)：明白。复：复杂。隐：深奥。诡(guǐ)：不正常。曲：曲折难懂。

[5]悴：弱。泽：光润。

[6]调，调整。钟：泛指乐器。张：指张弦。

[7]伶(líng)人：乐师。和：音调谐和。尽：完全，这里是说完全掌握。窕槬(tiǎo huà)：这里指大大小小的各种乐器。窕：小。槬：大。中：恰当，这里指音节的恰到好处。角：五声之一。羽：五声之一。穷：探索到底。初终：从头到尾。韵：指曲调。

[8]魏文：指魏文帝曹丕，他在《典论·论文》中用音乐比喻文学。征：证验。

[9]盘：弯曲。剖：分析。通才：兼善各体文章写作的人。

[10]资：凭借。圆：全面。鉴：察看。区域：指各种体裁。判：裁决。条例：规则，这里指写作规则。控引：控制、拉开，即驾驭。情源：情理。

是以执术驭篇，似善弈之穷数；弃术任心，如博塞之邀遇[1]。故博塞之文，借巧傥来，虽前驱有功，而后援难继[2]，少既无以相接，多亦不知所删，乃多少之并惑，何妍蚩之能制乎[3]！若夫善弈之文，则术有恒数，按部整伍，以待情会，因时顺机，动不失正[4]。数逢其极，机入其巧，则义味腾跃而生，辞气丛杂而至[5]。视之则锦绘，听之则丝簧，味之则甘腴，佩之则芬芳：断章之功，于斯盛矣[6]。夫骥足虽骏，缰牵忌长，以万分一累，且废千里[7]。况文体多术，共相弥纶，一物携贰，莫不解体[8]。所以列在一篇，备总情变，譬三十之辐,共成一毂,虽未足观,亦鄙夫之见也[9]。

【注释】

[1]驭(yù)篇:指写作。驭:驾驭。弈(yì):围棋。数:技巧。博塞(sài):古代掷采的局戏。邀遇:碰运气。

[2]傥(tǎng)来:意外得来。前驱:在前边走的人。这里比喻文章的开端。后援:比喻文章的后继部分。

[3]妍:美。蚩(chī):丑。

[4]恒:指经常的,有定的。部、伍:这里指门类、次序。情会:思想感情的会合。因:沿袭、依照。动:辄、每。

[5]极:指中正。义:作品中所表达的意义。腾跃:跳动,指作品内容能感动人。气:指作者的气质体现在作品中而形成文章的气势。丛:聚。

[6]锦绘:指作品的形象鲜明。锦:杂色的丝织品。丝簧(huáng):指作品的音韵和谐。丝:琴瑟一类的弦乐器。簧:乐器中的薄铜片,这里指笙一类的管乐器。味:品味。甘腴:指作品的内容丰富。腴(yú):肥美。佩:戴在身上。断章:指写作。断:裁决。

[7]骥(jì):良马。骏:迅速。纆(mò):绳索。累:妨碍。

[8]弥纶:综合组织的意思。携贰:指有离心。

[9]情变:这里指情理变化。辐(fú):车轮中直木,即辐条。毂(gǔ):车轮中心圆木。未足观:不值得赞美。鄙夫:刘勰自谦之词。

赞曰:文场笔苑,有术有门[1]。务先大体,鉴必穷源[2]。乘一总万,举要治繁[3]。思无定契,理有恒存[4]。

【注释】

[1]文场笔苑:文章园地。术:技巧。门:门路。

[2]鉴:观察。源:根源,指文学创作的基本原理。

[3]乘:因。一:指上文说的"源"。万:指上文说的"有术有门"。举要:掌握要点。治:治理。

[4]契:约券,引申指规则。理:指基本写作原理。恒存:永远存在。

【导读】

刘勰的创作理论是很广泛的，从根本原则到具体技巧问题，都分别作了专篇论述。本篇是总的论述掌握创作方法的重要。

本篇大致可分为三段。第一段论文笔问题。自晋、宋以后，文笔之分逐步明确起来。刘勰对这种区分，基本上是赞同的，所以，上卷是"论文叙笔"，按文、笔两大类分别列论。但对颜延之的"文""笔""言"之分，则取反对态度。第二段在对陆机论创作技巧的《文赋》进行批评之后，提出"研术"的重要意义。刘勰认为文学创作和音乐一样，乐师虽不一定能掌握一切乐器和曲调，但必须懂得音乐的基本方法。所以说："才之能通，必资晓术。"只有全面研究各种文学体裁，明确写作的基本法则，才能在文学创作上取得胜利。第三段以下棋和掷采为喻，进一步说明掌握写作方法的必要。下棋是要讲究方法的，掌握了写作方法的作家，就同会下棋的人一样，可以获得成功。掷采则是碰机会，不懂得写作方法的人就和掷采一样，即使偶有所得，却不能取得完全成功。因此，刘勰要求作家必须"执术驭篇"，而不要在写作上去碰运气。

自《神思》至《总术》十九篇，打通各种文体，泛论写作方法。《神思》至《熔裁》七篇，研讨构思、篇章体制风格等全局性的问题；《声律》至《指瑕》七篇，研讨遣词造句等具体问题；最后再结以《附会》《总术》两篇，提醒人们在重视文辞的同时，更要注意通篇的完整。可见刘勰在这方面的看法颇为全面、周密。

时　序

　　时运交移,质文代变,古今情理,如可言乎?昔在陶唐,德盛化钧,野老吐"何力"之谈,郊童含"不识"之歌[2]。有虞继作,政阜民暇,"薰风"诗于元后,"烂云"歌于列臣[3]。尽其美者,何乃心乐而声泰也[4]。至大禹敷土,"九序"咏功;成汤圣敬,"猗欤"作颂[5]。逮姬文之德盛,《周南》勤而不怨;大王之化淳,《邠风》乐而不淫[6]。幽、厉昏而《板》《荡》怒,平王微而《黍离》哀[7]。故知歌谣文理,与世推移,风动于上,而波震于下者也[8]。春秋以后,角战英雄,六经泥蟠,百家飙骇[9]。方是时也,韩、魏力政,燕、赵任权;五蠹、六虱,严于秦令;唯齐、楚两国,颇有文学[10]。齐开庄衢之第,楚广兰台之宫,孟轲宾馆,荀卿宰邑,故稷下扇其清风,兰陵郁其茂俗[11],邹子以谈天飞誉,驺奭以雕龙驰响[12],屈平联藻于日月,宋玉交彩于风云[13]。观其艳说,则笼罩《雅》《颂》,故知炜烨之奇意,出乎纵横之诡俗也[14]。

【注释】

　　[1]运:运行。质:朴质,简单。文:文采丰富。

　　[2]陶唐:指尧时。化:教化。何力:指《击壤歌》"帝何力于我哉"一句。不识:指《康衢谣》"不识不知"一句。

　　[3]有虞:指舜时。作:起。阜(fù):盛大。暇:空闲。薰风:指《南风歌》"南风之薰兮"一句。烂云:指《卿云歌》"卿云烂兮"一句。

　　[4]尽:完全。泰:安。

　　[5]敷:分布治理。九序:指治理天下的九项措施。成汤:商代的开创者。圣敬:圣明恭敬。猗欤(yī yú):指《诗经·商颂》"猗欤那欤"一句。猗:叹辞。

　　[6]逮(dài):及。姬(jī)文:周文王,姓姬。《周南》:《诗经》中的《国风》之一。大王:周文王的祖父。淳(chún):淳厚。《邠(bīn)风》:《诗经》中的《国风》之一。

　　[7]幽:指周幽王。厉:指周厉王。都是西周末年的昏君。《板》《荡》:《诗经·大雅》中的两篇。平王:东周第一代国君。微:衰落。《黍离》:《诗经·王风》中的一篇。

[8]文理:写作的道理。世:时代。风动于上:指诗受政教影响。

[9]角战:以战争较胜负。六经:指《诗》《书》《礼》《乐》《易》《春秋》。泥蟠(pán):以龙伏泥中比喻六经不为人所重视。蟠:伏。飙(biāo):暴风。骇:惊起。

[10]方:正在。力:指武力。任:听凭。权:权术,临机应变。五蠹(dù):指《韩非子·五蠹》中讲的"学者"(儒家)、"言谈者"(纵横家)、"带剑者"(游侠)、"患御者"(害怕兵役的人)和"工商之民"。蠹:蛀虫。六虱(shī):六种有害的虱子。指《商君书·靳令》中说的"礼乐","诗书","修善孝弟","诚信贞廉","仁义","非兵羞战"。文学:泛指文化学术。

[11]庄衢:大路。第:大宅。兰台:相传在今湖北钟祥。孟轲:即孟子,战国时著名思想家。宾馆:宾师之馆。荀卿:名况,战国时著名思想家。宰:主宰,管理。邑:城邑。稷(jì)下:在今山东临淄,为齐国招集学者们讨论问题的地方。扇:扇扬。郁:积。茂:美。

[12]邹子:即邹衍,稷下学者之一。飞誉:指飞扬名声。驺奭(zōu shì):稷下学者之一。雕龙:雕刻龙纹。刘向《别录》:"驺奭修衍之文,饰若雕镂龙文,故曰'雕龙'。"驰响:出名。

[13]屈平:即屈原。藻:辞藻,这里指作品本身。宋玉:楚国诗人。风云:宋玉有《风赋》,又有《高唐赋》写"旦为朝云,暮为行雨"。

[14]艳说:指屈原、宋玉的华美作品。笼罩:掩盖,这里有超过的意思。《雅》《颂》:《诗经》中的两个部分,这里指《诗经》。炜烨(wěi yè):光辉明盛。奇意:指作家的幻想。诡(guǐ):不平常。

爰至有汉,运接燔书,高祖尚武,戏儒简学,虽礼律草创,《诗》《书》未遑[1],然《大风》《鸿鹄》之歌,亦天纵之英作也[2]。施及孝惠,迄于文、景,经术颇兴,而辞人勿用[3]。贾谊抑而邹、枚沈,亦可知已[4]。逮孝武崇儒,润色鸿业,礼乐争辉,辞藻竞骛[5]:柏梁展朝谦之诗,金堤制恤民之咏[6],征枚乘以蒲轮,申主父以鼎食,擢公孙之对策,叹倪宽之拟奏,买臣负薪而衣锦,相如涤器而被绣[7],于是史迁、寿王之徒,严、终、枚皋之属,应对固无方,篇章亦不匮,遗风余采,莫与比盛[8]。越昭及宣,实继武绩,驰骋石渠,暇豫文会[9],集雕篆之轶材,发绮縠之高喻,于是王褒之伦,底禄待诏[10]。自元暨成,降意图籍,美玉屑之谭,清金马之路[11],子云锐思于千首,子政雠校于《六艺》,亦已

227

美矣[12]。爰自汉室,迄至成、哀,虽世渐百龄,辞人九变[13],而大抵所归,祖述《楚辞》,灵均余影,于是乎在[14]。

【注释】

[1]爰(yuán):于是。燔(fán)书:指秦始皇焚书。燔:焚烧。高祖:即刘邦,汉王朝的开创者。简:简慢,轻视。律:法。《诗》《书》:《诗经》和《尚书》。遑:空闲。

[2]《大风》《鸿鹄》:刘邦的《大风歌》和《鸿鹄歌》。天纵:天所赋予。

[3]施(yì):移,延。孝惠:汉惠帝刘盈,高祖之子。迄:到。文:汉文帝刘恒,高祖之子。景:汉景帝刘启,文帝之子。经术:经学。

[4]贾谊:汉初作家。抑:压抑。邹:指邹阳。枚:指枚乘。沈:低沉。

[5]孝武:汉武帝刘彻,是景帝之子。润色:增美。鸿:大。骛(wù):疾驰。

[6]柏梁:柏梁台,汉武帝所筑。讌(yàn):宴。金堤:黄河在瓠子口决口时所筑的堤。恤:怜悯。

[7]征:聘请。蒲轮:蒲草裹着的车轮,减少颠簸。申:致。主父:名偃,武帝时为中大夫。鼎食:饮食讲究的意思。鼎:食器。擢(zhuó):提拔。公孙:公孙弘,武帝时为丞相。对策:指他的《举贤良对策》。买臣:朱买臣。相如:司马相如,西汉辞赋家。涤(dí):洗。被绣:穿锦绣,指他后来做中郎将入蜀,太守以下都来迎接。

[8]史迁:即司马迁。寿王:姓吾丘,名寿王,西汉辞赋家。严:指严助,西汉作家。终:指终军,西汉大臣。枚皋:西汉作家。无方:无常,无定,指善于临机应变。匮(kuì):缺乏。风采:指作品的美好成就。

[9]越:度过。昭:即汉昭帝刘弗陵,是武帝之子。宣:即汉宣帝刘询,是武帝曾孙。武:即汉武帝。绩:功绩。石渠:石渠阁,是汉代帝王藏书的地方,宣帝时曾召集学者在此讲学。暇豫:闲逸。

[10]雕篆:"雕虫篆刻"比喻辞赋的写作,这里即指辞赋。轶(yì)材:才华出众的作家。轶:超越一般之上。绮縠(qǐ hú):指文采华美。绮:有花纹的丝织品。縠:薄纱。高喻:指有启发作用的作品。喻:譬喻。王褒:西汉作家。伦:类。底禄:取得官俸。底:致。禄:官俸。待诏:等候皇帝差遣。诏:皇帝的命令。

[11]元:指汉元帝刘奭,宣帝之子。暨(jì):及。成:指汉成帝刘骜,元帝之

子。降意:即留意。降:向下。玉屑:比喻议论的美好。屑:碎末。金马:金马门,汉代官署门,旁有铜马,故名。

[12]子云:扬雄的字,西汉辞赋家。千首:指赋。子政:刘向的字,西汉末年作家,曾奉命整理皇宫藏书。雠(chóu)校:校核。《六艺》:指儒家经典,这里指六经。

[13]哀:指汉哀帝刘欣,元帝之孙。渐:进。龄:年。九:虚数,泛指众多。

[14]大抵:大概。祖述:指继承。灵均:屈原的字。

　　自哀、平陵替,光武中兴,深怀图谶,颇略文华[1]。然杜笃献诔以免刑,班彪参奏以补令,虽非旁求,亦不遐弃[2]。及明、章叠耀,崇爱儒术,肆礼璧堂,讲文虎观[3]。孟坚珥笔于国史,贾逵给札于瑞颂;东平擅其懿文,沛王振其《通论》[4];帝则藩仪,辉光相照矣[5]。自和、安已下,迄至顺、桓,则有班、傅、三崔,王、马、张、蔡[6],磊落鸿儒,才不时乏,而文章之选,存而不论[7]。然中兴之后,群才稍改前辙,华实所附,斟酌经辞,盖历政讲聚,故渐靡儒风者也[8]。降及灵帝,时好辞制,造《羲皇》之书,开鸿都之赋[9];而乐松之徒,招集浅陋,故杨赐号为驩兜,蔡邕比之俳优,其余风遗文,盖蔑如也[10]。

【注释】
　　[1]平:指汉平帝刘衎,是哀帝之弟。陵替:衰颓。光武:指汉光武帝刘秀。中兴:指他建立东汉王朝。图谶(chèn):关于迷信预言的文字。略:忽略。文华:文采。

　　[2]杜笃:字季雅,东汉初年作家。诔(lěi):哀悼死者的作品。班彪:字叔皮,东汉初年的史家学、文学家。旁求:广泛搜求。

　　[3]明:指汉明帝刘庄,光武帝之子。章:指汉章帝刘炟,明帝之子。叠耀:重叠照耀,以二日比二帝。肆(yì):学习。璧堂:指辟雍,古代学习的地方。虎观:即白虎观,汉章帝曾在此招集学者讨论经学。

　　[4]孟坚:班固的字。珥(ěr)笔:古代史官插笔于冠侧,以备随时记录。珥:插。贾逵(kuí):东汉学者、作家。札:小木简。东平:指刘苍,他封东平王,是东汉宗室中比较能文的人。擅:专长。懿(yì):美。沛王:指刘辅,也是较有文才的宗室。通论:指他的《五经论》,当时有《沛王通论》之称。

　　[5]帝:明帝和章帝。则:法则。藩:藩王,指东平王刘苍和沛王刘辅。仪:

表率。

[6]安:汉安帝刘祜,章帝之孙。和:汉和帝刘肇,章帝之子。顺:汉顺帝刘保,安帝之子。桓:汉桓帝刘志,章帝的曾孙。班:指班固。傅:指傅毅。三崔:指崔骃、崔瑗、崔寔祖孙三人。王:指王延寿。马:指马融。张:指张衡。蔡:指蔡邕。

[7]磊落:众多的样子。乏:缺少。文章之选:指文章写得好的。

[8]辙:车轮的迹。华:文章的藻饰。实:作品的内容。附:依附,根据。斟酌:考虑取舍。经:儒家经典。历:经历。靡:披靡,这里指接受影响。

[9]灵帝:即刘宏,章帝玄孙。《羲皇》:指《皇羲篇》。鸿都:指鸿都门,是汉代藏书置学之所,灵帝曾在此招集文士。

[10]乐松:汉灵帝时负责招集文士到鸿都门来的人。杨赐:汉灵帝时的司空。驩兜(huān dōu):唐尧时的坏人。俳优:弄臣一类的人。蔑(miè)如:不足道。

　　自献帝播迁,文学蓬转,建安之末,区宇方辑[1]。魏武以相王之尊,雅爱诗章;文帝以副君之重,妙善辞赋[2];陈思以公子之豪,下笔琳琅;并体貌英逸,故俊才云蒸[3]。仲宣委质于汉南,孔璋归命于河北,伟长从宦于青土,公幹徇质于海隅[4],德琏综其斐然之思,元瑜展其翩翩之乐[5]。文蔚、休伯之俦,子叔、德祖之侣,傲雅觞豆之前,雍容衽席之上;洒笔以成酣歌,和墨以藉谈笑[6]。观其时文,雅好慷慨,良由世积乱离,风衰俗怨,并志深而笔长,故梗概而多气也[7]。至明帝纂戎,制诗度曲,征篇章之士,置崇文之观,何、刘群才,迭相照耀[8]。少主相仍,唯高贵英雅,顾盼含章,动言成论[9]。于时正始余风,篇体轻澹,而嵇、阮、应、缪,并驰文路矣[10]。

【注释】

　　[1]献帝:汉代最后一个帝王刘协,灵帝之子。播迁:迁都。蓬转:如蓬草随风飘转,喻文人所遭动乱。建安:汉献帝年号。区宇:指国内。辑:安定。

　　[2]魏武:指曹操。雅:平素。文帝:魏文帝曹丕。副君:太子。

　　[3]陈思:指曹植。琳琅(lín láng),比喻作品的美好。体貌:尊敬的意思。云蒸:多得如云。

　　[4]仲宣,王粲的字。委质:归顺的意思。汉南:汉水之南。孔璋:陈琳的

字。伟长:徐幹的字。宦:仕。青土:指他的原籍北海,今山东寿光。公幹:刘桢的字。徇(xùn):从。海隅:指他的原籍东平,今山东东平县。

[5]德琏(liǎn):应场的字。斐(fěi)然:有文采。元瑜(yú):阮瑀的字。翩翩(piān):美好的样子。

[6]文蔚(wèi):路粹的字。休伯:繁钦的字。俦(chóu):伴侣。子叔:邯郸淳的字。德祖:杨修的字。侣:同"俦"。傲雅:放诞风流。觞(shāng)豆之前:指侍宴赋诗。觞:酒杯。豆:食器。雍容:从容不迫。衽(rèn)席:坐席。洒笔:和下句"和墨"都指写作。酣:痛快。藉:助。

[7]雅:平素。良:诚。志深:情志深远。笔长:词意充沛。梗(gěng)概:慷慨。气:指文章的气势。

[8]明帝:指曹叡,曹丕之子。纂戎:指继承帝位。纂:继。戎:大。度曲:制曲。崇文观:魏明帝招集文士的地方。何:指何晏。刘:指刘劭。迭:轮流,一个接着一个的意思。

[9]少主:指明帝之后的齐王曹芳、高贵乡公曹髦、陈留王曹奂等人,即位时年纪都很轻,在位的时间也很短。相仍:相连续。高贵:即高贵乡公。英雅:有才华学问。含章:蕴藏着美。

[10]正始:齐王曹芳的年号。体:风格。轻澹:轻淡无味,这是就何晏等人的玄言诗说的。澹:恬淡。嵇:指嵇康。阮:指阮籍。应:指应璩。缪:指缪袭。

逮晋宣始基,景、文克构,并迹沈儒雅,而务深方术[1]。至武帝惟新,承平受命,而胶序篇章,弗简皇虑[2]。降及怀、愍,缀旒而已[3]。然晋虽不文[4],人才实盛:茂先摇笔而散珠,太冲动墨而横锦[5],岳、湛曜联璧之华,机、云标二俊之采,应、傅、三张之徒,孙、挚、成公之属[6],并结藻清英,流韵绮靡[7]。前史以为运涉季世,人未尽才,诚哉斯谈,可为叹息[8]。

【注释】

[1]晋宣:指魏末司马懿,被迫尊为晋宣帝。始基:指奠定司马氏政权的基础。景:指司马师,追尊为晋景帝。文:指司马昭,追尊为晋文帝。克构:指能继承父志。迹沈儒雅:指儒学方面没有成就。迹:事迹。沈:沉没。务:专力。方术:技术,这里指政治上的权术。

[2]武帝:指西晋第一个帝王司马炎,司马昭之子。惟新:指建立西晋王

朝。承平:相继平安。受命:受天之命来统治天下,指做皇帝。胶序:都是学校。简:察阅,有关注的意思。

[3]怀:指晋怀帝司马炽,武帝之子。愍(mǐn):指晋愍帝司马邺,武帝之孙。缀旒(liú):连在旗上的装饰品,指虚有其名。

[4]不文:不看重文辞。

[5]茂先:张华的字。散珠:比喻作品的美好。太冲:左思的字。横锦:比喻作品的美好。锦:杂色丝织品。

[6]岳:指潘岳。湛(zhàn):指夏侯湛。璧:圆形的玉。机:指陆机。云:指陆云。应:指应贞。傅:指傅玄。三张:指张载、张协、张亢兄弟三人。孙:孙楚。挚:挚虞。成公:成公绥。

[7]藻:文采。英:美好。韵:指作品的韵味。靡:美好。

[8]前史:指前人所著晋史。季世:末世,衰世。人未尽才:西晋作家中,左思、张载、张协都郁郁不得志,而退归乡里;张华、陆机、陆云、潘岳、刘琨等都被杀;挚虞则在荒乱中饿死。

元皇中兴,披文建学,刘、刁礼吏而宠荣,景纯文敏而优擢[1]。逮明帝秉哲,雅好文会,升储御极,挚挚讲艺,练情于诰策,振采于辞赋[2]。庾以笔才逾亲,温以文思益厚,揄扬风流,亦彼时之汉武也[3]。及成、康促龄,穆、哀短祚[4]。简文勃兴,渊乎清峻,微言精理,函满玄席;澹思浓采,时洒文囿[5]。至孝武不嗣,安、恭已矣[6]。其文史则有袁、殷之曹,孙、干之辈,虽才或浅深,珪璋足用[7]。自中朝贵玄,江左称盛,因谈余气,流成文体[8]。是以世极迍邅,而辞意夷泰;诗必柱下之旨归,赋乃漆园之义疏[9]。故知文变染乎世情,兴废系乎时序,原始以要终,虽百世可知也[10]。

【注释】

[1]元皇:指晋元帝司马睿。中兴:指他建立东晋王朝。披:开。刘:指刘魄。刁:指刁协。都是晋元帝所亲信的官吏。礼吏:懂得礼法的官吏。景纯:郭璞的字。

[2]明帝:指司马绍,元帝之子。秉哲:具有高度智慧。秉:操持。储:副,即"副君"。御极:登帝位。孳孳(zī):不倦,指经常关怀。艺:六艺,指儒家经籍。诰策:上对下的文件,这里指帝王对臣下的命令。振采于辞赋:发挥文采。

[3]庾:指庾亮,字元规。逾:更加。温:指温峤。益厚:更加被厚待。揄(yú)扬:指奖励,提倡。风流:这里指文学创作。

[4]成:指晋成帝司马衍。康:指晋康帝司马岳。促龄:指做皇帝的时间短促。穆:指晋穆帝司马聃,康帝之子。哀:指晋哀帝司马丕,成帝之子。祚(zuò):帝位。

[5]简文:指晋简文帝司马昱,元帝之子。渊:深,引申为很、甚的意思。清峻:清高严峻。函满:充满。函:容。玄席:谈论玄学的座席。文囿(yòu):即文坛。囿:园林。

[6]孝武:指晋孝武帝司马曜,简文帝之子。不嗣:指当时一种迷信的预言,说孝武帝将是东晋最后一代皇帝。安:指晋安帝司马德宗。恭:指晋恭帝司马德文。都是孝武帝之子。已:终止,指东晋灭亡。

[7]袁,指袁宏。殷:指殷仲文。曹:辈。孙:指孙盛。干:指干宝。珪(guī)璋:古人到各国聘问时用的名贵玉器,这里是用以比喻人的才德。

[8]中朝:指西晋。玄:玄学,以老庄思想为主的学说。江左:指东晋。谈:玄谈。气:指晋代清谈玄学的风气。

[9]迍邅(zhūn zhān):困难。夷泰:平淡空洞。柱下:指老子,曾担任周的柱下史。旨:意旨。漆园:指庄子,曾任漆园吏。疏:阐述。

[10]情:情况。序:秩序。原:追溯。要(yāo):约会,这里有联系的意思。百世:极言其长久。

自宋武爱文,文帝彬雅,秉文之德,孝武多才,英采云构[1]。自明帝以下,文理替矣[2]。尔其缙绅之林,霞蔚而飙起[3]。王、袁联宗以龙章,颜、谢重叶以凤采,何、范、张、沈之徒,亦不可胜也[4]。盖闻之于世,故略举大较[5]。

【注释】

[1]宋武:指宋武帝刘裕。爱文:爱好文学。文帝:指宋文帝刘义隆,武帝之子。彬(bīn)雅:即文雅。秉:秉承。文:指宋文帝。孝武:指宋孝武帝刘骏,文帝之子。云构:形容众多。

[2]明帝:指刘彧(yù),文帝之子。文理:为文之理,这里指创作风气。替:衰。

[3]缙(jìn)绅:指士大夫。蔚:盛。飙(biāo):暴风。此句形容文才兴盛。

[4]王、袁：宋代王家有王韶之、王淮之等人，袁家有袁淑、袁粲等人，都在文学创作上有一定成就。龙章：颂美文采之盛。颜：颜家有颜延之及其子颜竣、颜测等。谢：谢家有谢灵运及其族弟谢惠连、谢庄等人。叶：世代。何：宋代何家有何天、何长瑜、何尚之等。范：范家有范泰、范晔父子。张：张敷。沈：沈怀文等。胜：胜数。

[5]大较：大概。

暨皇齐驭宝，运集休明[1]：太祖以圣武膺箓，高祖以睿文纂业，文帝以贰离含章，中宗以上哲兴运[2]，并文明自天，缉熙景祚[3]。今圣历方兴，文思光被，海岳降神，才英秀发[4]，驭飞龙于天衢，驾骐骥于万里[5]，经典礼章，跨周轹汉，唐虞之文，其鼎盛乎[6]！鸿风懿采，短笔敢陈？飏言赞时，请寄明哲[7]！

【注释】

[1]皇齐：《文心雕龙》成书于齐末，故称"皇齐"。驭宝：登基。宝：宝座、宝位。运：气数，国运。休：美。

[2]太祖：指齐高帝萧道成。膺箓（yīng lù）：受天命统治天下。膺：受。箓：符命。高祖：应为世祖，指齐武帝萧赜（zé），高帝之子。睿：聪慧。文帝：指文惠太子萧长懋，武帝之子。贰离：继明，指太子。离：明。中宗：应为高宗，指齐明帝萧鸾。哲：贤智的人。

[3]缉熙：光明。景：大。

[4]圣历：指当时正在位的皇帝。光被：广及。海岳降神：指山川显灵。秀发：超出众人之上。

[5]衢：大路。骐骥（qí jì）：良马。

[6]礼章：礼乐制度。轹（lì）：践踏，这里指超过。鼎：方，正当。

[7]风：风化，也就是作品的教育意义。短笔：刘勰自谦之辞。飏：飞扬。时：指齐代。明哲：指高明的评论家。

赞曰：蔚映十代，辞采九变[1]。枢中所动，环流无倦[2]。质文沿时，崇替在选[3]。终古虽远，暧焉如面[4]。

【注释】

[1]十代：十个朝代，指唐、虞、夏、商、周、汉、魏、晋、宋、齐。九：多。

[2]枢中：中心，关键，指时代。枢：户枢。环：围绕，指文学围绕着时代而发展变化。无倦：不止。

[3]沿时：顺着时代。崇替：兴废。选：选择。

[4]终古：自古以来。暧："僾(ài)"的借字，仿佛，隐约。

【导读】

本篇从历代文学创作的发展变化情况，来探讨文学与社会现实的密切关系。大致分为七个部分。第一部分论述从尧舜时期到战国时期的文学情况，第二部分论述西汉时期的文学情况，第三部分论述东汉时期的文学情况，第四部分论述三国时期的文学情况，第五部分论述西晋时期的文学情况，第六部分论述东晋时期的文学情况，第七部分论述宋、齐时期的文学情况。不过本书写作时齐还未亡，所以对齐代文学只有笼统的颂扬，未作具体分析评论。

文学创作和社会现实关系是十分复杂的。刘勰在对各个历史时期文学情况的论述中，讲到三种具体的关系：一是"风动于上，而波振于下"，商、周的诗歌，汉、晋的文学，都较普遍地存在这种情形；二是由于"世积乱离，风衰俗怨"的乱世，造成"梗概而多气"的建安文学；三是儒道思想对文学的影响，如东汉文学的"渐靡儒风"，两晋玄学使文学创作"流成文体"等。前一种主要是影响于文学的盛衰，后两种则影响到文学的内容和风格特色。

"故知文变染乎世情，兴废系乎时序"二句，扼要地指出文学的盛衰变化和时代、社会有着紧密的联系。篇中所述对文学发生影响的时代社会因素，大致有以下三点：一是政治兴衰和社会治乱，如论周代诗歌、汉末建安文学便是；二是学术思想情况，如论曹魏后期文学、东晋文学便是；三是君主的提倡，如论西汉武帝提倡文学、曹操父子礼遇文人等便是。这些分析评论，大体上符合于各时期的历史实际状况。

物　色

　　春秋代序，阴阳惨舒，物色之动，心亦摇焉[1]。盖阳气萌而玄驹步，阴律凝而丹鸟羞[2]，微虫犹或入感，四时之动物深矣。若夫珪璋挺其惠心，英华秀其清气，物色相召，人谁获安[3]？是以献岁发春，悦豫之情畅；滔滔孟夏，郁陶之心凝[4]；天高气清，阴沈之志远；霰雪无垠，矜肃之虑深[5]；岁有其物，物有其容；情以物迁，辞以情发[6]。一叶且或迎意，虫声有足引心[7]。况清风与明月同夜，白日与春林共朝哉[8]！

【注释】

　　[1]代：更替。序：次序，指四季的次序。阴阳惨舒：即阴惨阳舒。阴：秋冬寒冷的时候。惨：不愉快。阳：春夏温暖的时候。舒：舒畅。摇：动摇，这里指心情受到外物的影响而波动。

　　[2]萌：开始。玄驹：蚂蚁。步：走动。阴律：代表秋天的乐律，这里指阴气。丹鸟：萤火虫。羞：进食。

　　[3]珪（guī）璋：古代聘问时所用的名贵玉器，这里泛指美玉。挺：挺拔。惠：即慧。英华：美好的花。安：安静，指没有受到感动。

　　[4]献岁：新的一年。献：进。发春：春气发扬。豫：安乐。滔滔：阳气盛发的样子。孟：始。郁陶：忧闷。

　　[5]天高气清：指秋天。阴沈：深沉。霰（xiàn）：雪珠。垠（yín）：边界。矜（jīn）肃：严肃。矜：庄，敬。

　　[6]容：形貌。迁：改变。发：产生。

　　[7]且或：尚且。迎：接，引申为感触。足：能够。

　　[8]春林：春天的树林。

　　是以诗人感物，联类不穷。流连万象之际，沈吟视听之区[1]；写气图貌，既随物以宛转；属采附声，亦与心而徘徊[2]。故"灼灼"状桃花之鲜，"依依"尽杨柳之貌，"杲杲"为出日之容，"瀌瀌"拟雨雪之状，"喈喈"逐黄鸟之声，"喓喓"学草虫之韵[3]。"皎日""嘒星"，一言穷理；"参差""沃若"，两字连形；

并以少总多,情貌无遗矣[4]。虽复思经千载,将何易夺[5]。及《离骚》代兴,触类而长,物貌难尽,故重沓舒状,于是嵯峨之类聚,葳蕤之群积矣[6]。及长卿之徒,诡势瑰声,模山范水,字必鱼贯[7],所谓诗人丽则而约言,辞人丽淫而繁句也[8]。

【注释】

[1]联:联系,联想。类:相近、相似的。流连:徘徊不忍离去。万象:各种自然现象。沈吟:低声吟咏。

[2]气:指事物的精神。图貌:描绘状貌。宛转:曲折回旋。属:连缀。声:指文章的音节。徘徊:来回走动,这里指外物与内心密切联系的构思活动。

[3]灼灼(zhuó):花盛开的样子。依依:枝条轻柔的样子。尽:完全,即完全描绘出。杲杲(gǎo):光明的样子。瀌瀌(biāo):雪多的样子。拟:模仿。喈喈(jiē):众鸟和鸣的声音。逐:追,指追摹,表现。喓喓(yāo):虫叫的声音。

[4]皎(jiǎo):洁白明亮。嘒(huì):微小。一言:一字。参差(cēn cī):不齐。沃若:美盛的样子。穷:尽,指完全表现出来。总:综合。情貌:神情状貌。无遗:指完全表达出来。

[5]易:更改。夺:除去。

[6]兴:兴起。长:指事物的引申、发展。重沓(tà):多的意思。舒:伸展,即描写。嵯峨(cuō é):山峰高险的样子。葳蕤(wēi ruí):草木叶垂的样子。

[7]长卿:司马相如的字。诡(guǐ):不平常。势:文章的气势。瑰(guī):奇特。模、范:都指依照物象描绘。鱼贯:所用词藻如鱼之成行,指罗列堆砌的毛病。

[8]诗人:指《诗经》的作者。则:合于规则而不过分。约:简练。辞人:辞赋家。淫:过分。

至如《雅》咏棠华,或黄或白;《骚》述秋兰,绿叶紫茎[1];凡摛表五色,贵在时见,若青黄屡出,则繁而不珍[2]。

【注释】

[1]《雅》:指《诗经·小雅》。棠华:即"裳华",指《小雅》中的《裳裳者华》。或黄或白:《小雅·裳裳者华》:"裳裳者华,或黄或白。"《骚》:《离骚》,这里泛

指《楚辞》。绿叶、紫茎:《九歌•少司命》:"秋兰兮青青,绿叶兮紫茎。"

[2]摛(chī):发布,引申为描写。时见:适时出现。

自近代以来,文贵形似,窥情风景之上,钻貌草木之中[1]。吟咏所发,志惟深远;体物为妙,功在密附[2]。故巧言切状,如印之印泥,不加雕削,而曲写毫芥[3]。故能瞻言而见貌,即字而知时也[4]。然物有恒姿,而思无定检,或率尔造极,或精思愈疏[5]。且《诗》《骚》所标,并据要害,故后进锐笔,怯于争锋[6]。莫不因方以借巧,即势以会奇,善于适要,则虽旧弥新矣[7]。是以四序纷回,而入兴贵闲;物色虽繁,而析辞尚简[8];使味飘飘而轻举,情晔晔而更新[9]。古来辞人,异代接武,莫不参伍以相变,因革以为功,物色尽而情有余者,晓会通也[10]。若乃山林皋壤,实文思之奥府,略语则阙,详说则繁[11]。然屈平所以能洞监风骚之情者,抑亦江山之助乎[12]?

【注释】

[1]近代:指晋宋时期。窥(kuī):探视。

[2]志:指作者的情志。体:体现,描写。密附:指准确地描绘事物。附:接近。

[3]切:切合。印泥:古代封信用泥,上面盖印,和后来用的火漆相似。雕削:雕刻,雕琢。曲:曲折,细致。芥(jiè):小草。

[4]瞻:看。即:就。时:指四时。

[5]恒:经常的,有定的。检:法式。率尔:随便的样子。造极:达到理想的境地。疏:远,指作者的思想和客观物象距离很大。

[6]标:显出。要害:重要之处,指事物的主要特征。锐笔:指精于写作的人。怯(qiè):懦弱,害怕。

[7]方:方法,指过去的写作手法。适要:抓住要点。旧:指常见的、前人多次写到过的事物。弥(mí):更加。新:新鲜,指同一事物能从新的角度或深度表现出新的特色。

[8]四序:四季。纷回:复杂多变。回:运转。兴:指写作的兴致。闲:闲静,淡定。析:分解,引申为抉择、运用。

[9]晔晔(yè):美盛的样子。

[10]接武:继迹。武:半步。参伍:错杂。因:沿袭。革:改变。会通:指对

传统精神的融会贯通。

[11]皋(gāo)：水边地。奥：深。府：藏聚财物之所,这里指诗文源泉。阙(què)：缺。

[12]屈平,屈原名平。洞监：深察。风骚：泛指诗赋等作品。抑：语首助词。助：帮助。

赞曰：山沓水匝,树杂云合[1]。目既往还,心亦吐纳[2]。春日迟迟,秋风飒飒[3]。情往似赠,兴来如答[4]。

【注释】

[1]沓：重复。匝(zā)：围绕。合：聚、会。

[2]吐纳：指抒发。

[3]春日迟迟：《诗经·豳风·七月》："春日迟迟,采蘩祁祁。" 飒飒(sà)：风声。

[4]兴：指物色引起作者产生的创作兴致。

【导读】

本篇论述文学与自然景物的关系,因景物具有各种各样的色彩,故名物色。魏晋南北朝时代,山水写景文学逐步发达,不但作品众多,而且在理论批评方面也时有反映。文学与写景的关系,成为晋宋以来不少文人所关心的一个问题,因此本书特设此专篇加以研讨。本篇次在《时序》篇后面,《时序》论文学与时代的关系,本篇论文学和自然景物的关系,两篇开头均是四言四句,内容句法,彼此对称,《时序》与本篇是姊妹篇。

全篇可分为三段。第一段说明一年四季,气候景物各有不同,人们的感情也随之变化,并以文辞表现出来。第二段概述先秦汉代写景词语的发展。先是说《诗经》作者仔细观察物象,精心运用文辞加以表现,并举了不少例子作证,认为它们能做到以简约的词语充分地表现丰富的物色。到《离骚》等楚辞作品,写景词语趋向繁复。至司马相如等汉赋家,更喜欢用一连串的词语来描写山水景物,形成了扬雄所说"辞人之赋丽以淫"的状况。之后又指出,运用黄、白等表示颜色的字,也应如《诗经》、楚辞那样,偶一出现,否则就"繁而不珍"。第三段先是说明晋宋以来,山水写景文学发达,作者在这方面着力描摹,

239

写景细致逼真。接着指出《诗经》、楚辞作者写景并能抓住要害，后来作者应吸取这种经验。总之，睹物兴情，要有从容不迫的心境；表现丰富多采的物色，要善于运用简约的词语，这样才能写出情意新颖、余味无穷的佳作。古来文人，在这方面懂得会通变化的，就能成功。最后指出，山水风景是启发文思的府库，并以屈原作品作证，要人们对此予以重视。

本篇是《文心雕龙》中写得比较精彩的一篇。除论述的形象生动以外，还以鲜明的唯物观点，比较正确地总结了情物关系、"以少总多"、"善于适要"和"江山之助"等重要问题。

才　略

　　九代之文,富矣盛矣;其辞令华采,可略而详也[1]。虞、夏文章,则有皋陶六德,夔序八音[2],益则有赞,五子作歌,辞义温雅,万代之仪表也[3]。商、周之世,则仲虺垂诰,伊尹敷训[4],吉甫之徒,并述诗颂,义固为经,文亦师矣[5]。

【注释】

　　[1]九代:黄帝、唐、虞、夏、商、周、汉、魏、晋为九代。详:考察,研究。

　　[2]皋陶(gāo yáo):传为虞舜时的刑官。六德:指《尚书·皋陶谟》所言九德中的任意六德。九德为:宽而栗、柔而立、愿而恭、乱而敬、扰而毅、直而温、简而廉、刚耳塞、强而义。夔(kuí):舜的臣子。序:次序,这里指使之有一定的次序。八音:古代乐器的总称,指金、石、土、革、丝、木、匏、竹八类。

　　[3]益:舜的臣子。五子:一说为夏帝太康之弟,一说为夏启的五个儿子(即太康的五个兄弟)。仪表:标准。

　　[4]仲虺(huǐ):商汤王的臣子。垂诰:留下告诫商汤的话。伊尹:汤臣,亦名伊挚。敷训:陈说教训。

　　[5]吉甫:尹吉甫,周宣王时的贤臣。并述诗颂:指尹吉甫作歌颂周宣王的诗。经:经书。师:效法。

　　及乎春秋大夫,则修辞聘会[1],磊落如琅玕之圃,焜耀似缛锦之肆,荐敷择楚国之令典,随会讲晋国之礼法[2],赵衰以文胜从飨,国侨以修辞捍郑[3],子太叔美秀而文,公孙挥善于辞令,皆文名之标者也[4]。战代任武,而文士不绝[5];诸子以道术取资,屈宋以《楚辞》发采,乐毅报书辨以义,范雎上疏密而至,苏秦历说壮而中,李斯自奏丽而动[6],若在文世,则扬、班俦矣[7]。荀况学宗,而象物名赋,文质相称,固巨儒之情也[8]。

【注释】

　　[1]修辞:修饰辞藻。

[2]磊落：众多貌。琅玕（láng gān）：似珠玉的美石。圃（pǔ）：园圃。焜（kūn）耀：照明。缛（rù）锦：文采繁盛的锦绣。肆：商店，市场。蒍（wěi）敖：春秋时楚国人。择：选择，选用。随会：即士会，春秋时晋国大夫。

[3]赵衰（cuī）：字子余，春秋时晋国大夫。文胜：富有文采。从飨：随从赴宴。国侨：春秋时郑国大夫，字子产，掌国政四十余年，故称国侨。修辞：指善于运用辞令。捍郑：捍卫郑国。

[4]子太叔：即游吉，春秋时郑国正卿。美秀而文：《左传·襄公三十一年》："子太叔美秀而文。"公孙挥：字子羽，春秋郑国简公时为行人。文名：以文辞为名。标：木末，引申为突出的意思。

[5]任：任用。

[6]道术：泛指诸子百家的思想学说。取资：犹凭借。屈宋：屈原、宋玉。发采：表现出文采。乐毅：战国时燕国的上将军。辨：明辨。范雎（jū）：字叔，战国时魏人，入秦为秦昭王相。苏秦，字季子，战国时期的纵横家。壮：有力。中：符合，切中时事。李斯：秦代政治家，秦始皇的丞相。

[7]文世：即"崇文之盛世"。扬、班：扬雄、班固。俦（chóu）：同辈。

[8]荀况：即荀子。学宗：学术上受人尊敬的人。象物：状貌事物，描写物象。文质：文辞和实质，形式和内容。固：本来。情：这里指情况，实情。

汉室陆贾，首发奇采，赋《孟春》而选典诰，其辩之富矣[1]。贾谊才颖，陵轶飞兔，议惬而赋清，岂虚至哉[2]！枚乘之《七发》，邹阳之《上书》，膏润于笔，气形于言矣[3]。仲舒专儒，子长纯史，而丽缛成文，亦诗人之告哀焉[4]。相如好书[5]，师范屈、宋，洞入夸艳，致名辞宗。然覈取精意，理不胜辞，故扬子以为"文丽用寡者长卿"[6]，诚哉是言也！王褒构采，以密巧为致，附声测貌，泠然可观[7]。子云属意，辞义最深，观其涯度幽远，搜选诡丽，而竭才以钻思，故能理赡而辞坚矣[8]。桓谭著论，富号猗顿，宋弘称荐，爰比相如[9]，而《集灵》诸赋，偏浅无才，故知长于讽论，不及丽文也[10]。敬通雅好辞说，而坎壈盛世，《显志》自序，亦蚌病成珠矣[11]。二班、两刘，奕叶继采[12]，旧说以为固文优彪，歆学精向，然《王命》清辩，《新序》该练[13]，璇璧产于昆冈，亦难得而逾本矣[14]。

【注释】

[1]陆贾:西汉初年的政论家、辞赋家。《孟春》:指陆贾的《孟春赋》。辩:巧言,辩丽。富:指充分。

[2]贾谊:西汉初政论家、文学家。颖(yǐng):禾的末端,引申指锋锐。陵轶(yì):超越。飞兔:千里马名。议惬(qiè):议论恰当。岂虚至:不是没有原因的。

[3]枚乘:字叔,西汉初辞赋家。邹阳:西汉文人。《上书》:邹阳有《上书吴王》。膏:油脂,这里指丰富的文采。气:指气势。

[4]仲舒:董仲舒,西汉经学家,大儒,有汉代孔子之称。子长,司马迁。丽缛:繁盛的文采。文:指董仲舒的《士不遇赋》、司马迁的《感士不遇赋》等文学作品。诗人告哀:《诗经·小雅·四月》:"君子作歌,维以告哀。"

[5]相如:司马相如。好书:《汉书·司马相如传》:"司马相如,字长卿,蜀郡成都人也。少时好读书,学击剑。"

[6]扬子:扬雄。文丽用寡:《法言·君子》:"文丽用寡,长卿也。"长卿:司马相如的字。

[7]王褒:字子渊,西汉辞赋家。构:造。密巧:细密工巧。致:旨趣。附声测貌:描绘声音状貌。附:接近。测:度量。泠(líng)然:轻妙之貌。

[8]子云:扬雄的字。涯度:指内容的广阔。涯:极限。诡(guǐ)丽:指奇丽。竭才:犹全力以赴。竭:尽。赡(shàn):富足。

[9]桓谭:字君山,东汉思想家。著论:桓谭有《新论》。富号猗(yī)顿:喻桓谭论著的贵重。猗顿:春秋时鲁人,财比王公,驰名天下。宋弘:字仲子,东汉光武帝拜大司空。爰(yuán):乃,于是。

[10]《集灵》:指桓谭为华阴集灵宫所作的《仙赋》。丽文:指诗、赋等文学作品。

[11]敬通:冯衍的字,东汉初作家。雅好:很爱好。坎壈(lǎn):困顿,不得志。《显志》:指冯衍的《显志赋》。自序:自述,抒写已志。蚌病成珠:《淮南子·说林训》:"明月之珠,蚌之病而我之利。"

[12]二班:班彪、班固父子。两刘:刘向、歆父子。奕(yì)叶:累世,一代接一代。

[13]《王命》:班彪的《王命论》。清辩:清晰明辩。《新序》:刘向的《新

序》。该练:完备而精练。

[14]璇(xuán)璧:美玉。昆冈:古代传说中产玉的山。逾:超过。本:指其父辈。

傅毅、崔骃,光采比肩,瑗、寔踵武,能世厥风者矣[1]。杜笃、贾逵,亦有声于文,迹其为才,崔、傅之末流也[2]。李尤赋铭,志慕鸿裁,而才力沈膇,垂翼不飞[3]。马融鸿儒,思洽识高,吐纳经范,华实相扶[4]。王逸博识有功,而绚采无力[5]。延寿继志,瑰颖独标,其善图物写貌,岂枚乘之遗术欤[6]!张衡通赡,蔡邕精雅,文史彬彬,隔世相望[7]。是则竹柏异心而同贞,金玉殊质而皆宝也[8]。刘向之奏议,旨切而调缓;赵壹之辞赋,意繁而体疏[9];孔融气盛于为笔,祢衡思锐于为文,有偏美焉[10]。潘勖凭经以骋才,故绝群于《锡命》;王朗发愤以托志,亦致美于序铭[11]。然自卿、渊已前,多役才而不课学;雄、向以后,颇引书以助文[12];此取与之大际,其分不可乱者也[13]。

【注释】

[1]傅毅:字武仲。崔骃(yīn):字亭伯。都是东汉文学家。瑗(yuàn):指崔瑗,字子玉,崔骃之子。寔(shí):指崔寔,字子真,崔骃之孙。踵武:跟前人脚步走,这里指崔氏祖孙相继为东汉文学家。世:承袭。厥:其。

[2]杜笃:字季雅,东汉文人。贾逵:字景伯,东汉文人。 迹:循其实而考察。崔傅:指崔骃、傅毅。末流:末等。

[3]李尤:字伯仁,东汉文学家。鸿裁:巨大的制作。沈膇(zhuì):指文辞滞重。膇:足肿。

[4]马融:字季长,东汉经学家、文学家。洽(qià):遍,广博。吐纳:言谈,写作。经范:儒家经典的规范。华实:形式和内容。相扶:互相支持,指形式和内容配合很好。

[5]王逸:字叔师,东汉文学家。博识有功:在见识广博方面有成就。 绚(xuàn)采:绚丽的文采,指文学创作。

[6]延寿:王延寿,王逸的儿子,东汉辞赋家。瑰(guī)颖:奇丽的锋芒。标:突出。枚乘之遗术:指枚乘写《七发》所用形象描绘的方法。

[7]张衡:字平子,东汉著名科学家、文学家。通赡:指才学广博丰富。蔡邕:字伯喈,汉末学者、文学家。文史彬彬(bīn):指张衡、蔡邕都文史双全。

隔世相望：指张衡、蔡邕二人遥遥相对。

[8]宝：宝贵。

[9]赵壹：字元叔，东汉文学家。体疏：体制松散。

[10]孔融：字文举，汉末文学家，"建安七子"之一。祢衡：字正平，汉末辞赋家。文：指祢衡《鹦鹉赋》等有韵之文。偏美：偏长于某一方面。

[11]潘勖(xù)：字元茂，汉末文人。凭经：依靠儒家经书。《锡命》：指潘勖的《册魏公九锡文》。锡：赐。王朗：字景兴，三国文人。魏文帝、明帝时为司空、司徒。序铭：王朗的序铭，今不存。

[12]卿、渊：指司马相如、王褒。役才：指使用才力。课学：讲求学问。雄、向：指扬雄、刘向。

[13]取与：犹取予，采取或给与。际：分界。分：分别。乱：混淆。

魏文之才，洋洋清绮，旧谈抑之，谓去植千里[1]。然子建思捷而才俊，诗丽而表逸；子桓虑详而力缓，故不竞于先鸣[2]。而乐府清越，《典论》辩要，迭用短长，亦无懵焉[3]。但俗情抑扬，雷同一响，遂令文帝以位尊减才，思王以势窘益价，未为笃论也[4]。仲宣溢才，捷而能密，文多兼善，辞少瑕累，摘其诗赋，则七子之冠冕乎[5]！琳、瑀以符檄擅声，徐幹以赋论标美；刘桢情高以会采，应玚学优以得文；路粹、杨修，颇怀笔记之工；丁仪、邯郸，亦含论述之美；有足算焉[7]。刘劭《赵都》，能攀于前修；何晏《景福》，克光于后进[8]；休琏风情，则《百壹》标其志；吉甫文理，则《临丹》成其采[9]；嵇康师心以遣论，阮籍使气以命诗，殊声而合响，异翮而同飞[10]。

【注释】

[1]魏文：魏文帝曹丕。洋洋：众多、盛大的样子，这里形容才气很盛。清绮(qǐ)，清丽。绮：有花纹的丝织品。抑：压抑，贬低。植：曹植。

[2]表逸：章表卓越。不竞：不强。先鸣：名声居上。

[3]《典论》：曹丕著。迭用短长：各有所长。迭：更迭，交互。短长：这里指曹丕、曹植互有优劣。亦无懵(méng)焉：此句是借用《左传·襄公十四年》中的"说无薨焉"。

[4]雷同：《礼记·曲礼》："毋雷同。"思王：曹植谥号"思"。窘(jiǒng)：指曹植与曹丕争立太子失败后所处困境。笃论：确实的论断。

[5]仲宣:王粲的字。溢:满而有余。捷而能密:敏捷而精密。瑕:毛病,缺点。摘:选取,指选其优秀作品。七子:指"建安七子"。

[6]琳、瑀:陈琳、阮瑀。符:符命,古代歌颂帝王功德的文体。檄:檄文,军事上晓谕敌方的文体。擅声:因擅长符檄而著名。

[7]路粹:字文蔚,汉末文人,做曹操的军谋祭酒。杨修:字德祖,汉末文人,曹操的主簿。怀:指具有。笔记:笔札书记。丁仪:字正礼,汉末文人。邯郸:邯郸淳,字子叔,汉末文人。杨修、丁仪、邯郸淳等,都是曹植的追从者。足算:足以称数。

[8]刘劭:字孔才,三国时魏国文人。《赵都》:指《赵都赋》。攀:依附,引申为接近,赶上的意思。前修:前代贤人,指前代优秀的作家。何晏:字平叔,三国时魏国玄学家、文学家。《景福》:指《景福殿赋》。克:能。后进:后来作家。

[9]休琏:应璩的字。风情:作者的怀抱,意趣。《百壹》:应璩的《百壹诗》。吉甫:应贞的字。他是西晋文学家,应璩之子。文理:写作的道理。这里指应贞对为文之理的掌握。《临丹》:应贞的《临丹赋》。

[10]嵇康:字叔夜,魏末文学家、音乐家。师心:根据自己独立的思考而不拘成法。遣论:写论文。阮籍:字嗣宗,魏末诗人。使气:任凭其志气脾性。翮(hé):鸟翅。

张华短章,奕奕清畅,其《鹪鹩》寓意,即韩非之《说难》也[1]。左思奇才,业深覃思,尽锐于《三都》,拔萃于《咏史》,无遗力矣[2]。潘岳敏给,辞自和畅,钟美于《西征》,贾余于哀诔,非自外也[3]。陆机才欲窥深,辞务索广,故思能入巧,而不制繁[4]。士龙朗练,以识检乱,故能布采鲜净,敏于短篇[5]。孙楚缀思,每直置以疏通;挚虞述怀,必循规以温雅;其品藻流别,有条理焉[6]。傅玄篇章,义多规镜;长虞笔奏,世执刚中;并桢干之实才,非群华之韡萼也[7]。成公子安,选赋而时美;夏侯孝若,具体而皆微[8]。曹摅清靡于长篇,季鹰辨切于短韵,各其善也[9]。孟阳、景阳,才绮而相埒,可谓鲁卫之政,兄弟之文也[10]。刘琨雅壮而多风,卢谌情发而理昭,亦遇之于时势也[11]。

【注释】

[1]张华:字茂先,西晋文学家。短章:张华今存《永怀赋》《归田赋》等,都

较短。奕奕(yì):盛美。《鹪鹩(jiāo liáo)》:指张华的《鹪鹩赋》。韩非:战国末年思想家,所著《韩非子》中有《说难》一篇。

[2]左思:字太冲,西晋文学家。业深:专擅。覃(tán):深。《三都》:左思的《三都赋》。拔萃:才具出众。《孟子·公孙丑上》:"出乎其类,拔乎其萃。"萃:草木丛生貌。《咏史》:左思有《咏史诗》八首。

[3]潘岳:字安仁,西晋文学家。敏给:敏捷。钟:集聚。《西征》:潘岳的《西征赋》。贾(gǔ)余:出售多余的才力,指才力丰富。非自外:指潘岳擅于写衰诔,是由其内心的情感决定的。

[4]陆机:字士衡,西晋文学家。窥:探求。务:追求。索:搜寻。入巧:《书记》:"陆机自理,情周而巧。" 制:制约,控制。繁:《哀吊》:"陆机之《吊魏武》,序巧而文繁。"

[5]士龙:陆云的字。陆机之弟,西晋文学家。朗练:指陆云文风明朗简练。检:约束,限制。乱:繁乱。布采鲜净:指陆云的作品运用文采鲜明省净。敏:这里指慧。

[6]孙楚:字子荆,西晋文学家,玄言诗的早期作者。缀(zhuì)思:即构思。缀:连结。直置:直陈、直述。挚虞:字仲洽,西晋文学家。述怀:咏怀之作。循规以温雅:指遵循规矩而辞义温和雅正。品藻:指评论。流别:流派,指不同文体的源流演变。

[7]傅玄:字休奕,西晋文学家。规镜:规劝鉴戒。长虞:傅咸的字,西晋文学家,傅玄之子。笔奏:奏议。世执刚中:世代坚持刚强正直。桢干:骨干,国家的栋梁之材。韡萼(wěi è):美丽的花托。

[8]成公子安:成公绥,字子安,西晋文学家。选赋:撰赋。夏侯孝若:夏侯湛(zhàn),字孝若,西晋文学家。具体皆微:指形式具备,成就不大。

[9]曹摅(shū):字颜远,西晋良吏,工诗赋。季鹰:张翰的字,西晋文学家。辨切:辨明切实。短韵:指小诗。

[10]孟阳,张载的字。景阳:张协的字。张载、张协兄弟二人,都是西晋文学家。相埒(liè):相等。鲁卫之政:《论语·子路》:"鲁卫之政,兄弟也。"兄弟:此二字意义双关,既说张载、张协二人是兄弟,又表示二人文学成就大小相近。

[11]刘琨:字越石,西晋诗人,爱国将领。多风:风力强盛。卢谌(chén):字子谅,东西晋之交的作家。发:明显。遇之于时势:指刘琨、卢谌均遭西晋末年的动乱。

景纯艳逸,足冠中兴,《郊赋》既穆穆以大观,《仙诗》亦飘飘而凌云矣[1]。庾元规之表奏,靡密以闲畅;温太真之笔记,循理而清通;亦笔端之良工也[2]。孙盛、干宝,文胜为史,准的所拟,志乎典训,户牖虽异,而笔彩略同[3]。袁宏发轸以高骧,故卓出而多偏;孙绰规旋以矩步,故伦序而寡状[4];殷仲文之孤兴,谢叔源之闲情,并解散辞体,缥渺浮音[5]。虽滔滔风流,而大浇文意[6]。

【注释】

[1]景纯:郭璞的字,西晋文学家、训诂学家。中兴:晋室南迁,建立东晋政权,是为"中兴"。《郊赋》:郭璞有《南郊赋》。穆穆:庄严美好。《仙诗》:郭璞有《游仙诗》。

[2]庾元规:庾亮,字元规,东晋玄言诗的主要作者之一。靡密:细密。闲畅:熟练畅达。温太真:温峤,字太真,东晋成帝时任江州刺史。笔端:笔札方面。

[3]孙盛:字安国,东晋史学家,著《魏氏春秋》《晋阳秋》等。干宝:字令升,东晋史学家,著有《晋纪》和志怪小说《搜神记》。准的:标准。拟:仿效,学习。户牖(yǒu):门户,指不同的道路。

[4]袁宏:字彦伯,东晋文学家、史学家。发轸(zhěn):发车,喻指出发点。高骧(xiāng):马首昂举,指为文立意甚高。骧:举。孙绰:字兴公,东晋玄言诗的代表作家之一。规旋以矩步:指遵循玄理写诗文。伦序:有次序,有条理。寡状:缺乏形象描绘。

[5]殷仲文:字仲文,晋末诗人。谢叔源:谢混,字叔源,小字益寿,晋末诗人。解散辞体:指突破辞赋俳偶体。缥渺浮音:浮华恍惚。

[6]滔滔:盛大的样子。风流:意为消失,指玄风的大势已去,如风之流失。浇:浇薄。

宋代逸才,辞翰鳞萃[1],世近易明,无劳甄序[2]。

【注释】

[1]逸才:高才。辞翰:指文学作品。翰:笔。鳞萃:如鱼龙之鳞聚,形容多。

[2]甄(zhēn)序：评述。甄：鉴别。

观夫后汉才林，可参西京；晋世文苑，足俪邺都[1]；然而魏时话言，必以元封为称首；宋来美谈，亦以建安为口实[2]。何也？岂非崇文之盛世；招才之嘉会哉[3]？嗟夫！此古人所以贵乎时也[4]。

【注释】

[1]参：参与，指能比上。西京：西汉，也称前汉。西汉都长安，在西；东汉都洛阳，在东。俪：并，偶。邺(yè)都：指三国的魏。魏都邺(今河北省临漳县)。

[2]元封：西汉武帝年号。这里用以代表汉武帝时期。建安：东汉末献帝年号。口实：谈话资料，指经常谈到建安文学的成就。

[3]崇文：崇尚文学。招才：招集人才。嘉会：盛会。

[4]贵乎时：指文人的兴废与成就，贵在时机。

赞曰：才难然乎！性各异禀[1]。一朝综文，千年凝锦[2]。余采徘徊，遗风籍甚[3]。无曰纷杂，皎然可品[4]。

【注释】

[1]才难然乎：《论语·泰伯》："才难，不其然乎！"意为人才难得，不是这样吗？禀：禀赋，生来就具有的。

[2]综文：指写成文章。凝：聚，结。锦：锦绣。

[3]徘徊：反复回旋，指作品长期流传。风：风尚。籍甚：盛大。

[4]皎然：明亮，清楚。品：评论。

【导读】

本篇从文学才力上论历代作家的主要成就。全篇论述了先秦、两汉到魏、晋时期的作家近百人，确可谓古代批评史上作家论的洋洋大观。

本篇大致可分为五段。第一段评述虞、夏、商、周时代的作家。段中对商周时代产生的《尚书》《诗经》仅作简述。对春秋时代列国外交活动中的一些言辞，因其富有文采，举了若干例子。于战国，除诸子、楚辞外，也举了若干游说、上书的例。第二段评述两汉作家。对三十多位作者作了扼要的评论。末尾指出西汉后期和东汉作者，作文喜欢称引古书，与西汉前中期不同。段中评述的作家，都是辞赋、各体散文作者，不及诗人。第三段评述曹魏文学。先是指出从全面看，曹丕诗文有其长处，不比曹植差许多，表现出不随俗浮沉的见解。之后评述十多位作家，也多精当之论。第四段评述两晋二十多位作家，也均颇中肯。于刘宋作家，以其世近，不作具体评述。第五段发表感想。指出西汉元封年间、汉末建安年间，由于汉武帝、曹操父子提倡文学，招纳文人，形成"崇文之盛世"，为后人所企羡。在中国古代封建社会中，君王的爱好提倡，成为一种权威性的政治力量，给文人提供了驰骋才能的出路和条件，往往成为文学繁荣的一个重要因素，因此刘勰对此颇为重视。

　　本篇按略远详近的原则评论历代作家，其略与详，主要指所论各个时期作家的多少而言；凡所论及，其详略虽也稍有不同，总的来说，都是很简要的。刘勰所论，话虽不多，大都概括了作家的主要成就、基本特点和重要得失。但评魏诗不称曹操，晋诗不称陶潜，是其局限。南朝骈体文学发达，文人普遍重视文采翰藻。曹操、陶潜之诗，文采不足，当时评价不高，钟嵘《诗品》列曹操于下品，陶潜于中品，刘勰也不能超出这种局限。

知　音

　　知音其难哉！音实难知，知实难逢，逢其知音，千载其一乎[1]！夫古来知音，多贱同而思古，所谓"日进前而不御，遥闻声而相思"也[2]。昔《储说》始出，《子虚》初成，秦皇、汉武，恨不同时[3]；既同时矣，则韩囚而马轻，岂不明鉴同时之贱哉[4]！至于班固、傅毅，文在伯仲，而固嗤毅云："下笔不能自休。"[5]及陈思论才，亦深排孔璋[6]；敬礼请润色，叹以为美谈；季绪好诋诃，方之于田巴[7]，意亦见矣。故魏文称："文人相轻"[8]，非虚谈也。至如君卿唇舌，而谬欲论文，乃称："史迁著书，咨东方朔"，于是桓谭之徒，相顾嗤笑[9]。彼实博徒，轻言负诮，况乎文士，可妄谈哉[10]！故鉴照洞明，而贵古贱今者，二主是也[11]；才实鸿懿，而崇己抑人者，班、曹是也[12]；学不逮文，而信伪迷真者，娄护是也[13]。酱瓿之议，岂多叹哉[14]！

【注释】

　　[1]知音：本意是指懂得音乐，这里是借指对文学作品的正确理解和批评。知：指知音者。

　　[2]贱：看轻。同：指同时代的人。思：怀念。古：古人。御：用。声：名声。

　　[3]《储说》：《韩非子》中有《内储说》《外储说》等篇。《子虚》：指司马相如的《子虚赋》。恨不同时：秦始皇读了韩非的《孤愤》，汉武帝读司马相如的《子虚赋》，都有恨不同时之慨。

　　[4]韩囚：韩非入秦后，被谮入狱而死。马轻：司马相如始终只是汉武帝视若倡优的人。鉴：察看。

　　[5]班固：字孟坚，东汉初年史学家、文学家。傅毅：字武仲，和班固大致同时的文学家。伯仲：兄弟，这里指班固和傅毅作品的成就差不多。嗤（chī）：讥笑。休：停止。

　　[6]陈思：即曹植。排：排斥。孔璋：陈琳的字，他是"建安七子"之一。

　　[7]敬礼：丁廙的字，汉末作家，曹植的好友，常请曹植修改他的文章。润色：修改加工。美谈：恰当的说法。季绪：刘修的字，汉末作家。诋诃（dǐ hē）：诽谤。方：比。田巴：战国时齐国善辩的人。

[8]魏文:即魏文帝曹丕。曹丕《典论·论文》中说:"文人相轻,自古而然。"

[9]君卿:楼护的字,西汉末年的辩士。唇舌:指有口才。史迁:即司马迁。咨(zī):询问。东方朔:西汉作家。桓谭,东汉初年著名学者。

[10]博徒:指贱者。诮(qiào):讥讽。可:岂能。

[11]照:察看、理解。洞:深。二主:指秦始皇与汉武帝

[12]鸿:大。懿(yì):美。崇:高。班曹:指班固、曹植。

[13]逮(dài):及。信伪迷真:把谬误当成真实的。娄护:即楼护。

[14]酱瓿(bù):酱坛子。这里是借以喻指在以上种种不正的批评风气之下,真正有价值的作品只能被人用来盖酱坛子,难以得到正确的评价。

夫麟凤与麏雉悬绝,珠玉与砾石超殊[1],白日垂其照,青眸写其形[2]。然鲁臣以麟为麏,楚人以雉为凤[3],魏民以夜光为怪石,宋客以燕砾为宝珠[4]。形器易征,谬乃若是;文情难鉴,谁曰易分[5]?

【注释】

[1]麏(jūn):獐,似鹿而小。雉(zhì):野鸡。悬绝:相差极远。砾(lì)石:碎石块。

[2]青眸(móu):即青眼,指正视。眸:眼的瞳人。

[3]以麟为麏:事见《公羊传·哀公十四年》。以雉为凤:事见《尹文子·大道上》。

[4]夜光:夜间发光,美玉或明珠都如此。这里指玉。燕砾:即燕石。

[5]征:证验。分:分别。

夫篇章杂沓,质文交加,知多偏好,人莫圆该[1]。慷慨者逆声而击节,酝藉者见密而高蹈[2],浮慧者观绮而跃心,爱奇者闻诡而惊听[3]。会己则嗟讽,异我则沮弃,各执一隅之解,欲拟万端之变[4]。所谓:"东向而望,不见西墙"也[5]。

【注释】

[1]杂沓(tà):纷乱,复杂。质文:指作品的思想内容和艺术形式。交加:不同的事物一齐来临。知:这里是"知音"的知,指对作品的欣赏评论者。圆该:全面具备,这里指评论一切作品的能力。

[2]慷慨:指性情激昂的人。逆:迎。击节:打拍节,表示欣赏。节:乐器。酝藉:指性情含蓄的人。高蹈:远行。

　　[3]浮:浅。绮(qǐ):一种有花纹的丝织品,这里借指文辞华丽的作品。诡(guǐ):不平常的,怪异的。

　　[4]会:合。嗟:称叹。讽:诵读。沮(jǔ):阻止。隅:边,角。拟:度量,衡量。

　　[5]东向而望,不见西墙:《淮南子·氾论训》:"故东面而望,不见西墙;南面而视,不睹北方。"

　　凡操千曲而后晓声,观千剑而后识器[1];故圆照之象[2],务先博观。阅乔岳以形培塿,酌沧波以喻畎浍[3],无私于轻重,不偏于憎爱,然后能平理若衡[4],照辞如镜矣。是以将阅文情,先标六观:一观位体,二观置辞,三观通变,四观奇正,五观事义,六观宫商[5],斯术既形,则优劣见矣[6]。

【注释】

　　[1]操:持,即操作、实践的意思。晓:明白。器:器物,指宝剑。

　　[2]圆照之象:全面理解和把握各种情况。

　　[3]乔岳:高山。形:显著,这里指看清。培塿(pǒu lǒu):小土山。酌:斟酌。沧:沧海。畎浍(quǎn kuài):田间小沟。

　　[4]衡:秤。

　　[5]位:安排,处理。体:体裁。置:安放。通:指继承方面。变:指创新方面。奇:指新奇的风格。正:指雅正的风格。事义:主要指作品中所用的典故。宫商:指平仄,古人常以五音配四声。

　　[6]术:方法。既形:实行。

　　夫缀文者情动而辞发,观文者披文以入情,沿波讨源,虽幽必显[1]。世远莫见其面,觇文辄见其心[2]。岂成篇之足深,患识照之自浅耳[3]。夫志在山水,琴表其情,况形之笔端,理将焉匿[4]?故心之照理,譬目之照形:目瞭则形无不分,心敏则理无不达[5]。然而俗鉴之迷者,深废浅售,此庄周所以笑《折杨》,宋玉所以伤《白雪》也[6]。昔屈平有言:"文质疏内,众不知余之异采。"[7]见异唯知音耳。扬雄自称:"心好沈博绝丽之文",不事浮浅,亦可知矣[8]。夫唯深识鉴奥,必欢然内怿[9],譬春台之熙众人,乐饵之止过客。盖闻兰为国香,服媚弥芬[10];书亦国华,玩绎方美;知音君子,其垂意焉[11]。

【注释】

[1]缀文:指写作。缀:联结。披:翻阅。讨:寻究。幽:隐微。

[2]觇(chān):窥视。辄:往往。

[3]识照:辨识鉴察。

[4]山水:高山流水,事见《吕氏春秋·本味》。匿(nì):隐藏。

[5]目瞭:目明。达:通晓。

[6]鉴:察看。废:被人抛弃。售:被人欣赏。庄周:即庄子。《折杨》:一种庸俗的歌曲。宋玉:战国时楚国著名作家。《白雪》:一种高雅的乐曲。

[7]屈平:即屈原。语见《楚辞·九章·怀沙》。文质:指外表与本性。疏:粗,这里指不注意装饰。内:即讷,迟钝,这里引申为朴实的意思。异采:指与众不同的才华。

[8]扬雄:字子云,西汉末年著名作家。语见《答刘歆书》。沈:深。绝:独一无二。事:从事。

[9]鉴奥:看得深。内:指内心。怿(yì):喜悦。

[10]春台之熙众人:《老子·二十章》:"众人熙熙,如春登台。"熙:乐。乐饵(ěr)之止过客:《老子·三十五章》:"乐与饵,止过客。"饵:食物。兰为国香:《左传·宣公三年》:"以兰有国香,人服媚之如是。"国香:全国最香的花,后以"国香"专指兰花。服:佩带。媚:喜爱。弥:更加。

[11]华:精华。玩绎:细细体会玩味。其:表示希望。垂意:留心,注意。

赞曰:洪钟万钧,夔、旷所定[1]。良书盈箧,妙鉴乃订[2]。流郑淫人,无或失听[3]。独有此律,不谬蹊径[4]。

【注释】

[1]洪:大。钧:三十斤。夔(kuí):舜时的乐官。旷:师旷,春秋时晋国的乐师。

[2]盈:满。箧(qiè):箱。鉴:这里指评论家。订:校订。

[3]流:流荡。郑:郑声,儒家认为郑国的音乐淫邪。淫人:使人走到过分

的境地。淫:过分。失听:听错了。

　　[4]律:规则。蹊:路。

【导读】

　　知音原指对音乐艺术的深入认识和理解,后来借用于其他方面,本篇则用以指对文章的深入认识和理解。

　　本篇论述如何进行文学批评,是刘勰批评论方面比较集中的一个专论,大致可分四个部分。第一部分讲"知实难逢"。刘勰举秦始皇、汉武帝、班固、曹植和楼护等人为例,说明古来文学批评存在着"贵古贱今""崇己抑人""信伪迷真"等不良倾向,而正确的文学评论者是很难遇见的。第二部分讲"音实难知"。要做好文学批评,的确存在着一定的困难。因为从客观上看,文学作品本身比较抽象而复杂多变;从主观上看,评论家又见识有限而各有偏好,所以难于做得恰当。根据这种特点和困难,第三部分提出了做好文学批评的方法:主要是批评者应博见广闻,以增强其鉴赏文学作品的能力;排除私见偏爱,以求客观公正地评价作品;并提出"六观",即从体裁的安排、辞句的运用、继承与革新、表达的奇正、典故的运用、音节的处理等六个方面着手,考察其表达的思想内容和这六个方面能否恰当地为内容服务。第四部分提出文学批评的基本原理:"缀文者情动而辞发,观文者披文以入情。"说明文学批评虽有一定困难,但正确地理解作品和评价作品是完全可能的。最后强调批评者必须深入仔细地玩味作品,才能领会作品的微妙,欣赏作品的芬芳。

　　《知音》是我国古代第一篇比较系统的文学批评论,相当全面地论述了文学批评的态度、特点、方法和文学批评的基本原理,并涉及文学批评与创作的关系和文学欣赏等问题。但这些问题本篇都讲的比较简略,还须联系全书有关论述,才能全面理解刘勰的文学批评观点。刘勰的批评实践,基本上是贯彻了他在本篇提出的主张的。因此,根据本篇所论,也有助于我们认识刘勰是怎样评论古代作家作品的。

程　器

《周书》论士，方之梓材，盖贵器用而兼文采也[1]。是以朴斫成而丹臒施，垣墉立而雕杇附[2]。而近代辞人，务华弃实[3]；故魏文以为"古今文人，类不护细行。"[4]韦诞所评，又历诋群才[5]。后人雷同，混之一贯，吁可悲矣[6]！

【注释】

　　[1]《周书》：指《尚书·周书》中的《梓材》篇。士：能任事的人，这里泛指一般人材。方：比。梓（zǐ）材：优质的木材。器用：实用。

　　[2]朴：未经加工的木材。斫（zhuó）：砍削。成：成器具。丹臒（huò）：丹采。垣：低墙。墉（yōng）：高墙。雕杇（wū）：涂抹。

　　[3]近代：指晋、宋以后。务：专力。华：藻饰。

　　[4]魏文：魏文帝曹丕。"古今"句：见曹丕《与吴质书》："古今文人，类不护细行，鲜能以名节自立。"类：大多。护：维护。细行：品行的细节。

　　[5]韦诞：字仲将，三国书法家。诋（dǐ）：诽谤。群才：指建安文人王粲、繁钦、阮瑀、陈琳、路粹等人。

　　[6]雷同：雷发声而应同，以喻人云亦云。一贯：相同，都一样。吁（xū）：叹词。

　　略观文士之疵[1]：相如窃妻而受金，扬雄嗜酒而少算，敬通之不循廉隅，杜笃之请求无厌[2]，班固谄窦以作威，马融党梁而黩货，文举傲诞以速诛，正平狂憨以致戮[3]，仲宣轻脆以躁竞，孔璋偬恫以粗疏，丁仪贪婪以乞货，路粹餔啜而无耻[4]，潘岳诡诪于愍怀，陆机倾仄于贾、郭，傅玄刚隘而詈台，孙楚狠愎而讼府[5]。诸有此类，并文士之瑕累[6]。文既有之，武亦宜然。古之将相，疵咎实多[7]。至如管仲之盗窃，吴起之贪淫，陈平之污点，绛、灌之谗嫉[8]，沿兹以下，不可胜数。孔光负衡据鼎，而仄媚董贤，况班、马之贱职，潘岳之下位哉[9]？王戎开国上秩，而鬻官嚣俗；况马、杜之磐悬，丁、路之贫薄哉[10]？然子夏无亏于名儒，浚冲不尘乎竹林者，名崇而讥减也[11]。若夫屈、贾之忠贞，邹、枚之机觉，黄香之淳孝，徐幹之沈默，岂曰文士，必其玷欤[12]？

【注释】

[1]疵(cī)：病，指文人的缺点。

[2]相如：司马相如。窃妻：指他引诱卓文君私奔。受金：司马相如做官曾受贿赂。扬雄：西汉作家。少算：疏于精打细算而致家贫。敬通：冯衍的字，东汉初年作家。不循廉隅：不遵循端正的品德。廉隅：棱角，以其方正喻人品行。杜笃：东汉作家。厌：满足。

[3]班固：东汉著名史学家、文学家。谄(chǎn)：逢迎巴结。窦：指当时大将军窦宪。马融：东汉著名学者、文学家。党：偏倚。梁：指当时大将军梁冀。黩(dú)货：指马融做官时曾受贿赂。文举：孔融的字，"建安七子"之一。诞：放诞。速：招致。诛：指被曹操杀害。正平：祢衡的字，建安时作家。憨(hān)：狂痴。戮(lù)：杀。祢衡终为江夏太守黄祖所杀。

[4]仲宣：王粲的字，"建安七子"之一。清脆(cuì)："脆"为"脱"之形误；轻脱，简易，不严肃。躁竞：性情急躁。孔璋：陈琳的字，"建安七子"之一。傯恫(zǒng dòng)：无知。丁仪：建安时文人。婪(lán)：贪。乞货：请求借贷。路粹：建安时文人。铺(bū)：食。啜(chuò)：饮。

[5]潘岳：西晋文学家。诡诪(zhōu)：阴谋。诪：通"筹"，计谋。愍(mǐn)怀：愍怀太子，晋惠帝子，被贾后和潘岳合谋陷害，被贬为庶人。陆机：西晋文学家。倾仄：偏倚。仄：侧。贾：指贾谧。郭：指郭彰。都是贾后的亲信。傅玄：西晋文学家。隘(ài)：狭厌。詈(lì)台：指傅玄因位次过低而责骂尚书台。詈：骂。孙楚：西晋文学家。狠愎(bì)：险恶执拗。讼府：指他和骠骑将军石苞互相攻击。

[6]瑕：玉的斑点，比喻人的过失。

[7]然：如此。咎(jiù)：过失。

[8]管仲：春秋时期著名政治家，相传他曾为盗。吴起：春秋时著名军事家。贪淫：贪财而好色。陈平：西汉开国功臣，相传他和嫂有不正当关系。绛(jiàng)、灌："绛"指绛侯周勃，"灌"指灌婴，都是汉文帝时的丞相。谗嫉：周勃、灌婴曾排挤陈平、贾谊等人。谗：毁害好人的话。嫉：妒忌。

[9]孔光：西汉成帝、哀帝时的丞相。衡：喻权力中枢。鼎：喻重臣之位。仄媚：即侧媚，以不正当的方式向人献媚讨好。董贤：汉哀帝宠爱的美男子。

班、马之贱职：班固、马融官位都很低微。潘岳之下位：潘岳虽热衷名位，官至太傅主簿，即被杀。

[10]王戎：魏末"竹林七贤"之一。秩：官位。鬻(yù)官：卖官。嚣(áo)俗：为世人所怨尤。嚣：众怨声。马、杜：指司马相如、杜笃。磬(qìng)悬：形容家徒四壁，生活贫穷。丁、路：指丁仪、路粹。贫薄：指丁、路二人卑贱，鄙薄。

[11]子夏：指孔光，孔子十四世孙。亏：损。浚(jùn)冲：王戎的字。尘：污染。竹林：《世说新语·任诞》："陈留阮籍、谯国嵇康、河内山涛……沛国刘伶、陈留阮咸、河内向秀、琅邪王戎。七人常集于竹林之下，肆意酣畅，故世谓竹林七贤。"

[12]屈、贾：指屈原、贾谊。邹、枚：指邹阳、枚乘。机觉：机警。黄香：东汉文人。淳(chún)孝：至孝。徐幹："建安七子"之一。沈默：指他不求富贵。玷(diàn)：玉的缺点，引申为人的过失。

盖人禀五材，修短殊用，自非上哲，难以求备[1]。然将相以位隆特达，文士以职卑多诮，此江河所以腾涌，涓流所以寸折者也[2]。名之抑扬，既其然矣；位之通塞，亦有以焉[3]。盖士之登庸，以成务为用[4]。鲁之敬姜，妇人之聪明耳；然推其机综，以方治国；安有丈夫学文，而不达于政事哉[5]？彼扬、马之徒，有文无质[6]，所以终乎下位也。昔庾元规才华清英，勋庸有声，故文艺不称；若非台岳，则正以文才也[7]。文武之术，左右惟宜[8]。邵毅敦书[9]，故举为元帅，岂以好文而不练武哉？孙武《兵经》，辞如珠玉，岂以习武而不晓文也[10]？

【注释】

[1]五材：就是五行，指金、木、水、火、土，古人认为这些物质的配合和人的性情有关。修：长。殊：不同。上哲：明智的人。

[2]位隆：地位高，官位大。特达：特殊知遇。诮(qiào)：责怪。腾涌：水势奔腾，喻豪贵之家的声势。涓(juān)：小水。寸折：喻职卑的文士在发展道路上困难曲折极多。

[3]抑扬：高低。通：畅通，仕途顺利。塞：阻塞，仕途艰难。以：原因。

[4]登庸：升用。成务：成事，指治理国事的能力。为用：指作为任用的依据。

[5]敬姜:春秋时鲁相文伯的母亲,古代著名的贤母。推:推论。机综:织布机的经线纬线相交织。达:通晓。

[6]扬、马:指扬雄、司马相如。文、质:这里指文学才能和政治才能。

[7]庾元规:名亮,东晋著名政治家。勋庸:功业。文艺:写作才能。台岳:古代以三台星喻三公,四岳喻四方诸侯,这里指高官要职。

[8]左右惟宜:指文武兼备。

[9]郤縠(xì hú):春秋时晋将。敦书:努力读书。敦:勉。

[10]孙武:春秋时军事家。《兵经》:指《孙子兵法》。珠玉:比喻文章写得好。晓:通晓。

是以君子藏器,待时而动[1],发挥事业;固宜蓄素以弸中,散采以彪外,楩楠其质,豫章其干[2];摛文必在纬军国,负重必在任栋梁[3];穷则独善以垂文,达则奉时以骋绩[4],若此文人,应梓材之士矣[5]。

【注释】

[1]器:指人的才德。待时而动:《周易·系辞下》:"君子藏器于身,待时而动。"

[2]素:本,指人的才德。弸(péng):满。彪:虎纹,这里指外表的文饰。楩(pián)楠:黄楩木和楠木,木质都很坚实。豫章:樟类大木。干:树干。

[3]摛(chī):发布。纬:组织,谋划。栋梁:房屋的大梁,比喻国家的骨干。

[4]"穷则"二句:《孟子·尽心上》:"穷则独善其身,达则兼善天下。"穷:政治上不得意。垂:留下。达:政治上得意。奉:进献。绩:功。

[5]应:合。梓材之士:指《尚书·梓材》所言才德兼备者。

赞曰:瞻彼前修,有懿文德[1]。声昭楚南,采动梁北[2]。雕而不器,贞干谁则[3]。岂无华身,亦有光国[4]。

【注释】

[1]瞻:看。前修:指前代优秀的作家。懿(yì):美。文德:指文才和德行。

[2]昭:明。楚南:南方的楚国。采:文采。梁北:北方的梁国。

[3]雕:修饰,这里指华美的外表。不器:没有品德。贞干:即桢干,根本的意思。则:榜样。

[4]华身:修养自身,使其斐然有采。光国:为国添光。

【导读】

程,计量考核。器,才能,这里兼指士人的器局品德和才能。本篇主要是论述作家的道德品质问题,反对"有文无质"而主张德才兼备。

本篇大致可分为四段。第一段开头指出,衡量士人,应从器用(军国办事才能)和文采(文学才能)两方面考察。接着说明,近代文人,因为务华弃实,在品德、行为方面常多疵病,因而招致评论者的讥议。第二段先是列举汉、魏、晋三代的十多位著名文人的瑕累。接着指出,不但文人,古来将相大臣有种种瑕累者也不可胜数;但由于他们名位崇高,受到的讥评就减少。再则,文人品行良好的,像屈原、贾谊等人,也不在少数,批评了过去文人无行说的片面性。第三段先是承接上文,指出文人因职位卑下,其瑕病易受讥诮,情况与将相大臣不同,这是客观条件造成的。接着认为,士人担任官职后,应注意实际事务。像司马相如、扬雄那样的人,有文才而缺少实际办事能力,所以政治地位升不高。而像庾亮、郗毂、孙武等人,能文能武,所以成为将相大臣。第四段认为,文士应当培养优良的品质和政治军事才能,有事时能担负起国家的重任,不得志时能写出有价值的著作、文章,垂名后世。

刘勰写此书时尚未出仕,正值"待时而动"之际,他主张作家要能"纬军国""任栋梁"等,显然和他自己对当时现实抱有一定幻想而跃跃欲试有关。正因如此,本篇所论,透露了刘勰自己的一些重要思想,是研究刘勰思想的一篇重要资料。

序 志

夫文心者，言为文之用心也[1]。昔涓子《琴心》，王孙《巧心》，心哉美矣，故用之焉[2]。古来文章，以雕缛成体，岂取驺奭之群言雕龙也[3]。夫宇宙绵邈，黎献纷杂，拔萃出类，智术而已[4]。岁月飘忽，性灵不居，腾声飞实，制作而已[5]。夫肖貌天地，禀性五才，拟耳目于日月，方声气乎风雷，其超出万物，亦已灵矣[6]。形同草木之脆，名逾金石之坚，是以君子处世，树德建言，岂好辩哉，不得已也[7]！

【注释】

[1]为文之用心：作文的用心。

[2]涓(juān)子：即环渊，楚国人，著《琴心》。王孙：是姓，名不传，著《巧心》。

[3]缛(rù)：繁盛。岂：有好几种解释：一为否定副词，与句末"也"（读如"邪"）字语气相应；一为期望词，读如"冀"，与"可"同义，以句末"也"为判断词；"岂"除表示否定、期望之外，还可以用作推度副词，表示"大概""也许"的意思。驺奭(zōu shì)：战国时齐国学者。雕龙：《史记·孟子荀卿列传》记载，齐人因为驺奭言辞富于文采，像雕刻龙纹那样修饰语言，所以称他为"雕龙奭"。

[4]绵邈(miǎo)：长远的意思。黎：众人。献：贤者。拔萃：才能突出。

[5]性灵：指人的智慧。不居：很快就过去。居：停留。腾声：名声的流传。腾，跃起。实：指造成其名声的事业。

[6]肖：相似，这里有象征的意思。禀：接受，引申为赋性。五才：即五行，指金、木、水、火、土。拟耳目：《淮南子·精神训》中说："是故耳目者，日月也；血气者，风雨也。"方：比。灵：灵智。

[7]逾：超过。树德建言：《左传·襄公二十四年》载穆叔的话："太上有立德，其次有立功，其次有立言，虽久不废，此之谓不朽。""岂好辩"二句：这是借用《孟子·滕文公》中的话："岂好辩哉，予不得已也。"

予生七龄[1]，乃梦彩云若锦，则攀而采之。齿在逾立，则尝夜梦执丹漆之礼器，随仲尼而南行[2]；且而寤，乃怡然而喜[3]，大哉，圣人之难见也，乃小子之垂梦欤[4]！自生人以来，未有如夫子者也[5]。敷赞圣旨，莫若注经，而马、郑诸儒，弘之已精，就有深解，未足立家[6]。唯文章之用，实经典枝条，五礼资之以成，六典因之致用[7]，君臣所以炳焕，军国所以昭明[8]，详其本源，莫非经典。而去圣久远，文体解散，辞人爱奇，言贵浮诡，饰羽尚画，文绣鞶帨，离本弥甚，将遂讹滥[9]。盖《周书》论辞，贵乎体要，尼父陈训，恶乎异端，辞训之异，宜体于要[10]。于是搦笔和墨，乃始论文[11]。

【注释】

　　[1]七龄：七岁。

　　[2]逾立：过了三十岁。立：三十岁。《论语•为政》："三十而立。"立，有所成就。丹：红。礼器：祭器。仲尼：孔子的字。南行：捧着祭器随孔子向南走，表示成了孔子的学生，协助老师完成某种典礼。

　　[3]寤(wù)：醒。怡(yí)：快乐。

　　[4]垂梦：在梦里呈现。

　　[5]生人：生民，初民。夫子：孔子。

　　[6]敷(fū)：陈述。赞：明。马：指马融，东汉学者。郑：郑玄，马融的学生。他们二人成为后汉注经的典范。弘：大，指发扬光大。立家：形成一家之言。

　　[7]五礼：指吉礼、凶礼、宾礼、军礼、嘉礼。六典：包含治典、教典、礼典、政典、刑典、事典。典：法度，这里指国家的政法制度等。

　　[8]炳焕：和下句"昭明"意同，都有明辨清楚的意思，这里指君臣的作用和军国大事都更有效。

　　[9]文体解散：指文章体制败坏。辞人：辞赋家。诡(guǐ)：反常。饰羽尚画：语出《庄子•列御寇》。这里借喻文辞过于华丽。鞶(pán)：束衣的大带。帨(shuì)：佩巾。讹(é)：伪。

　　[10]《周书》：指《尚书》中的《周书》。体：体现。要：要点。尼父：指孔子。异端：指违反儒家思想的观点学说。辞：指上引《尚书》的说法。训：指上引孔子的说法。异：指说法不同。体：指体会、体察。

　　[11]搦(nuò)：持，握。

详观近代之论文者多矣[1]：至如魏文述典，陈思序书，应玚文论，陆机《文赋》，仲洽《流别》，宏范《翰林》[2]，各照隅隙，鲜观衢路[3]，或臧否当时之才，或铨品前修之文，或泛举雅俗之旨，或撮题篇章之意[4]。魏典密而不周[5]，陈书辩而无当，应论华而疏略，陆赋巧而碎乱，《流别》精而少功，《翰林》浅而寡要[6]。又君山、公幹之徒，吉甫、士龙之辈，泛议文意，往往间出[7]，并未能振叶以寻根，观澜而索源[8]。不述先哲之诰，无益后生之虑[9]。

【注释】

[1]详：仔细。

[2]魏文：魏文帝曹丕。典：《典论》，今仅存《论文》等篇。陈思：陈思王曹植。书：指曹植的《与杨德祖书》。应玚（yáng）："建安七子"之一，他的《文论》今不存。陆机：西晋文学家。《文赋》：陆机的《文赋》。仲洽（qià）：挚虞的字，西晋学者。《流别》：指挚虞的《文章流别论》。宏范：李充的字，东晋学者。《翰林》：指李充的《翰林论》。

[3]隅隙（xì）：指次要的地方。隙：孔穴。衢：大路。

[4]臧否（pǐ）：褒贬。铨（quán）：衡量。品：品评。撮（cuō）：聚集而取，这里指内容的摘要。

[5]周：全。

[6]功：指功用。要：要领。

[7]君山：桓谭的字，东汉学者。公幹：刘桢的字，"建安七子"之一。吉甫：应贞的字，西晋学者。士龙：陆云的字，西晋文学家。间出：偶然出现。

[8]"并未"二句：这里是拿枝叶和波澜比喻作品的辞藻，拿根和源比喻作品所应依据的儒家学说。

[9]诰（gào）：教训。后生：后辈。

盖《文心》之作也，本乎道，师乎圣，体乎经，酌乎纬，变乎骚[1]，文之枢纽，亦云极矣[2]。若乃论文叙笔，则囿别区分[3]，原始以表末，释名以章义，选文以定篇，敷理以举统[4]。上篇以上，纲领明矣。至于割情析采，笼圈条贯，摛神性，图风势，苞会通，阅声字[5]，崇替于《时序》，褒贬于《才略》，怊怅于《知音》，耿介于《程器》[6]，长怀《序志》，以驭群篇。下篇以下，毛目显矣[7]。位理定名，彰乎大易之数，其为文用，四十九篇而已[8]。

【注释】

[1]本乎道：文本于道。道：指自然之道，也就是客观事物的规律或原则。师乎圣：向圣人学习。体乎经：宗法儒家经典。酌乎纬：酌取纬书的文采。变乎骚：在变化方面参照楚骚。

[2]枢纽：关键。极：尽。

[3]文：指有韵的作品。笔：指无韵的作品。囿（yòu）：园林，这里指写作的领域。

[4]原始以表末：追溯各种文体的起源，叙述各种文体的流变。释名以章义：解释各种文体的名称，阐明各种文体的性质。选文以定篇：选取各种文体的代表作品加以分析、示例。敷理以举统：陈述各种文体的写作法则，总结各种文体的规则、要求。

[5]割情析采：情是感情，采是文采。笼圈：包举的意思。条贯：条理。摛（chī）：发布，引申为陈述。神性：指《神思》《体性》。图：描绘，引申为说明。风势：指《风骨》《定势》。苞：通包，包举。会通：指《附会》《通变》。阅：检查。声字：指《声律》《练字》。

[6]崇替：盛衰，指论述文学的盛衰。《时序》：指《时序》篇。褒贬：赞扬与指责，这里指评论。《才略》：指《才略》篇。怊怅（chāo chàng）：悲恨、慨叹。《知音》：指《知音》篇。耿（gěng）介：正大光明的意思。《程器》：指《程器》篇。

[7]长怀：申述作者的情怀。长，引长。《序志》：说明作者写这部书的用意和全书的安排。驭：统驭。毛目：指概貌。毛：粗略。

[8]大易：一作"大衍"。《周易·系辞上》说："大衍之数五十，其用四十有九。"《文心雕龙》全书五十篇，除《序志》外，论文的共四十九篇。

夫铨序一文为易，弥纶群言为难[1]，虽复轻采毛发，深极骨髓，或有曲意密源，似近而远[2]，辞所不载，亦不胜数矣[3]。及其品列成文，有同乎旧谈者，非雷同也，势自不可异也[4]；有异乎前论者，非苟异也，理自不可同也[5]。同之与异，不屑古今，擘肌分理，唯务折衷[6]。按辔文雅之场，环络藻绘之府，亦几乎备矣[7]。但言不尽意，圣人所难，识在瓶管，何能矩矱[8]。茫茫往代，既沈予闻；眇眇来世，倘尘彼观也[9]。

【注释】

[1]诠序：评价。弥纶：综合论述。

[2]轻采：喻泛论。毛发：指创作中的枝节问题。深极：深入研究。骨髓：指创作上的根本问题。曲意密源：指深微隐曲的道理。曲：曲折隐微。密：深密隐曲。

[3]载：记载。

[4]雷同：《礼记·曲礼上》："毋雷同。" 势：实在。

[5]苟异：随便立异。

[6]不屑：不顾、不问的意思。擘(bāi)：剖。理：肌理，指肌肉的纹理。这里是比喻对文学理论的分析。折衷：即折中。折是判断，中是恰当。

[7]按辔(pèi)：与"环络"意同，指在文坛上活动。辔：马缰绳。络：马笼头。文雅之场：与"藻绘之府"意同，指创作领域。

[8]言不尽意：《周易·系辞上》："书不尽言，言不尽意。" 瓶：指小的容器。管：竹管。《庄子·秋水》："是直用管窥天，用锥指地也，不亦小乎！"从竹管中看天，喻见识极狭窄。矩矱(yuē)：指文学的法则。矩：匠人的曲尺。矱：度量用的尺子。

[9]沈：深入，指自己学识的加深。《战国策·赵策》："学者沈于所闻。" 眇眇(miǎo)：遥远。倘：或许。尘：污。这是刘勰自谦之词。

赞曰：生也有涯，无涯惟智[1]。逐物实难，凭性良易[2]。傲岸泉石，咀嚼文义[3]。文果载心，余心有寄[4]！

【注释】

[1]涯(yá)：边际。《庄子·养生主》："吾生也有涯，而知(同智)也无涯。"

[2]逐物：指理解、掌握事物。性：指事物的本性。

[3]傲岸：不随和世俗，即任性；这里也有无所拘束的意思。咀(jǔ)嚼：细细品味。

[4]载心：表达其心意。寄：寄托。

【导读】

本篇是《文心雕龙》的最后一篇,也就是全书的序言。

本篇大致可分为五段。第一段先是解释《文心雕龙》书名,指出它的意思是用精美的辞藻研讨文章创作之道。之后说明人为万物之灵,聪明智慧,但生命短促,如想垂名不朽,要依赖立言著作。第二段先是说自己非常仰慕大圣孔子,原想注释经书,阐扬圣旨,但过去注家已多精深之作,于此难有突出成就。想到文章由经书派生出来,源于经典,对国家的政治军事产生积极作用;而当时许多文人,片面追求新奇浮诡文风,崇尚华辞丽藻,致使文体解散。提倡核要、雅正的文风,反对淫滥讹谬的文风,是刘勰写作本书的指导思想。第三段评论汉魏以来的文论。列举曹丕、曹植等六家著作,认为各有优缺点,都不免见识狭小。又指出桓谭、刘桢等也偶有论述,但均未能寻根索源,依据经书立论,因而对后生无所裨益。第四段扼要介绍全书的主要内容和结构安排。先是指出《原道》等五篇是说明作文之枢纽,意为指导写作的总原则。其次说明《明诗》以下二十篇,分文、笔两大类论述各体文章,各篇内容分为“原始以表末”等四项。于下半部,先是提到《情采》《神思》《体性》《风骨》《定势》《附会》《通变》《声律》《练字》等篇,它们打通各种文体,研讨文章的构思、风格、篇章字句等。接着提到《时序》《才略》《知音》《程器》四篇,就文学与时代、历代作家、文学批评、作家才德等进行研讨。下半部二十五篇名目繁多,这里只是列举一部分。最后提到《序志》。从指导写作的立场讲,上半部指明作文枢纽与各体文章的体制和规格要求,是更为基本的,故称为纲领;下半部论文章风格和篇章字句等,有较多篇研讨用词造句,内容显得更具体细致,故称为毛目。第五段说明,要写成一部书评论许多作家作品是困难的。自己的见解,与前此有同有异,均非出于苟且,而是经过仔细考虑,力求做到全面妥帖的。

本篇对作者写《文心雕龙》一书的目的、意图、方法、态度,特别是它的指导思想和内容安排等,都分别作了说明,是研究《文心雕龙》全书和作者思想的重要篇章。

《文心雕龙》教学师生问答

答生问《文心雕龙·正纬》诸问题

李老师,通读《正纬》,我一直带着一个疑惑,刘勰所谓的"纬书"究竟指哪些书? 如果从文中探究,"鸟鸣似语"出自《左传》,"虫叶成字"出自《汉书》,那么是否说明《左传》《汉书》为纬书? 其次,文中第一段"河出图,洛出书,圣人则之,斯之谓也",应该是说河图、洛书为真的,是否河图、洛书为经? 既而第二段"商周以前,图箓频见,春秋之末,群经方备,先《纬》后《经》",其中"图箓"为图谶即指河图洛书,这里说商周以前,河图洛书就经常看见,而春秋之末,经书才完备,因而这里是先《纬》后《经》的一个伪据。那么是否说明"河图洛书"是纬书? 这又和第一段矛盾了,因而纬书究竟指哪些书,是除了儒家六经以外全部的著作吗? 文中八十一篇谶纬又是指哪些著作? 为何是八十一篇?

某生好! 从所询问题,可见你勤学善思、读书而求甚解的学习精神,很可贵! 就你所呈读书笔记,我略加理董,撮为几题,答复如次:

1. 刘勰所谓的"纬书"指哪些书?"八十一篇"谶纬之书又是指哪些著作? 为何是"八十一篇"?

《文心雕龙·正纬》所说的"纬",兼指"谶纬"。谶纬盛行于汉代,《四库提要·易纬坤灵图》曰:"其实谶自谶,纬自纬,非一类也。谶者诡为隐语,预决吉凶";"纬者经之支流,衍及旁义。""谶"是一种神秘的预言,据说发自上帝,符合天意,故又称符命。谶书常被染上绿色,又往往附有图形,因此也叫做箓和图谶。"纬"是方士化的儒生用神学观点对儒家经典进行解释和比附的著作,相对于经而得名。汉代儒学有五经、七经之说,而纬书也有五纬、七纬之称。由于纬书中也有谶语,所以后世统称谶纬。总之,与经相配的称"纬",不与经相配的称"谶"。

据《隋书·经籍志·六艺纬类序》记载:"有《河图》九篇,《洛书》六篇,云自黄帝至周文王所受本文。又别有三十篇,云自初起至于孔子,九圣之所增演,以广其意。又有《七经纬》三十六篇,并云孔子所作,并前合为八十一篇。"刘勰所谓"而八十一篇皆托于孔子"即指此。

谶纬之书后来基本都散失了,清乾隆时,从《永乐大典》中辑出《易纬》全书。其他各种谶纬之书,经搜辑都保存在清马国翰的《玉函山房辑佚书》里。1994年,河北人民出版社与上海古籍出版社各自推出了一套《纬书集成》,其中河北人民出版社出版的《纬书集成》系日本学者安居香山、中村璋八所编,上海古籍出版社出版的《纬书集成》则是上海古籍出版社自编。

2.《左传》《汉书》是否为纬书?

"鸟鸣似语""虫叶成字"出于《左传》《汉书》。《左传》襄公三十年:"鸟鸣于亳社,如曰嘻嘻!甲午,宋大灾(火),宋伯姬卒。"《汉书·五行志》:"董仲舒以为伯姬如(往)宋五年,宋恭公卒,伯姬幽居守节三十余年,又忧伤国家之患祸,积阴生阳,故火生灾也。"又:"昭帝时,上林苑中大柳树断,朴地,一朝起立,生枝叶。有虫食其叶,成文字,曰'公孙病已(宣帝名)立。'"这里预言昭帝死后宣帝要即位。失火是灾,虫字是异,此即董仲舒的"灾异遣告""祥瑞符命"说。

《春秋繁露·必仁且智》曰:"其大略之类,天地之物有不常之变者,谓之异,小者谓之灾。灾常先至而异乃随之。灾者,天之谴也;异者,天之威也。谴之而不知,乃畏之以威。《诗》云:'畏天之威。'殆此谓也。凡灾异之本,尽生于国家之失。国家之失乃始萌芽,而天出灾害以谴告之;遣告之而不知变,乃见怪异以惊骇之,惊骇之尚不知畏恐,其殃咎乃至。以此见天意之仁而不欲陷人也。"

《春秋繁露·符瑞》曰:"有非力之所能致而自至者,西狩获麟,受命之符是也。"又,《对册》曰:"天之所大奉使之王者,必有非人力所能致而自至者,此受命之符也。"

这种阴阳灾异、预言人事的说法在汉代(特别是汉宣帝、光武帝时)很流行,《左传》《汉书》之外的其他典籍里也有很多记载,方术之士常借以渲染附会,造为谶纬,且假托于夫子。因此不能说有这些记载的书都是谶纬之书。刘勰明确地说:"于是伎数之士,附以诡术,或说阴阳,或序灾异,若鸟鸣似语,虫叶成字,篇条滋蔓,必假孔氏。"

3.《河图》《洛书》是经书还是纬书?

《文心雕龙•原道》曰:"若乃河图孕乎八卦,洛书韫乎九畴,玉版金镂之实,丹文绿牒之华,谁其尸之?亦神理(天道、自然之道)而已。""取象乎河洛,问数乎蓍龟,观天文以极变,察人文以成化。"《正纬》亦曰:"夫神道阐幽,天命微显,马龙出而大《易》兴,神龟见而《洪范》耀。故《系辞》称'河出图,洛出书,圣人则之',斯之谓也。""商周以前,图箓频见,春秋之末,群经方备,先《纬》后《经》,体乖织综。"

《汉书•五行志》记载:"刘歆以为伏羲氏继天而王,受《河图》,则(效仿)而画之,八卦是也。禹治洪水,赐《洛书》,法(取法)而陈之,《洪范》(九类治国大法,即"九畴")是也。"

其实,《河图》《洛书》既非经,亦非纬,而是古代的神话传说,是君权神授、天命神权思想的产物。后人也将《河图》《洛书》视为中华文明最初源头的象征,认为它是天道(自然之道)的产物,而中华文明也就是在这种自然之道中孕育而生的。《汉书》所谓黄河献图,洛水呈书,八卦本于《河图》,《洪范》源于《洛书》,即此谓也。所以,刘勰在《原道》和《正纬》中,亦如上所说。当然,以符命天意、神化附会为特征的谶纬之书,就更不会放过《河图》《洛书》这样的神话传说,而要大加利用了。于是,我们在古代经史子集,包括谶纬之书中,就都能经常看到《河图》《洛书》之说。

4.如何理解刘勰的矛盾?

我们必须认识到,刘勰对待《河图》《洛书》(《绿图》《丹书》)的态度是矛盾的。一方面,他相信《周易•系辞》所谓"河出图,洛出书,圣人则之。"就是说圣人法自然之道、效河图洛书,以创造人类文明。他本《易》以为言,依经以立论,故赞成这样的说法。同时相信《尚书•顾命》中的"大玉、夷玉、天球、河图在东序(东厢房)"的"河图"是真的,就是"河出图"的符命。故曰:

"原夫图箓之见,乃昊天休命,事以瑞圣,义非配《经》。故河不出图,夫子有叹,如或可造,无劳喟然。昔康王河图,陈于东序,故知前世符命,历代宝传,仲尼所撰,序录而已。"认为"图箓"是上天的符命,以为圣人祥瑞,而非配合经书。符命之类的"图箓"乃上天所赐,是不可以编造的,所以夫子见"河不出图",便有感叹。而康王陈于东厢房的河图,乃上天符命,故世代都以为珍宝传下来,孔子只是把这件事记下来罢了。

另一方面,刘勰认为纬书是后人编造的,不能用以配经。他"按经验纬",证明纬书"其伪有四":文风上,经正纬奇。奇异之纬有悖典正之经,其伪一也。数量上,经少纬多。纬乃神教,宜约;经乃圣训,宜广。而纬多于经,其伪二也。来源上,经人纬天。经乃圣人所为,纬系符命自天,而谶纬却假托圣人,其伪三也。时间上,经后纬先。配经曰纬,经立而后纬成,现在先纬后经,其伪四也。汉儒说经分今文经与古文经两派,古文经派认为产生于汉哀帝、平帝时期的纬书,非圣人所为,无以配经;今文经派缘饰政治,主天人感应之说,而纬书中神话传说、宗教迷信的内容甚多,故以纬配经,认为纬书乃圣人之文。刘勰站在儒家古文学派的立场,故主张"正"纬,指出纬书乖经谬典之处,以证明纬书非圣人所作。

所谓"商周以前,图箓频见,春秋之末,群经方备,先《纬》后《经》,体乖织综。"这段表述有歧义。字面上,"图箓"与"群经"对举,似乎"图箓"即指纬书。刘勰以经、纬存在时间先后的矛盾,揭示纬书有悖经典。纬书是阐释经典的,应该产生于经典之后,但现在却是"先《纬》后《经》",故曰"体乖织综"。实际上,《河图》《洛书》《绿图》《丹书》之类的神话传说、符命预言,早在经典产生之前就存在,后来的纬书广泛利用采信之,以致"图箓"成了谶纬之书的代名词,于是才有如此表述。这种似是而非的表述又是源于刘勰思想上的矛盾。

刘勰在指出纬书系伪托之作非圣人所为的同时,也认为纬书与经书有相同之处:两者都有神道设教、都讲符命天意。在当时,要彻底否定《河图》《洛书》《绿图》《丹书》之类的神话传说是困难的,因为这样就要彻底否定天人感应、符瑞天命,这就不符合封建统治者的需要了!因此,就连否定纬书的桓谭、王充这样的学者、思想家,也没有否定凤鸟河图、天命神道之说。

文心雕龙导读

王充在《论衡·宣汉》中不是还赞美符瑞吗？刘勰当然也不可能彻底地"正"纬了！

就论文的角度说，《正纬》的要义在于：刘勰虽然否定纬书为圣人所作，但是也承认纬书对于文章写作还是有用的。故曰："若乃羲农轩皞之源，山渎钟律之要，白鱼赤乌之符，黄银紫玉之瑞，事丰奇伟，辞富膏腴，无益经典，而有助文章。"就是说纬书中记载的奇伟之事、蕴含的膏腴之辞，可供文章写作之借鉴。因此，刘勰在《序志》中说"酌乎纬"，酌采的原则就是《正纬》赞词所谓的"芟夷谲诡，采其雕蔚"。

以上所述，不知能否解除你的疑惑，如有所助，不胜欣慰。

李　平

2015年4月6日深夜

再答生问《文心雕龙·乐府》诸问题

老师好！据分析，乐府主要指民间的乐府诗，即民歌，那么刘勰在第一段"选文以定篇"时已经背离了。因为他所选的都是帝王诗歌，宫廷乐府，"钧天九奏，既其上帝……殷整思于西河，西音以兴。"此外，在下段论证雅郑之分时，选的例篇也都是各地帝王、臣子所作，在周振甫的观点里也认为其"根本不谈民间的乐府诗，只以'总赵代之讴，撮齐楚之气'，一笔带过。讲晋代的乐府，只举傅玄、张华的，对南朝的民歌根本不谈。"对于这个问题，如果仅视为一个缺陷，是否应该探寻一下当中的原因，是不是刘勰出身士庶影响其对民歌的忽视，即刘勰出身士族所以关注点放在上层？王元化在《刘勰身世与士庶区别问题》一文中，从两个方面讨论刘勰为庶族的理由，其一就是从《程器》中选取大量原文例证，尤其是其对士庶区别这一社会现象的批评，那从本篇来看，刘勰讲乐府而忽略民歌是否也可以作为例证驳其出身为庶族之论？

其次，关于"怨刺"，刘勰在《乐府》中把"艳歌婉娈，怨志诀绝"，都看作是郑声，而在《明诗》中称"逮楚国讽怨，则《离骚》为刺"，"至于张衡

《怨篇》,清典可味",对怨刺又不排斥,若是从周振甫的解释来看,是因为刘勰认为诗可以怨,而乐府不可以怨。但是,这一说辞是否完全正确?刘勰在《辨骚》中分明也肯定怨刺之说,在提出《骚》中四点与《国风》、小大《雅》一致时,就提到两点关于怨刺的相同点。这里就让人疑惑,按刘勰的立足点,应该都肯定怨刺之说,为何在《乐府》里就不认同,为何乐府不可以怨?

某生好!近日因忙于他事,迟复为歉!所询问题,答复如下:

1.《文心雕龙·乐府》第一段是否有悖篇旨?

《乐府》所论对象为两汉采自民间的乐府诗,兼及魏晋文人创作的乐府诗。乐府诗形式上最大的特点是曾配乐、能歌唱。故刘勰曰:"乐府者,'声依永,律和声'也。"这就是"释名以章义"。把握了乐府诗的这个本质特征,接下来按文体论的撰写原则,就要引经据典,溯其源头了。所谓:

> 钧天九奏,既其上帝;葛天八阕,爰及皇时。自《咸》《英》以降,亦无得而论矣。至于涂山歌于候人,始为南音;有娀谣于飞燕,始为北声;夏甲叹于东阳,东音以发;殷整思于西河,西音以兴;心声推移,亦不一概矣。匹夫庶妇,讴吟土风,诗官采言,乐胥被律,志感丝篁,气变金石。是以师旷觇风于盛衰,季札鉴微于兴废,精之至也。

此乃刘勰为乐府诗所列的歌曲声音(音乐性)的源头,即"原其始"。这一段还不是"选文以定篇"的文字,也没有违背篇旨。

2.刘勰论乐府是如何"选文以定篇"的?

刘勰所评论的主要是两汉魏晋的乐府诗,就其评论的对象而言,他是如何"选文以定篇"的呢?

> 暨武帝崇礼,始立乐府,总赵代之音,撮齐楚之气,延年以曼声协律,朱马以骚体制歌。《桂华》杂曲,丽而不经;《赤雁》群篇,靡而非典。河间荐雅而罕御,故汲黯致讥于《天马》也。至宣帝雅诗,颇效《鹿鸣》。迩及元、成,稍广淫乐,正音乖俗,其难也如此。暨后汉郊庙,惟新雅章,

辞虽典文，而律非夔旷。

　　至于魏之三祖，气爽才丽，宰割辞调，音靡节平。观其北上众引，秋风列篇，或述酣宴，或伤羁戍，志不出于滔荡，辞不离于哀思，虽三调之正声，实《韶》《夏》之郑曲也。

　　逮于晋世，则傅玄晓音，创定雅歌，以咏祖宗；张华新篇，亦充庭万。然杜夔调律，音奏舒雅，荀勖改悬，声节哀急，故阮咸讥其离磬，后人验其铜尺；和乐之精妙，固表里而相资矣。

这也是对乐府诗所作的"要其终"的分析。所选之文，从西汉的《桂华》《赤雁》到东汉的"郊庙""雅章"，从魏之三祖的"北上""秋风"到傅玄、张华的"雅歌""新篇"，确实没有来自民间的乐府诗。不仅对南朝的民歌民谣只字不提（可能刘勰认为这是"近世易明，无劳甄序"吧），就连东汉的乐府民歌他也闭口不谈，只是笼统地概括为"总赵代之音，撮齐楚之气"。

　　3.刘勰论乐府诗为何不谈来自民间的乐府民歌？

《乐府》"选文以定篇"不选来自民间的乐府民歌，这与其篇旨——"务塞淫滥"有关。纪晓岚评曰："'务塞淫滥'四字为一篇之纲领。"洵为破的之论。

刘勰论乐府诗，推崇先秦雅乐，贬低汉魏以来的通俗乐曲。赞辞中说"韶响难追，郑声易启"，主旨十分明确。由于宗经，他便用先王的雅乐作为衡量后来的乐府诗的标准：本雅正之乐、中和之音以立论，以舜禹之《韶》《夏》为界尺，严别雅声与淫乐、正响与溺音。《尚书·舜典》曰：

　　帝曰：夔，命汝典乐，教胄子。直而温，宽而栗，刚而无虐，简而无傲。诗言志，歌永言，声依永，律和声。八音克谐，无相夺伦，神人以和。

这就是儒家温柔敦厚的"乐教"传统，《明诗》和《乐府》均本此"释名以章义"。在刘勰看来，"自雅声浸微，溺音腾沸"，秦汉以来的乐曲歌词多为"丽而不经""靡而非典"的"郑曲"，即淫乐、溺音，其中尤以民间乐府民歌为甚，故而不录免谈。但是，既写《乐府》，就不能不谈乐府诗，退而求其次，"选文以定篇"时，就选一些帝王臣子所作、礼仪祭祀之篇，而对这些乐府诗,也多是谈其所不足。

4.刘勰对乐府诗的评价是否公允?

因为要"务塞淫滥",也因为先有了"雅正""中和"之成见,所以刘勰评论起乐府诗来,也就很难公正客观、符合实际了。姑且不论刘勰没有选录那些来自民间的优秀的乐府民歌之不当,就是选录的两汉魏晋乐府诗,在具体品评时,他也每每以古衡今,移的就矢,曲为之说,强为之讳,固必既深,是非遂淆。

纪晓岚就曾明确指出刘勰失当之处:"《桂华》,《安世房中歌》之一也,尚未至于不经,此论过当。《赤雁》等篇,亦不得目之曰靡,论亦过高。盖深恶涂饰,故矫枉过正。"而把汉高祖的《大风歌》、汉武帝的《李夫人歌》,作为汉代乐府诗的代表,亦显然不妥。魏和西晋的朝廷音乐机构不曾向民间采诗,故其时流传下来能合乐的诗歌都是文人的拟作。如曹操、曹丕、傅玄、张华等都是当时乐府诗的能手。刘勰说曹操、曹丕的乐府诗是:"志不出于滔荡,辞不离于哀思,虽三调之正声,实《韶》《夏》之郑曲也。"显系不实之词。至于说傅玄、张华的"雅歌""新篇",也都不合律吕,无所足取。亦诚评论不当。另外,由于先入为主,戴上了有色眼镜,刘勰对乐府诗特点的认识,除了形式上的合乐特点有充分的自觉外,对其内容上"感于哀乐,缘事而发"的特点,语言上因系口头创作而通俗明快的特点等都缺乏深刻的认识。

5.刘勰轻视乐府民歌是否与其身份有关?

《文心雕龙》虽然是一部"体大思精"的伟大著作,但是,这并不意味着其观点、理论都是正确的。就像黑格尔的《美学》一样。其实,刘勰的不足之处,不仅表现在他对乐府诗的态度上,也表现在他对汉以来五言诗的看法上(在这点上刘勰不如钟嵘),还表现在他对屈原的评价上,甚至体现在《文心雕龙》不提陶渊明上。

对刘勰思想认识上的不足和《文心雕龙》内容结构上的问题,不仅可以而且需要我们深入探讨,作出合理的解释,甚至提出批评的意见。你认为刘勰轻视乐府民歌,可能与其出身士族有关。有这个想法是好的,因为它可以引导你深入思考问题,进而搜集材料进行论证,最终得出合理的结论。这就是治学的路子。

不过,问题的解决有时候不是那么容易,而是需要我们不断地钻研、深入地思考、严密地论证,这样才能让人信服。就你的想法而言,刘勰出身士族,有贵族的血统和意识,以致轻视民间乐府。表面看有这种可能,但细想起来,又有许多问题。比如,对同样来自民间的《诗经》里的"国风",刘勰则是高度赞赏、顶礼膜拜。因为它是"经",是圣人肯定的"无邪"之作,也是后来文学的渊源和典范。这是一个"宗经"的问题,就不好用出身来解释了。这个话题,我还想多说两句。

关于刘勰出身士族还是庶族的问题,"龙学"界有争论,而且两种观点都有比较充分的依据。以王利器为代表的一派认为:刘勰出身士族,主要根据是《宋书·刘秀之传》和《宋书·刘穆之传》;王元化通过《刘勰身世与士庶区别问题》一文的详细考辨,认为刘勰出身于家道中落的贫寒庶族。

其实,从刘勰的家世看,刘家高官厚爵、荣华富贵都曾有过,就此而言,说他出身士族未尝不可。然而,宋亡以后,刘家渐渐衰落,以致"家贫不婚娶"也是事实,所以说他是家道中落的贫寒庶族也有道理。不过,当时学界受庸俗社会学的影响,存在一种思维倾向,好像唯物主义就是先进的、进步的,而先进的思想又是与贫穷的出身联系在一起;唯心主义则是落后的、保守的,而落后的思想又是与富贵的出身相关联。

韦勒克、沃伦在《文学理论》一书中,论述作家的出身与其思想的关系问题时曾说:"一个作家的社会出身,在其社会地位、立场和意识形态所引起的各种问题当中,只占一个很次要的部分;因为作家往往会驱使自己去为别的阶级效劳。大多数宫廷诗的作者虽然出生于下层阶级,却采取了他们恩主的意识和情趣。"例如,雪莱、卡莱尔和托尔斯泰等作家都是"背叛"其所属阶级的明显例子。因此,"我们决不可把作家的声明、决定与活动同作品的实际含义相混淆。……在作家的理论和实践之间,信仰和创造力之间,可能有着很大的差异"。

有鉴于此,我以为辨清刘勰出身士族还是庶族,虽有助于我们对刘勰的思想作出更符合实际的全面评价,但也不能绝对化,否则就会陷入出身决定论的危险境地。

6.刘勰在《乐府》篇反对"怨刺"吗?

刘勰受儒家温柔敦厚的"乐教"思想影响,在《乐府》中主中正平和之音,这是事实。而这一事实也导致了他对乐府诗"感于哀乐,缘事而发"的讽谕内容认识不足。正是这一内容,使得两汉魏晋南北朝的乐府民歌具有揭露现实的"怨刺"功能。所以,唐代诗人也把讽谕诗称为"乐府"。

但是,刘勰在《乐府》篇主中正平和是为了"务塞淫滥",并不是反对乐府诗发挥"怨刺"功能。他对所选之文所作的批评,也主要集中在靡音、淫辞上。所谓"艳歌婉娈,怨志诀绝,淫辞在曲,正响焉生",并非指责乐府诗的"怨刺"功能,而是反对宫体诗浮艳轻靡的诗风。纪评:"此乃折出本旨,其意为当时宫体竞尚轻艳发也。观《玉台新咏》,乃知彦和识高一代。"可谓一语道破玄机。所谓"本旨"也就是《乐府》篇旨——"务塞淫滥"。

刘勰并没有说"诗可以怨"而"乐府不可以怨",那是周振甫分析时得出的结论。我们可以站在今天的角度评价古人,但是不能把我们对古人的评价说成是古人的观点。我们只能说由于篇旨所限,刘勰对乐府诗的"怨刺"功能认识不足或有意淡化。其实,乐府也是诗,不过是配乐的诗、能唱的诗罢了,而这样的诗,无论从内容还是形式上说,都是更便于"怨刺"的。因此,刘勰又怎么会得出"诗可以怨"而"乐府不可以怨"这样尖锐对立、前后矛盾的结论呢!

台湾著名学者王梦鸥在《刘勰论文的特殊见解》一文中分析道:"虽然诗歌的来源,在未有文字记载,亦即未成为书写的诗歌时代,二者是不可分的:诗即是歌,歌亦即是诗。但到了一些本无文字的诗歌书写成为文辞,又有人偏重在文辞的形式来制诗歌,那时,诗与歌就自然而然地走上分歧的道路。《虞书》云:'诗言志,歌永言',构成这二语的概念,已经是诗歌分途的时代了。诗语之主要在言'志',至于是否可歌,则是其余事。至于歌,则以'永言'为特色。易言之,歌的特色是从'永言'之中传达其'志'。刘勰在《乐府》篇说:'昔子政论文,诗与歌别。故略序乐篇,以标区界'。这不只是表示他同意刘向的看法，而且确实亦这样做了。他把诗歌区别为《明诗》与《乐府》二篇来讨论，而在《明诗》篇开头即说：'大舜云：诗言志，歌永言。圣谟所析，义已明矣。'接下又说：'在心为志，发言为诗，舒文载实，其在兹乎！'是专就心志与文辞方面讨论，而把'永言'所发的歌声，则画入《乐府》篇。而且在《乐府》篇还更清楚地说：'故知诗为乐心，声为乐体。乐体在声，瞽师务调其器；乐心在诗，君子宜正其文。'虽然这里强调入乐之诗，其文辞亦须切合正言体要的原则，但他却已肯定'凡乐辞曰诗，诗声曰歌'（唐写本此句作'咏声曰歌'）。乐辞曰诗，显示凡诗以辞为主体；咏声曰歌，则是凡歌以声为主体了。易言之，由他那个时代看来，诗是以文辞表达心志的，而歌则以声音表达心志的。尽管那声音即是文辞的读音，但那读音经过了'声依永律和声'的润饰改造，已经不是通常的声音了。倘或严格的说，歌声所传递的，文辞作用（意义）仅居其半，而另一半，则为韵律所构成的作用。他在《乐府》篇又说：'匹夫庶妇，讴吟土风。诗官采言，乐盲（胥）被律，志感丝篁，气变金石。'这里所'感'的，显然是合于金石丝篁而非出于文辞。这就很清楚地可以看出'歌'之特殊的分野了。"

《明诗》和《乐府》相继而列，一论古诗，一论配乐诗，不过宗旨一致，只是各有侧重而已。最后，引我老师的话来结束答问："论诗，侧重阐明'在心为志，发言为诗'的抒情特质。论'乐府'，侧重阐明'诗为乐心，声为乐体'的诗和乐两位一体的歌词特性。"

李　平

2015 年 4 月 21 日深夜

三答生问《文心雕龙·神思》"杼轴献功"问题

老师好！我想请教一下关于"杼轴献功"的争议问题。以课文为主，关于"杼轴献功"的解释，采取的是大多数人认可的黄侃《文心雕龙札记》的解释说法："杼轴献功，此言文贵修饰润色。拙辞孕巧义，修饰则巧义显；庸事萌新意，润色则新意出。凡言文不加点，文如宿构者，其刊改之功,已用之平日,练术既熟,斯疵累渐除,非生而能然者也。"因而解释"视布于麻"四句,认为是说艺术修饰问题,修饰能使"拙辞"现出"巧义","庸事"发出"新意",使"布"比"麻"更光彩,就是使艺术作品高于现实生活,进入艺术美的殿堂。另借用纪评:"补出刊改乃工一层,及思入希夷,妙绝蹊径,非笔墨所能摹写一层,神思之理,乃括尽无余。"译"杼轴"为织机,指修饰加工。

对于以上解释,我提出两点不解,一点是刘勰通常说神思,为何此处突然对艺术修饰特别点出,而且上句"拙辞或孕于巧义,庸事或萌于新意"和下句的关系应该不是在说修饰润色,而是说未经修饰的言辞也能有巧义,不加渲染的俗事也能有新意,因而下句若还解释为注意艺术修饰的问题,那就有所矛盾了。此外,纪评之语在我的理解看来是在说"神思非笔墨所能摹写一层",应该不是在佐证"视布于麻"四句艺术修饰的问题。

所以,我更认可王元化的观点,认为"杼轴"一词具有经营组织的意思,指作家的构思活动而言。对此解释,他找到陆机《文赋》里"虽杼轴于予怀,怵他人之我先"中"杼轴"指文学想象活动,以此来做一点佐证。此外,对于"布"和"麻"的关系,他也找到《陔余丛考》来做考据,认为"布"和"麻"是用来揭示想象和现实的关系。他解释道:"'布'并不贵于'麻',但经过纺织加工以后,就变成'焕然乃珍'的成品了。没有'麻',纺不出'布',没有现实素材,就失去了想象活动的依据。"以此解释刘勰的观点。

某生好!你能对有争议的问题表明自己的看法,这很好!我也乐意借此机会谈谈自己的看法,与你共勉。

1."杼轴献功"的两种理解

关于《文心雕龙·神思》"杼轴献功"的含义,"龙学"界主要有两种解释:一是认为指"艺术想象",一是认为指"艺术修饰"。应该说两种观点各有道理,都能成立。至于说哪种观点更切合原文,那就要结合《神思》全篇的内容结构来理解了。

2.《神思》的性质

刘勰将《神思》列于创作论之首,作为统摄整个创作论的总纲,《神思》简要地概括了创作过程的主要内容。创作论其它各篇则从内容上进一步补充、发挥《神思》中提出的主要观点。例如:"情数诡杂,体变迁贸","预示下篇将论体性";"物以貌求,心以理应"是对《物色》的概括;"刻镂声律,萌芽比兴"是对《声律》《比兴》的概括;而"陶钧文思,贵在虚静"可"与《养气篇》参看"。这就启示我们要把《神思》放到整个创作论的大系统来考察。

根据系统论的观点,《神思》论述的是一个二层次创作思维活动系统,这是一个由创造主体——作者参加的动态开放系统,其中二层次即构思活动与表达活动。构思与表达构成创作思维活动系统的两个要素(即子系统),整个创作过程就是这两个要素相互作用,不断反馈的集合体,失其一端创作活动就不能完成。《神思》中的"意授于思,言授于意"就是对创作思维活动系统(亦即"神思"系统)的概括。

3.《神思》的结构

"神思"系统的创作功能的实现,是由构思与表达两个子系统的内部结构决定的。虚静与技巧分别是构思系统与表达系统的两个前提:艺术创造要致力于精神与才学的修养,以精神修养求得虚静之心,以才学修养锻炼表达技巧。失去虚静,构思活动就无法展开;没有技巧,表达活动就不能完成。

同时,构思系统与表达系统又各有自己的要素。构思系统的要素主要有想象、物象和情感,三者作为构思系统的三要素是融为一体的,情感鼓动想象,想象伴随物象,物象体现情感,就像《神思》赞辞中说的"神用象通,情变所孕。物以貌求,心以理应。"情感随着想象的深入而强烈,想象随着情感的激化而丰富,物象则随着强烈的情感和丰富的想象而纷呈。抽象无形的情感强烈地活动于主体的心中,要借助物象表达出来,形成具体可感的东西。诚如徐祯卿在《谈艺录》中所说:"情者,心之精也。情无定位,触感而兴,既动于中,必形于声。"想象就是为激荡的情感寻找合适的依附物,使情感对象化的手段。想象以情感为动力,情感向想象借物象,最终物象就成了情感的物质承担者。三要素互相作用,形成了一个心物交融的活动过程,也就是以"虚静"为前提,以"理"和"志气"来统辖的,伴随物象,凭借想象,充溢情感的构思活动。

表达系统主要是意象的物化活动,它涉及语言、声律、比兴、修饰等要素。刘勰对这些要素非常重视,在《神思》篇都有所论述,可惜人们并没有把这些要素当作一个整体,分析《神思》中客观存在的表达系统。刘勰对语言的重要性有充分认识,《神思》中有十多处涉及到语言。就对象来说,语言表达要"窥意象而运斤";就自身特征来说,语言表达还要"寻声律而定墨",按声律要求组织安排语言文字。构思与表达是相互制约的两个子系统,构思中的形象思维活动决定了表达活动也要采用形象具体的方法。比兴就是最能使语言符号具备感性直观特点的表达方式,所以刘勰说"萌芽比兴"。

4.如何理解"杼轴献功"

若情数诡杂,体变迁贸,拙辞或孕于巧义,庸事或萌于新意;视布于麻,虽云未费,杼轴献功,焕然乃珍。至于思表纤旨,文外曲致,言所不追,笔固知止。至精而后阐其妙,至变而后通其数,伊挚不能言鼎,轮扁不能语斤,其微矣乎!

在讲完构思与表达的基本要素后,刘勰认为主体之情云谲波诡,文体风貌亦变化多端。"拙辞"与"巧义","庸事"与"新意"常常杂糅在一起,如果不加修饰,文中虽有"巧义""新意",亦常被拙劣之文辞、平庸之事例所遮蔽。因此,《神思》最后谈到了艺术修饰问题,即"视布于麻,虽云未贵,杼轴献功,焕然乃珍"。黄侃谓:"此言文贵修饰润色。拙辞孕巧义,修饰则巧义显;庸事萌新意,润色则新意出。"就是说修饰能使"拙辞"现出"巧义","庸事"发出"新意",使"布"比"麻"更珍贵,使艺术作品高于现实生活,进入艺术美的殿堂,这样才能最终实现"神思"大系统的整体功能。

艺术修饰乃创作的最后一道工序,刘勰在《神思》篇末谈这个问题,也是很自然的,不存在突兀的问题。再说,正因为存在"拙辞或孕于巧义,庸事或萌于新意"的情况,所以才需要修饰润色,故曰"视布于麻,虽云未费,杼轴献功，焕然乃珍"。这是前因后果的关系，并无矛盾之处。

有人认为"杼轴献功"是指想象活动，正是这种想象活动使素材变成了作品。这样理解也有一定的理由。但是，从《神思》的整体结构看，想象是构思系统的一个要素，修饰则是表达系统的一个要素，表达离不开修饰，失去修饰整个"神思"系统就不完备。纪评一语道破："补出刊改乃工一层，及思入希夷，妙绝蹊径，非笔墨所能摹写一层，神思之理，乃括尽无余。"就是说，《神思》所论，除了上面所说的构思与表达的一般前提与要素外，还有两层意思值得注意：一是修饰润色，即"杼轴献功"问题；一是难以言表的"文外曲致"问题。包括了这两层，"神思之理，乃括尽无余"。你只看到了纪评的一层意思。

诚然，修饰活动中也有想象因素，然而各系统的要素在不同的位置中有不同的功能，由于表达系统与构思系统中交织、搭配的要素不同，所以两个系统中的想象活动的功能是不一样的。我们还是将各要素区分清楚，让它们各司其职为好。从系统论来分析《神思》，就既要看到整体中各要素的相互制约性、有机关联性；又要看到整体中各要素的不同位置和不同功能，只有如此才能真正把握《神思》的系统、结构、要素和功能。

李　平

2015年5月10日，星期日

20世纪中国《文心雕龙》研究的回顾与反思

　　20世纪中国《文心雕龙》研究不仅完成了由传统向现代的转换,而且取得了丰硕的研究成果,成为一门集校勘、考证、注释、今译和理论研究为一体,并密切联系着经学、史学、子学、佛学、玄学、文学和美学等学科的"显学"。现代意义的"龙学"已有百余年的历史,大体说来,建国前为"龙学"开创期、建国后至60年代中期为发展期、10年"文革"为停滞期、"文革"结束至20世纪末为繁盛期。在20世纪与21世纪交替之际,回顾一下20世纪《文心雕龙》研究的状况,总结其成绩与不足,对未来的《文心雕龙》研究大有裨益。

一、"龙学"开创期的研究状况

　　1914—1949年为现代"龙学"的开创期。这一时期处于文本清理和资料积累的阶段,虽然产生了黄侃的《文心雕龙札记》和范文澜的《文心雕龙注》两部不朽的著作,但总体研究水平尚低,大部分论著和文章都属于评介性质,缺乏深入的理论研究和问题讨论。当然,这种情况也是草创时期所难免的。

　　"龙学"界一般认为:1914年黄侃把《文心雕龙》作为一门学科搬上大学讲坛,标志着现代意义"龙学"的诞生;而他为授课撰写的讲义《文心雕龙札记》,[①]则成为现代"龙学"研究的奠基作。《札记》从传统的校注、评点中超越出来,开创了把文字校勘、资料笺证和理论阐述三者结合起来的研究方法,给人以全新的视野,"从而令学术思想界对《文心雕龙》之实用价值,研

---

　　① 黄侃哲嗣黄念田在《文心雕龙札记·后记》中说:"先君以公元1914年至1919年间任教于北京大学,用《文心雕龙》等书课及门诸子,所为《札记》三十一篇,即成于是时。"《札记》于1925年起在《华国月刊》连载,至1927年集《神思》以下二十篇成书,交北平文化学社印行。1935年黄侃逝世后,前南京中央大学所办《文艺丛刊》又将《原道》以下十一篇发表。1947年四川大学中文系曾将上述三十一篇合印一册,据当时编订人员之一的祖保泉先生回忆:

究角度,均作革命性之调整"。①全书重点落在三十一篇主旨的阐释上,因为黄氏学殖深厚,又颇具创作经验,故其主旨探求多有创获,对《文心雕龙》现代文学理论研究启迪尤甚,至今仍是《文心雕龙》研究的必备参考书。

范文澜的《文心雕龙注》是紧随黄侃《札记》而出的又一部"龙学"研究力作,②被认为是《文心雕龙》研究史上的一座里程碑。梁启超为之序云:"其征证详核,考据精审,于训诂义理,皆多所发明,荟萃通人之说而折衷之,使义无不明,句无不达,是非特嘉惠于今世学子,而实有大勋劳于舍人

"1943年秋至1946年春,潘重规先生在四川大学主讲《诗经》《文心雕龙》,1945年秋,抗日战争胜利,1946年初,安徽大学宣告复校,聘先生为中文系主任,潘先生于4月下旬离川大,我班的《文心》课中辍。有人提出集资翻印黄侃《文心雕龙札记》,全班赞成,访求《札记》原文,得三十二篇(包括《物色》),疑为尚有逸佚。8月,佘雪曼先生到校,出其所藏《札记》三十二篇,并一再说:'黄先生只写三十一篇'。于是决定付印……"川大本《札记》封面为黑绿色,上有瘦金体"文心雕龙札记"字样,旁有"佘雪曼署"题签。书正文之前有一页,题曰:"民国三十六年刊于国立四川大学",近隶体。书内页为宣纸,除首两页未标页码外,共88页。目录首载"题辞及略例",次为"原道第一"等至"总术第四十四",但其中"议对第二十四"、"书记第二十五"于目录俱脱,而其内文并无缺。其后附有骆鸿凯所撰《物色》篇札记。由于成书仓促,未加细校,加之排版不精,书中错讹之处较多,所以书后附有两页勘误表。此书由成都华英书局发行,主要用于内部传阅,印数较少,至今罕见。但其价值却十分重大:首次将三十一篇合为一体,真正展现了《札记》的全貌。1962年中华书局上海编辑所又将三十一篇合为一集,由黄念田重加勘校,并断句读,正式出版。至此,《札记》全璧方广泛流行于世。

①李曰刚:《文心雕龙斠诠》(下编),台北,中华丛书编审委员会1982年版,第2515页。

②"范注"是作者在任教于南开大学时"口说不休,则笔之于书"的基础上写成的,据赵西陆说脱稿于1923年。1925年由天津新懋印书局以《文心雕龙讲疏》为名刊行,1929—1931年北平文化学社分上中下三册出版时更名为《文心雕龙注》,1936年上海开明书店出版七册线装本。北平文化学社本系根据新懋印书局《讲疏》大加修订而来,开明书店本又是从文化学社本改编修订而来,至此"范注"基本定型。1958年经作者请人又一次核对订正,人民文学出版社(原古籍刊行社或古典文学出版社)分二册重印,这就是现在流行的本子。据王利器《我与〈文心雕龙〉》一文回忆,作者50年代在文学刊行社工作时,曾担任范文澜《文心雕龙注》重版的责任编辑。他说:开始范老不同意重印这部书,认为是"少作",存在不少问题。作者表示这次做责任编辑,一定尽力把工作作好。在整理过程中,作者订补了500多条注文,交范老审定时,他完全同意,并主张著者应署两人的名字。(详见《王利器学述》,浙江人民出版社1999年版,第222—223页。)

也，爱乐而为之序。"①"范注"是《文心雕龙》注释由传统向现代转型的开始，它继承黄侃的三结合研究方法，在校注方面网罗古今，择善而从，上补清人黄叔琳、李详的疏漏，下启今人杨明照、王利器的精审，具有承前启后、继往开来的重要意义。此外，"范注"之被视为《文心雕龙》研究史上划时代之作，还得力于以下三点：一是"范注"开始重视释义研究，对书中的一些重要名词概念和理论术语作了较为清晰的阐释；二是"范注"仿裴松之《三国志注》和刘孝标《世说新语注》的体例，对刘勰所论作品"悉为抄入"，这不仅有利于对原文的理解，而且便于读者翻检；三是"范注"在《文心雕龙》理论研究方面提出了一些具有较高学术价值的深刻见解，如关于《文心雕龙》写作方法受到释书影响的问题，关于《文心雕龙》结构体系的问题等，都对后来的研究产生了很大的影响。虽然"范注"还存在一些明显的不足，中外学者为之增补驳正者代不乏人，②但是"范注"至今仍是最通行的《文心雕龙》读本，仍是"龙学"入门的阶石。

《札记》和"范注"的相继问世不仅揭开了现代"龙学"的序幕，而且为现代"龙学"研究确立了一个高水准的起点，致使本期其它一些《文心雕龙》注释和研究著作显得黯然失色。例如：李详的《文心雕龙补注》（上海中原书局1926年）、叶长青的《文心雕龙杂记》（1933年作者自印本）、庄适选注的《文心雕龙》（商务印书馆1934年）、杜天縻的《广注文心雕龙》（世界书局1935年）、钱基博的《文心雕龙校读记》（无锡民生印书馆1935年）、朱恕之的《文心雕龙研究》（南郑县立民生工厂1944年）等，在《文心雕龙》研究史上虽小有贡献，然均未产生什么影响。其中只有刘永济的《文心雕龙校释》（1948）颇具特色，解放后修订重版产生较大影响。

在现代"龙学"开创期的30多年中，发表了《文心雕龙》的研究文章近百篇，其中有关校注的20余篇，序跋评介和书后札记约30篇，涉及理论研

①梁启超：《文心雕龙讲疏序》，《范文澜全集》（第三卷），河北教育出版社2002年版，第4页。

②如大陆杨明照有《文心雕龙范注举正》（《文学年报》1937年第3期）、牟世金有《〈文心雕龙〉的"范注补正"》（《社会科学战线》1984年第4期），台湾王更生有《文心雕龙范注驳正》（台北华正书局1980年版），日本斯波六郎有《文心雕龙范注补正》（日本广岛大学文学部中国文学研究室1952年印行）。

究的约40篇。"总的看来,这些文章的基本特点是鲜有深入的专题研究,大多是一般性的概述泛论。虽有论通变、论史学、论隐秀等几个专题,也很少作理论上的探讨。"①尽管如此,还是有一些文章值得重视,如杨鸿烈的《〈文心雕龙〉的研究》(《晨报副刊》1922年10月24—29日)、吴熙的《刘勰研究》(《时事新报》副刊《学灯》1924年5月9—10日)、徐善行的《革命文学的——〈文心雕龙〉》(《孟晋非战专号》1925年第2卷第10期)、赵万里的《唐写本〈文心雕龙〉残卷校记》(《清华学报》1926年第3卷第1期)、刘节的《刘勰评传》(《国学月报》1927年第2卷第3期)、梁绳祎的《文学批评家刘彦和评传》(《小说月报》17卷号外《中国文学研究》1927年第6期)、李仰南的《〈文心雕龙〉研究》(《采社杂志》1931年第6期)、霍衣仙的《刘彦和评传》(《南风》1936年第12卷第2、3号合刊)、杨明照的《〈梁书·刘勰传〉笺注》(《文学年报》1941年第7期)等。这些文章在高度赞扬刘勰和《文心雕龙》的同时,还涉及到刘勰身世的考证,《文心雕龙》一书的性质与校勘,《文心雕龙》与佛教的关系,刘勰的批评观等一系列问题,为后来深入的专题研究奠定了基础。

二、"龙学"发展期的研究状况

1950—1964年为现代"龙学"的发展期。经过几十年的积累和发展,本期的"龙学"研究有了长足的进步,主要表现在:校、注、释方面的力作相继出现,为普及而进行的今译工作初见成效,论文的数量、质量和视野都较前期有了很大的提高。

本期《文心雕龙》校注、释义方面的重要著作有王利器的《文心雕龙新书》(1951)②、杨明照的《文心雕龙校注》(1958)③、刘永济的《文心雕龙校释》

---

① 牟世金:《"龙学"七十年概观》,《文心雕龙研究论文集·序》,人民文学出版社1990年版,第6页。

② 作者为配合《文心雕龙新书》,还依据《文心雕龙》本文编纂成索引工具书《文心雕龙新书通检》一册,巴黎大学北京汉学研究所1952年出版。

③ 据该书《后记》所云,作者在重庆大学读书时,主攻《文心雕龙》,"研阅既久,觉黄、李两家注实有补正的必要。偶有所得,便不揣固陋,分条记录。后得范文澜先生注本,叹其取

（1962）①。《新书》为作者在北大讲授《文心雕龙》时写成，所谓"新书"，取法刘向，谓如先秦古籍一经刘向校勘，遂称之为"新书"。该书为巴黎大学北京汉学研究所出版，国内很少流传，后经作者加工，改名为《文心雕龙校证》由上海古籍出版社于1980年出版，方在"龙学"界广为流传。《校注》是在清人黄叔琳注和李详补注的基础上进行"校注拾遗"，全书先印《文心》原文，次附黄注和李氏补注，末以作者的校注拾遗殿后。该书贡献有三：一是首次完整地征录了李详补注全文，使广大读者在补注很难见到的情况下得以窥其全貌；二是补"范注"之罅漏，校字征典更精更细且多发前人所未发；三是附录"历代著录与品评""前人征引""群书袭用""序跋""版本"五个部分，以见《文心雕龙》在历史上的流传与影响并给研究者提供相当多的便利。《校释》初版时为适应教学需要，对《文心》篇次有所调整；新版则恢复原书篇次顺序，校字释义也有较大的增补。该书主要价值在释义方面，作者已不满足对本文的字句校勘和典故引证，而是在黄侃《札记》的基础上，沿着释义的路子向前拓进，力求阐明刘勰论文之大旨，发挥本文幽深之意蕴，使《文心》义理阐释向前迈进了一大步。②牟世金说："从1955年到1964年的十年间，出现了《文心雕龙》研究的全新面貌。杨明照的《文心雕龙校注》和刘永济的《文心雕龙校释》，是这十年内《文心雕龙》研究的重要收获。两书都是他们多年研究的硕果，在国内外都有深远的影响。"③

新中国成立后，特别是50年代末60年代初，《文心雕龙》受到越来越多

精用弘，难以几及；无须强为操觚，再事补缀。但既已多所用心，不愿中道而废，于是弃同存异，另写清本。以后如有增补，必先检范书然后载笔。不到三年，又积累了若干条"。1936年夏，作者将其研究成果清写成册，作为大学毕业论文。同年秋，作者入燕京大学研究院，"在导师郭绍虞先生指导下，仍继续这方面的研究。多方参稽，所得比过去稍多"，直到1957年作者才交古典文学出版社出版。

① 作者还编有讲义本《文心雕龙征引文录》和《文心雕龙参考文录》二种。

② 詹锳在《文心雕龙义证》中说："刘永济《文心雕龙校释》，因所据版本较少，校勘方面无多创获，但在释义方面每有卓见。"刘永济本人也曾对黄侃弟子程千帆说："季刚的《札记》，《章句篇》写得最详；我的《校释》，《论说篇》写得最详。"作者以精于小学推黄侃，以长于议论许自己，颇有《校释》不让《札记》之意。

③《〈文心雕龙〉研究的回顾与展望》，《文心雕龙学刊》（第2辑），齐鲁书社1984年版。

的人的喜爱和关注，为满足广大读者的阅读需求，本着古为今用的原则，《文心雕龙》的今译工作艰难地起步了。当时《文艺报》主编张光年同志率先开始了语体翻译的尝试，①接着周振甫在《新闻业务》、赵仲邑在《作品》、刘禹昌在《长春》上，连续发表了《文心雕龙》部分篇目的翻译。特别值得一提的是：陆侃如、牟世金合译的《文心雕龙选译》（上下）和郭晋稀翻译的《文心雕龙译注十八篇》于1962—1963年相继问世，成为我国最早的《文心雕龙》译本。这两部普及性的译本，都采用直译方式，译文深入浅出，对当时读者学习《文心雕龙》有较大帮助。

　　本期理论研究的专著只有陆侃如、牟世金的《刘勰论创作》（1963）一部，而且其中译注还占了一半。②但是单篇论文却取得了较大的成绩，在15年的时间里，共发表论文180多篇，其中前十年约有30篇，而后五年多达150篇。这些论文大多运用马克思主义的观点和方法对《文心雕龙》进行分析和研究，虽有生搬硬套的公式化痕迹，但在理论上确有不少新的突破。在对《文心雕龙》进行全面综合论述的文章中，刘绶松的《〈文心雕龙〉初探》（《文学研究》1957年第2期）和郭绍虞的《试论〈文心雕龙〉》（《语文学习》1957年第9期）值得重视。两文作者都试图在新观点和方法指导下，立足于现代文论，对《文心雕龙》的理论价值进行深入的研究。所以，尽管两文的行文特点和论证方法各有不同，但还是得出了不少相似的结论。例如，两文作者都认为刘勰是根据儒家进步的文艺思想来建立"接近现实主义的文学理论"，反对齐梁"内容上的颓废主义和形式上的唯美主义"，通过宗经复古以求通变革新，追求思想内容与形式技巧的辨证统一。

---

　　① 张光年在当时给《文艺报》编辑讲《文心雕龙》时，试着翻译了一些篇目。《中华文史论丛》1983年第3辑发表了张光年翻译的《神思》《体性》《风骨》《通变》《定势》《情采》六篇。

　　② 该书1963年由安徽人民出版社初版，1982年由牟世金修订再版。初版分"引言"、"译注""附录"三部分，"引言"概述刘勰生平思想及其文学理论，"译注"为《神思》《体性》《风骨》《通变》《情采》《镕裁》《夸饰》《物色》八篇，"附录"收《〈文心雕龙〉中有关现实主义的论点》《〈文心雕龙〉中有关浪漫主义的论点》《刘勰论诗的幻想和夸饰》《〈文心雕龙〉术语初探》四篇论文。新版改为"论述"和"译注"两部分，"论述"共收六篇论文，除初版四篇论文外，另收《刘勰及其文学理论》（由初版"引言"修改而成）、《〈文心雕龙〉创作论初探》两篇；"译注"除初版所选八篇外，新增《比兴》《总术》两篇。

这一时期的许多论文涉及到《文心雕龙》的专题研究，其中刘勰的思想、现实主义与浪漫主义、风骨和艺术构思等几个问题的研究比较突出。刘勰的思想是本期讨论的热点之一。关于刘勰的思想是儒家还是佛家、唯物还是唯心，形成了两种对立的意见。吉谷《〈文心雕龙〉与刘勰的世界观》一文认为：刘勰的"指导思想是儒家朴素唯物主义思想"。①张启成《谈刘勰〈文心雕龙〉的唯心主义本质》一文认为："佛教思想是刘勰的主导思想。因此贯穿在《文心雕龙》中的一些主要观点也必然会受这主导思想所支配。"所以，《文心雕龙》的"基本核心却是唯心主义的"。②除张启成主佛家思想外，大部分学者，如刘绶松、陆侃如、杨明照、王元化等，都主儒家思想；认为唯心的还有炳章、曹道衡等，但主唯物的仍属多数，如陆侃如、祖保泉、翁达藻等。其实，思想问题是个复杂的问题，宗教派别与思想属性、世界观与文学观之间都不能简单地划等号。所以，论者一般都不绝对地认为刘勰就是彻底的唯物主义或唯心主义、就是完全的儒家或佛家。然而，受时代的影响，论者一般都有"唯物"倾向伟大、"唯心"接近渺小的思想意识。

为配合当时文艺界现实主义和浪漫主义两结合创作方法的研究，本期"龙学"研究中很多论者也对《文心雕龙》中涉及的现实主义和浪漫主义问题展开了热烈的讨论。前面提到的刘绶松和郭绍虞两文都肯定《文心雕龙》接近于现实主义，后来陆侃如、牟世金又发表《刘勰有关现实主义的论点——〈文心雕龙〉简介之六》（《山东文学》1962年第7期）一文，比较全面地总结了《文心雕龙》中的现实主义文学理论。同时，一些论者也注意到刘勰有关浪漫主义的论述。葆福和广华的《刘勰对于浪漫主义的态度问题》（《光明日报》1961年8月20日）、陈鸣树的《刘勰论浪漫主义》（《文汇报》1961年9月12日）、陆侃如和牟世金的《刘勰有关浪漫主义的论点——〈文心雕龙〉简介之七》（《山东文学》1962年第8期）、张碧波的《刘勰的浪漫主义创作论初探》（《哈尔滨师范学院学报》1962年第1期）等文，都对《文心雕龙》中的浪漫主义因素进行了分析。这些分析基本以《辨骚》《夸饰》为依据，认为刘勰已经接触到浪漫主义精神。但是，在有关刘勰的浪漫主义是

---

① 吉谷：《〈文心雕龙〉与刘勰的世界观》，《光明日报》1960年11月20日。

② 张启成：《谈刘勰〈文心雕龙〉的唯心主义本质》，《光明日报》1960年11月20日。

积极的还是消极的、刘勰是否已明确认识到浪漫主义的特征以及他对浪漫主义的态度是排斥还是赞同等问题上，分歧仍然很大。

有关"风骨"内涵的讨论争议最大、分歧最多。黄侃在《文心雕龙札记》中曾提出"风即文意，骨即文辞"的论断，开"风骨"研究之先河。对黄侃的意见或赞同或反对，或发展或修正，形成了本期有关"风骨"讨论的二十多种观点，归纳起来约有四类：一是舒直提出的与黄侃完全相反的意见，即"'风'就是文章的形式，'骨'就是文章的内容；而且'骨'是决定'风'的，也就是内容决定形式的"。①这种观点未免简单武断且有标新立异之嫌。二是基本赞同黄侃的意见但又有新的补充和发展，如有人认为："'风'是对文章情志方面的一种美学要求"，"'骨'是对文章词语方面的一种美学要求"。②代表人物有陈友琴、商又今、吴调公、郝昺衡、陆侃如、寇效信等。三是认为"风骨"皆指内容而言，并无文意文辞之别。代表人物有廖仲安、刘国盈、郭晋稀、潘辰、曹冷泉、郭预衡等。持此论者多据《附会》篇"情志为神明，事义为骨髓"一语立论，认为"风"指"情志"，"骨"指"事义"，"风骨"并属内容。然而，脱离《风骨》篇而言"风骨"，结论自然难安。所以有人说"把《风骨》篇中的骨解释为情志或事义，那是无论如何也讲不通的"。③四是把"风骨"与风格联系起来，认为"风骨"是刘勰推崇的"标准风格""理想风格"，或是风格形成的条件、方法。各种观点竞相呈放，各家新说聚讼纷纭，终于使抽象而又复杂的"风骨"问题的讨论"在整个《文心雕龙》研究中的比重占了第一位"。④《光明日报·文学遗产》290期（1959年12月6日）还特别发表了编辑部的《关于"风骨"的解释——来稿综述》一文，介绍一些未发表的文章的基本观点，同时指出讨论应"从大处着眼，用马克思列宁主义的尺度实事求是地（最好多举作品实例证明）评述我国文学理论遗产，不要只胶着在个别词汇的解释上"。

除上述三个专题外，《文心雕龙》中的艺术构思问题也受到论者的关注，杨明照的《刘勰论作家的构思——读〈文心雕龙〉随笔之一》（《四川文

---

① 舒直：《略论刘勰的"风骨"论》，《光明日报》1959年8月16日。

② 寇效信：《论"风骨"——兼与廖仲安、刘国盈二同志商榷》，《文学评论》1962年第6期。

③ 王运熙：《〈文心雕龙〉风骨论诠释》，《学术月刊》1963年第2期。

④ 牟世金：《近年来〈文心雕龙〉研究中存在的几个问题》，《江海学刊》1964年第1期。

学》1962年第2期)、张文勋的《刘勰对文学创作的形象思维特征的认识——读〈文心雕龙〉札记之一》(《光明日报》1962年12月16日),就是这方面的重要文章。另外,对《神思》篇的研究也与这一问题相连,主要文章有宋漱流的《飞腾吧,想象的翅膀——读〈文心雕龙·神思〉篇》(《文艺报》1961年第8期)、梁宗岱的《论〈神思〉》(《羊城晚报》1962年3月29日)、黄海章的《读〈论神思〉》(《羊城晚报》1962年4月7日)、王元化的《〈神思篇〉虚静说柬释》(《中华文史论丛》1963年第3辑)等。还有《辨骚》篇为何列入"文之枢纽",《熔裁》篇的"三准"论以及刘勰的美学思想等问题,也都有专文研究。[①]

"龙学"发展期在不少问题上都取得了一些成绩,但也存在一些问题。受当时政治气候的影响,论者对刘勰思想和现实主义与浪漫主义问题的研究,都不同程度地表现出功利主义的倾向,牵强附会、生搬硬套时或有之。在"风骨"的研究中,多数文章局限于概念的讨论,不仅缺乏从文化背景、时代风尚的宏观角度对"风骨"进行研究,而且将"风骨"与文学史上大量作品联系起来进行分析的文章也不多。总起来看,本期的"龙学"研究还主要是提出问题、讨论问题,深入细致的理论分析、高屋建瓴的宏观把握,还有待于下一时期的"龙学"研究。

三、"龙学"繁盛期的研究状况

十年"文革"不仅是一场政治浩劫,而且也使《文心雕龙》的学术研究严遭摧残,"龙学"停滞不前。"文革"结束,"龙学"复兴。1977年以来的20年,《文心雕龙》的研究进入繁盛期。据不完全统计,本时期出版的"龙学"专著近70种,论文则有1000多篇,远远超过前两期的总和。

1.专著

专著大致可以分为校注译释、理论研究、工具书和论文集四大类。

(1)校注译释

---

① 王运熙:《刘勰为何把〈辨骚〉列入"文之枢纽"》,《光明日报》1964年8月23日;刘永济:《释刘勰的"三准"论》,《文学研究》1957年第2期;郭味农:《关于刘勰的"三准"论》,《文学遗产增刊》1962年第11辑;于维璋:《刘勰的美学思想初探》,《山东大学学报》1962年第1期。

校、注、译、释方面，本期取得了重大成果。王利器的《文心雕龙校证》（1980）和杨明照的《文心雕龙校注拾遗》（1982）堪称《文心雕龙》校勘史上的双子星座。王氏《校证》由原来的《新书》增订而来，作者在《序录》中自云："本书的主要贡献是搜罗《文心雕龙》的各种版本，比类其文字异同，终而定其是非"。该书重在校勘，所据重要版本达28种，校订精细，无愧为一部集大成的校本。杨氏《拾遗》在原《校注》的基础上省去了《文心》原文和黄注李补，以增加校注。全书取精用弘，参校各种版本、校注本60种，引用文献600多种，对前人校注中的疑难讹误多有补正。附录将长期积累的历代著录、品评、采摭、因习、引证、考订、序跋、版本等材料分别辑录，搜罗完备，有"研究《文心雕龙》的小百科全书"之誉。校勘方面值得一提的还有林其锬、陈凤金伉俪为"元至正本《文心雕龙》"和"敦煌遗书《文心雕龙》残卷"所做的"扫叶拂尘"的校勘工作。《文心雕龙敦煌残卷》是现存最早的写本，户田浩晓教授认为它在校勘上有六善：一曰可纠形似之讹，二曰可改音近之误，三曰可正语序之倒错，四曰可补脱文，五曰可去衍文，六曰可订正记事内容。元至正本《文心雕龙》为现存最早的刻本。唐元之间，宋本《太平御览》引《文心雕龙》诸篇文字又可补唐写本残卷的不足。林、陈二位多年致力于《文心雕龙》唐、宋、元版本的校勘，终成《敦煌遗书文心雕龙残卷集校》（附《宋本太平御览引文心雕龙辑校》）和《元至正本文心雕龙汇校》二书，嘉惠士林，功劳实大。

周振甫的《文心雕龙注释》（1981）是"范注"以来最为完备的白话注释本。该书因其"融会贯通、深入浅出"而备受读者欢迎。以往黄叔琳、范文澜、杨明照三家注皆详于典实，该书则因词、义兼释而形成自己的特色。译注方面本期有较多的著作问世，特别是原先的一些选译本逐渐发展为全译本。例如：陆侃如、牟世金的《文心雕龙选译》由牟世金补译25篇而成《文心雕龙译注》（1981），郭晋稀的《文心雕龙译注十八篇》增补为《文心雕龙注译》（1982），周振甫于本期撰写的《文心雕龙选译》（1980）也很快扩展为《文心雕龙今译》（1986）。全译本还有赵仲邑的《文心雕龙译注》（1982）、向长清的《文心雕龙浅释》（1984）、贺绥世的《文心雕龙今读》（1987，其中16篇为摘译）、龙必锟的《文心雕龙全译》（1992）、李蓁非的《文心雕龙释译》

（1993）、王运熙和周锋的《文心雕龙译注》（1998）等。此外还有一些选译、选释、选析本，如钟子翱和黄安祯的《刘勰论写作之道》（1984）、穆克宏的《文心雕龙选》（1985）、张长青和张会恩的《文心雕龙诠释》（1982）、祖保泉的《文心雕龙选析》（1985）。诸译本虽然各有特色，但在理解上差异还是太大，以致译文各异，读者难以适从。比较而言，陆、牟的《译注》影响更大一些。因为作者坚持在"读懂原文，搞清本义"的前提下着手翻译，注文不避难点，译文以直译为主，力求表其意蕴，故而读来颇为可信。

校注译释方面还有两部著作值得重视，这就是詹锳的《文心雕龙义证》（1989）和祖保泉的《文心雕龙解说》（1993）。《义证》的最大特点是取材弘富，全书130多万字，校字释义时广泛收集古今中外的各种材料，以求片善不遗，实际带有"集注"的性质。然而在求全的同时，也暴露出一些选择不够精当的毛病。《解说》是作者在《选析》的基础上增订扩充而来，全书70万字，主要由注释和解说两部分构成，注释简明而解说详尽。各篇解说均就原文所提出的主要问题展开论证，对历来认为重点、难点问题，更是详加剖析，且多有精解新见，具有长于理论分析的特色。

（2）理论研究

理论研究方面的专著又可分为综合研究和专题研究两种。综合研究方面有陆侃如和牟世金的《刘勰和文心雕龙》（1978）、詹锳的《刘勰与文心雕龙》（1980）、张文勋和杜东枝的《文心雕龙简论》（1980）、孙蓉蓉的《文心雕龙研究》（1994）等，这些综合研究大都属于概述一类，既注意"龙学"知识的普及，又不失自己的独到见解，且篇幅适中，于一般"龙学"爱好者大有裨益。此外，牟世金晚年抱病撰写的《文心雕龙研究》（1995）则堪称综合研究中的扛鼎之作，它是牟先生一生《文心雕龙》研究的总结性著作，是对《文心雕龙》的再认识、再估价。王元化在该书《序》中说："书中那些看来平淡无奇的文字，都蕴涵着作者的反复思考、慎重衡量，其立论之严谨，断案之精审，我想细心的读者是可以体察到作者用心的。"[1]

专题研究的范围比较广，涉及到《文心雕龙》创作论、风格学、文学史论、美学思想和理论体系诸多方面。王元化的《文心雕龙创作论》（1979）在

---

[1] 牟世金：《文心雕龙研究·序》，人民文学出版社1995年版，第2页。

本期理论研究方面影响最大，该书是黄侃《札记》以来《文心》义理阐释方面令人耳目一新的又一部力作。作者把熊十力"根底无易其固而裁断必出于己"的警句作为理论研究的指导原则，以三个结合（古今结合、中外结合、文史哲结合）为具体研究方法，凭借其深厚的国学修养和娴熟的现代美学理论知识，通过严谨细致的考证，全面深入的比较，将《文心雕龙》创作论上升到现代文艺理论的高度，作出了今天应有的科学"裁断"，真正实现了《文心雕龙》阐释由传统向现代的转型。因此，该书不仅为《文心雕龙》研究，而且也为古代文论研究开辟了一条新的道路。

詹锳的《文心雕龙的风格学》（1982），把风格当作贯穿《文心》全书的重要理论问题进行全面系统的研究，具有开创性。作者认为"风骨"是刘勰主张的最理想风格，进而详细论述了个性与风格、才思与风格、时代与风格、文体与风格的关系。然而，全面系统地论述风格问题，稍有不慎便会产生庞杂的弊端。正像有人指出的，詹先生把与风格相关的论述都当作风格本身来阐述，显得庞杂而失之准确。张文勋的《刘勰的文学史论》（1984），则系统清理了刘勰的文学发展史观。该书从论述《文心》中的"文学发展史总论"开始，进而就"先秦文学""秦汉文学""建安正始文学""两晋及宋齐文学"分别展开分析，揭示了刘勰丰富而深刻的文学史意识。略嫌不足的是，该书未能将刘勰的文学史观放在整个古代文论的大背景中加以考察，探索其成因，指明其影响。

《文心雕龙》的美学研究成为本期理论研究的一个热点，与上期只有1篇研究刘勰美学思想的论文形成鲜明对照，本期不仅有30多篇专题论文，而且还出版了4部专著，即缪俊杰的《文心雕龙美学》（1987）、易中天的《文心雕龙美学思想论稿》（1988）、赵盛德的《文心雕龙美学思想论稿》（1988）和韩湖初的《文心雕龙美学思想体系初探》（1993）。缪著试图站在时代文艺理论的高度，运用比较的方法，考察《文心雕龙》的美学思想，指出它在世界美学史上应有的地位。易著是在其硕士学位论文的基础上加工而成，作者从文学本体、创作规律和审美理想三个方面着手分析，以揭示《文心雕龙》蕴含的美学理论体系。赵著则在有限的篇幅里探讨了刘勰的美学观、《文心》的美学理论体系和审美理想等问题。韩著重在对刘勰与黑格尔的美学思想进行全方位的比较研究。上述论著都在《文心雕龙》美学思想研究方面进行了有益的探索，但同时也暴露出一些问题。有的分析尚停留在现象的罗列上，缺乏对《文心》深层美学意蕴的揭示和探源；有的论述前后概念不一致，对《文心》美学范畴缺乏精确的理解；有的比较研究显得牵强附会，未能准确把握由中西不同文化特质导致的审美价值和审美理想的差异性。相比之下，寇效信的遗著《文心雕龙美学范畴研究》（1997），倒是一部功力深厚、考辨精审的《文心雕龙》美学研究专著。

　　《文心雕龙》理论体系问题在前期一直没有正面的专题研究，而在本期则成为论者关注的焦点之一。从1981年牟世金发表第一篇专论《〈文心雕龙〉的总论及其理论体系》（《中国社会科学》1981年第2期）以来，至今已有20多篇这方面的文章，且有好几部专著问世。杜黎均的《文心雕龙文学理论研究和译释》（1981），认为《文心雕龙》建立了一个严密完整的文学理论体系，这个体系由"文学和现实""内容和形式""文学的特征"等七个部分组成。为了帮助读者认清《文心雕龙》的理论体系，作者还在"范注"二表的基础上制订了一份更为详细的"《文心雕龙》文学理论体系表"。该书的最大问题是为刘勰套西装，作者不是经过严密的考证而是随意运用现代文学理论的观点解释刘勰的文学理论，这种随意拔高的做法是不可取的。张少康的《文心雕龙新探》（1987）是一部着力探讨刘勰文学理论体系的著作，该书的最大特点是从文史哲多层面收集材料，以辨明刘勰文学理论的历史背景和思想渊源。全书尽管也是从文学的本质与起源、构思与想象、主观与客观、内容与形式等现代文学理论观点出发，研究刘勰的文学理论体系，但由于作者立足于材料的发掘与整理，所以观点虽新，却能言之成理，持之有故。石家宜的《文心雕龙整体研究》（1993）则另有高见，该书在作整体研究时，并没有用现代文学理论概念将刘勰著作任意切割、组合，而是客观地从原著自身各部分之间的关系中寻找统一性的根据，这构成了该书的鲜明特色。作者把《文心》上篇头5篇与下篇头5篇当作全书总的指导思想和"商榷文术"的纲领，指出这两部分之间的"体"与"用"的关系，实际上就是《文心》上篇与下篇之间的内在联系。作者认为这样做，"就像牵住了对《文心雕龙》进行整体研究的牛鼻子"。应该说这是一种贴近古人、切合原著的好方法,只是在具体操作时效果没有作者预想的那么好,可能因为书中大部分内容是由以往论文构成,作者尚未及对其进行综合改造所致。

以上几方面的专题研究均能纵贯全书,突破了以往单纯的总论、文体论、创作论和批评论的研究模式,表明"龙学"研究的总体水平在提高。然而,相对于校注来说,理论研究还是比较薄弱,像王元化的《文心雕龙创作论》和牟世金的《文心雕龙研究》那样功底深厚又具有突破性的权威著作,毕竟太少了!

(3)工具书

本期《文心雕龙》研究兴盛发达的一个重要表现就是出现了一批"龙学"工具书,这是"龙学"走向成熟的标志之一。1987年吴美兰编纂的《文心雕龙研究成果索引》和朱迎平编纂的《文心雕龙索引》同时问世,前者广泛收集海内外"龙学"研究成果,后者就《文心》的文句、人名、书名、篇名等编排索引。两种《索引》虽然都较粗略,但是对于如火如荼的"龙学"发展态势来说,毕竟是解了燃眉之急,故为学林称善。冯春田继《文心雕龙释义》(1986)之后,又推出更为全面的《文心雕龙语词通释》(1990),该书汇释《文心》所用语词近9000条,类似《文心》语词释义大全,虽然有些笨拙,"亦'龙学'之一翼"(牟世金语)。"龙学"界一直盼望的《文心雕龙辞典》,本期终于有了两部。贾锦福主编的一部于1993年率先出版,周振甫主编的另一部也于1996年问世。后出的一部因为撰稿人相对集中(主要是周振甫、刘跃进、赵立升三位),各词条的解释也就比较统一,全书整体性更强一些,特别是所附《元至正本文心雕龙汇校》,更加彰显了该《辞典》的学术价值。尽管如此,贾氏及其同仁所编《辞典》的首出之功仍不可没。工具书方面最重要的当数杨明照挂名主编的《文心雕龙学综览》(1995),这部凝聚着众多"龙学"专家心血的集大成之作,虽然姗姗来迟,却以其全面性和权威性受到"龙学"界的高度赞许,被视为真正意义上的"龙学小百科"。正如王元化在《序》中所说:"中国文心雕龙学会成立十二年以来,除进行国内外学术交流,定期刊行学刊外,较重要的工作就是编辑这部《文心雕龙学综览》了。编辑工作历时三年,撰稿者有七个国家和地区的七十多位学者,全书六十余万言。这样一部由海内外学人共同编纂的煌煌巨制,在大陆还是一件创举。"①

以上工具书的出版,对于促进"龙学"的进一步发展,补助海内外学术交流,均有无量功德。然而,无庸讳言,大陆"龙学"界在工具、资料方面所下的功夫还不够。近10年来的"龙学"研究成果尚无人做统计索引工作,②像日本冈村繁编纂的那样详尽的《文心雕龙索引》大陆还没有,而朱氏《索引》显然已不够用了!

（4）论文集

本期"龙学"的又一个特点是一些论者的《文心雕龙》研究论文集纷纷出版,这是前期所没有的,它标志着诸多论者的"龙学"研究由零打碎敲走向全面系统。这些论文集主要有:马宏山的《文心雕龙散论》(1982)、牟世金的《雕龙集》(1983)、蒋祖怡的《文心雕龙论丛》(1985)、毕万忱和李淼的《文心雕龙论稿》(1985)、王运熙的《文心雕龙探索》(1986)、涂光社的《文心十论》(1986)、李庆甲的《文心识隅集》(1989)、穆克宏的《文心雕龙研究》(1991)、王明志的《文心雕龙新论》(1994)等。另外,中国《文心雕龙》学会的会刊《文心雕龙学刊》也在本期出版了1—7辑,1994年会刊更名为《文心雕龙研究》,现已出至第11辑。这些论文集中的论文所研究的范围,几乎包括"龙学"的各个方面,涉及各种专题,堪谓"龙学"兴盛期的盛事。

2. 论文

本期发表了1000多篇论文,讨论的问题涉及到"龙学"的诸多方面。其中有些问题是接着前期继续讨论,但深度已不可同日而语;有些问题则为本期所独有,开辟了"龙学"研究的新领域。

（1）刘勰生平研究

杨明照的《梁书刘勰传笺注》经大量增补修订后发表于《中华文史论丛》1979年第1辑,这是刘勰生平方面考订最精、影响最大的文章,使我们

---

① 王元化:《文心雕龙学综览·序》,上海书店出版社1995年版,第1页。

② 陈允锋的《文心雕龙疑思录》(中央民族大学出版社2013年版),附录有"2001—2012年刘勰及《文心雕龙》研究论著目录",对21世纪以来的"龙学"研究成果做了统计索引工作;戚良德编的《文心雕龙学分类索引》(上海古籍出版社2005年版),对2005年以前的"龙学"研究成果做了目前为止最为全面详尽的统计索引工作。

对刘勰的家世和生平的基本情况有了大体的了解,对研究刘勰确有"知人论世之助"(牟世金语)。同时,有关刘勰生平的研究,台湾、日本和大陆其他学者也有不少创获,牟世金的《刘勰年谱汇考》(1988)将这方面的研究成果汇集在一起,并按以己见,为人们的进一步研究提供了方便。在刘勰生平研究方面分歧较大的主要是以下几个问题:一是刘勰早年为何入定林寺,王元化主"家贫"说,杨明照持"信佛"说,张少康则认为是为了"寻求政治出路"。①二是刘勰的卒年,范文澜推断为521年,赵仲邑、穆克宏、牟世金、周振甫、詹锳等人的看法接近范说;李庆甲考订为532年,郭晋稀、祖保泉从李说;杨明照则认为在538—539年间。②三是刘勰出身士庶问题,学术界向以刘勰出身士族,王元化在《刘勰身世与士庶区别问题》一文中首次提出庶族说,认为"刘勰并不是出身于代表大地主阶级的士族,而是出身于家道中落的贫寒庶族"。赞成庶族说并加以补证的还有程天祜和牟世金。③王利器和马宏山坚持认为刘勰出身士族,④周绍恒则在《刘勰出身庶族商兑》一文中,对士族说作了进一步论证。辨清刘勰出身士族还是庶族,有助于对刘勰作出更符合实际的全面评价,但也不能绝对化,否则就会陷入出身决定论的危险境地。四是《文心雕龙》成书年代问题,"龙学"界多数学者同意清代刘毓崧的考证,认为《文心雕龙》写定于齐末;自本期开始,施助、广信、叶晨晖、夏志厚、周绍恒、贾树新等人先后撰文,对刘氏考证提出

---

① 王说见《刘勰身世与士庶区别问题》,《中华文史论丛》1979年第1辑,又收入作者《文心雕龙创作论》一书;杨说见《梁书刘勰传笺注》,《中华文史论丛》1979年第1辑,又收入作者《文心雕龙校注拾遗》一书;张说见《刘勰为什么要依沙门僧祐》,《北京大学学报》1981年第1期。

② 范说见《文心雕龙注》;李说见《刘勰卒年考》,《文学评论丛刊》第1辑,又收入作者《文心识隅集》一书;杨说见《刘勰卒年初探》,《四川大学学报》1978年第4期,又收入作者《学不已斋杂著》一书。

③ 程天祜:《刘勰家世的一点质疑》,《社会科学战线》1981年第3期;牟世金:《刘勰评传》,《中国著名文学家评传》第1卷,山东教育出版社1983年版。

④ 王说见《文心雕龙校证·序录》;马说见《对刘勰"家贫不婚娶"和"依沙门僧祐"的看法》,《文心雕龙学刊》第1辑。

质疑,认为《文心雕龙》成书于梁初。①《文心雕龙》的成书年代问题直接决定着对刘勰生年的推断和对《文心》本文的理解,所以对这个问题展开讨论,弄清事实真相是十分必要的。

(2)刘勰思想研究

这方面的研究主要围绕儒佛道玄展开讨论。1980年马宏山发表了《论〈文心雕龙〉的纲》(《中国社会科学》1980年第4期),该文认为"刘勰的指导思想是以佛统儒,佛儒合一",佛道是《文心雕龙》一以贯之的主导思想。此论一出立即在"龙学"界掀起轩然大波,许多论者撰文反驳此说。李庆甲的《〈文心雕龙〉与佛学思想》(《文学评论丛刊》第13辑)认为:"《文心雕龙》的思想体系属于儒家",是"一部与佛学唯心主义对立的儒家文论"。孔繁的《刘勰与佛学》(《中国社会科学》1983年第4期)也指出,"《文心雕龙》不以玄学佛学作指导,而以儒学作指导"。但是,马宏山提出佛道论也是经过深思熟虑的,他在"论纲"的基础上又发表了一系列的文章,并汇集为《文心雕龙散论》一书。这表明本期佛道论比前期已经有了较大发展,形成了较为全面系统的观点。儒佛之争的同时,也有不少论者认为刘勰主要受老庄道家和魏晋玄学的影响。皮朝纲的《〈文心雕龙〉与老庄思想》(《四川师范学院学报》1980年第2期)、张启成的《〈文心雕龙〉中的道家思想》(《贵州社会科学》1981年第4期)、蔡仲翔的《论刘勰的"自然之道"》(《文心雕龙学刊》第1辑)和《王弼哲学与〈文心雕龙〉》(《文心雕龙学刊》第4辑)、严寿澂的《道家、玄学与〈文心雕龙〉》(《重庆师范学院学报》1984年第3期)、姚汉荣的《〈文心雕龙〉与魏晋玄学》(《中州学刊》1986年第2期)等,均主此说。持儒家思想主导说者仍属多数,但对佛道说和道玄说者所举出的大量事例和进行的有力论证,儒道说者也不能无动于衷。于是,原先那种认为刘勰是"严格保持儒学的立场",完全"拒绝佛教思想混进来"的纯粹儒家说已不存在,多数论者主张儒家思想是刘勰的基本思想或主导思想,但刘勰同时也

①施助、广信:《关于〈文心雕龙〉著述和成书年代的探讨》,《文学评论丛刊》第3辑;叶晨晖:《〈文心雕龙〉成书的年代问题》,《山西大学学报》1979年第3期;夏志厚:《〈文心雕龙〉成书年代与刘勰思想渊源新考》,《古代文学理论研究》第11辑;周绍恒:《〈文心雕龙〉成书年代新考》,《文心雕龙学刊》第6辑;贾树新:《〈文心雕龙〉历史疑案新考》,《文心雕龙研究》第1辑。

受到佛道玄思想的影响。如张少康的《〈文心雕龙〉的原道论》就说:"刘勰的文艺思想既有其主导方面,又有其复杂的、兼容并包的方面。即以'道'来说,既是哲理性的道,又是具体的社会政治之道;既以儒家为主,又兼通释老。"①至于为什么会出现这种情况,王元化在《〈文心雕龙〉札记三则》《思想原则和研究方法二三问题》等文中作了分析:"当时学术思潮的一个重要特点,即儒、释、道、玄之间形成了一种既吸收又排斥,既调和又斗争的复杂错综的局面";"当时没有不掺入任何其他思想绝对纯粹的儒家,也没有绝对纯粹的玄学和佛学"。因此,"刘勰虽然在《文心雕龙》中恪守儒学风范,但是他对于作为当时时代思潮的释、道、玄诸家,也有融合吸收的一面"。②由儒、释、道、玄各执一端到以儒为主诸家并存,这是本期刘勰思想研究的重大进步,因为刘勰的思想并不是单一的,体现在《文心雕龙》中更是如此,这已基本成为"龙学"界的共识,只是对各家思想在书中所占的比重看法仍然不一。漆绪邦认为:"以道为体,以儒为用,才是刘勰论文学的基本指导思想。"③涂光社也认为:"《文心雕龙》杂糅经魏晋玄学改造的各家思想,有开放的特点,儒道是其互为补充的两个主要侧面:儒家思想主要体现在继承强调文学政治教化功能的传统方面,道家思想主要体现在崇尚'自然'和艺术规律的探讨方面;可以说《文心雕龙》是汉魏之交到齐梁文学领域实践与理论广泛探索的总结,是文学自觉和思辨精神结合的理论结晶。"④李平的《论〈文心雕龙〉的体用之道》(《安徽师大学报》1995年第4期)又从先秦文化渊源、魏晋时代风尚和《文心》总论、创作论四个方面,全面论述了刘勰"道体儒用、体用结合"的文学指导思想。汪春泓的《关于〈文心雕龙〉之佛教渊源的新思考》(《文心雕龙研究》第2辑)和邱世友的《刘勰论文学的般若绝境》(《文心雕龙研究》第3辑),则从魏晋儒道释合一的社会思潮着眼,

---

① 张少康:《〈文心雕龙〉的原道论——刘勰文学思想的历史渊源研究之一》,《文心雕龙学刊》第1辑。

② 王元化:《〈文心雕龙〉札记三则》,《中华文史论丛》1984年第2辑;《思想原则和研究方法二三问题——在中日学者〈文心雕龙〉讨论会上的总结发言》,《复旦学报》1985年第1期。

③ 漆绪邦:《以道为体,以儒为用——从〈文心雕龙·原道〉看刘勰的基本文学观,附论我国古代文学思想的基本线索》,《北京师院学报》1983年第2期。

④ 涂光社:《文心十论》,春风文艺出版社1986年版,第37页。

分析了佛学对刘勰的影响，取得了一些新进展。

（3）《文心》单篇研究

对《文心雕龙》50篇进行单篇研究的论文在本期占了很大的比重，除文体论尚有少数几篇没有专论外，其他各篇几乎都有专门研究文章，像《原道》《辨骚》《神思》《体性》《风骨》《情采》《通变》《物色》等重要篇目，研究文章都有几十篇甚至上百篇。这里仅就《神思》和《风骨》篇的研究情况作一综述，以见本期"龙学"微观研究之深入。王元化首先提出："《神思篇》是《文心雕龙》创作论的总纲，几乎统摄了创作论以下诸篇的各重要论点。前者埋伏了预示了后者，后者则进一步说明了发挥了前者。"[①]牟世金、周振甫、张少康等人均赞同此说，并从不同角度对"总纲"说作了发挥。对《神思》篇的总纲地位虽然有了一致的认识，但对"神思"含义的理解却是见仁见智。王元化主"想象"说，牟世金持"艺术构思"说，詹锳则认为是"形象思维"。准确理解"神思"概念的含义固然重要，但更重要的还是对《神思》篇理论意蕴的发掘。邱世友的《刘勰论〈神思〉——一个心物同一的形象思维过程》（《文心雕龙学刊》第1辑）认为："刘勰作为形象思维的神思论，就是建立在心和物这个关系上的；心物同一是神思论的基础，又是它的归结。"萧洪林的《刘勰论艺术想象的特征》（《文心雕龙学刊》第2辑）一文，将"神思"理解为一种想象活动，并概括其四个方面的特征，即自由性、形象性、虚拟性和感同身受。"意象"作为古代文论中的一个重要的理论范畴，首先出现在《神思》篇中，郭外岑的《释〈文心雕龙·神思〉篇——兼谈我国艺术思维理论形成的特征》（《古代文学理论研究》第8辑），对"意象"的形成、特征和意义作了全面分析，认为"刘勰提出的'意象'说，确是我国古代艺术思维理论发展的一大飞跃，使我国传统的'言志''缘情'的诗歌创作认识又大大深化了一步，从而更深刻地接触到了艺术创作的本质"。亦武的《刘勰的神思说和黑格尔的想象论比较研究》（《黄石师范学院学报》1982年第1期）、梅家玲的《刘勰神思论与柯灵芝想象说之比较与研究》（暨南大学《文学比较研究通讯》1984年第2期，）分别就《神思》篇作中西比较研究，以见其理论价值。还有人认为：《神思》论述的是一个由构思和表达构成的二层次创作

---

① 王元化：《文心雕龙创作论》，上海古籍出版社1979年版，第191页。

思维活动系统,其主要特点有整体性、层次性、适应性和目的性,虚静与技巧分别是构思与表达的前提。构思系统主要是情感的对象化活动,其要素有想象、物象和情感;表达系统主要是意象的物化活动,涉及语言、声律、比兴、修饰诸要素。①这是运用系统论方法对《神思》篇所作的深入细致的研究,颇有新意。

《风骨》篇仍然是本期研究的重点,并开始从总体上出现某些统一的趋势。"不少研究者逐步确认'风骨'问题是刘勰针对齐梁文风提出的审美理想或审美标准;'风骨'最基本的特征是'力',是阳刚之美。"②涂光社的《〈文心雕龙·风骨〉篇简论》(《古代文学理论研究》第3辑)认为:"'风'是一种'力','骨'也包含着'力';刘勰批判的是文学创作的'无力''力沉',强烈要求作品具有'遒''劲''健'的力。一言以蔽之,《风骨》篇是一篇专论文学艺术动人之力的杰作。"祖保泉的《〈风骨〉臆札》(《古代文学理论研究》第4辑)在分析的基础上得出这样的结论:"'风骨'——文情并茂的、刚健朗畅的力的美!"刘建国的《〈风骨〉浅尝》(《古代文学理论研究》第4辑)认为:"风"是"艺术感染力","骨"是"艺术表现力"。曹顺庆的《"风骨"与"崇高"》(《江汉论坛》1982年第5期)也说:"'风骨'与'崇高',同属于一种以力为基本特质的阳刚之美。"这种认识上的一致性与前期的歧义迭出相比,无疑是一个进步。本期《风骨》篇研究的另一个进步是,一些论者联系《文心雕龙》整个理论体系和美学思想对"风骨"进行深入阐发,从而超越了对"风""骨"的概念进行罗列排比的研究方式。石家宜的《"风骨"及其美学意蕴》(《古代文学理论研究》第4辑)认为:如果我们能从整体着眼,把"风骨"放在与其它部分的有机联系中,找到它在《文心》体系中的位置,对"风骨"这个命题的来龙去脉作一番历史的考察,那么,我们的探讨就可能取得比较切实的进步。牟世金的《从刘勰的理论体系看风骨论》(《古代文学理论研究》第4辑),正是从理论体系着眼来探讨这个问题。文章指出:"儒家对待'志''言''文'三种关系的原则,也贯穿于《文心》全书,《风骨》篇的'风''骨''采'三者的关系,不过是儒家'志''言''文'三种关系的翻版。"张少

---

① 李平:《〈神思〉创作系统论》,《文艺研究》1989年第5期。

② 牟世金:《文心雕龙研究论文集·序》,人民文学出版社1990年版,第45页。

康的《齐梁风骨论的美学内容》(《文学评论丛刊》第16辑)则将视野扩展到整个齐梁时期的诗文书画理论中的风骨论,在更广阔的范围中对"风骨"的美学内涵作综合考察,得出了一些新的见解。近年又有人把"风骨"与人格精神理想联系起来,从儒道风骨、英雄品评与建安风力等角度,探讨刘勰"风骨"论背后所映现的人格理想的精神义旨,认为"'风骨'论所映现出的人格精神是以儒家'大丈夫气'为主,又兼有法家的'严峻'和道家的'通脱'等糅合而成的,具有一种'英雄之气',或说是'英雄人格'的理想精神。"①尽管这种观点尚未得到"龙学"界多数人的认可,但毕竟是一种新的思路。最近,郁沅又撰《〈文心雕龙〉"风骨"诸家说辩正》一文,在剔除了一些无据之谈后,作者认为各家对"风骨"的解释虽互有不同,但大致可以分为两派,并就两派观点进行辩正,指出两派最主要的分歧是在对"骨"的不同理解上。经过分析论证,作者得出这样的结论:"刘勰所说的'骨',既包含对事义的要求,也包含对如何安排事义的要求,还包含对文辞的要求,是义理与文理的统一。"②

(4)"龙学"研究的新领域

本期发表的论文还在一些方面开辟了"龙学"研究的新领域。首先,不少论者开始关注"龙学"史,对《文心雕龙》研究成果进行分析和总结。牟世金撰写的4万余言的《"龙学"七十年概观》(《文心雕龙研究论文集·序》)堪称这方面的力作,该文将黄侃以来(至80年代中期)的"龙学"分为诞生、发展和兴盛三个时期,对每个时期研究的成绩和存在的问题进行总结和反思,具有《文心雕龙》研究简史的性质。对一个时段"龙学"概况的研究有王运熙、李庆甲、杨明的《建国以来国内〈文心雕龙〉研究情况概述》(《文心雕龙学刊》第4辑),石家宜的《〈文心雕龙〉研究的勃兴——近年来〈文心雕龙〉研究专著漫议》(《读书》1984年第5期)等文。祖保泉的《试论杨、曹、钟对〈文心〉的批点》(《文心雕龙学刊》第4辑)和《〈文心雕龙〉纪评琐议》(《文心雕龙学刊》第2辑),则是对明、清《文心雕龙》研究成果所作的清理和探讨。曾晓明的《〈文心雕龙札记〉论〈原道〉与〈风骨〉》(《文心雕龙学刊》第6

① 陶礼天:《刘勰"风骨"论新探》,《文心雕龙研究》第3辑。

② 郁沅:《〈文心雕龙〉"风骨"诸家说辩正》,《文艺理论研究》1998年第6期。

辑)、李平的《〈文心雕龙〉"范注"三题》(《安徽师范大学学报》1993年第4期)和《"范注"三论》(《文心雕龙研究》第1辑),分别对"龙学"的两部名著进行深入细致的研究。刘凌的《向着整体上升——研究〈文心雕龙〉方法的综合化趋势》(《文心雕龙学刊》第2辑)、戚良德的《历史的选择——关于〈文心雕龙〉的美学研究》、滕福海的《〈文心雕龙〉理论体系研究述评》(《语文导报》1985年第7期),则对"龙学"的研究方法、美学和理论体系研究几个专题作了评述。近年还有一些对百年"龙学"研究进行回顾和反思的文章,如涂光社的《现代〈文心雕龙〉研究述评》(《文学评论》1997年第1期)、张少康的《〈文心雕龙〉研究的现状与问题》(《夕秀集》)、李平的《20世纪中国〈文心雕龙〉研究的回顾与反思》(《文艺理论与批评》1999年第5期)等。这些"研究之研究"标志着"龙学"已进入成熟和自觉的阶段。

其次,80年代后期以来,一些论者还注意从文化学的角度研究《文心雕龙》。张少康的《〈文心雕龙〉与我国文化传统》(《文史知识》1987年第1期)和《再论〈文心雕龙〉和中国文化传统》(《求索》1997年第5期)、李欣复的《从文化学看〈文心雕龙〉》(《齐鲁学刊》1987年第1期)、李时人的《"文化"意义的〈文心雕龙〉和对它的"文化"审视》(《学习与探索》1987年第1期)、刘凌的《古代文论的现代转化与〈文心雕龙〉的文化价值》(《文心雕龙学刊》第7辑)、朱良志的《〈文心雕龙·原道〉的文化学意义》(《中国文学研究》1990年第2期)、李平的《论〈文心雕龙〉的文化意蕴》(台湾《中国文化月刊》1999年第2期)等,都属于这方面的研究论文。而这方面后续性的发展,正方兴未艾。1998年《文心雕龙》第六次年会提交的20篇论文中,从文化学角度研究的论文就有3篇。

第三,本期还有几篇从系统论的角度研究《文心雕龙》的文章,也值得注意。就思想、方法立论的有马白的《论〈文心雕龙〉的系统观念和系统方法》(《文心雕龙学刊》第4辑),就结构体系立论的有黄广华的《从系统论看〈文心雕龙〉的理论结构体系》(《文心雕龙学刊》第5辑),就批评标准立论的有刘文忠的《〈文心雕龙〉的批评标准系统论》(《文心雕龙研究荟萃》上海书店1992年版),从单篇入手的有李平的《〈神思〉创作系统论》(《文艺研究》1989年第5期)。这方面的论文虽然还不多,但毕竟更新了方法,给人耳目一新的感觉。

四、"龙学"研究存在的问题与发展前景

"龙学"繁盛期的研究虽然较前期更深、更细、更广,且在许多问题上取得了重大突破,并开辟了不少新的研究领域,但也有一些问题,其中最令人担忧的莫过于近年"龙学"研究已有从繁盛走向萎缩的趋势。这种趋势从三个方面表现出来。一是成果的数量90年代比80年代少,近年更是锐减。"龙学"繁盛期的头5年,就出版专著18部,发表论文400多篇,这种强劲的势头一直持续到80年代中后期。90年代以来共有专著10余部,而1995年以后除会刊《文心雕龙研究》以外,只有3部专著,论文不足百篇。二是成果的质量有所下降,就专著而言,90年代在校注译释和理论研究方面虽有《文心雕龙解说》(祖保泉)、《文心雕龙研究》(牟世金)和《文心雕龙美学范畴研究》(寇效信)三部重要著作,但相对80年代来说,功力深厚的权威性著作毕竟少多了。从论文来看,低水平重复现象比较严重。例如:近年一些研究刘勰折衷方法的文章,尚未达到周勋初、张少康80年代所写文章的水平;①论《神思》篇有关想象和形象思维方面的文章近年也有不少,然所论大多未超出邱世友文章已讨论过的范围;②而中西比较研究方面的文章写得也很粗浅,不及王元化《文心雕龙创作论》所论浑厚圆融。三是研究队伍存在后继乏人的隐忧,老一辈专家大部分因年事已高而退出"龙学"研究领域;一些成绩卓著的中年学者如牟世金、李庆甲、寇效信等又因疾病而早逝,还有一些则改变了主攻方向;青年学者中专事"龙学"研究的现在也很少,至今尚没有一篇专门研究《文心雕龙》的博士论文问世。③

"龙学"近年冷落以至于此,无怪乎有人认为《文心雕龙》已没有什么问

---

① 周文《刘勰的主要研究方法——"折衷"说述评》,载《古代文学理论研究》第11辑;张文《擘肌分理　唯务折衷——刘勰论〈文心雕龙〉的研究方法》,载《学术月刊》1986年第2期。

② 邱文《刘勰论〈神思〉——一个心物同一的形象思维过程》,载《文心雕龙学刊》第1辑。

③ 据悉,近年北京大学张少康教授的一位博士生是以《文心雕龙》研究为博士论文通过答辩的,只是成果尚未正式出版。另,至21世纪初,这种情况有所改观,先后有一些以《文心雕龙》为研究对象的博士论文问世,如王毓红的《在〈文心雕龙〉与〈诗学〉之间》(学苑出版社2002年版)、郭鹏的《〈文心雕龙〉的文学理论和历史渊源》(齐鲁书社2004年版)、汪洪章的

题好研究了！"龙学"已经走到尽头了！不错，3万余字的《文心雕龙》迄今研究论著已近4千万言，"龙学"方面的几乎每一块"砖"都被人敲过，生平事迹、版本校勘方面如无新的材料发现，研究确实也很难有大的进展。尽管如此，"龙学"还是有许多工作需要我们去做。首先，思想、理论方面一些有争议的问题还可以继续展开讨论，同时也可以开辟一些新的研究方向，《文心雕龙》与传统文化的研究也可以深入下去，目前还没有这方面的专门著作。①其次，"龙学"还有一些总结性的工作需要做，校注方面《文心雕龙》

《〈文心雕龙〉与二十世纪西方文论》（复旦大学出版社2005年版）等。在台湾，20世纪下半叶约有10篇博士论文：纪秋郎最早于1978年在台湾大学外文研究所，完成博士论文《刘勰〈文心雕龙〉的比较研究》；接着沈谦1980年于台湾师范大学国文研究所在王梦鸥、李辰冬两位教授的指导下，完成博士论文《〈文心雕龙〉之文学理论与批评》（台湾华正书局1981年版）；蔡宗阳1989年于台湾师范大学国文研究所在黄锦鋐、王更生两位教授的指导下，完成博士论文《刘勰〈文心雕龙〉与经学》（台湾文史哲出版社2007年版）；金民那（韩国留学生）1992年于台湾师范大学国文研究所在黄庆萱教授的指导下，完成博士论文《文学的心灵（文心）及其艺术的表现（雕龙）——〈文心雕龙〉的美学》（台湾文史哲出版社1993年版）；张秀烈（韩国留学生）1992年于台湾师范大学国文研究所在王更生教授的指导下，完成博士论文《〈文心雕龙〉"道沿圣以垂文"之研究》；陈昭瑛1993年于台湾大学外文研究所在张健、张汉良两位教授的指导下，完成博士论文《刘勰的文类理论与儒家的整体性世界观：一个辩护》；朴泰德（韩国留学生）1995年于台湾师范大学国文研究所在王更生教授的指导下，完成博士论文《刘勰与钟嵘的诗论比较研究》；李相馥（韩国留学生）1996年于文化大学中文研究所在洪顺隆教授的指导下，完成博士论文《〈文心雕龙〉修辞论研究》；刘渼1997年于台湾师范大学国文研究所在王更生教授的指导下，完成博士论文《刘勰〈文心雕龙〉文体论研究》；胡仲权于1998年在东吴大学中文研究所，完成博士论文《〈文心雕龙〉之修辞理论与实践》。在美国，有两篇博士论文以《文心雕龙》为题，一篇是唐纳德·吉布斯（DonaldA.Gibbs）所写的《〈文心雕龙〉的文学理论》（1970年完成），一篇是邵耀成（PaulYoug-shingShao）所撰的《刘勰：理论家、批评家、修辞学家》，这篇博士论文开始于1979年，到1981年完成，然后历经坎坷，至2013年改写成书，2014年中国社会科学出版社出版。法国东方语言与文化学院教师华蕾立博士，也写过题为《刘勰（约465—521）：学者、高僧与文士》的博士论文。

①山东大学戚良德教授的《文论巨典——〈文心雕龙〉与中国文化》一书，2005年由河南大学出版社出版。然，除《文心雕龙》的思想渊源外，该书着重探讨的是《文心雕龙》与中国文论、中国美学的关系，还算不上全面探讨《文心雕龙》与传统文化的专门论著。

还没有一部包括会校、会注、会评的真正的"集注"本；①20世纪"龙学"研究成果急需进行全面的清理和总结，因为《文心雕龙》至今还没有一部研究史，有的只是两部论文选。②复次，应加强对港台及海外《文心雕龙》研究成果的介绍和翻译工作，特别是台湾和日本"龙学"研究很发达，有许多高水准的研究专著和论文，目前大陆对这些研究成果虽然也做了一些总结和翻译工作，③但还很不够；近年港台及海外《文心雕龙》研究的新情况，我们还知之甚少。

目前"龙学"研究既处于低谷又有事可做，那么如何把该做的事做好从而走出低谷，就成了问题的关键。首先，要注意培养后续力量，必须有一支强有力的研究队伍，才能提高研究成果的数量和质量。一些总结性开创性

---

① 张国庆、涂光社教授合著的《〈文心雕龙〉集校、集释、直译》一书，2015年由中国社会科学出版社出版。该书在一定程度上填补了《文心雕龙》研究在校注方面还没有一部"三会"本的空白，然而在材料的收集与甄别方面，该书还存在一些问题，还很难说是一部真正的"集注"本。

② 甫之、涂光社主编：《〈文心雕龙〉研究论文选》(1949—1982)，齐鲁书社1988年版；中国文心雕龙学会选编：《〈文心雕龙〉研究论文集》，人民文学出版社1990年版。这种状况至21世纪有了很大的改观，张文勋的《文心雕龙研究史》2001年由云南大学出版社出版，张少康等人的同名著作也于同年由北京大学出版社出版，李平等人的《〈文心雕龙〉研究史论》2009年由黄山书社出版；台湾方面则有刘渼的《台湾近五十年来〈文心雕龙〉学研究》，台湾万卷楼图书有限公司2001年版；张少康编选的一部新的《〈文心雕龙〉研究》论文选，2002年由湖北教育出版社出版；由中国《文心雕龙》学会和全国高校古籍整理委员会名义编辑的《〈文心雕龙〉资料丛书》(上下)，也由学苑出版社于2004年出版，这套资料丛书汇聚了唐写本《〈文心雕龙〉残卷》、元至正本《文心雕龙》、明王惟俭《〈文心雕龙〉训诂》、明杨升庵批点曹学佺评《文心雕龙》、明杨升庵批点梅庆生音注《文心雕龙》、日本九州大学藏明版《文心雕龙》、日本冈白驹校读本《文心雕龙》等珍稀版本，对《文心雕龙》研究大有裨益，可谓功德无量之举。

③ 牟世金的《台湾文心雕龙研究鸟瞰》(山东大学出版社1985年版)一书，对台湾"龙学"研究成果作了较详细的评介；对日本"龙学"研究成果的翻译有：王元化选编的《日本研究〈文心雕龙〉论文集》(齐鲁书社1983年版)、彭恩华编译的《兴膳宏文心雕龙论文集》(齐鲁书社1984年版)、曹旭翻译的户田浩晓教授的《〈文心雕龙〉研究》(上海古籍出版社1992年版)。另，香港学者黄维樑的《从〈文心雕龙〉到〈人间词话〉——中国古典文论新探(第二版)》，也由北京大学出版社2013年再版。

的工作往往需要研究者多年埋头苦干、潜心研究方可取得成效，所以现在就必须抓紧培养有志于献身"龙学"的青年人才。其次，要注意更新研究方法，寻找新的研究角度和切入点，这样研究才能取得突破性进展。当年黄侃更新了研究方法不仅使自己的研究超越了前人，而且使范文澜、刘永济等诸多学人受益非浅；王元化在方法论上的突破使自己的研究达到了新的高峰，也给青年学子颇多启迪。现在，"龙学"研究又面临方法陈旧、难以突破的境地，如果我们能融合传统的乾嘉考据方法、日本的微观研究方法和西方的宏观研究方法的长处，形成一种学不分中外、亦无论古今的新的阐释学方法，则对于推动"龙学"向纵深方向发展肯定大有裨益。第三，要致力于创造一种良好的学风，并形成一套行之有效的学术规范，这对于避免研究的低水平重复是特别重要的。第四，应加强国际合作和交流，"龙学"已成为一门世界性的学问，港台及海外学者一些好的研究成果和方法，可以拓宽我们的视野，启发我们的思维，当然也有助于我们把"龙学"研究推向更高的水平。